SHIRLEE BUSBEE

Lodernde Herzen

W0281161

Buch:

Als Claude Saint-André, der alte Glücksspieler, das Ende seiner Tage herannahen fühlt, zwingt er seine bildschöne Enkelin Leonie in eine Vernunftehe. Doch beide können nicht ahnen, daß sich hinter der Maske des wohlhabenden Morgan Slade in Wahrheit dessen haltloser Cousin Ashley verbirgt, der nun Leonies ungeliebter Ehemann wird. Fünf Jahre lang wartet Leonie auf die vereinbarte Rückgabe ihrer Mitgift, dann macht sie sich auf den Weg, um ein Wiedersehen mit dem treulosen Ashley herbeizuführen. Haßerfüllt fordert sie ihr Recht und verfällt gegen ihren Willen seinem unwiderstehlichen Charme …

Autorin:

Elf Romane, siebenmal die Spitzenplätze auf der *New York Times*-Bestsellerliste, vielfach preisgekrönt und eine Auflage von insgesamt mehr als 10 Millionen Exemplaren. Ohne Zweifel ist Shirlee Busbee eine der erfolgreichsten amerikanischen Autorinnen. Sie lebt mit ihrem Mann auf einer kleinen Pferderanch in Kalifornien.

Von Shirlee Busbee sind außerdem lieferbar:

Umarmung um Mitternacht. Roman (35218)
Mitternachtsspitzen. Roman (35267)
Wie eine Lilie in der Nacht. Roman (35326)
Im Sturm der Gefühle. Roman (35609)

SHIRLEE BUSBEE

Lodernde Herzen

Roman

Deutsch von Marion B. Kroh

PORTOBELLO

Die Originalausgabe erschien unter dem Titel
»Deceive Not My Heart«
bei Avon Books, New York

Umwelthinweis:
Alle bedruckten Materialien dieses Taschenbuches
sind chlorfrei und umweltschonend.

Portobello Taschenbücher erscheinen im
Goldmann Verlag, München, einem Unternehmen
der Verlagsgruppe Random House GmbH.

Einmalige Sonderausgabe November 2002
Copyright © der Originalausgabe 1984
by Shirlee Busbee
Copyright © der deutschsprachigen Ausgabe 1988
by Blanvalet Verlag, München, in der
Verlagsgruppe Random House GmbH
Dieses Werk wurde vermittelt durch die
Literarische Agentur Thomas Schlück GmbH, 30827 Garbsen
Umschlaggestaltung: Design Team München
Umschlagfoto: Agt. Schlück/Daeni
Druck: Elsnerdruck, Berlin
Verlagsnummer: 55307
KvD · Herstellung: Lisa Weber
Made in Germany
ISBN 3-442-55307-5
www.portobello-verlag.de

1 3 5 7 9 10 8 6 4 2

Ein Lied spendet Trost im Augenblick;
Der Trost des Weins ist ein trügerisch' Glück,
Das Glück eines Kusses, es währet nicht,
gleich einem Traum, der bei Tag zerbricht.

(Hearth-Song; Robert Underwood Johnson)

ERSTER TEIL

Die Betrüger

1

Das Château hatte zweifellos schon glanzvollere Tage gesehen. Doch gleich einem alten Fräulein aus guter Familie, das sich trotz harter Zeiten seine Würde und Eleganz bewahrt hatte, so thronte Saint-André in einer Flußniederung des Mississippi unweit von New Orleans. Einst war es ein gepflegtes, großzügig angelegtes und verschwenderisch ausgestattetes Herrschaftshaus gewesen, doch jetzt zeugte nur noch der verblaßte Hauch zeitloser Eleganz von einer reichen Vergangenheit. Sein Besitzer, Monsieur Claude Saint-André, hatte jegliches Interesse an dem Haus und der dazugehörigen Plantage verloren, als sein einziger Sohn Damien vor nunmehr vierzehn Jahren bei einem tragischen Unglück ums Leben kam. So war das Haus in seinen jetzigen, baufälligen Zustand geraten.

Es stammte aus dem Jahre 1760, als Louisiana noch zu Frankreich gehörte, und war ganz im typisch französischen Kolonialstil dieser Epoche gebaut worden. Das Erdgeschoß beherbergte die Lager- und Büroräume, die Wohnräume waren allesamt im ersten Stock angesiedelt. Hier, und auf der von schlanken Holzsäulen eingefaßten Galerie, hatte sich das Familienleben der Saint-Andrés abgespielt.

Jetzt blätterte überall die verwitterte Farbe von den Wänden. Die Fensterläden, soweit vorhanden, hingen windschief in ihren Angeln, der zierliche Treppenaufgang hinauf zur Galerie zeigte deutliche Spuren des Verfalls, wie auch das hölzerne Geländer. Für die sechzehnjährige Leonie Saint-André, der einzigen Erbin dieser verblichenen Pracht, war all dies jedoch ohne Belang. Sie liebte das Château mit all seinen Mängeln. Hier war sie zur Welt gekommen und aufgewachsen, und sie hatte nicht den Wunsch, von hier fortzugehen.

Im Sommer des Jahres 1799 allerdings standen die Dinge nicht zum besten. Niemand wußte das besser als Leonie, die seit ihrem dreizehnten Lebensjahr die Bücher der Plantage führte. Die wachsenden Spielschulden ihres Großvaters fraßen jeden noch so kleinen Gewinn, den die Plantage abwarf, auf. Zuerst war der Verwalter entlassen worden, dann die Feldsklaven. Doch ohne deren fleißige Hände konnten die Indigofelder nicht mehr bestellt werden, ohne Indigo gab es kein Geld, und ohne Geld...

Ah, bah! dachte Leonie und schlug die in Leder gebundenen Bücher zu, über denen sie gebrütet hatte. Geistesabwesend griff sie an das kleine, goldene Kreuz, das sie an einer dünnen Kette um den Hals trug. Wenn *Grand-Père* doch nur mit dem Glücksspiel aufhören könnte! dachte sie bitter. Dann könnten sie die Schuldscheine, die er in ganz New Orleans verteilte, einlösen und hätten sogar noch ein wenig zum Leben übrig. Unruhig ließ sie ihren Blick aus dem Fenster hinüber zu den mächtigen, moosbewachsenen Eichen wandern und weiter zum Fluß hinunter. Dann stand sie seufzend auf und trat ins Freie. *Mon Dieu*, ich muß mir etwas einfallen lassen und zwar bald, dachte sie mit grimmig entschlossener Miene.

Leonie war keine Schönheit im landläufigen Sinn, doch es war schwer, sich ihrem fröhlichen Lachen zu entziehen oder sich nicht ihrer rubinroten, vollen Lippen bewußt zu sein, nicht ihre mandelförmigen Augen und ihre goldblonde Lockenpracht zu bewundern, die meistens wirr und zerzaust bis über die Schultern fiel. Hohe Wangenknochen, eine feine Nase, volle, lange Wimpern und die ebenmäßigen, hellen Augenbrauen kamen durch einen exquisiten Goldschimmer der Haut noch mehr zur Geltung und verliehen ihrem Äußeren einen fremdartigen Reiz.

Leonies zierliche Gestalt ließ sie zerbrechlicher wirken, als sie in Wirklichkeit war, denn für eine junge Dame ihres Alters legte sie eine bemerkenswerte Dickköpfigkeit an den Tag. Meistens trug sie ein abgelegtes, viel zu weites Baumwollkleid, das ihre schlanke Hüfte verdeckte, doch die hoch angesetzte Taille betonte deutlich die sanften Rundungen einer beginnenden Fraulichkeit.

Modische Zwänge kümmerten Leonie wenig. Am liebsten lief sie barfuß herum, denn für feine Kleider oder kostbaren Schmuck hatte sie weder Geld noch Verwendung. Einzig das goldene Kreuz, das sie am Hals trug und das ihrer Mutter gehört hatte, bedeutete ihr etwas.

Die Ausweglosigkeit ihrer finanziellen Lage lastete schwer auf ihr. Erst gestern war *Grand-Père* wieder einmal von einem längeren Aufenthalt in New Orleans zurückgekehrt und hatte sie beiläufig wissen lassen, daß er das Geld, mit dem sie noch ein paar Monate hätten durchhalten können, beim Glücksspiel verloren hatte. Aber er hatte nicht nur seine gesamte Barschaft verspielt, sondern darüber hinaus weitere Schuldscheine ausgestellt, und das wog ungleich schwerer.

Es war nicht immer so schlimm gewesen, doch das wußte Leonie nur aus den Erzählungen der Haussklaven, von Mammy, der guten Seele, der die Küche unterstand, von Abraham, der früher die Aufsicht über die Stallungen geführt hatte, und von Mercy, ihrer Leibsklavin. Ihren Erzählungen zufolge hatte sich Claude Saint-André in der Vergangenheit vorbildlich um seine Plantage und das Anwesen gekümmert. Glückliche Tage waren es gewesen, in denen es an nichts gefehlt hatte. Das Château galt damals als eines der schönsten in der ganzen Gegend und war oft genug der Mittelpunkt verschwenderischer Feste und exklusiver Gesellschaften. Doch die Überschwemmung von 1785 hatte all dem ein schreckliches Ende bereitet. Die unbezähmbaren Fluten des Mississippi hatten Dämme und Uferbefestigungen davongespült und sich grimmig ins Hinterland ergossen. Wie durch ein Wunder blieb das Château der Saint-Andrés verschont, doch unter der Wucht der Wassermassen barst das zierliche Holzgeländer der Galerie, und Claude mußte hilflos mitansehen, wie seine Frau und Leonies Eltern davongerissen wurden. Er erholte sich niemals vollständig von diesem schweren Schicksalsschlag. Nicht einmal die Verantwortung für seine zweijährige Enkelin vermochte ihm Halt zu geben. Statt dessen stürzte er sich ins Glücksspiel und begann zu trinken, ohne sich auch nur im geringsten um seine oder ihre Zukunft zu kümmern.

Für Leonie bedeutete dies, daß sie, anders als die anderen gleichaltrigen Mädchen ihres Standes, völlig frei heranwuchs. Meistens sich selbst überlassen, entwickelte sie einen fast unbeugsamen Willen. Die Sümpfe und Bayous der Nachbarschaft wurden ihr zweites Zuhause, die Atmosphäre eleganter Salons hingegen blieb ihr fremd. Claude sorgte lediglich für ihr leibliches Wohl und den allernötigsten Unterricht, denn wozu brauchte ein Mädchen Bildung? Er würde sie standesgemäß verheiraten, und welcher vernünftige Gentleman legte schon Wert darauf, daß die Frau an seiner Seite eine Menge unnützes Buchwissen im Kopf hatte? Doch Leonie war ein aufgewecktes, wißbegieriges Kind. Wie ein Schwamm sog sie alles in sich auf, was Madame Whitfield, eine verarmte, englische Gouvernante, ihr beibringen konnte, die sich besondere Mühe mit ihrer wissensdurstigen Schülerin gab. Doch eines Tages erklärte Madame Whitfield, daß es nun nichts mehr gäbe, was sie ihrem Schützling noch beibringen könne, und zu Leonies großer Enttäuschung weigerte sich Claude, eine Nachfolgerin zu bestimmen, die ihre Weiterbildung hätte übernehmen können.

Wenige Wochen nachdem die Gouvernante das Haus verlassen hatte, nahm der Verwalter seinen Abschied – für Leonie ein weiterer schmerzlicher Verlust, denn in ihm hatte sie nach dem Tod ihrer Eltern einen aufrichtigen Freund gefunden. Doch auch jetzt zeigte Claude herzlich wenig Verständnis für ihren Schmerz.

Überhaupt herrschte zwischen ihr und ihrem Großvater ein eigenartiges Verhältnis. Im Alter von siebenundsechzig Jahren zählte er noch immer zu den attraktiven Herren der Schöpfung, trotz scharfkantiger Gesichtszüge, die deutlich die Spuren seines lockeren Lebenswandels trugen, und trotz arroganter Umgangsformen. Sein volles silbergraues Haar bildete einen interessanten Gegensatz zu den dunklen Augen, mit denen er seine Umgebung zynisch beobachtete. Da er wie selbstverständlich erwartete, daß seine Enkelin sich seiner Autorität fügsam unterordnete, erzürnten ihn ihre kapriziösen Einfälle stets von neuem. So zeigte er sich regelrecht schockiert, als er erfuhr, daß Leonie in eigener Regie die Rechnungsbücher der Plantage weiterführte. Deswegen zur Rede gestellt, hatte sie ihm lediglich einen ungerührten Blick zugeworfen und gefragt: »Wenn ich sie nicht führe, wer soll es dann tun, *Grand-Père? Vous?*« Diese Gegenfrage hatte ihn entwaffnet, denn nichts auf der Welt verachtete er mehr als Tinte und Rechnungsbücher.

Glücklicherweise war Leonie sich nicht zu gut für derartige Arbeiten. Zwar besaß sie selbst eine Portion Stolz, doch das hinderte sie nicht daran, praktisch zu denken. Hierin war sie Claude eindeutig überlegen.

Dieser vergleichsweise harmlosen Konfrontation waren weitere gefolgt. Ein Jahr später beschloß Claude, die Feldsklaven zu verkaufen. Zutiefst empört hatte Leonie ihm Vorhaltungen gemacht. »*Non!* Du darfst sie nicht verkaufen! Sie sind hier zu Hause, sie gehören zu uns! Wie kannst du ihnen das antun und sie einfach *verkaufen*?«

Da ihr Appell an sein Mitgefühl wirkungslos blieb, verlegte sie sich auf ein rationales Argument. »Und wie willst du ohne sie die Plantage weiterführen?« fragte sie berechnend.

Claude blieb auch ihren Vernunftgründen gegenüber unzugänglich, und schließlich flehte Leonie in hilfloser Wut: »*Pour l'amour de Dieu*, ich bitte dich, verkaufe sie nicht! Sie gehören doch genauso hierher wie wir!« Claude hatte verächtlich abgewinkt, doch Leonie ließ nicht locker. »Auch wenn der Verkaufspreis für Indigo zur Zeit fällt, laß uns noch ein Jahr warten, ja? Nur noch ein Jahr, *Grand-Père*! Wir könnten es dieses Jahr mit Zuckerrohr versuchen. Monsieur de Bore hält Zuckerrohr für die Pflanze der Zukunft. Laß es uns wenigstens *versuchen*!«

Doch mit ihrem Vorschlag erreichte sie nur, daß Claude noch mehr außer sich geriet. Da wagte es dieser Grünschnabel von vierzehn Jahren doch tatsächlich, ihm Vorschriften zu machen! Niemand brauchte ihm zu sagen, wie er seine Geschäfte zu führen hatte! Und noch in derselben Woche mußte sie mitansehen, wie die Feldsklaven einer nach dem anderen das Haus verließen.

Leonie ballte erzürnt die Fäuste bei dieser traurigen Erinnerung, als sie der herannahenden Gestalt Yvettes gewahr wurde. Ein frohes Leuchten überzog ihr Gesicht. »Yvette, *bonjour*!« rief sie glücklich und winkte dem fast gleichaltrigen Mädchen zu.

Die Angesprochene war auf dem Weg zum Hühnerstall. »*Bonjour*, Leonie! Wo steckst du nur? Dein Grovater hat nach dir gefragt.«

Leonies eben noch unbeschwerte Miene verfinsterte sich, und

beinahe unfreundlich wies sie Yvette zurecht. »Warum nennst du ihn immer *meinen* Großvater? Er ist *unser* Großvater!«

Yvette war von ernster Natur und warf Leonie einen bittenden Blick zu. »*Mon Amie*, fang nicht schon wieder damit an. Er wird mich niemals anerkennen. Warum glaubst du nur, er könnte jemals vergessen, daß ich die Tochter der Mätresse seines Sohnes bin?«

Leonie blickte finster vor sich hin. »*Ah bah*! Du bist immerhin meine Halbschwester, und deine Mutter ist tot, wie auch unser Vater. Aber du und ich, wir leben!« Sie schaute in Yvettes sanftes Gesicht und fuhr eindringlich fort: »Du mußt ihm Paroli bieten, Yvette! Auch wenn er dich nicht anerkennt, brauchst du dich noch lange nicht vor ihm zu fürchten! Solange er merkt, daß du seine Sticheleien ernstnimmst oder ihm gar aus dem Weg gehst, wird er dich nie für voll nehmen.« Ihre Augen funkelten boshaft. »Du solltest ihn nur einmal *Grand-Père* nennen! Er würde sich entsetzlich aufregen, aber du hättest dir damit Respekt verschafft, das garantiere ich!«

Yvette lächelte milde und schüttelte den Kopf. »Ich habe nicht dein Naturell, Leonie. So etwas würde ich nie über mich bringen.«

»Ach was«, brummelte Leonie, doch sie sah ein, daß sie Yvette nicht weiter bedrängen durfte. Statt dessen hängte sie sich bei ihrer Halbschwester ein, und beide marschierten, über erfreulichere Dinge redend, zum Hühnerstall.

Die gleich großen, zierlich gebauten und doch so unterschiedlich gearteten Mädchen boten einen hübschen Anblick. Blonde Lockenmähne und pechschwarzes, ordentlich geflochtenes Haar, von der Sonne gebräunte Haut und heller Porzellanteint, zu kurzes, schlecht sitzendes Kleid und nackte Füße, ordentlich genähtes Kleid und sauber geputzte Schuhe – es wäre durchaus verzeihlich gewesen, Yvette für die Tochter des Hauses zu halten und nicht Leonie, was diese jedoch kaum gestört hätte, denn im Gegensatz zu Yvette verfügte sie über ein gesundes Selbstbewußtsein.

Ihr unbefangener Umgang miteinander hätte vermuten lassen, daß die beiden Mädchen sich schon zeit ihres Lebens kannten, doch das Gegenteil war der Fall. Vor einem Jahr erst waren sie sich zum ersten Mal begegnet.

Es begann mit einem Brief, den Yvettes Mutter Monique kurz vor ihrem Tod geschrieben hatte. Zeit ihres Lebens hatte sie nie Forderungen an Claude Saint-André gestellt, und nach dem Tod Damiens war dieser viel zu sehr mit sich selbst beschäftigt, als daß das Schicksal der Mätresse seines Sohnes ihn interessiert hätte. Nun aber, da ihr Ende nahte, überwand sie ihren Stolz und bat Claude Saint-André in einem Brief um Protektion für ihre Tochter, das Kind seines Sohnes.

Der Zufall wollte es, daß Claude sich wieder einmal in New Orleans aufhielt, als dieser Brief ankam. Normalerweise hätte Leonie es nicht gewagt, einen an ihren Großvater gerichteten Brief zu öffnen, sondern hätte ihn durch einen Diener im Stadthaus der Saint-Andrés abliefern lassen. Doch die feinen, fließenden Lettern erweckten Leonies Neugierde, der sie denn doch nachgab. Nach einem kurzen Augenblick des Zögerns öffnete sie ihn und erfuhr so zu ihrem allergrößten Erstaunen von der Existenz einer Halbschwester, die schon bald eine mittellose Waise sein würde.

Leonie brauchte nicht lange zu überlegen. Mit einem Gespann und in Begleitung zweier Diener machte sie sich kurz darauf auf den Weg nach New Orleans; am späten Nachmittag bereits klopfte Leonie an die Tür eines weißen Holzhauses am Rande der Stadt, wo Yvette und ihre Mutter lebten. Wohlweislich hatte Leonie es vermieden, vorher ihren Großvater aufzusuchen oder ihn zu informieren, da sie sich seine Reaktion auf ihr eigenmächtiges Handeln nur allzugut vorstellen konnte.

Monique hatte buchstäblich bis zur letzten Minute mit sich gerungen, ehe sie den besagten Brief hatte bestellen lassen. Noch am gleichen Tag war sie verstorben, und als Leonie jetzt, zwei Tage später, eintraf, fand sie eine vom Schmerz überwältigte und völlig hilflose Yvette vor. Leonie handelte rasch. Resolut verstaute sie Yvettes wenige Habseligkeiten in einem schäbigen Lederkoffer, und ehe Yvette sich versah, saß sie in eine warme Decke gehüllt im Wagen, der zielstrebig davonrollte, während der blonde Wirbelwind an ihrer Seite erklärte, daß sie Schwestern seien!

Yvette wußte zwar, daß Damien Saint-André ihr Vater war, nicht aber, daß ihre Mutter seiner Familie geschrieben hatte. Von diesem

Augenblick an jedoch war sie Leonie herzlich zugetan, und die Mädchen wurden unzertrennlich.

Die beiden Diener, die Leonie nach New Orleans begleitet hatten, beobachteten die neue Begleiterin ihrer Herrin mit Skepsis. Kaum waren sie nach Hause zurückgekehrt, da stellte Mammy Leonie auch schon zur Rede, doch diese wischte alle Fragen und Einwände beiseite. Mit einem warnenden Funkeln in den grünen Augen und resolut in die Hüfte gestemmten Fäusten baute sie sich vor Mammys massiver Gestalt auf und erklärte bestimmt: »Yvette wird meine Gesellschafterin. Ich habe sie persönlich ausgewählt, und ihre Herkunft geht niemanden etwas an. Sie ist eine Waise aus gutem Hause und viel damenhafter als ich!«

Mammy rollte hilflos ihre schwarzen Augen himmelwärts und brummelte: »Das ist kein Kunststück. Du bist das wildeste Ding, das ich in meinem ganzen Leben getroffen habe.«

Daraufhin hatte Leonie spitzbübisch gegrinst. »*Enfin!* Da hast du's«, konterte sie wie aus der Pistole geschossen. »Ich brauche eben ein Vorbild, und Yvette wird es mir geben.«

Die Auseinandersetzung mit Claude gut zwei Monate später verlief weniger reibungslos. Aber zu diesem Zeitpunkt war Leonie bereits so glücklich über die Freundschaft mit Yvette, daß sie wie eine Löwin dafür kämpfte.

Anfangs hatte Claude sich durchaus erfreut darüber gezeigt, daß Leonie sich ein gleichaltriges Mädchen als Gesellschafterin ausgesucht hatte, noch dazu mit makellosen Manieren und offensichtlich aus gutem Hause. Er hätte selbst darauf kommen können! Doch dann fragte er sich, welche Familie ihr Töchterchen in solch zartem Alter außer Haus geben würde, und Leonie, die ihm die Wahrheit hatte vorenthalten wollen, um Yvette Peinlichkeiten zu ersparen, hielt es für klüger, ihm reinen Wein einzuschenken.

Aus Claudes ungläubigem Staunen wurde Zorn. »*Ma petite*, wie konntest du nur so etwas tun? Ein Bastard, in dem das Blut einer Sklavin fließt! Schämst du dich denn nicht einmal? Holst eine solche Person auch noch als Gesellschafterin ins Haus!«

Leonie war empört. »Erwartest du etwa, daß ich meine eigene Schwester verleugne? Da irrst du dich gewaltig, *Grand-Père*!«

»*Sacre cœur*! Wie sprichst du mit mir, du kleine Kröte! Mir scheint, dir ist nach einer Tracht Prügel!« hatte Claude getobt.

Leonie war seinem wütenden Blick nicht ausgewichen. »Das würde ich an deiner Stelle unterlassen«, antwortete sie lediglich, und Claude hatte seine Enkelin überrascht gemustert. Dann gab er schulterzuckend nach.

»Nun gut, wie du willst. Aber erwarte nicht, daß ich diese Kreatur auch noch anerkenne! Ich werde sie hier dulden, nichts weiter, hast du mich verstanden?«

»Oui, Grand-Père! Merci beaucoup!« Und zu beider Überraschung hatte sie ihn voll Dankbarkeit und Freude auf die Wange geküßt – eine Geste der Zuneigung, zu der sie sich selten hinreißen ließ.

Verlegen hatte Claude ihr den Kopf getätschelt und gemurmelt: »Du bist eine kleine Wildkatze, *ma petite*, und ich bin ein alter Taugenichts, aber vielleicht sind wir trotzdem kein schlechtes Paar, *oui*?«

In den folgenden Wochen kam es zu keinerlei Auseinandersetzungen. Claude kümmerte sich ein wenig um die Plantage, vor allem aber beschäftigte ihn die Frage nach Leonies Zukunft. Dann hielt es ihn nicht mehr im Hause, und er kehrte nach New Orleans an die Spieltische zurück, die Plantage unter Leonies Aufsicht zurücklassend.

An diesem Vormittag sah die Zukunft noch schwärzer aus als sonst, grübelte Leonie auf dem Weg zu den Schlafräumen ihres Großvaters. Es würde ihnen tatsächlich nichts anderes übrigbleiben, als ein paar ansehnliche Hektar Land zu verkaufen, aber das, so fürchtete sie, wäre der Anfang vom Ende.

Claude wälzte ähnlich schwere Gedanken, allerdings Leonies Zukunft betreffend. Mißmutig saß er aufrecht in seinem riesigen Bett mit dem verblichenen, karmesinroten Baldachin und den schweren Brokatvorhängen. Weiche Kissen stützten seinen Rücken, und ab und zu nippte er an einer Tasse heißen Kaffees.

Er dachte an die mahnenden, ja warnenden Worte des alten Familienarztes, den er in New Orleans aufgesucht und der ihm geraten hatte, sein schwaches Herz zu schonen. Wenn er allerdings so weitermachte wie bisher, sei seine Uhr bald abgelaufen. Es blieb ihm also vielleicht gar nicht mehr viel Zeit, um die Zukunft seiner Enkelin einigermaßen zu sichern. Erst gestern hatte er sich auf der Rückfahrt eingestanden, daß der jämmerliche Zustand der Plantage allein auf sein Schuldkonto ging, und beim Anblick der verblichenen Teppiche und abgenutzten Möbelstücke fragte er sich, ob es außer Schulden überhaupt etwas gab, das er Leonie hinterlassen konnte.

Der einfachste Ausweg aus dem Dilemma wäre eine anständige Heirat! Der Gedanke erschien ihm geradezu genial, und je mehr er darüber nachdachte, um so mehr Gefallen fand er an dieser Lösung. Vergessen waren die Selbstvorwürfe über ein verplempertes Leben, vergessen auch die Schuldgefühle. Fieberhaft überlegte er weiter. Ein Freier aus der Gegend kam nicht in Frage – hier wußte jeder über den hoffnungslosen Zustand der Plantage Bescheid. Nein, es müßte ein wohlhabender Fremder sein, mit einem ausgeprägten Ehrgefühl, der Leonie nicht zur Rechenschaft ziehen würde, wenn er die wahren Verhältnisse der Saint-Andrés letztendlich doch erfuhr.

Nun hatte Claude keineswegs die Absicht, den zukünftigen Gatten Leonies hinters Licht zu führen. Erstaunlicherweise war es ihm geglückt, für seine Enkelin die ansehnliche Summe von fünftausend spanischen Goldmünzen als Teil ihrer Aussteuer zurückzulegen. Irgendwie hatte er immer gehofft, daß die Summe sich vermehren ließe und er Leonie eine intakte Plantage hinterlassen könnte, aber ... die Dinge lagen nun einmal anders. Trotzdem, das Geld konnte als Köder verwendet werden. Nach der Heirat sollte es Leonie dann nicht schwerfallen, ihren Gatten von ihrer Unschuld zu überzeugen. Und so schlecht war der Handel nun auch wieder nicht.

Gedankenverloren setzte er die Tasse ab. Vielleicht haben wir ja auch ein bißchen Glück. Mit sechzehn Jahren war Leonie durchaus im heiratsfähigen Alter. Sie stammte aus einer angesehenen Familie und war nicht verwöhnt. Wieder stiegen Schuldgefühle in ihm hoch, doch er schüttelte sie ab. Das Rad der Zeit ließ sich nicht zurückdrehen – und abgesehen davon hätte er sein Leben wahrscheinlich gar nicht viel anders gelebt, als er es getan hatte. Mit fünftausend spanischen Dublonen, überlegte er zuversichtlich, ließen sich eine Menge Männer ködern, aber so einfach wollte er es sich auch wieder nicht machen, denn schließlich floß blaues Blut in seinen Adern. Claudes Vater, der jüngste Sproß des Comte Saint-André, hatte sich in New Orleans niedergelassen, als es hier nur Sümpfe gab. Und als der alte Comte in den Wirren der französischen Revolution durch die Guillotine umkam, war der Titel auf ihn übergegangen. Claude war der letzte, lebende, männliche Nachfahre des einst stolzen und illustren Adelsgeschlechtes.

In der alten Heimat machte derzeit ein korsischer Emporkömmling namens Napoleon von sich reden, der die französischen Truppen von Sieg zu Sieg führte und alle Aussichten hatte, schon bald das Land zu regieren. Er selbst, Claude, war zu alt, um nach Frankreich zurückzukehren, aber wenn Leonie ein Junge gewesen wäre...

Der Gegenstand seiner Betrachtungen betrat das Zimmer, und Claude schmunzelte innerlich. Auch wenn Leonie ein Mädchen war, wenn es darum ging, ihren Willen durchzusetzen, reichte sie jedem Mann das Wasser!

Die Begrüßung fiel zurückhaltend aus. Claude hatte noch immer ein schlechtes Gewissen wegen der Schuldscheine, die er am Spieltisch im Haus des Gouverneurs gelassen hatte, Leonie hingegen war mißtrauisch, weil sie sich nicht vorstellen konnte, warum ihr Großvater sie so dringend zu sehen wünschte. Über das Geld wurde nie gesprochen, und so fragte sie in möglichst unverbindlichem Ton: »Hast du dich gut amüsiert, *Grand-Père*? Du warst diesmal lange fort.«

Er nickte und versuchte zu übersehen, daß sie sich in wenig mädchenhafter Manier mit untergeschlagenen Beinen am Fußende des Bettes niederließ. Eine zurechtweisende Bemerkung über ihre nackten Füße und das ungekämmte Haar lag ihm auf der Zunge, doch er behielt sie für sich. Wenn sie nicht über das Geld sprach, würde er über ihr unordentliches Kleid hinwegsehen...

»Yvette sagte mir, daß du mich sprechen möchtest«, begann Leonie, ohne sich lange mit Vorreden aufzuhalten.

Claude zuckte unmerklich zusammen, als Leonie Yvette erwähnte, dann erwiderte er ebenso direkt, ja fast grob: »Ich habe beschlossen, dich zu verheiraten.«

Leonie straffte die Schultern und blitzte ihn aus ihren unergründlichen, grünen Augen an. »Mit wem?« fragte sie knapp und beherrscht, doch ihr Tonfall verriet ihre rebellische Stimmung.

Claude machte eine vage Geste. »Oh, es ist noch nichts entschieden«, erwiderte er leichthin, was ihn große Anstrengung kostete. »Ich wollte es dir zuerst einmal mitteilen, bevor ich mich auf die Suche nach einem Gatten für dich mache.«

Leonie setzte sich auf die Fersen und warf ihrem Großvater einen langen, abwägenden Blick zu. Mit gespielter Gleichgültigkeit antwortete sie schließlich: »Ich habe nicht die Absicht zu heiraten, *Grand-Père*. Du kannst mich nicht dazu zwingen.«

Claudes Lippen zogen sich zu einem dünnen Strich zusammen, und seine Stimme bebte vor unterdrücktem Zorn, als er drohte: »Entweder du heiratest den Gentleman meiner Wahl, oder Yvette findet sich umgehend im berüchtigtsten Bordell von ganz New Orleans wieder!«

Leonies Augen durchbohrten ihn förmlich mit einer Mischung aus Furcht, Trotz und Wut, dann war sie mit einem Satz auf den Beinen. »Das würdest du wagen?«

»Natürlich«, gab er mit unbewegter Miene zurück. Sie tat ihm aufrichtig leid, aber er durfte nicht nachgeben. Es mußte sein. Ihre Zukunft mußte abgesichert werden, auch wenn sie sich jetzt dagegen sträubte.

Ungläubig starrte Leonie ihn an, während ihre Gedanken sich überschlugen. Sie hatten schon oft miteinander gekämpft, Frieden geschlossen und wieder gekämpft, doch diesmal war es anders. Sie konnte Yvette nur bedingt schützen, und Claudes Schläue fühlte sie sich nicht gewachsen. Wenn er drohte, daß Yvette sich in einem Bordell wiederfinden würde, so waren das keine leeren Worte. Im Augenblick sah sie keinen Ausweg, und mit verhaltener, eisiger Stimme flüsterte sie: »*Eh bien*, wie du willst.«

Claude nickte zufrieden. »*Bon*, wir brechen also schon bald nach New Orleans auf, um dir einen Ehemann zu suchen.«

2

Bonheur war ganz ohne Zweifel der Sitz einer gut situierten Familie. Unweit von Natchez und nur einige Meilen oberhalb des Mississippitales gelegen, erreichte man es über eine prachtvolle Eichenallee, die bis vor das gepflegte, dreistöckige Herrschaftshaus inmitten eines parkähnlich angelegten Gartens führte. Hier standen prächtige Magnolienbäume in voller Blüte, und zwischen den mit Moosen und Flechten über und über bewachsenen, mächtigen Eichen erhaschte man immer wieder einen Blick auf das Wohnhaus, vor dem die Allee sich zu einem Halbrund weitete. Zierliche stuckverzierte weiße Säulen mit geschnitzten Kapitellen stützten das überhängende Dach auf allen vier Seiten des Hauses und bildeten so eine einladende, schattige Veranda, auf die man über einen die gesamte Breite des Hauses einnehmenden Treppenaufgang gelangte. Schmale, dunkelgrüne Fensterläden und ein Blütenteppich von tieflilafarbener Wisteria an den Hausmauern entzückten das Auge des Betrachters, dem sich Bonheur als ein Ort von erlesener Eleganz darstellte. Englische Axminsterteppiche, Orientbrücken, ausgesuchte Barockmöbel aus Mahagoni, kostbare Gobelins und Polstermöbel zeugten vom guten Geschmack seiner Bewohner. Doch Morgan Slade, mit siebenundzwanzig Jahren der älteste Sohn der Familie und Erbe Bonheurs, maß alledem wenig Bedeutung bei. An diesem sonnigen Vormittag im Juni des Jahres 1799 beschäftigte ihn vielmehr ein Brief seines Onkels aus England.

Mißmutig setzte er die Kaffeetasse ab. Dominic, sein jüngerer Bruder, bemerkte die steile Falte auf Morgans Stirn und fragte neugierig: »Gibt es Ärger? Verliert England den Krieg gegen Frankreich?«

Morgans Gesicht hellte sich etwas auf. »Bis jetzt läuft alles wie erwartet. Nelson und seine Flotte haben auf See die Oberhand gewonnen, aber die englischen Landstreitkräfte tun sich schwer. Napoleon ist ein kluger Stratege. Onkel scheint jedoch anzunehmen, daß sich die Lage nicht weiter verschlechtert. Die Gefahr einer französischen Invasion ist zumindest abgewendet.«

»Und was macht dir dann Sorgen?«

Morgan seufzte. Wenn Dominic etwas wissen wollte, ließ er nicht locker. Ausflüchte machten ihn nur noch neugieriger, daher antwortete er, wenn auch so beiläufig wie möglich. »Ach, nichts weiter. Die üblichen Streitigkeiten zwischen Onkel und unserem geschätzten Vetter Ashley.«

Robert, der dritte Sohn der Slades und zwei Jahre jünger als Morgan, blickte nun ebenfalls auf. Wie Morgan, so hatte auch er seine Ausbildung in Harrow erhalten und die englischen Verwandten kennengelernt. Ashleys Zwistigkeiten mit seinem Onkel waren stets dreifacher Natur, und so fragte er mit einem wissenden Grinsen: »Frauen, Alkohol oder Gold ... oder gar alles auf einmal?«

»Du hast es erraten!« Morgans ebenmäßige Zähne blitzten in dem von der Sonne gebräunten, schmalen Gesicht. »Aber das ist noch nicht alles. Der liebe Ashley hat England Hals über Kopf verlassen und nähert sich offenbar unseren Gestaden.«

»Grundgütiger Himmel! Hat er etwa vor, uns einen Besuch abzustatten?« Robert machte ein bestürztes Gesicht, denn wo Ashley auftauchte, war mit skandalösen Auftritten zu rechnen. »Und ich dachte, seine letzte Niederlage gegen dich hätte ihm die Augen geöffnet. Daß er es tatsächlich wagt, noch einmal den Atlantik zu überqueren, nachdem er seine Schuldscheine mit deinem Namen unterschrieben hat! Welcher Teufel mag ihn diesmal reiten? Er müßte es doch langsam besser wissen!«

»Ashley wäre nicht Ashley, wenn er auch nur über ein Gramm Besonnenheit verfügte«, gab Morgan achselzuckend zurück. »Aber mach dir keine Sorgen, Rob. Er wird schon mit dem nächsten Schiff wieder nach England zurückkehren. Onkel bittet mich, dafür zu sorgen. Anscheinend hat er ihn nach einer ihrer üblichen, heftigen Meinungsverschiedenheiten über Ashleys Spielleidenschaft und seinen liederlichen Lebenswandel wieder einmal enterbt. Jetzt hat sich sein Gemüt beruhigt, und ich soll Ashley finden und nach Hause schicken.«

Natürlich galt die Sympathie der Brüder ihrem Onkel, dem Baron von Trevelyan, und nicht ihrem Vetter Ashley, der Morgan frappierend ähnlich sah.

Außer den drei Brüdern gab es noch die zehnjährigen Zwillinge Alexander und Kassandra, die dauernd für Aufregung sorgten, und Alicia, die verheiratet war und mit ihrer Familie in Tennessee lebte. Ein weiterer Bruder, der neunzehnjährige André, war drei Jahre zuvor bei einem Duell ums Leben gekommen, und erst im vergangenen Jahr war die zwölfjährige Maria an der Malaria gestorben. Schließlich hatte, um das Maß voll zu machen, Morgans Ehe auf tragische Weise ein Ende gefunden...

In diesem Moment betrat Noelle Slade das Zimmer. Ihre drei erwachsenen Söhne sprangen augenblicklich respektvoll auf, während der farbige Butler in weißer Livrée ihr eifrig den Stuhl zurechtrückte. Mit fünfundvierzig Jahren und trotz der acht Kinder, die sie zur Welt gebracht hatte, war sie noch immer eine attraktive Frau. Volles schwarzes Haar fiel in weichen Locken auf ihre Schultern herab und betonte ihren makellosen Teint und das ausdrucksvolle Gesicht, dessen unverwechselbar kreolische Züge ihm einen exotischen Reiz verliehen. Die Familie war der Mittelpunkt ihres Lebens, und wehe dem, der einem der Ihren Schmerzen zufügte. Unter ihrem Einfluß war eine verschworene Gemeinschaft herangewachsen, in der jeder über das Wohl des anderen wachte. So hatte sich der Duellierpartner des jungen André, ein skrupelloser Zuhälter, schon am Tag nach dem Duell einem grimmig blickenden Morgan gegenüber gesehen – und das Duellierfeld nicht lebend verlassen.

Noelle hatte kaum Platz genommen, als auch Matthew Slade das Speisezimmer betrat. Das Familienoberhaupt zählte vierundfünfzig Jahre, war von großer Statur und hatte als einziger in der Familie kastanienbraunes Haar, in dem sich die ersten grauen Strähnen zeigten. Von allen Söhnen ähnelte Morgan seinem Vater wohl am meisten.

Es wurde über dies und jenes gesprochen, doch als Morgan keine Anstalten machte, den Brief aus England zu erwähnen, platzte Dominic mit der Neuigkeit heraus.

»Stell dir vor, Vater, Ashley ist in Amerika, und Morgan soll dafür sorgen, daß er so schnell wie möglich nach England zurückkehrt!« Der Angesprochene biß kommentarlos in sein Frühstücksbrot, nur Noelle blickte überrascht auf. Seit Ashleys letztem Glanzstück hegte sie keinerlei Sympathien mehr für den Vetter aus Europa, doch nach einem Seitenblick auf Morgans beherrschte Gesichtszüge hielt sie es für ratsamer, ihre Meinung für sich zu behalten. Was mochte wirklich in ihrem ältesten Sohn vorgehen? Von Kindesbeinen an war er eigenwillig, ja stur gewesen, doch er hatte ihr seine Ängste, Sorgen und Träume immer anvertraut und war trotz seines starken Eigenwillens ein sanfter, rücksichtsvoller Junge gewesen, besonders im Umgang mit dem anderen Geschlecht. Bis vor zwei Jahren jedenfalls, als seine Ehe auf so tragische Weise endete.

Da niemand allzusehr an der Neuigkeit Anteil nahm, wendete sich die Unterhaltung anderen Dingen zu. Noelles Gedanken hingegen kreisten weiterhin um ihr Sorgenkind.

Warum mußte er nur so unzugänglich werden, grübelte sie, so hart und unnachgiebig, als wolle er niemanden mehr an sich heranlassen, insbesondere keine Frauen. Nicht einmal ihr schenkte er sein Vertrauen, dachte Noelle grimmig, und das war Stephanies Werk! Erst brach sie ihm das Herz, aber das genügte ihr noch nicht, o nein! In ihrem grenzenlosen Egoismus hatte sie auch noch das Kind benutzt, das er abgöttisch liebte. Sie war schuld, daß Morgan jetzt so kalt und unnahbar war!

Lebhaft stieg die Erinnerung an jenen Tag in ihr auf, als Morgan sie überglücklich mit der Neuigkeit überraschte, daß Stephanie du Bois in eine Heirat mit ihm eingewilligt hätte. Noelle hielt beide damals für zu jung und unausgegoren für eine Ehe, und außerdem hegte sie den Verdacht, daß Stephanie, die zwar aus guter, aber verarmter Familie stammte, nicht nur Morgans Charme, sondern auch seinem Vermögen erlegen war. Jeder in Natchez wußte, daß die du Bois-Töchter keine andere Wahl hatten, als eine lukrative Verbindung einzugehen. Trotzdem erwies sich Stephanie als ein reizendes Mädchen, und Morgan las ihr jeden Wunsch von den Augen ab. Noelle beobachtete seine Hingabe und ungewohnte Sanftmut halb besorgt, halb belustigt und hoffte das Beste.

Eigentlich hätten die beiden miteinander glücklich werden können, wenn Stephanie Morgan wirklich geliebt hätte. Morgan war vollkommen vernarrt in seine süße Frau, und knapp ein Jahr nach der Hochzeit brachte Stephanie das erste Kind zur Welt, einen gesunden, strammen Sohn. Hier in diesem Salon hatte der kleine Philippe seine ersten zaghaften Gehversuche unternommen und alle mit seinem gurgelnden Lachen begeistert, dachte Noelle schmerzerfüllt. Sicherlich litt Morgan hinter seiner eisigen Fassade mehr, als er zugeben wollte. Manchmal meinte sie, seine Qualen körperlich zu spüren, doch Morgan sprach nie darüber.

Es war schwer zu sagen, wann die Mißstimmung des Paares offen zutage getreten war. Vielleicht, als Morgan den Wunsch äußerte, Bonheur zu verlassen, um mit seiner kleinen Familie nach Thousand Oaks zu ziehen? Damals hatte Stephanie deutlich ihren Unmut gezeigt. Oder hatte Morgan sie in dem darauffolgenden Jahr zu oft und zu lange allein gelassen, weil ihn der Bau des neuen Heimes in Anspruch nahm, er Stephanie jedoch die Strapazen des Hausbaus in einer fast unberührten Wildnis nicht zumuten wollte? Oder begann das Unheil seinen Lauf zu nehmen, als Stephanie Steven Marlin-Court begegnete – zu einer Zeit, als Morgan wieder einmal in Thousand Oaks beschäftigt war? Noelle machte sich noch immer bittere Vorwürfe, hatte sie selbst doch ihrer Schwiegertochter diesen Frauenheld vorgestellt. Aber wer konnte schon ahnen, daß Stephanie sich derart blenden lassen würde! Morgan war völlig ahnungslos, als er drei Monate später nach Bonheur zurückkehrte, wo er weder Frau noch Sohn vorfand, nur eine gefühllose, kurze Nachricht, in der Stephanie ihm in unnötig grausamen Worten mitteilte, daß sie Steven liebe und Philippe nach Bonheur zurückschicken würde, sobald er, Morgan, in die Scheidung und in eine befriedigende finanzielle Lösung eingewilligt hätte.

Nie werde ich sein Gesicht vergessen, dachte Noelle, wie plötzlich jede Wärme aus seinem Blick wich und seine Augen kalt und leer, seine Gesichtszüge hart wurden. Dann hatte er kurzentschlossen die Verfolgung aufgenommen, nicht um Stephanie zurückzuholen, denn sie hatte ihren Weg gewählt, sondern Philippes wegen. Er konnte nicht ahnen, daß ihm eine noch entsetzlichere Entdeckung bevorstand.

Die Fliehenden hatten sich nach Norden gewendet, um auf dem berüchtigten Natchezpfad die Wildnis so schnell wie möglich zu durchqueren, ungeachtet der Tatsache, daß Reisende hier immer Gefahr liefen, ausgeraubt zu werden. Es gab unzählige Schreckensberichte von Überfällen, Morden und spurlos verschwundenen Personen, doch es gab keinen direkteren Weg in den Norden. Er sollte auch Stephanie, ihrem Liebhaber und Philippe zum Verhängnis werden.

Glücklicherweise war Morgan nicht allein, als er die verstümmelten Leichen seiner Frau und seines Sohnes in einer Bergschlucht fand. Er selbst hatte nie darüber gesprochen, erst von Robert und Brett Dangermond, seinem langjährigen Freund, erfuhr die Familie von Stephanies und Philippes tragischem Ende.

Morgan war seither völlig verändert. Noelle litt besonders unter seiner Verschlossenheit und seiner inneren Unruhe. Nie hielt er es länger als ein paar Wochen auf Bonheur aus, dann schienen die schmerzlichen Erinnerungen ihn zu erdrücken. Wenn junge Frauen mit ihm flirteten, reagierte er kühl, ja zynisch, und jeder Versuch eines Gesprächs über eine neuerliche Heirat rief seinen Unwillen hervor. Sein Interesse an Frauen schien sich auf gelegentliche Besuche einschlägiger Häuser zu beschränken – und im Augenblick war er ausschließlich mit seiner bevorstehenden Reise nach New Orleans beschäftigt, auf der Dominic ihn unbedingt begleiten wollte.

Morgan lehnte das Ansinnen seines Bruders jedoch energisch ab. »Beim nächsten Mal kannst du mitkommen, das verspreche ich dir. Aber diese Reise habe ich schon lange geplant, und es wird keine Vergnügungsfahrt. Die meiste Zeit werde ich in Besprechungen mit Grundstücksmaklern und spanischen Beamten verbringen, du würdest dich nur langweilen. Und was Ashley angeht, mit unserem Vetter werde ich auch ohne deine Hilfe im Handumdrehen fertig. Du müßtest dich dauernd allein beschäftigen.«

»Oh, mir würde schon das eine oder andere einfallen«, gab Dom vergnügt zurück.

»Eben. Deswegen ist es mir lieber, du bleibst diesmal noch hier«, erwiderte Morgan ungerührt und streifte seine Reitstiefel über. »Ich will mir übrigens das Halbblut anschauen, das unser Nachbar verkaufen will. Ein Apfelschimmel, wie ich höre. Kommst du mit?«

Dom war im Nu Feuer und Flamme, denn den Pferden gehörte sein ganzes Herz. Morgans Aufenthalt in New Orleans verlor prompt an Bedeutung, und zu Doms grenzenloser Begeisterung entschloß Morgan sich zum Kauf des Tieres.

»Habe ich es dir nicht gesagt? Es ist ein prächtiger Zuchthengst!« rief er überschwenglich, als sie am Nachmittag heimwärts ritten.

»Und du hattest recht, Brüderchen«, grinste Morgan, zufrieden mit dem Erfolg seines Ablenkungsmanövers, denn Dom hatte die Reise seines Bruders tatsächlich vergessen.

Erst am Abend, als nur noch Matthew Slade und sein ältester Sohn bei einer Zigarre gemütlich auf der Veranda saßen, kam das Gespräch wieder auf Morgans bevorstehende Geschäftsreise nach New Orleans.

»Du willst also versuchen, die Spanier zu einer Verlängerung des Vertrages über die Nutzungsrechte zu bewegen«, bemerkte Matthew beiläufig. »Heißt das, daß du auch unseren Exgouverneur Gayoso treffen wirst?«

Morgan nickte. »Es scheint mir ein guter Ansatzpunkt zu sein. Gayoso kennt unsere Familie und weiß, daß ich formal der spanischen Krone unterstehe, solange ich Thousand Oaks besitze. Und schließlich haben wir ihn während seiner Amtsperiode in Natchez hier empfangen. Wir sind also keine Fremden füreinander.«

Matthew blies feine Rauchwölkchen in die Luft. »Meinst du nicht, daß er versuchen wird, dich zu bestechen, damit du für die Spanier ein bißchen herumspionierst? Ich denke, es könnte ihm daran gelegen sein, jetzt, wo er Gouverneur von New Orleans ist.«

»Oh, ich rechne sogar damit, aber irgendwie werde ich es ihm schon ausreden. Ich bin nicht General Wilkinson.«

»Du solltest etwas vorsichtiger mit solchen Äußerungen sein«, gab Matthew warnend zurück. »Ich kenne zwar alle Gerüchte über die angebliche Liaison Wilkinsons mit den Spaniern, aber niemand kann ihm etwas nachweisen. An deiner Stelle wäre ich etwas achtsamer, sonst fühlt er sich am Ende noch genötigt, seine Ehre zu verteidigen, über die er immer spricht.«

Morgan grinste. »Keine Sorge, Vater. Wilkinson würde sich schon deswegen nicht mit mir duellieren, weil er weiß, daß ich gewinnen würde. Außerdem bin ich sicher, daß ich Beweise für seine Spionagetätigkeit finden würde, wenn ich ernsthaft daran interessiert wäre, ihn zu überführen. Du vergißt meine Bekanntschaft mit Phillip Nolan.«

»Den ich nie leiden konnte!« brummte Matthew, »und zwar nicht nur wegen seiner engen Freundschaft mit Wilkinson. Was ist das für ein Leben, das er führt? Fängt Wildpferde auf spanischem Hoheitsgebiet!«

»Er verdient seinen Lebensunterhalt auf alle Fälle ehrlicher als unser ehrenwerter General!« warf Morgan ein.

»Wahrscheinlich hast du recht, und im Vergleich zu Wilkinson ist Gayoso geradezu ein Ehrenmann! Du kannst von Glück sagen, daß du es mit ihm zu tun hast und nicht mit dem General. Ich wünsche dir jedenfalls Glück, denn die Situation im Hafen von New Orleans ist unerträglich. Wir brauchen die Werften und Lagerhallen dort unbedingt.«

Morgan seufzte. Seine Familie war, wie alle Anwohner des Mississippi, auf den Hafen von New Orleans als Umschlagplatz für ihre Waren – Baumwolle, Indigo und Felle – angewiesen. Der Vertrag von San Lorenzo zwischen Spanien und den gerade flügge gewordenen Vereinigten Staaten von Amerika aus dem Jahre 1796 sicherte den Amerikanern für einen Zeitraum von drei Jahren uneingeschränkte Nutzungsrechte zu, aber die Frist war fast abgelaufen. Jedermann lebte in ständiger Sorge, Spanien könne das Nutzungsrecht nun widerrufen, und der Umgang mit den spanischen Beamten in New Orleans wurde zusehends schwieriger. Die Korruption blühte.

»Wenn wir ihnen New Orleans nur abkaufen könnten«, murmelte Morgan nachdenklich. »Es würde die Abwicklung unserer Geschäfte enorm vereinfachen.«

»Spanien wird niemals freiwillig auch nur einen Meter Land an uns abtreten. Hast du vergessen, wie lange die Engländer sich mit der Räumung der an uns abgetretenen Gebiete Zeit ließen?«

Morgan stand auf und schnippte den Zigarrenstummel in die

Dunkelheit. »Es ist spät. Ich jedenfalls gehe jetzt zu Bett. Bleibst du noch?«

»Nicht mehr lange. Morgan«, Matthew zögerte, bevor er weitersprach. »In New Orleans gibt es nicht zufällig eine junge Dame, die dich erwartet?«

Morgan machte eine verächtliche Miene. »Wenn du an eine junge, heiratsfähige Dame denkst, ist die Antwort nein! Du wirst dich damit abfinden müssen, daß deine anderen Kinder für eine zahlreiche Nachkommenschaft sorgen.«

»Morgan ...« protestierte Matthew schwach, doch sein Sohn fiel ihm mit schneidender Stimme ins Wort.

»Bitte sage nichts mehr, Vater. Ich bin nicht willens, über dieses Thema zu sprechen. Wenn es dir allerdings egal ist, ob wir uns im Streit trennen oder nicht, dann sprich nur weiter.«

Es war Matthew nicht gleichgültig, und so folgte er seinem Sohn schweigend und nachdenklich ins Haus.

In jener Nacht fand Morgan wenig Schlaf. Seine Gedanken wanderten zu Stephanie zurück und zu der kurzen Zeit des Glücks, die sie miteinander erlebt hatten. Unruhig stand er wieder auf und blickte aus dem Fenster in den Garten hinaus, wo der Mond die blühenden Magnolienbäume in ein sanftes, silbriges Licht tauchte. Aber Morgan war blind für den Zauber der Mondnacht. Wie konnte es mir nur entgehen, daß sie mein Geld mehr wollte als mich? fragte er sich trübselig. Doch während Stephanie ihr Leben selbst in die Hand nehmen und darüber entscheiden konnte, hatte sie den kleinen Philippe in schändlicher Weise für ihre egoistischen Ziele benutzt. Morgans Liebe zu seiner Frau war in dem Augenblick gestorben, als er ihre gefühllosen Zeilen begriff, und hatte sich in unversöhnlichen Haß verwandelt, den der Tod Philippes nur noch verstärkte. Und Vater hofft allen Ernstes, daß ich mich für eine junge, gesellschaftsfähige Dame interessiere, dachte Morgan bitter. Ha, ich werde mich hüten, noch einmal auf ein Paar schöne Augen hereinzufallen! Ich nicht!

3

Morgan schreckte aus dem Schlaf hoch. Erst nach einer Weile gelang es ihm, die Bilder des Alptraumes abzuschütteln und sich an die Ereignisse der vergangenen Nacht zu erinnern.

Tags zuvor war er in New Orleans eingetroffen. Sofort nach seiner Ankunft hatte er Gouverneur Gayoso aufgesucht, der ihn in seiner gastfreundlichen Art sofort einlud, für einige Tage sein Gast zu sein. Morgan hatte nur ungern so hautnah mit Gayoso zu tun, doch er fügte sich der fast zwingenden Einladung, weil es äußerst unklug gewesen wäre, einen der einflußreichsten Männer in ganz Louisiana zu verstimmen, und schließlich wollte er ja geschäftlich mit Gayoso sprechen – was konnte es also schaden, wenn er das Angebot annahm und für ein paar Tage unter dem Dach des Gouverneurs wohnte? Er brauchte ja schließlich nicht alle Gründe für seinen Aufenthalt in New Orleans offenzulegen.

Also stellte Morgan sich darauf ein, einige Tage in der Gesellschaft des älteren Herrn zu verbringen. Er mußte sich ohnehin Zeit lassen, denn, so erkannte Morgan schon bald, über die Geschäfte würde erst dann gesprochen werden, wenn Gayoso dazu bereit war. Und Gayoso, dessen oberster Leitsatz hieß, daß *Mañana* ja auch noch ein Tag war, hatte es demzufolge nie eilig.

Manuel Gayoso de Lemos war ein schlanker Mann in den Fünfzigern, dunkelhäutig, mit schwarzem Haar und schwarzen Augen. Von seinen spanischen Amtskollegen unterschied er sich in einer Hinsicht wohltuend. Er mißbrauchte seine Amtsgewalt so gut wie nie zu seinem eigenen Vorteil. Was nicht hieß, daß seine Geschäfte völlig lupenrein gewesen wären, aber er war ein Mann mit Ehrgefühl, ein charmanter Gastgeber und ein ausgesprochen geselliger Mensch von sagenhafter Trinkfestigkeit.

Nach dem Abendessen hatten Gayoso und sein Gast sich von den Damen des Hauses höflich verabschiedet, um den Rest des Abends am Spieltisch zu verbringen. Die dort anwesenden Gentlemen waren Morgan unbekannt, aber sie erwiesen sich schon bald als kurzweilige Gesprächs- und Spielpartner. Besonders ein älterer, aristokratisch wirkender Herr mit Namen Saint-André hatte es ihm angetan. Der Franzose bestach zunächst durch seine Schlagfertigkeit und ein äußerst gewandtes Auftreten, doch im Verlauf des Abends betrank er sich zusehends. Morgan beobachtete mit wachsendem Unmut, daß Gayoso dennoch einen Schuldschein nach dem anderen von ihm entgegennahm, ohne sich darum zu kümmern, daß Saint-André offensichtlich zu betrunken war, um überhaupt noch spielen zu können. Der alte Mann tat Morgan leid. Schließlich konnte er das unlautere Spiel nicht mehr mitansehen, erhob sich kurz entschlossen vom Spieltisch und überredete den alten Saint-André mehr oder weniger, ebenfalls nach Hause zu gehen. Dann hatte er sich zurückgezogen und war in einen bleiernen Schlaf gesunken, aus dem der Alptraum ihn wieder aufgeschreckt hatte. Es war immer derselbe, furchtbare Traum. Morgan wußte, daß Philippe sich in Todesgefahr befand und ritt wie von Furien gehetzt, um ihn zu retten. Doch zu seinem Entsetzen kam er immer zu spät und mußte zusehen, wie eine dunkelhäutige Gestalt Philippe die Kehle aufschlitzte und im undurchdringlichen Dschungel verschwand. Jedesmal wachte er dann schweißgebadet, mit wildpochendem Herzen auf und glaubte, vor Schmerz ersticken zu müssen.

Claude Saint-André erwachte am darauffolgenden Morgen zwar mit dröhnendem Schädel, aber einer durchaus klaren Erinnerung an den vergangenen Abend. Er hatte einen Mann für Leonie gefunden! Monsieur Morgan Slade erfüllte alle Erwartungen, die er an den zukünftigen Ehemann seiner Enkelin stellte. Er war gutaussehend, wohlhabend und noch dazu ein Ehrenmann! Claude hatte die Beweggründe für Morgan Slades plötzlichen Aufbruch vom Spieltisch wohl erkannt, ein Verhalten, das er ihm hoch anrechnete. Jemand wie Monsieur Slade wäre stark genug, Leonies widerspenstiges Wesen zu zähmen! Trotz seines schweren Kopfes befand er sich in einer so gehobenen Stimmung wie schon lange nicht mehr. Sicherlich gab es noch einige Unklarheiten zu beseitigen und Hindernisse aus dem Weg zu räumen, doch darum machte er sich keine Sorgen. Irgend etwas würde ihm schon einfallen, *naturellement*!

Leonie reagierte auf die Neuigkeit so, wie er es erwartet hatte – sie geriet völlig außer sich. Es war ihr schon schwer genug gefallen, das

Château zu verlassen, um in dem schäbigen Stadthaus der Saint-Andrés tatenlos darauf zu warten, daß ihr Großvater einen Mann für sie fand. Aber daß er schon am vierten Tag nach ihrer Ankunft sicher war, den Richtigen gefunden zu haben, das war mehr, als sie verkraften konnte!

»Und dieser Monsieur Slade hat also eingewilligt, einfach so?« fragte sie mit vor Wut funkelnden Augen.

Claude wollte ihr natürlich nicht eingestehen, daß der junge Mann noch nichts von seinem Glück wußte. Und da er der Meinung war, je eher Leonie ihr Schicksal für besiegelt hielt, um so besser wäre es für sie, behauptete er im Brustton der Überzeugung: »*Mais oui!* Er ist einverstanden. Heute abend werden wir noch über deine Mitgift und den Zeitpunkt eurer Hochzeit sprechen.«

Leonie warf ihrem Großvater einen mißtrauischen Blick zu. »Was für eine Mitgift?«

Claude hielt es für klüger, ihr in diesem Punkt die Wahrheit zu sagen, da sie früher oder später ja doch davon erfahren hätte. Mit einem möglichst unschuldigen Gesicht erwiderte er daher: »Fünftausend spanische Golddublonen, die dein Vater und ich am Tag deiner Geburt für dich beiseite gelegt haben.« Und stolz fügte er hinzu: »Siehst du, *ma petite*, trotz all meiner Fehler habe ich doch deine Mitgift gerettet.«

Leonie begriff nur, daß sie mit dieser Summe das Château vor dem Schlimmsten bewahren konnten. Ein strahlendes Leuchten trat in ihre Augen, und überglücklich umarmte sie ihren Großvater. »*Grand-Père! Mon Dieu*, hast du mir einen Schrecken eingejagt! Mit dem Geld können wir neue Rinder kaufen und Werkzeuge, vielleicht sogar ein paar Arbeiter für die Plantage. Wir sind gerettet. *C'est merveilleux*! Und ich dachte schon, du wolltest mich wirklich einfach verheiraten!«

Claude befreite sich, völlig entgeistert über ihren Gedankensprung, aus der Umarmung. »Aber ich werde dich verheiraten, *ma Chérie*. Das Geld ist deine Mitgift, und die werde ich nicht an ein Stück Land vergeuden, in das sehr viel mehr investiert werden müßte. Du wirst heiraten, und mit dem Geld werden wir dir einen angesehenen Ehemann kaufen, der für sich sorgen kann.«

Das glückliche Leuchten in Leonies Augen erstarb langsam. Er ist verrückt, dachte sie voller Entsetzen. Wir stehen vor dem Ruin, und er will das ganze Geld für so etwas Nutzloses wie einen dahergelaufenen Ehemann ausgeben! Sie spürte eine ungeheure Wut in sich aufsteigen und holte tief Luft, um sich unter Kontrolle zu bringen. »Warum bestehst du darauf, daß ich heirate?« verlangte sie ungestüm zu wissen. »Du zwingst mich dazu, dich für den Rest meines Lebens zu hassen! Warum tust du mir so etwas an?«

»Ich will dein Bestes!« entgegnete Claude in scharfem Ton. »Du brauchst jemanden, der auf dich aufpaßt. Ich bin zu alt und zu müde für diese Aufgabe. Deshalb wirst du heiraten. Es ist höchste Zeit!«

Leonie wußte, daß sie im Augenblick nichts mehr ausrichten konnte, und ließ dieses Thema fallen, nur um ein gleichermaßen heißes Eisen zur Sprache zu bringen. Mit einem herausfordernden Blick fragte sie: »Und wieviel Schuldscheine hast du gestern abend wieder verteilt? Hast du Monsieur Slade vielleicht gar am Spieltisch kennengelernt? Ist er ebenfalls im Besitz deiner Schuldscheine? Besitzt er so wenig Ehrgefühl, daß er einem Betrunkenen Geld abnimmt?«

»Halt den Mund, du Grünschnabel!« wies Claude sie mit einem gefährlichen Unterton in der Stimme zurecht. »Ich bin niemandem Rechenschaft schuldig, kapiert?«

»Ach nein! Du wirfst meine Zukunft achtlos fort, mein Leben ... und ich soll ruhig zusehen! Es ist meine Zukunft, *Grand-Père*, und ich werde darum kämpfen. Du würdest an meiner Stelle genauso handeln!«

Irgendwo hat sie ja recht, dachte Claude, wenngleich er ihre Meinung, Frauen könnten über ihre Zukunft selbst bestimmen, nicht teilte. »Ja, ich habe Monsieur Slade am Spieltisch bei Gouverneur Gayoso kennengelernt«, gab er widerwillig zu, »aber er ist ein ehrenwerter Mann. Als er merkte, daß ich ..., daß ich eigentlich nicht mehr spielen konnte, hat er in sehr zuvorkommender Weise den Abend beendet.« Und als könne er Leonie versöhnlicher stimmen, fügte er hinzu: »Ich hatte ziemlich viel Pech, und es ist sein Verdienst, daß Gouverneur Gayoso weniger Schuldscheine von mir besitzt, als es sonst der Fall gewesen wäre. Du solltest ihm dankbar sein.«

Leonie schleuderte ihm einen angewiderten Blick entgegen, doch dann bat sie in flehentlichem Ton: »Bitte, *Grand-Père*, geh heute abend nicht wieder dorthin! Du wirst dich betrinken und noch mehr Geld verlieren!« Ihre Stimme wurde eindringlich. »Man wird deine Schuldscheine nicht mehr lange akzeptieren, und früher oder später werden sie eingeklagt. Jeder weiß doch, daß du sie nicht bezahlen kannst. Was wird geschehen, wenn Gayoso sein Geld will? *Grand-Père*, du kannst unsere finanzielle Notlage nicht einfach übersehen und so tun, als stünde uns unendlich viel Geld zur Verfügung.«

Ihre Worte trafen Claude tief in seinem Inneren. Obwohl er seine Enkelin in ihrem aprikotfarbenen Kleid und den ordentlich geflochtenen Zöpfen ausnahmsweise einmal zauberhaft fand, verletzten ihre Worte seinen Stolz in unerträglicher Weise. Außer sich vor Wut herrschte er Leonie an. »Was maßt du dir an? Wenn du ein Mann wärst, würde ich dich dafür töten! *Mon Dieu*, es wäre mir ein Vergnügen! Die Schuldscheine eines Saint-André sind so gut wie bares Geld, und niemand würde es wagen, sie nicht zu akzeptieren!« Und mit haßerfülltem Blick fügte er hinzu: »Ich werde auch weiterhin das tun, was mir Spaß macht, und niemand wird mir Vorhaltungen machen, schon gar nicht eine sechzehnjährige Göre!«

Mit diesen Worten ließ er sie einfach stehen und stürmte hinaus. Leonie sank aufgewühlt in einen der verblichenen Sessel, unfähig, einen klaren Gedanken zu fassen. Ihr Blick glitt ziellos über die einst eleganten, jetzt reichlich abgewohnten Möbelstücke und über die hellen Stellen an der Wand, wo früher einmal kostbare Gemälde gehangen hatten, die Claude jedoch nach und nach verkauft hatte.

Wie kompliziert das Leben manchmal ist, überlegte sie unglücklich. Sie mußte sich etwas einfallen lassen und zwar schon bald. Vor allem mußte sie irgendwie an die Schuldscheine herankommen, die *Grand-Père* bereits ausgestellt hatte. Zu ihrer eigenen Überraschung stellte sie fest, daß sie sich um die bevorstehende Heirat weniger Sorgen machte als um die Zukunft des Châteaus! Sie mußte das unmöglich Scheinende versuchen und entweder Claude daran hindern, immer neue Scheine auszustellen oder aber wenigstens diejenigen, die sich in Gayosos Besitz befanden, in die Hände zu bekommen. Nur, wie sollte sie so etwas bewerkstelligen? Sollte sie Großvater am Abend folgen? Und dann? Sie konnte den Gouverneur wohl kaum bitten, *Grand-Pères* Schuldscheine nicht zu akzeptieren! Wenn er sich nur mehr um die Plantage kümmern würde! Sie könnten das Stadthaus verkaufen und mit dem Erlös Zeit gewinnen, ohne die Mitgift angreifen zu müssen. In ein, zwei Jahren konnte viel passieren. Schon ein paar gute Ernten würden ihnen aus dem Gröbsten helfen! Warum nur hatte Großvater sich derart auf eine Heirat versteift? Wenn Großvater mich zwingt, diesen Monsieur Slade zu heiraten, dann... Leonie kicherte plötzlich, als sie sich vorstellte, wie entsetzt Großvater, Yvette, die Familie von Monsieur Slade und vielleicht ein paar Ursulinerinnen reagieren würden, wenn sie sich bei der Trauung vor dem Priester auf die Knie werfen und ihn um Schutz für sich und Yvette anflehen würde!

Für den Augenblick war somit das Problem der bevorstehenden Heirat gelöst, und Leonie wandte sich wieder der heikleren Aufgabe zu, der Wiederbeschaffung von Claudes Schuldscheinen. Es war ziemlich sicher anzunehmen, daß *Grand-Père* nach ihrer Auseinandersetzung heute abend erst recht spielen würde.

Ein zaghaftes Klopfen an der Tür unterbrach ihre düsteren Gedanken, und Yvette steckte den Kopf ins Zimmer. »Ich bin's. Ich habe gewartet, bis dein Großvater fort ist.«

»Das ist auch gut so. Heute benimmt er sich besonders unmöglich«, murmelte Leonie rebellisch.

»Aber er ist doch immer unmöglich«, lächelte Yvette unbeschwert. »Was hat er denn angestellt?«

Leonie bemühte sich um eine möglichst unverfängliche Antwort, da sie Yvette keinesfalls mit ihren Sorgen belasten wollte. Yvette war ein zartbesaitetes Seelchen und hätte Saint-André sofort verlassen, wenn sie auch nur im entferntesten geahnt hätte, daß Claude sie als Druckmittel gegen Leonie einsetzte. Und was würde dann aus ihr werden? dachte Leonie kummervoll. Genau das, wovor ich sie bewahren möchte. *Non*, Yvette durfte es nicht erfahren!

Yvette setzte sich auf den gegenüberliegenden Sessel und sah ihre Halbschwester mit ernsten Augen an. »Leonie, was ist los? Ich spüre, daß du etwas vor mir verheimlichst. Worüber habt ihr gestritten?«

»Über Geld, wie gewöhnlich. Ich kann ihm einfach nicht begreiflich machen, daß seine Schulden uns über den Kopf wachsen und er nicht ewig so weitermachen kann«, antwortete Leonie wahrheitsgemäß, auch wenn sie nur die halbe Wahrheit sagte.

»Hat er dir wenigstens zugehört?«

»Das schon, aber erreichen konnte ich nichts. Er hofft immer noch, daß er eines Tages doch wieder gewinnt!« Sie lachte zynisch. »Wenn man Glück braucht, hat man nie welches. Erst wenn es einem egal ist, dann gewinnt man.«

Die beiden Mädchen versanken in ein bedrücktes Schweigen, aber Leonies optimistisches Wesen gewann schon nach wenigen Minuten wieder die Oberhand. Entschlossen sprang sie auf die Füße. »Was sind wir doch für Dummköpfe«, rief sie in aufmunterndem Ton, »sitzen hier herinnen und wälzen trübe Gedanken, während draußen die Sonne scheint. Vielleicht gelingt es mir, Berthe ein paar Pralinés und etwas Limonade abzuschwatzen, dann setzen wir uns gemütlich in die Sonne. Einverstanden?«

Als die Freundinnen kurz darauf im Schatten des alten Pekanbaumes saßen und genüßlich ihre Limonade schlürften, fühlte Leonie sich bereits wieder zuversichtlicher.

»Heute abend werde ich ihm nachgehen!« gab sie kurzerhand bekannt. Yvette, die verträumt in die Sonne blinzelte, blickte sie verständnislos an.

»Wem? Deinem Großvater? Warum?«

»Das weiß ich selbst noch nicht genau«, gab Leonie ehrlich zur Antwort. »Aber ich kann nicht länger zusehen, wie er auch noch unser letztes Geld verspielt.«

»Aber Leonie! Du kannst deinem Großvater nicht überallhin folgen! Er ist die ganze Nacht unterwegs und besucht Häuser, von denen du sowieso nichts wissen solltest, geschweige denn, dich dort aufhalten. Außerdem ist es gefährlich, nachts allein durch New Orleans zu schleichen!«

Ihr Appell an Leonies Vernunft verhallte ungehört. »Ich habe lange genug zugesehen, Yvette«, bemerkte Leonie wie zu sich selbst. »Es ist höchste Zeit, daß ich etwas tue.«

4

Leonie war nicht von ihrem Vorhaben abzubringen. Als Yvette schließlich die Argumente ausgingen, schlug sie hilflos die Hände über dem Kopf zusammen. »Du bist ein ebensolcher Dickschädel wie dein Großvater!« rief sie hitzig, und als auch das seine Wirkung auf Leonie verfehlte, warf sie in einem Anflug von Stolz den Kopf in den Nacken und beendete die fruchtlose Debatte. »*Ah, bah.* Dann tu es eben. Mir ist es jedenfalls egal!« Und rauschte hinaus.

Leonie war sich der möglichen Gefahren ihres Unterfangens durchaus bewußt, doch es gab kein Zurück. Gegen Abend vertauschte sie das aprikotfarbene Kleid gegen ein braunes Baumwollkleid, da sie möglichst unauffällig aussehen wollte, doch wie die meisten ihrer wenigen Kleidungsstücke war es zu kurz und trotz eines Ausschnitts am Mieder viel zu eng. Achselzuckend steckte sie ihre Zöpfe hoch, zog die Sandalen aus – es hatte zu regnen begonnen – und wartete darauf, daß ihr Großvater das Haus verließ.

Claude hatte den Nachmittag in dem kleinen Hinterzimmer des Stadthauses verbracht und seine aufgewühlten Gedanken mit einer reichlichen Menge Alkohol zugeschüttet. Wie Leonie ganz richtig vermutet hatte, war er entschlossen, die Nacht wieder im Haus des Gouverneurs zu verbringen, und so machte er sich einige Stunden nach Sonnenuntergang auf den Weg. Claude Saint-André befand sich in einer tollkühnen Verfassung, in die der Genuß von hochprozentigem, französischem Cognac ihn bisweilen versetzte. Er verdrängte Leonies Vorwürfe und das Wissen um seine schwindende Kreditwürdigkeit, denn heute abend, das spürte er, würde er gewinnen.

Leonie sah ihm mit entschlossener Miene nach. Da sie sein Ziel kannte, konnte sie sich getrost Zeit lassen. Erst ein paar Stunden später machte sie sich, ihr Retikül in der einen Hand, die Sandalen in der anderen, auf den Weg. Es war ein seltsam beunruhigendes Gefühl, in der Dunkelheit allein durch die ihr nur flüchtig bekannten Straßen zu eilen. Hier und da spendete eine verrußte Straßenlampe dürftiges Licht, aber glücklicherweise lag das Haus des Gouverneurs im besseren Viertel der Stadt, und Leonie erreichte ihr Ziel ohne Zwischenfälle.

Sie drückte sich so unauffällig wie möglich in den Schatten des Hauses und versuchte, logisch zu denken. Irgendwo mußte es einen rückwärtigen Eingang geben oder aber eine Möglichkeit, in den Innenhof des Hauses zu gelangen. Sie hatte die Wahl zwischen mehreren Nebengebäuden, entschied sich jedoch für die Pferdeställe – und hatte auf Anhieb Erfolg. Es gelang ihr, sich zwischen den Tieren hindurchzuschleichen, ohne sie zu beunruhigen, und als sie mit angehaltenem Atem eine niedrige Tür am anderen Ende des Stalls öffnete, stand sie zu ihrer Befriedigung in dem kleinen Innenhof. Das Herz schlug ihr bis zum Hals, aber da sie, ohne entdeckt zu werden, bis hierher vorgedrungen war, beruhigte sie sich schnell wieder. Unwillkürlich fuhr ihre Hand an das kleine, goldene Kruzifix ihrer Mutter, dann verdrängte sie jeden Gedanken an die Tollkühnheit ihres Vorhabens. Sie brauchte einen klaren Kopf! Im Schutz der Nacht versuchte sie, sich näher an das langgestreckte, einstöckige Haus und die erleuchteten Fenster heranzupirschen.

Wie sollte sie herausfinden, welches Zimmer der Spielsalon war, in dem sich die Herren sicherlich aufhielten? Und selbst wenn es ihr gelang, was konnte sie unternehmen? Dies war das eigentliche Problem! Noch während sie fieberhaft überlegte, hatte sie sich dem ersten Fenster genähert. Vorsichtig, ganz vorsichtig reckte sie den Kopf und riskierte einen kurzen Blick in ein Zimmer, in dem zwei Frauen mit ihrer Handarbeit auf einem Sofa saßen. Erleichtert und enttäuscht zugleich, aber auch ein bißchen mutiger, schlich sie zum nächsten Fenster, dann weiter zum dritten – und konnte gerade noch einen Überraschungsschrei unterdrücken. Denn dort saßen mehrere Herren um einen runden Mahagonitisch, die Köpfe über ihre Karten gebeugt, Whiskeygläser vor sich und Zigarillos im

Mundwinkel. Ihr Großvater saß mit dem Gesicht zum halboffenen Fenster. Ein dunkelhaariger Gentleman blickte von seinen Karten auf, lauschte, und fragte: »War da nicht eben ein Geräusch?«

Die drei anderen Spieler schauten mißtrauisch in seine und somit Leonies Richtung, die vor Schreck erstarrte. Doch schließlich bemerkte der Gouverneur leichthin: »Ihr seht Gespenster, *Amigo*. Oder versucht Ihr etwa, uns vom Spiel abzulenken?«

Der Dunkelhaarige lachte. »Wohl kaum. Ich fürchte, für diese Art von List seid Ihr zu gerissen.«

Leonie atmete erleichtert auf. Aber was sollte nun werden? Einerseits konnte sie es kaum glauben, daß sie sich tatsächlich bis hierher vorgewagt hatte, andererseits war sie ratloser denn je. Noch einmal reckte sie vorsichtig den Kopf und sah, wie ihr Großvater dem zufrieden grinsenden Gayoso einen weiteren Schuldschein hinschob. Wütend biß sie sich auf die Unterlippe. *Grand-Père* machte einen ziemlich betrunkenen Eindruck, doch Gayoso schien das völlig egal zu sein. Leonie fand das Verhalten des Gouverneurs reichlich unehrenhaft, ja geradezu abscheulich, aber die anderen drei Spieler schnitten in ihren Augen nicht besser ab. Alle waren nur auf ihren Vorteil aus, und es würde ihnen nichts ausmachen, Großvater bis aufs Hemd auszurauben! Sie mußte die Schuldscheine irgendwie in ihre Hände bekommen, und wenn sie sie stehlen mußte! Gayoso stahl sie von ihrem Großvater – es war nur gerecht, sie ihm wieder abzunehmen!

Leonie lehnte sich fieberhaft überlegend gegen die Hausmauer. Zuallererst mußte sie hier draußen abwarten, bis Gayoso und seine Gäste sich zurückgezogen hatten. Außerdem mußte sie natürlich versuchen herauszufinden, wo Gayoso die Schuldscheine aufbewahrte. Dann mußte es ihr gelingen, unbemerkt ins Haus zu gelangen, sie zu entwenden und sich davonzustehlen. Ihr Herz raste bei dieser Vorstellung, doch nachdem sie sich in den Schatten unterhalb des Fensters gekauert hatte, um abzuwarten, beruhigte sie sich wieder. Die Zeit verstrich quälend langsam. Hin und wieder riskierte Leonie einen Blick in den Spielsalon, aber die Herren sahen nicht so aus, als wollten sie den Abend schon beenden. Stunde um Stunde verging, und Leonies Lider wurden schwer.

Ihre Gedanken beschäftigten sich träge mit Monsieur Slade. Ob *Grand-Père* schon mit ihm gesprochen hatte? Wer von den in Frage kommenden Herren war wohl Monsieur Slade? Der Stämmige gegenüber von Gayoso vielleicht? Nein, er war viel zu alt – und zu fett. Unmöglich, dachte sie erleichtert, keinesfalls konnte es sich bei ihm um Monsieur Slade handeln. Doch auch der Dunkelhaarige kam nicht in Frage, der mit dem Rücken zum Fenster saß. Hatte Großvater nicht erzählt, daß Monsieur Slade am Vorabend das Spiel wie ein Gentleman beendet hatte, weil er merkte, daß *Grand-Père* zu betrunken war? Dieser Mann unternahm nichts dergleichen, folglich konnte Monsieur Slade gar nicht anwesend sein.

In diesem Punkt irrte sich Leonie freilich. Morgan Slade hatte mittlerweile nämlich begriffen, daß Monsieur Saint-André ein Gewohnheitstrinker und Spieler war, der sich nicht gern von einem jungen Spund Vorschriften machen ließ. An diesem Abend befand sich der alte Herr außerdem in einer ausgesprochen aggressiven Stimmung, und Morgan hielt sich klugerweise zurück. Zudem galt seine besondere Aufmerksamkeit dem vierten Mitspieler, den Leonie auf Anhieb für unsympathisch befunden hatte und bei dem es sich um General James Wilkinson handelte.

Morgan hielt nicht viel von Wilkinson und hätte viel darum gegeben, wenn sich diese Begegnung hätte vermeiden lassen. Irgendwie hatte sich die Anwesenheit des Generals in New Orleans noch nicht herumgesprochen, aber obwohl Gayoso behauptete, der Besuch Wilkinsons sei völlig unerwartet, hatte Morgan doch das ungute Gefühl, daß dem ganz und gar nicht so war. War Gayoso schon eine etwas zwielichtige Gestalt, deren Geschäfte bei näherer Betrachtung unsauber zu nennen waren, so traf dies bei Wilkinson in noch viel größerem Maße zu.

Morgan suchte irritiert nach einer Erklärung für den vertrauten Umgang, den die beiden plötzlich miteinander pflegten, obwohl Gayoso in der Vergangenheit dem Schützling Wilkinsons, Phillip Nolan, gegenüber eine ausgesprochen feindselige Haltung eingenommen hatte.

Nichtsdestotrotz verging der Abend in vergnüglicher Stimmung. Wilkinson erwies sich als leichter Plauderer, Gayoso war für seinen

Charme ohnehin bekannt, und auch der alte Saint-André zeigte sich mit fortschreitender Trunkenheit zu Späßen aufgelegt.

Morgan hatte nicht vor, die Gastfreundschaft des Gouverneurs noch länger in Anspruch zu nehmen. Morgen wollte er seinen alten Schulfreund Jason Savage aufsuchen und sich so dem direkten Einfluß Gayosos entziehen. Jason, mit dem er in Harrow zusammen die Schulbank gedrückt hatte, war nur ein Jahr älter als Morgan und seit Jahren dessen bester Freund. In Gedanken schon unterwegs zur Beauvaisplantage, betrachtete Morgan sein unbedeutendes Blatt, warf die Karten lässig auf den Tisch und erhob sich.

»Ich bin ungern der erste, der eine gesellige Runde verläßt, aber ich hoffe, die Herren werden mich entschuldigen, wenn ich mich jetzt zurückziehe.« Und mit einem Seitenblick auf den völlig benebelten Saint-André fügte er hinzu: »Und wie ich sehe, möchte auch Monsieur Saint-André aufbrechen.«

Claude blickte verständnislos in die Runde, als er seinen Namen hörte. In seinem Kopf formte sich undeutlich ein Gedanke, der diesen jungen Mann betraf. Er hatte etwas mit ihm zu besprechen, aber was, daran konnte er sich beim besten Willen nicht erinnern. Unsicher stand er auf, murmelte etwas von einem angenehmen Abend und nahm sich vor, morgen mit Monsieur Slade zu sprechen. Gayoso lächelte hintergründig, erhob sich ebenfalls und bot Saint-André zuvorkommend an, eine Droschke zu rufen, doch der alte Mann bestand darauf, sich von seinen Dienstboten abholen zu lassen.

»Was findet Ihr nur an seiner Gesellschaft, Manuel?« dröhnte Wilkinson, als Claude gegangen war. »Er ist nichts weiter als ein langweiliger, alter, abgebrannter Trunkenbold!«

Gayoso verzog die Lippen zu einem breiten Grinsen. »Vielleicht, *Amigo*, vielleicht auch nicht. Früher gehörte er zu den findigsten Spielern in New Orleans. Ich messe mich gern mit ihm.« Seine Finger streichelten fast zärtlich die Schuldscheine, dann fügte er aalglatt hinzu: »In letzter Zeit gewinnt er allerdings immer seltener.«

Morgan verbarg seinen Unwillen so gut wie möglich und bemerkte noch einmal beiläufig, daß er sich nun zurückziehen wolle.

Gayoso zwinkerte ihm vertraulich zu. »Der Abend war nicht allzu aufregend, junger Mann«, und Morgans höflichen Einwand ignorierend, fuhr er fort, »aber ich könnte noch eine kleine Abwechslung arrangieren. Ihr hättet doch sicherlich nichts gegen eine späte Besucherin einzuwenden, *si*? Laßt euch überraschen!«

Eine unverbindliche Antwort murmelnd und mit einer knappen Verbeugung wandte Morgan sich zum Gehen.

Er strebte eilig seinem Zimmer zu. Wenn Gayoso ihm wirklich ein Mädchen besorgen wollte, würde sie ihn wahrscheinlich in tiefen Schlaf versunken vorfinden, dachte er mit einem Anflug von Humor und gähnte herzhaft bei dem Gedanken an sein weiches Bett.

Er hatte seinem Gastgeber kaum den Rücken gekehrt, als sich dessen Miene verfinsterte. »Nun, *Amigo*, meine Gäste sind fort. Wir können also ungestört miteinander reden.«

Wilkinson musterte sein Gegenüber mißtrauisch. »Haben wir etwas zu bereden?« fragte er vorsichtig.

Gayoso gab sich keine Mühe mehr, seine in Wahrheit feindseligen Gefühle für den General zu verbergen. Mit Nachdruck sauste seine Faust auf die Tischplatte und schreckte Leonie draußen aus ihrem unruhigen Schlaf. »O ja, *Amigo*, und Ihr wißt sehr genau worüber! Ihr haltet Euch seit kurzem nicht mehr an unsere Vereinbarung. Solltet Ihr vergessen haben, daß die spanische Regierung Euch für Eure Dienste reichlich entlohnt? Und was hat Euer Günstling Nolan auf unserem Gebiet verloren? Erklärt Euch!«

Leonie erkannte entsetzt, daß sie geschlafen hatte, wie lange, vermochte sie nicht zu sagen. Ein kurzer Blick durch das Fenster beruhigte sie jedoch. *Grand-Père* und der Dunkelhaarige waren zwar fort, aber Gayoso war noch im Zimmer und mit ihm die Schuldscheine. Er schien sich mit dem Dicken zu streiten, schob die Schuldscheine ungeduldig hin und her und machte ein wütendes Gesicht. Leonie interessierte sich nicht dafür, warum sie stritten, sie hoffte nur, daß Gayoso endlich zu Bett gehen würde. Doch der gestikulierte wild mit den Händen.

»Wollt Ihr vielleicht abstreiten, daß Nolan für Euch spioniert? Sein Interesse an den Wildpferden ist doch nichts weiter als ein Vorwand, der es ihm ermöglicht, in aller Ruhe Vermessungen vorzunehmen und exakte Landkarten anzufertigen. Es gibt nur einen Grund für Eure Heimlichtuerei. Die amerikanische Armee plant einen Überraschungsangriff!«

Wilkinson ließ sich seinen Schrecken nicht anmerken. Statt dessen zwang er sich zu einer liebenswürdigen Miene, sah Gayoso direkt in die Augen und erklärte mit unschuldigem Blick: »Manuel, ich bitte Euch! So etwas glaubt Ihr doch nicht allen Ernstes! Seit vielen Jahren schon bin ich ein treuer Verbündeter Spaniens. Warum sollte ich eine so einträgliche Erwerbsquelle gefährden? Seid doch vernünftig.«

Gayoso musterte sein Gegenüber wachsam. Tatsächlich war Wilkinson in der Vergangenheit ein treuer Verbündeter Spaniens gewesen. Sie verdankten ihm so manche wichtige Information über die Größe und Schlagkraft der amerikanischen Forts entlang der spanisch-amerikanischen Grenze und so manchen wertvollen strategischen Rat. Er hatte sich sogar dafür eingesetzt, daß Kentucky sich nicht dem jungen Staatenbund, sondern der spanischen Krone anschließen sollte. Aber auf welcher Seite stand er *jetzt*? Das war die Frage, und Gayoso hielt sie für berechtigt.

»Eure Dienste in der Vergangenheit stehen nicht zur Debatte, Wilkinson«, polterte er. »*Jetzt* scheint Ihr Euren Vorteil auf der anderen Seite zu sehen!«

»Bei meiner Ehre! Wofür haltet Ihr mich?« donnerte der General wie aus der Pistole geschossen. »Ich habe mein Ehrenwort gegeben! Wollt Ihr etwa daran zweifeln?« Er schien aufrichtig empört zu sein.

Gayoso spürte leichte Zweifel in sich aufsteigen. War es möglich, daß Nolan auf eigene Faust handelte und er Wilkinson zu Unrecht des Verrats bezichtigte? Unsicher, doch noch immer voller Mißtrauen, forschte er weiter. »Ihr bestreitet also, daß Nolan Euer Handlanger ist? Daß er Euch Informationen zukommen läßt, die die Armee für einen Überraschungsangriff benötigt?«

Wilkinson unterdrückte einen Anflug von Panik. Möglicherweise bluffte Gayoso ja nur. »Welch schändliche Verleumdung!« rief er empört. »Wer wagt es, meinen Namen mit derart infamen Lügen in Verbindung zu bringen? Das kann und darf ich nicht dulden! Ich bin ein Ehrenmann und werde meinen Ruf mit dem Leben verteidigen, wenn es sein muß! Nennt mir Eure Quelle, Gayoso, damit ich den schändlichen Gerüchten ein Ende bereiten kann.«

Wilkinson war ohne Zweifel ein überzeugender Schauspieler, aber da Gayoso diese glühende Rede schon bei anderen Gelegenheiten gehört hatte, wo Wilkinson wie gedruckt log, verfehlte sie leider ihre Wirkung.

Draußen wurde Leonie immer nervöser. *Mon Dieu*, was hatten die beiden nur so Wichtiges zu bereden? Die Wortfetzen, die hin und wieder an ihr Ohr drangen, ergaben für sie ohnehin keinen Sinn, und außerdem war sie viel zu sehr mit ihren eigenen Gedanken beschäftigt. Ungeduldig riskierte sie wieder einmal einen Blick durch das Fenster und sah Gayoso gerade noch durch eine Tür im Nebenzimmer verschwinden, die Schuldscheine in der einen Hand, seinen Cognacschwenker in der anderen. Geistesgegenwärtig drückte sie sich an der Hausmauer entlang zum nächsten Fenster und lugte in einen Raum, der Gayosos Arbeitszimmer sein mußte, denn an der gegenüberliegenden Wand stand ein wuchtiger Schreibtisch, auf dem sich alle möglichen Papiere stapelten. Leonie ließ den Blick nur kurz durch das mit spanischen Möbeln ausgestattete Zimmer schweifen. Außer der Tür zum Spielsalon gab es noch eine weitere rechts vom Schreibtisch, die, so vermutete sie, in die Eingangshalle führte. Gayoso warf die Schuldscheine achtlos zu den anderen Papieren auf dem Schreibtisch und griff nach einem Schriftstück, das er Wilkinson herausfordernd unter die Nase hielt.

»Wollt Ihr etwa leugnen, daß dies hier für Euch gedacht war?« schnaubte er anklagend.

Wilkinson warf einen flüchtigen Blick darauf, dann gab er es mit einer lässigen Bewegung zurück. »Genau das. Ich weiß weder, worum es sich hierbei handelt, noch was Euer Verhör bedeuten soll. Ich komme langsam zu der Auffassung, daß *Ihr* etwas zu erklären habt, Gayoso! Ihr benehmt Euch reichlich merkwürdig. Ich war und bin ein Verbündeter der spanischen Krone, und ich denke, daß es nun an Euch ist, Eure unglaublichen Anschuldigungen entweder zu belegen oder aber Euch zu entschuldigen!«

»Selbstverständlich werde ich mich nicht entschuldigen!« brauste Gayoso auf. »Erst vor kurzem haben wir einen Mittelsmann von

Nolan dingfest machen können; der schon seit geraumer Zeit wichtige Informationen an eine einflußreiche amerikanische Persönlichkeit weiterleitet.« Gayoso ließ keinen Zweifel daran, daß er Wilkinson für diese Persönlichkeit hielt.

Wilkinson starrte den Gouverneur mit aschfahlem Gesicht an. »Und Ihr glaubt nun, ich sei derjenige, für den die Informationen bestimmt sind? Das ist einfach lächerlich. Ihr geht zu weit, Gayoso!«

Der lächelte überlegen und milde. »Ihr seid Euch absolut sicher, daß Ihr die Landkarte nicht erkennt, die ich Euch eben gezeigt habe?«

»Aber ja! Vielleicht hat Nolan sie tatsächlich angefertigt. Aber selbst wenn dem so wäre – ich weiß jedenfalls nichts davon und habe auch nichts damit zu tun. Wie kommt Ihr überhaupt auf diesen absurden Gedanken?«

»Oho, so absurd ist der Gedanke durchaus nicht, mein lieber General«, konterte Gayoso siegessicher. »Eure Zuneigung zu Nolan ist ein offenes Geheimnis, auch wenn Ihr seit kurzem vorgebt, das Gegenteil sei der Fall.« Gayoso machte eine wirkungsvolle Pause, dann beschloß er, dem Katz-und-Maus-Spiel ein Ende zu bereiten und Wilkinson endgültig in die Enge zu treiben. »Ich denke, Ihr solltet wissen, daß ich Nolan seit drei Monaten überwachen lasse. Mein Spion hat mir Erstaunliches berichtet. Nolan fertigt nämlich nicht nur exakte Landkarten an, er brüstet sich auch mit seinem einflußreichen Freund, dem General Wilkinson, der schon bald über das Schicksal der spanischen Ländereien westlich des Sabineflußes entscheiden wird!«

Wilkinson lief rot an. Mit sich fast überschlagender Stimme versuchte er, den Eindruck des zu Unrecht Verdächtigten aufrechtzuerhalten. »Das sind infame Lügen! In meinem ganzen Leben habe ich so etwas Unsinniges noch nicht gehört! Schenkt Ihr dieser Lügenmär etwa Glauben? Bei Gott, das ist einfach unglaublich!«

»Wir werden ja sehen«, gab Gayoso ungerührt zur Antwort.

»Manuel, Ihr müßt mir glauben«, rief der General sichtlich beunruhigt, dann beteuerte er noch einmal in flehendem Ton: »Ich habe wirklich keine Ahnung von diesen Vorgängen!«

Gayoso genoß es, ihn zappeln zu sehen. »Ich weiß noch nicht, was ich glauben soll und was nicht«, bemerkte er lediglich, »aber eines ist unbestritten. Ihr kocht Euer eigenes Süppchen.«

Es schien Leonie, als wollten die beiden ihre Unterredung endlich beenden. *Mon Dieu*, flehte sie innerlich, hoffentlich läßt Gayoso die Schuldscheine auf dem Schreibtisch liegen!

In diesem Augenblick erhob sich Gayoso und näherte sich der Tür, die in den Spielsalon führte. Leonie duckte sich blitzschnell mit wild pochendem Herzen, doch ihr Stoßgebet wurde erhört. »Ich werde alles noch einmal in Erwägung ziehen, ehe ich meinen Bericht an den Vizekönig abfasse, Wilkinson«, bemerkte der Gouverneur wenig ermutigend, »aber ich fürchte, Ihr werdet nicht allzu gut dabei abschneiden.« Mit diesen Worten verschwand er im Spielsalon.

Wilkinson stand wie zur Salzsäule erstarrt; in seinem Gesicht spiegelten sich deutlich Furcht, Haß und Neugierde. Als Gayoso jedoch im Nebenzimmer verschwunden war, kam sofort Leben in ihn. Blitzschnell ließ er die Landkarte in seiner Uniformjacke verschwinden, als Gayoso wieder in der Tür erschien.

»Seid so gut und setzt Euch noch eine Weile zu mir«, rief dieser mit gespielter Freundlichkeit. »Ich möchte Euch noch ein paar Fragen stellen. Und bringt bitte meinen Cognac mit.«

Wilkinson zögerte nicht länger, sein Entschluß war gefaßt. Mit einer schnellen Bewegung zog er ein kleines, weißes Päckchen aus der Westentasche, leerte den Inhalt in Gayosos Cognacglas und schwenkte es ein paarmal, ehe er dem Gouverneur in den Spielsalon folgte.

Dann wurden die Stimmen immer leiser. Leonie spähte erneut durch das Fenster in das jetzt verlassen daliegende Zimmer. Es war soweit. Nur noch ein paar Meter trennten sie von *Grand-Pères* Schuldscheinen! Vorsichtig stieß sie den halboffenen Fensterflügel weiter auf, zog sich am Fenstersims hoch und stand schweratmend in Gayosos Arbeitszimmer. Erst jetzt wurde ihr bewußt, daß sie, um zum Schreibtisch an der gegenüberliegenden Wand zu gelangen, an der offenen Tür zum Spielsalon vorbeihuschen mußte. Wenn sie nur nicht entdeckt wurde! Von ihrem Standort aus konnte sie die beiden Männer beobachten. Gayoso schien sich nicht gut zu fühlen, sein dicker Gesprächspartner saß scheinbar teilnahmslos im Sessel neben ihm.

Leonie wünschte sich noch einmal Glück und huschte auf Zehenspitzen an der Tür vorbei, dann stand sie mit zitternden Knien vor dem Schreibtisch, griff wie im Traum nach den Schuldscheinen und ließ sie in ihrem Retikül verschwinden. Schwindlig vor Glück wandte sie sich wieder dem Fenster zu, als sie aus dem Nebenzimmer Schritte vernahm. Das Herz schlug ihr bis zum Hals, sie war keines klaren Gedankens fähig. Wohin konnte sie entkommen, wo sich verstecken? Ihre Augen wanderten suchend durch das Zimmer, doch die Schritte kamen näher und ließen ihr keine Zeit mehr. Mit zitternden Händen öffnete sie die zweite Tür und schlüpfte hinaus.

Leonie befand sich auf einem langen Gang, auf den verwirrend viele Türen mündeten. Ihre Füße flogen fast über den dicken Teppich, der jedes Geräusch verschluckte. In den Wandnischen brannten Kerzen, die den Flur nur spärlich beleuchteten, so daß Leonie, nachdem sie ziellos um ein paar Ecken gebogen war, völlig die Orientierung verlor. *Mon Dieu*, dachte sie und blieb verzweifelt stehen, ich habe mich verlaufen! Schließlich gelang es ihr, sich einigermaßen zu beruhigen. Überlege dir genau, was du tust, Leonie, ermahnte sie sich, doch noch während sie ihre Lage analysierte, wurde in ihrer Nähe eine Tür geöffnet. Ohne einen weiteren Gedanken an ihr Woher und Wohin zu verschwenden, suchte sie die nächste Tür, durch die sie verschwinden konnte, schickte ein Stoßgebet zum Himmel und trat ein.

5

Das Zimmer lag im Dunkeln. Leonie lehnte sich schweratmend an die Tür und versuchte, ihre Umgebung zu erkennen. Mit einem Seufzer der Erleichterung stellte sie fest, daß es eine Verandatür gab, durch die sie entfliehen konnte. Ohne zu zögern, setzte sie sich in Richtung dieser Tür in Bewegung, als die Stimme eines Mannes das Blut in ihren Adern gerinnen ließ.

»Ich fürchtete schon, daß der Gouverneur mich vergessen hätte«, ließ Morgan sich vernehmen, der annahm, daß es sich bei der jungen Dame um den von Gayoso versprochenen Damenbesuch handelte.

Morgan hatte sich übermüdet und mit schwerem Kopf entkleidet, doch als er endlich lang ausgestreckt in seinem Bett lag, konnte er keine Ruhe finden. Seine Gedanken kreisten um Stephanie und Philippe, und sobald er die Augen schloß, sah er den leblosen Körper seines kleinen Sohnes vor sich. Aufgewühlt war er wieder aufgestanden, hatte sich seinen schwarzseidenen Morgenmantel übergestreift und einen Brandy hinuntergestürzt, in der Hoffnung, sich irgendwie abzulenken. Doch erst nach einem weiteren Drink gelang es ihm, seine Gefühle wieder unter Kontrolle zu bringen.

An Schlaf war nun nicht mehr zu denken, und Morgan verwünschte seine Zurückhaltung Gayosos Angebot gegenüber. Eine Frau hatte ihm unsägliches Leid zugefügt, eine Frau konnte ihn für kurze Zeit seinen Schmerz vergessen lassen.

Er hatte eben den Entschluß gefaßt, noch einmal auszugehen, als seine Zimmertür aufflog und Leonie hereingehuscht kam. In der Dunkelheit nahm er sie nur schemenhaft wahr, doch das hellglänzende Haar und der matte Schimmer ihrer Haut über dem kleinen Dekolleté genügten in seiner augenblicklichen Verfassung vollauf, um seine Phantasie sofort anzuregen. Dirnen erfüllen manchmal tatsächlich einen Zweck, dachte er zynisch, als er auf Leonie zuging und sie ansprach.

Leonie stand wie versteinert. Seine Worte ergaben für sie keinen Sinn, und in ihrem Kopf hatte nur ein Gedanke Platz: Sie mußte so schnell wie möglich das Haus des Gouverneurs verlassen! Das Retikül mit der kostbaren Beute umklammernd, stammelte sie deshalb nervös. »Oh! *M-M-Monsieur*, I-Ihr habt mich erschreckt. Ich glaube, ich habe mich in der Tür geirrt. Ich werde sofort wieder gehen.«

Morgan legte ihr beruhigend die Hand auf die Schulter, doch Leonie starb fast vor Angst. »Warum so nervös, Kleine!« lachte er amüsiert. »Ich werde dir nichts tun. Und glaub mir, wenn Gayoso dich schickt, dann hast du dich nicht in der Tür geirrt. Aber laß mich eine Kerze anzünden, damit wir wissen, mit wem wir es zu tun haben.«

Als Leonie daraufhin ein entsetztes »Bitte nicht!« ausstieß, packte er sie sanft bei den Schultern.

»Wenn es dir so lieber ist, gern«, lenkte er ein. Sein Blick ruhte neugierig auf ihrer Gestalt. Unter dem enggearbeiteten Dekolleté zeichneten sich zwei kleine, aber wohlgeformte Brüste ab, die ihn augenblicklich erregten. »Du möchtest also ein Geheimnis bleiben?« fragte er mit belegter Stimme.

Leonie wand sich wie ein gefangenes Tier unter seinen Händen. Was war das überhaupt für eine seltsame Unterhaltung? Sie schluckte, versuchte Zeit zu gewinnen und brachte schließlich eine Antwort heraus.

»Bitte, *Monsieur*, erlaubt mir zu gehen«, stammelte sie erneut, »ich . . .« Doch Morgan war nicht mehr an einer Erklärung interessiert und küßte sie kurzerhand auf den Mund.

Leonie wußte kaum, wie ihr geschah. Erst als sie Morgans weiche, forschende Lippen auf ihrem Mund spürte und begriff, was er sich herausnahm, preßte sie die Lippen zusammen und versuchte, sich ihm zu entziehen.

»*Monsieur*, was erlaubt Ihr Euch?« rief sie, am ganzen Körper zitternd.

Hätte Gayoso nicht angedeutet, daß er ihm eine Dirne beschaffen wolle, und hätte Morgan einen klaren, nüchternen Kopf gehabt und nicht gerade an seine tote Frau gedacht, so wäre ihm sicherlich aufgefallen, daß dieses Mädchen für eine Dirne ein reichlich seltsames Verhalten an den Tag legte. Doch in seinem alkoholisierten Zustand nahm er an, daß dieses Spiel zu ihrer Taktik gehörte, deshalb preßte er sie um so fester an sich und neigte sich erneut über ihr Gesicht. »Wir haben schon genug Zeit mit Reden verschwendet. Wenn du ein Geheimnis bleiben willst, bitte. Nur hör auf, die Keusche zu spielen!«

Leonie hatte keine Zeit, ihm eine empörte Antwort entgegenzuschleudern, denn Morgans Lippen verschlossen ihren Mund mit einem so intimen Kuß, daß sie keiner Regung fähig war. Noch nie in ihrem Leben war sie einem Mann derart nahe gewesen, niemand hatte sie darauf vorbereitet. In diesem Augenblick erkannte sie schlagartig einige grundlegende Dinge über das andere Geschlecht, zum Beispiel, daß ein Mann ungleich stärker als eine Frau war, nach einer Mischung aus Alkohol und Tabak roch und Brusthaare hatte, die auf der Haut kitzelten.

Morgan fand ein ungeheures Vergnügen daran, diesen überraschten, widerspenstigen Mund immer wieder zu küssen. Mit einer Hand hielt er die zierliche Gestalt sanft, aber unnachgiebig, ja hungrig an sich gepreßt, mit der anderen streichelte er über Leonies sanft geschwungenen Nacken und löste die Zierspangen, die ihr prächtiges Haar bändigten. Morgan liebte langes Haar, seinen sinnlichen Duft und die erregende Spannung, die er bei seiner Berührung verspürte.

»Wunderschön«, murmelte er und ließ ihre Locken durch seine Finger gleiten, dann spürte Leonie erneut seine Lippen auf ihrem Mund und das Streicheln seiner Hände auf ihrem Körper. »Bei Gott, Gayoso hätte mir keine größere Freude machen können«, flüsterte er, ohne von ihr abzulassen. »Komm, komm mit aufs Bett. Ich glaube, wir werden uns nicht miteinander langweilen.«

Leonie verstand kaum, wovon dieser Fremde sprach. In ihrem Kopf herrschte eine dumpfe Leere, die sie lähmte. Als er sie jedoch einfach hochhob und durch das Zimmer zum Bett trug, erwachten ihre Furcht und ihr Widerspruchsgeist zu neuem Leben. »*Non! Monsieur*, laßt mich los! Ihr irrt Euch! Ihr versteht nicht . . .!« rief sie, zugleich ängstlich und wütend ob ihrer Hilflosigkeit.

Der Mann lachte. »Ich würde mich allerdings nicht verstehen, wenn ich dich jetzt gehen ließe, *ma petite*. Und dein Spiel . . .« Wieder suchte er ihren Mund, doch diesmal schmerzte sein gewaltsamer Kuß, »ich finde es mindestens so anregend wie du.«

Leonie nahm wenig mehr als die schemenhaften Umrisse des Mannes wahr, denn allzusehr war sie sich seiner Kraft bewußt, der Wärme seines Körpers und seiner sonoren Stimme, die sie unter anderen Umständen als angenehm, ja sympathisch empfunden hätte. Doch nun fuhren seine Hände an ihr Mieder und nahmen sich schockierende Freiheiten heraus. Leonies Gesicht brannte vor Scham und Empörung, während die Angst vor diesem Unbekannten ihr den Atem verschlug. Morgan berauschte sich immer mehr an dem zierlichen Persönchen in seinen Armen, das sich wie eine Wildkatze gebärdete, und er verspürte den unwiderstehlichen Drang, sie zu zähmen.

Verlangend griff er in Leonies Dekolleté, spürte ihr wild pochendes Herz, die festen, kleinen Brüste, die Reaktion der zarten Knospen auf seine Berührung. Ein Schauer durchlief Leonie, als der Fremde nicht wie vorher mit seinen unerhörten Liebkosungen aufhörte, und verwirrt brachte sie ein »*Mon Dieu*! Was tut Ihr?« heraus.

Morgan lachte leise, und ehe Leonie begriff, was er vorhatte, spürte sie seine Hände überall auf ihrem brennenden Körper. Im nächsten Augenblick glitt ihr Kleid zu Boden.

Leonie konnte den Ereignissen kaum folgen, die sich viel zu schnell für sie abspielten. Neue, noch nie geahnte, noch nie erfahrene Empfindungen jagten wie Wellen durch ihren Körper, gegen die sie machtlos war, während sie doch versuchte, ihrer Angst Herr zu werden. Unerfahren, wie sie war, reagierte sie auf die einzige Art und Weise, die sie kannte, um sich erfolgreich zur Wehr zu setzen, sie kämpfte wie eine Löwin.

Unglücklicherweise war ihr Gegner viel zu besessen von dem Gedanken, diesen jungen, verheißungsvollen Körper zu besitzen, der sich so sehr gegen ihn sträubte, als daß Leonies verschreckte Reaktionen ihn hätten stutzig werden lassen. Morgan streifte seinen Morgenmantel ab und zog Leonie mit einem wohligen Seufzer in seinen Schoß – eine neue, schockierend intime Erfahrung für Leonie.

Einesteils verwunderte sie sich über die Reaktionen ihres Körpers auf die Freiheiten, die dieser Fremde sich erlaubte, andererseits war sie zugleich angewidert und von seinen Berührungen seltsam erregt. Irgendwie ahnte sie, wohin die Situation führen würde, obwohl ihr bislang niemand explizit erklärt hatte, was sich zwischen Mann und Frau abspielte. Wer wäre dafür wohl auch in Frage gekommen? Ganz sicher nicht Claude und nicht einmal die mütterliche Mammy.

Die warmen Lippen des Fremden erforschten ihren Körper

unermüdlich, und seine Berührungen wurden immer drängender und kühner. Ihr Aufbäumen schien ihm Spaß zu machen, anstatt ihn zur Raison zu bringen, denn er umfaßte mit einem derben Griff ihren Allerwertesten und preßte sie gegen seine Lenden. Erstaunt und neuerlich schockiert spürte Leonie etwas Hartes, Warmes, doch in einer plötzlichen Aufwallung schoß ein unerklärlich erregendes Gefühl durch sie. Benommen registrierte sie, wie es wieder abebbte, nur um sogleich noch ein elementareres Gefühl der Lust zu erleben, als Morgans Finger über die empfindsamen Stellen ihrer Bauchdecke nach unten wanderten und begannen, sie zwischen den Schenkeln sachte zu stimulieren.

Morgan war ein erfahrener Liebhaber, der wußte, was er tat, und so fuhr er mit seinen Liebkosungen fort, bis Leonie ein überraschter Seufzer entfuhr. »*Ah, Monsieur...*«, flüsterte sie entgeistert, und Morgan wußte, daß er sich nicht sehr viel länger beherrschen konnte. Mit einem leidenschaftlichen, tiefen Kuß verschloß er ihren Mund, während er das Gewicht seines Körpers vorsichtig zwischen ihre Beine verlagerte, um sich schließlich mit einem lustvollen Stöhnen vollends ihrer zu bemächtigen.

Leonie verspürte einen kurzen, stechenden Schmerz, der jedoch sogleich wieder verebbte und einem unangenehmen Druckgefühl Platz machte. Ihr Kopf schwamm, sie glühte am ganzen Körper. Unfähig, noch etwas an ihrer Lage zu ändern und völlig verwirrt, ergab sie sich in ihr Schicksal und ließ den Mann gewähren, der soeben ihre Unschuld geraubt hatte.

Morgan wunderte sich nicht über ihr passives Verhalten. Die meisten Dirnen stellten einem Mann ihren Körper gewissermaßen zur Verfügung, ohne sich am Liebesakt wesentlich zu beteiligen. Warum sollte es bei dieser Kleinen hier anders sein? Dennoch fühlte sie sich einfach wunderbar an, und er genoß ihren Körper mit einer lange vermißten Leidenschaft, als Leonie sich erneut gegen ihn zur Wehr setzte. Wild warf sie ihren Kopf hin und her, um seinen Lippen zu entgehen, bäumte sich auf, um ihn abzuwerfen, und trommelte schließlich mit ihren Fäusten gegen seine Brust.

Ihre plötzlichen, zuckenden Bewegungen waren mehr, als Morgan ertragen konnte, und mit einem langen, tiefen Seufzer ließ er sich vollends gehen. Befriedigt, doch auf eigenartige Weise leer und unzufrieden, drehte er sich unwirsch zur Seite und fragte sich, ob er jemals wieder jenes köstliche Gefühl der Erfüllung erleben würde, das er in den ersten Jahren seiner Ehe so selbstverständlich empfunden hatte. Sein Mund nahm bei diesem Gedanken einen bitteren Zug an. Verdammt, fluchte er im stillen, wann werde ich endlich aufhören, an Stephanie zu denken? Und da er sich über sich selbst ärgerte, klang seine Stimme unfreundlich, als er sich Leonie wieder zuwendete. »Du kannst jetzt gehen. Auf der Kommode bei der Verandatür liegen einige Goldmünzen. Sie gehören dir.«

Noch ehe er zu Ende gesprochen hatte, war Leonie schon auf den Beinen. Wie ein gehetztes Tier blickte sie um sich, suchte nach ihren Kleidern, zog sie mit zitternden Händen an, tastete nach ihrem Retikül. Mit Tränen in den Augen ging sie zur Tür, tastete nach den Goldmünzen auf der Kommode und ging mit steifen Schritten noch einmal ans Bett zurück, wo Morgan unbeweglich lag. Leonie ahnte ihn mehr, als daß sie ihn sah, zielte instinktiv und schleuderte die Münzen in Richtung seines Gesichts. »Behaltet Euer Gold nur, *Monsieur*! Ihr besitzt bei weitem nicht genug, um mich für das zu entschädigen, was Ihr getan habt!« Und ehe Morgan reagieren konnte, riß sie die Verandatür auf und verschwand in der Nacht.

Morgan sprang mit einem Schmerzensruf auf die Füße und stürzte zur offenen Tür, doch die Dunkelheit hatte Leonie bereits verschluckt. Und aus solchen Wesen sollte man nun schlau werden, dachte er verdattert. Womit hatte er sie nur so sehr beleidigt? An der Bezahlung konnte es nicht liegen, die war mehr als großzügig ausgefallen. Warum also?

In Gedanken versunken zündete er die Kerze auf seinem Nachttischchen an und bückte sich nach seinem Morgenmantel, als sein Blick auf ein dünnes, funkelndes Goldkettchen mit einem Kruzifix fiel, das auf dem Boden lag. Morgan erinnerte sich amüsiert an den Widerstand des Mädchens, als er sie in die Arme genommen hatte, und folgerte, daß es ihr gehören mußte. Doch Dirnen trugen normalerweise weder goldene Kreuze, noch lehnten sie die Bezahlung ab. Seine Neugierde darüber, wer dieses geheimnisvolle, zierliche Wesen denn nun wirklich war, das eben das Bett mit ihm geteilt hatte, wuchs. Nachdenklich setzte er sich auf die Bettkante, um die Kerze wieder auszublasen und zu Bett zu gehen, als er der verräterischen Blutspuren auf dem Laken gewahr wurde. Entsetzt riß Morgan die Augen auf. Das darf nicht wahr sein! dachte er ungläubig. Eine Jungfrau! Warum zum Teufel schickt Gayoso mir eine Jungfrau? Kein Wunder, daß sie das Gold nicht wollte!

Dann schüttelte er den Kopf. Aber wozu war sie sonst zu ihm gekommen? Und warum hatte sie ihm nichts gesagt oder wenigstens etwas angedeutet? Dann hätte er sich mehr Zeit gelassen, wäre einfühlsamer gewesen. Aber andererseits hätte er sie dann wahrscheinlich wieder fortgeschickt, denn er war ganz sicher nicht darauf aus, junge, unerfahrene Mädchen zu entjungfern, nur weil sich ihm die Gelegenheit dazu bot. Bei Gott, dachte Morgan, es wird Zeit, daß ich hier fortkomme. Aber bevor ich gehe, wird Gayoso mir noch eine Erklärung abzugeben haben!

Als Morgan am nächsten Vormittag jedoch erwachte und von Gayosos überraschendem Tod erfuhr, vergaß er die kleine Dirne, deren erster Kunde er gewesen war. In aller Eile traf er die nötigen Vorbereitungen für seine Abreise, sprach Gayosos trauernder Witwe sein Beileid aus und war nur wenig später bereits auf einem Mietgaul in Richtung der Beauvaisplantage unterwegs.

Jasons Eltern gehörten, wie auch die Slades, zu den reichen Großplantagenbesitzern von Natchez. Beide Familien hatten ihre Wurzeln in New Orleans und adlige Verwandtschaft im alten England. In Jasons Fall war es ein Onkel, der Herzog von Roxbury, bei dem Jason während seiner Studienjahre in Harrow gelebt und wo er Morgan kennengelernt hatte, mit dem ihn seither eine enge Freundschaft verband. Jasons Eltern gingen sich allerdings schon seit Jahren aus dem Weg. Guy Savage, der Vater, lebte auf Greenwood, seinem Besitz in Virginia, während Antonia, seine Frau, sich meistens in New Orleans aufhielt.

Als Morgan auf Beauvais eintraf, wurde er von Jason überschwenglich begrüßt.

»*Mon Dieu*! Diesmal hast du aber wirklich lange auf dich warten lassen!« rügte ihn der Freund und umarmte ihn herzlich.

»Ich weiß, ich weiß, Jas. Aber als Gayoso hörte, daß ich in New

Orleans zu tun hätte, lud er mich gleich ein, für ein paar Tage sein Gast zu sein. Du kennst ihn ja, man kann ihm nichts abschlagen.« Morgan erinnerte sich an den Vorabend, und seine Miene wurde finster. »Er ist übrigens nicht mehr am Leben. Anscheinend hat er sich letzte Nacht zuviel Alkohol zugemutet und umgebracht. Wer hätte das gedacht?«

»Was erzählst du da?« rief Jason ungläubig aus. »Aber das ist unmöglich. Ich war letzte Woche noch bei ihm.«

»Ja, es ist kaum zu fassen«, stimmte Morgan zu. »Gestern saßen wir noch bis in die frühen Morgenstunden zusammen am Spieltisch, und soweit ich es beurteilen kann, trank er nicht mehr als gewöhnlich. Er machte auch nicht den Eindruck, als ginge es ihm schlechter als sonst. Mit Wilkinson schien er sich sogar überaus gut zu verstehen. Ich weiß nicht, was von der ganzen Sache zu halten ist, das kann ich dir sagen.«

»Wilkinson?« warf Jason neugierig ein. »Was tut er in der Stadt?«

Morgan gab zu, nichts Genaueres zu wissen, und schließlich wendeten sich die beiden persönlicheren Belangen zu. Im Verlauf ihrer Unterhaltung, die zwangsläufig den Tod des Gouverneurs noch einmal streifte, fiel auch der Name eines gemeinsamen Freundes, Phillip Nolan.

»Was gibt es Neues von ihm?« wollte Morgan wissen.

»Nicht viel«, antwortete Jason achselzuckend, »aber das heißt gar nichts. Phillip hat so seine Geheimnisse, und manchmal glaube ich, es ist besser, möglichst wenig über ihn zu wissen.«

Dem konnte Morgan nur zustimmen. Phillip hatte eine eigenartige Ausstrahlung, die die meisten Menschen, mit denen er engeren Umgang pflegte, dazu veranlaßte, eine gewisse Distanz zu ihm zu wahren. Dennoch hatte Jason schon so manches Abenteuer mit Phillip bestanden, und Morgan, der darum wußte, fragte deshalb ungeniert weiter.

»Warst du nicht einmal mit ihm zusammen auf Pferdefang?«

»Das stimmt«, gab Jason zu, »aber das ist viele Jahre her! Kannst du dich an Blood Drinker, unseren indianischen Freund erinnern?« Morgan nickte interessiert, worauf Jason fortfuhr: »Blood Drinker und ich begleiteten Nolan zu den Komantschen, mit denen er ein

Geschäft abzuwickeln hatte. Wildpferde, du weißt schon.« Seine grünen Augen wanderten unruhig durch das Zimmer, während er weitersprach. »Ich hatte so etwas noch nie erlebt, und Blood Drinker weigerte sich, mir irgendwelche Erklärungen zu geben.«

Morgan schmunzelte, als er an ihren Freund vom Stamm der Cherokee dachte. Diese Zeit lag lange zurück, doch die Freunde genossen es, in Erinnerungen daran zu schwelgen. Bei Anbruch der Dämmerung gesellte sich Jasons Großvater Armand zu ihnen. Morgan hegte eine aufrichtige Zuneigung zu dem alten Mann, und so verging die halbe Nacht, bevor die drei sich endlich trennten.

Erst als Morgan sich entkleidete, fiel ihm die kleine, widerspenstige Dirne wieder ein, und neugierig fingerte er in seinen Taschen nach dem goldenen Kettchen mit dem ungewöhnlich gearbeiteten Kruzifix. Gayoso, der das Geheimnis ihres Namens hätte lüften können, lebte nicht mehr. Er würde nun wohl kaum Gelegenheit haben, es seiner Besitzerin zurückzugeben, dachte Morgan halb bedauernd. Unschlüssig, was er damit anfangen sollte, betrachtete er es, doch irgend etwas in ihm sträubte sich dagegen, sich des Kettchens zu entledigen. Er könnte es zu seinem Talisman machen, dachte er zynisch, der ihn immer daran erinnern sollte, daß alle Frauen, Huren eingeschlossen, unberechenbare Wesen waren.

Leonie bemerkte den Verlust des goldenen Kettchens, als sie durch den Hintereingang, den Yvette für sie offengelassen hatte, ins Haus schlüpfte und instinktiv danach griff, froh, dem Alptraum im Haus des Gouverneurs entronnen zu sein. Um so größer war ihr Entsetzen, als sie feststellte, daß es nicht da war! Ohne diese Erinnerung an ihre Mutter fühlte sie sich schutzlos und elend, und nach allem, was sie in dieser schrecklichen Nacht schon erlebt hatte, erschien es ihr nun so, als ob sie für ihren persönlichen Einsatz auch noch bestraft würde! Am Ende hatte sie für nichts und wieder nichts alles auf eine Karte gesetzt, denn was würde sie morgen unternehmen und übermorgen, wenn *Grand-Père* wieder spielte und neue Schuldscheine ausstellte ... immer wieder, bis sie alles verloren hätten. Sie würden nicht nur heimatlos werden, nein, er war auch dabei, ihr Leben zu ruinieren! Es machte ihm scheinbar gar nichts aus, sie zur

Heirat mit einem wildfremden Mann, der nur ein Mitgiftjäger sein konnte, zu zwingen, und alles, was sie unternommen und erlitten hatte, war völlig umsonst geschehen! Erschlagen von der Wucht ihrer Erkenntnisse und den nervlichen Belastungen der vergangenen Stunden, begann Leonie haltlos zu weinen. Sie fühlte sich elend und geschunden. Ihr Mund brannte noch immer von den unnachgiebigen Küssen des Fremden, und zwischen ihren Beinen spürte sie ein dumpfes Brennen. Schließlich begann sie, sich langsam zu entkleiden, doch beim Anblick ihres blutverschmierten Petticoats schluchzte sie erneut verzweifelt auf. Sie war ruiniert! Und wofür? Wegen Großvaters Schuldscheinen! Wütend schleuderte sie ihr Retikül mit den Papieren auf einen Stuhl. Ich muß verrückt gewesen sein, als ich diesen irrsinnigen Plan faßte, dröhnte es in ihrem Kopf.

Doch glücklicherweise war Leonie von robuster Natur, und obwohl die erlittene Vergewaltigung nicht ohne Folgen blieb, erholte sie sich dennoch erstaunlich rasch. Der Fremde hatte sie weder brutal noch grausam behandelt, und Leonie gestand sich nach und nach ein, daß sie nicht ganz unschuldig an dem Geschehenen war. Wäre sie Großvater nicht gefolgt und wie ein Dieb in das Haus des Gouverneurs eingestiegen, hätte sie nicht in dem Zimmer des Fremden Zuflucht suchen müssen, der offensichtlich eine Dirne erwartet hatte und irgendwie annehmen mußte, sie sei eben jene Dame.

Bei dem Gedanken schüttelte sie ungläubig den Kopf. War es möglich, daß Frauen sich so an Männer verkauften, die sie weder kannten noch zuvor gesehen hatten?

Ein Geräusch an der Tür schreckte sie auf, doch es war nur Yvette, die auf die Rückkehr ihrer Halbschwester gewartet hatte.

»*Mon Dieu*, endlich bist du zu Hause!« flüsterte sie sichtlich erleichtert. »Ich habe mir solche Sorgen um dich gemacht!«

Leonie zog die Freundin rasch ins Zimmer und warf einen furchtsamen Blick über den Flur zu Claudes Zimmertür, doch alles blieb ruhig. »Ich bin erst vor ein paar Minuten zurückgekommen«, erklärte sie so sachlich wie möglich.

»Ich weiß.« Yvette fiel ihr aufgeregt ins Wort. »Ich habe auf dich gewartet.« Und zögernd, mit einem leichten Zweifel in der Stimme, fragte sie schließlich. »Hast du die Schuldscheine mitgenommen?«

»*Mais oui*«, gab Leonie mit gespielter Forschheit von sich, »es war sogar einfacher, als ich dachte!« Die Worte kamen ihr erstaunlich leicht über die Lippen und hätten Yvette unter normalen Umständen wohl genügt, aber heute spürte sie, daß ihre Halbschwester litt. Leonies angespanntes Gesicht musternd, fragte sie teilnehmend: »Du bist seltsam verändert. Geht es dir wirklich gut?«

»*Bah*«, versetzte diese verächtlich. »Du machst dir unnötige Sorgen! Immerhin wird diese Nacht unseren Schuldenberg nicht vergrößern, das ist doch schon etwas.«

»Aber was willst du morgen tun? Und übermorgen?« bohrte Yvette weiter. »Du kannst deinem Großvater nicht jeden Abend nachspionieren. Heute abend hattest du ja noch einmal Glück, aber nächstes Mal... Wer weiß, was dir alles zustoßen kann.«

Leonie fühlte sich einer Ohnmacht nahe. Die ahnungslose Yvette! Wenn sie wüßte, was ihr heute nacht alles zugestoßen war... Dennoch gelang es ihr, die Freundin über ihren wahren Zustand hinwegzutäuschen, und ein paar Minuten später wünschte Yvette ihr beruhigt eine gute Nacht.

Erschöpft ließ sich Leonie auf ihr Bett fallen und sank fast augenblicklich in einen todesähnlichen, heilsamen Schlaf, in dem sie vorübergehend die Schrecken dieser Nacht vergaß.

Am nächsten Tag erwachte Leonie erst in den frühen Nachmittagsstunden. Sie fühlte sich noch immer reichlich angeschlagen, doch nach und nach gewann ihr gesunder Optimismus wieder die Oberhand. Die Stunden im Zimmer des Fremden verdrängte sie, so gut es eben ging. Es war nun einmal passiert und konnte nicht rückgängig gemacht werden, aber nun wollte sie nicht mehr daran denken, beschloß sie resolut, als sie den verräterischen Petticoat zusammen mit dem braunen Kleid in eine Tüte packte und zu den Küchenabfällen hinter das Haus schaffte. Schließlich gab es Dringlicheres zu tun, als über Geschehenes nachzugrübeln. Was sollte zum Beispiel mit den Schuldscheinen werden? Es war anzunehmen, daß Gayoso ihr Fehlen schon bald bemerken und Nachforschungen anstellen würde. Sie durfte sie auf keinen Fall behalten.

Yvette beobachtete Leonies verändertes Wesen und fragte sich nicht zum ersten Mal, ob ihre Halbschwester ihr die ganze Wahrheit erzählt hatte. Normalerweise wäre Leonie vor Stolz über ihren Erfolg geplatzt! Daß sie derart in sich gekehrt schien, konnte nichts Gutes bedeuten. Aber sie hütete sich davor, Leonie zu bedrängen.

Claude hatte einen viel zu schweren Kopf, um irgend etwas zu bemerken, als auch er am späten Nachmittag endlich wach wurde. Außerdem war er in großer Eile, denn er hatte sich vorgenommen, Monsieur Slade zu besuchen, um mit ihm zu sprechen, bevor er wieder zu betrunken dazu war. So machte er sich schon wenig später auf den Weg zum Haus des Gouverneurs. Ungläubig vernahm er dort die Neuigkeit vom Tod Gayosos, ohne jedoch allzu große Trauer zu verspüren. Was ihm viel mehr Kummer bereitete, war die Auskunft, daß Monsieur Slade am Morgen der Witwe sein Beileid ausgesprochen hatte und dann abgereist war.

Claude verspürte ein flaues Gefühl in der Magengegend. Was sollte er jetzt nur unternehmen? Monsieur Slade hatte genau seinen Vorstellungen entsprochen. Ohne Zweifel wäre er der Richtige für Leonie gewesen. Ratlos setzte er sich in Richtung seines Stammkaffeehauses in Bewegung, um bei einem doppelten Cognac seine Gedanken zu ordnen.

Zwei Straßen weiter nahm er aus dem Augenwinkel heraus die große Gestalt eines dunkelhaarigen jungen Mannes mit breiten Schultern wahr, der eben schnellen Schritts in eine Seitenstraße abbog und in dem er Monsieur Slade zu erkennen meinte. Claude konnte sein Glück kaum fassen. Er beschleunigte seine Schritte, bis er die Gestalt vor einem der vielen Kaffeehäuser, die es in dieser Gegend gab, einholte. »Monsieur Slade! Morgan Slade! *Attendez!*« rief er atemlos.

Der junge Mann hielt inne und drehte sich um. »Ja, bitte?« fragte Ashley Slade höflich, ohne Claude auf seinen Irrtum hinzuweisen. Er musterte Claudes Jackett aus feinster Wolle mit Kennerblick, und in zuvorkommenderem Ton fügte er eilig hinzu: »Kann ich Euch behilflich sein?«

6

Ashleys Ähnlichkeit mit Morgan war verblüffend – eine Tatsache, die Ashley schon mehr als einmal zu seinem persönlichen Vorteil zu nutzen gewußt hatte. Auch in diesem Fall beschloß er, seine wahre Identität zurückzuhalten, bis er entscheiden konnte, ob bei der offensichtlich vorliegenden Verwechslung etwas für ihn heraussprang.

Ashleys Ankunft in der Neuen Welt war so gar nicht nach seinem Geschmack verlaufen. Er bekam schon bald schmerzlich zu spüren, daß er sich ohne die finanzielle Unterstützung seines Vaters ziemlich einschränken mußte, und um an Geld zu kommen, gab es nur zwei unbequeme Möglichkeiten. Entweder man arbeitete, oder man ließ sich aushalten. Da Ashley ersteres von Herzen verabscheute, versuchte er zunächst am Spieltisch sein Glück, was aber nur zur Folge hatte, daß er nie länger als ein paar Wochen an einem Ort verweilen konnte, da er seine Spielschulden natürlich nicht bezahlen konnte. In Baton Rouge endlich hatte er das Herz einer begüterten Witwe gewonnen, die ihn in jeder Hinsicht verwöhnte, und Ashley hätte es auf ihrem Landsitz durchaus noch eine Weile ausgehalten, wenn nicht die mißtrauischen Verwandten darauf bestanden hätten, daß die Liaison unstatthaft wäre und ein Ende haben müßte. Der Konflikt spitzte sich immer mehr zu. Schließlich sah Ashley sich genötigt, seine Ehre in einem Duell zu verteidigen, bei dem der junge Herausforderer unglücklicherweise den Tod fand. Da abzusehen war, daß die Verwandten des jungen Mannes ihm nachstellen würden, hatte er sich Hals über Kopf aus der Stadt abgesetzt, nicht ohne zuvor noch einen tiefen Griff in die Schmuckschatulle seiner Gönnerin zu tun. Der Erlös erlaubte es ihm, noch eine Weile auszuhalten, doch Ashley stellte gewisse Ansprüche an das Leben und sah sich schon bald erneut in Geldnot. So überwand er sich denn, verfaßte einen Brief an seinen Vater, in dem er ihm mitteilte, daß er früher oder später in New Orleans Station zu machen gedenke und hoffte, daß dessen Zorn in der Zwischenzeit ebenso verraucht war wie sein eigener. Sobald er genügend Geld für eine Schiffspassage hatte, wollte er sich auf den Heimweg machen.

Natchez hatte er aus gutem Grund gemieden. Erstens wollte er nicht Gefahr laufen, Morgan zu begegnen, und zweitens hätten seine lieben Verwandten ihm ohnehin nur geraten, so schnell wie möglich nach England zurückzukehren.

Um so neugieriger war Ashley nun, als Claude ihn mit dem Namen seines Vetters ansprach. Der aristokratisch aussehende, alte Herr schien keine Sekunde lang daran zu zweifeln, daß er Morgan vor sich hatte, und so nahmen die beiden an einem kleinen Tisch im hinteren, ruhigeren Teil des Kaffeehauses Platz, bestellten die Spezialität des Hauses, Kaffee mit reichlich Rum und Brandy, und plauderten eine Weile über dies und das. Claude suchte krampfhaft nach einer unverfänglichen Möglichkeit, sein Anliegen so diplomatisch wie möglich zu unterbreiten, während Ashley sich in höflicher Zurückhaltung übte, um keinen Fehler zu machen, der seine wahre Identität verraten hätte.

Der Tod des Gouverneurs hatte sich mittlerweile herumgesprochen, und Ashley entnahm Claudes Bericht, daß dieser Morgan nur zweimal getroffen hatte, eine Information, bei der Ashley sich unmerklich entspannte, wenngleich der Gedanke daran, daß Morgan in der Stadt weilte, ihn unangenehm berührte. Zunächst lehnte er sich abwartend zurück und genoß es, wieder einmal als Morgan aufzutreten.

Nach einigen Minuten oberflächlicher Konversation ging Claude der Gesprächsstoff aus. Immerhin war er hier, um Leonie zu verheiraten, aber er wollte auch auf keinen Fall einen schlechten Eindruck auf Monsieur Slade machen. So nahm er denn einen tiefen Schluck aus seiner Tasse, sah seinem Gegenüber direkt in die Augen und kam unverblümt zur Sache.

»Monsieur Slade, ich habe Euch angesprochen, weil ich Euch einen Vorschlag unterbreiten möchte.«

Ashley horchte interessiert auf. Möglicherweise war das Geschäft, und um ein solches mußte es sich handeln, dessen war er sich sicher, mit Geld verbunden! »Verstehe. Und worum handelt es sich?« gab er gleichmütig zur Antwort.

Claude zögerte.

Ashley mochte noch so sehr wie Morgan aussehen, seine Ausstrahlung war entschieden eine andere, und Claude fühlte plötzlich Bedenken in sich aufsteigen. Mit klarem Kopf und bei Tageslicht betrachtet, fand er den jungen Mann längst nicht so sympathisch wie am Spieltisch. Wieso konnte er sich nicht an die harten, ja berechnenden Augen erinnern und auch nicht an diesen verweichlichten Zug um den Mund? Dann riß er sich zusammen, verdrängte seine Bedenken und erklärte wie selbstverständlich: »Ich möchte meine junge Enkelin verheiraten. Meine Wahl ist auf Euch gefallen.«

Ashley glaubte, sich verhört zu haben. Eine Heirat? Warum hatte er sich nur auf dieses dumme Gespräch eingelassen? Wenn er hätte heiraten wollen, hätte er es schon mehr als einmal tun können! Warum sollte er jetzt an einer Heirat interessiert sein?

Claude bot ihm sogleich eine einleuchtende Antwort an. Den Blick auf die Kaffeetasse geheftet, fuhr er fort: »Sie erhält eine ansehnliche Mitgift, und wenn ich sterbe, erbt sie ein paar tausend Hektar fruchtbaren Landes, nur wenige Meilen flußaufwärts. Ich weiß, daß Ihr selbst ein wohlhabender junger Mann seid, aber ich weiß auch, daß die meisten Männer durchaus nichts dagegen haben, wenn ihre Zukünftige mehr als nur sich selbst in die Ehe einbringt.« Er hob seinen Blick und sah plötzlich sehr müde aus. »Sind fünftausend spanische Golddublonen ein akzeptables Angebot?«

Ashley holte tief Luft. Waren fünftausend Golddublonen genug? Das wollte er meinen! Welch ein unerhörter Glücksfall! Aber wie konnte er an das Geld kommen und gleichzeitig die damit verbundene Ehefrau wieder loswerden? Er mußte Zeit gewinnen, um einen vernünftigen Gedanken fassen zu können.

Ashley zündete sich ein Zigarillo an und starrte, feine Rauchwölkchen blasend, zur Decke. Keinesfalls durfte der Alte merken, wie sehr ihn das Angebot reizte, aber er wollte auch nicht den Eindruck erwecken, als sei der Vorschlag völlig indiskutabel!

»Es klingt nicht uninteressant«, erklärte er bedächtig, ein Stäubchen von seinem Jackenaufschlag schnippend. »Natürlich hängt es von Eurer Enkelin ab. Ich denke, ich sollte ein wenig mehr über die Dame wissen, die ich eventuell zu meiner Gattin machen werde.«

Claude fiel ein Stein vom Herzen, da Monsieur Slade nicht abgeneigt schien. Trotzdem kam keine große Freude in ihm auf, und die Unterhaltung begann, ihm seltsam widerwärtig zu werden. Er sprach wenig über die Plantage, verschwieg die schwierigen finanziellen Verhältnisse und konzentrierte sich hauptsächlich auf Leonies positive Eigenschaften – ihre Jugend, ihre Schönheit, ihr sanftes Wesen, letzteres eine himmelschreiende Lüge!

Ashley folgte der Erzählung Claudes aufmerksam. Wenn alles stimmte, was der alte Mann so zum besten gab, müßte es eigentlich genügend Freier für seine Enkelin geben. Warum also hatte Saint-André sich für Morgan entschieden? Er mußte noch mehr darüber in Erfahrung bringen, ehe er diese Frage stellen durfte, zumal ihm noch immer nicht ganz klar war, wie er von diesem Gespräch profitieren konnte. »Wenn wir uns, sagen wir heute abend, einigen könnten, wann würdet Ihr die Hochzeit wünschen? Schwebt Euch eine längere Verlobungszeit vor, oder gibt es einen Grund zur Eile? Und wann würdet Ihr die Mitgift übergeben?«

Claude fühlte sich zunehmend unwohl, ohne einen Grund hierfür nennen zu können. Monsieur Slade schien ihm irgendwie verändert, kaltblütig, gewinnsüchtig. Sollte er sich in ihm getäuscht haben?

Ashley spürte die Vorbehalte des alten Mannes und ahnte, daß er Morgan im Augenblick nicht sehr gut traf. Berechnend lehnte er sich daher vornüber und lächelte Claude gewinnend an. »Wie schrecklich unpersönlich unser Gespräch Euch erscheinen muß. Aber ich gestehe Euch, daß ich etwas überrumpelt bin – es ist das erste Mal, daß mir eine Ehe auf diese Weise nahegebracht wird.«

Claude erwiderte das Lächeln dankbar, seine Zweifel erneut beiseiteschiebend. »Und ich habe mich noch nie zuvor als Heiratsvermittler betätigt – das erklärt einiges, *non*? Ich will offen sein . . . je früher wir den Termin für die Eheschließung anberaumen können, desto lieber wäre es mir. Was die Mitgift angeht, so würdet Ihr sie am Tage der Hochzeit erhalten.«

Ashley machte keinen Hehl mehr aus seiner Überraschung. »Warum diese Eile?«

Claudes Gesicht verfinsterte sich. »Meine Tage sind gezählt. Wenn ich sterbe, steht Leonie völlig alleine da. Ich möchte sie versorgt wissen, das ist alles.«

»Ich verstehe.« Ashleys kleine graue Zellen arbeiteten fieberhaft. »Ich weiß, daß Ihr am liebsten sofort eine Antwort hättet...«, er lächelte Claude offenherzig und um Verständnis heischend an, »doch ich muß mir die Sache reiflich überlegen. Wenn man beschließt, seine Freiheit aufzugeben, sollte man alles wohl bedacht haben, nicht wahr?« Er zog eine goldene Uhr aus seiner Westentasche. »Wäre es Euch recht, wenn ich Euch heute abend meine Aufwartung mache? Bis dahin sollte ich einen Entschluß gefaßt haben.«

Claude nickte. Warum nur wollte sich keine rechte Freude einstellen? War es, weil Monsieur Slade nicht so reagierte, wie er es sich vorgestellt hatte? Oder weil er ihn gar nicht mehr so sympathisch und beeindruckend fand, wie im Spielsalon bei Gayoso? Wahrlich, ich werde alt, ermahnte er sich selbst. »Wäre Euch, sagen wir, neun Uhr, genehm? Wenn Eure Antwort positiv ausfällt, werde ich Euch meine Leonie vorstellen.«

Ashley nickte zustimmend. Bei Gott, wenn alles gutging, befände sich das Gold schon in wenigen Tagen in seinen Händen und er sich auf dem nächsten Schiff nach England!

Die beiden Männer verabschiedeten sich. Claude ging mit gemischten Gefühlen zum Stadthaus zurück, während Ashley in aller Eile ein paar Auskünfte über die Saint-Andrés einholte, die ihm sehr schnell klarmachten, warum Claude sich einen Ortsfremden auserkoren hatte! Im übrigen schien niemand etwas von der Mitgift seiner Enkelin zu wissen.

Leonie gefror das Blut in den Adern, als sie vernahm, daß sie schon in den nächsten Stunden ihren zukünftigen Ehemann kennenlernen sollte. Die Spuren der vergangenen Nacht waren noch viel zu frisch, der Schock der Vergewaltigung viel zu groß – und schon sollte sie mit dem nächsten Schicksalsschlag fertigwerden! Hysterisch dachte sie daran zu fliehen. Aber was würde sie damit ausrichten? Gar nichts. Und Yvette wäre damit auch nicht geholfen. Nein, sie mußte diesen Monsieur Slade treffen und für sich selbst, Yvette und sogar *Grand-Père* das Beste daraus machen.

Widerwillig ließ sie sich die geflochtenen Zöpfe von Yvette hochstecken, und noch widerwilliger streifte sie das aprikotfarbene Kleid über, dessen hochangesetzte Taille mit dem langen, fließenden Rock ihre schlanke Figur vorteilhaft betonte und ihrem Teint schmeichelte. Doch damit nicht genug. Yvette, die unverbesserliche Romantikerin, bestand darauf, eine duftende, weiße Jasminblüte in Leonies Frisur zu befestigen.

Leonie streckte ihrem Spiegelbild die Zunge heraus. »*Bah*, es ist völlig egal, wie ich aussehe! Monsieur Slade ist ohnehin nur an der Mitgift interessiert!« Womit sie, ohne es zu wissen, vollkommen recht hatte.

Die Höhe der Mitgift übte eine unwiderstehliche Anziehungskraft auf Ashley aus. Was kümmerten ihn die Schulden der Saint-Andrés? Wenn die Wahrheit ans Tageslicht käme, wäre er sowieso nicht hier, sondern Morgan. Sollte er doch sehen, wie er sich aus der Affäre zog. Nachdem er seine Erkundigungen über Claude eingeholt hatte, war er zum Hafen geeilt und hatte eine Überfahrt auf der *Scarlet Angel* gebucht, die in einer Woche nach England auslaufen würde. Alles lief wie am Schnürchen!

Demzufolge war Ashley bester Laune, als er sich pünktlich um neun Uhr abends Monsieur Saint-André melden ließ. Claude empfing seinen Besucher in dem kleinen Salon mit den weinroten Vorhängen und Sesseln, deren schäbige Bezüge im gedämpften Kerzenlicht gar nicht auffielen. Während der kurzen Unterredung verflüchtigten sich seine Zweifel an dem Charakter des jungen Mannes wieder. Ashley erklärte mit einem bescheidenen Lächeln, daß es ihm eine Ehre wäre, die Enkelin von Monsieur zu ehelichen, wenn Monsieur ihn für eine gute Partie hielte, und daß ihm selbstverständlich jeder Termin recht wäre, den Monsieur dafür bestimmen wollte. Claude war geschmeichelt und von den guten Manieren seines künftigen Schwiegersohnes angetan. Mit einem Toast und einem Glas besten französischen Cognacs besiegelten die beiden ihr Einvernehmen, und Claude beschloß, daß es an der Zeit wäre, die junge Braut rufen zu lassen.

Selbstverständlich teilte Leonie die Begeisterung der beiden Männer keineswegs. Noch auf dem Weg in den kleinen Salon suchte sie fieberhaft nach einem Ausweg, konnte vor Aufregung jedoch kaum klar denken und betrat das Zimmer mit rebellisch funkelnden Augen.

Ashley war mehr als angenehm überrascht von Leonies Erscheinung, er fand sie schlichtweg bezaubernd. Bedauerlicherweise würde ihm die Zeit fehlen, sich diesem aufreizend unschuldig aussehenden Geschöpf zu widmen – oder sollte er versuchen, seine junge Braut mit nach England zu nehmen? Sein Blick glitt über Leonies zierliche Gestalt, die makellosen Schultern, die sanft schimmernde Haut. Doch der Gedanke war absurd. Er riskierte schon ohne sie genug und tat gut daran, die Dinge nicht noch unnötig zu verkomplizieren.

Leonie fand Ashley auf Anhieb unsympathisch. Allzu deutlich sah sie die Spuren eines lockeren Lebenswandels in dem Gesicht mit den harten blauen Augen, die sie unverhohlen musterten. Nach den Erfahrungen der letzten Nacht ahnte Leonie, was in seinem Kopf vorging, und alles in ihr sträubte sich gegen eine Wiederholung dieser Vorgänge.

Claude strahlte vor Stolz, als er sie miteinander bekanntmachte. Leonie rang sich einen höflichen Gruß ab, worauf Monsieur Slade galant ihre Hand ergriff, einen Kuß darauf hauchte und Claude in affektiertem Ton fragte:

»Ist es gestattet, daß ich diese kleine Hand eine Weile halte?«

Mon Dieu, wie lächerlich, dachte Leonie. Trotz des Ernstes der Situation hatte sie Mühe, ein nervöses Kichern zu unterdrücken, und schaute schnell zu Boden, um sich nicht zu verraten.

Claude gestattete es feierlich, und Ashleys Augen wanderten erneut ungeniert, ja besitzergreifend über Leonie.

»Und Ihr, meine Liebe, werdet Ihr mich als Ehemann akzeptieren?« Er stellte die Frage rein formell, ohne eine wirkliche Antwort zu erwarten. Ein scheues Lächeln, ja, oder vielleicht eine gehauchte Zustimmung, aber niemals ein unverblümte Antwort!

»*Non*, keineswegs. Warum sollte ich das?« antwortete Leonie.

Ashley zuckte unerfreut zusammen, und Claude sprang empört auf die Beine. »Leonie!« donnerte er, »hast du unsere Unterhaltung über Yvette vergessen?«

Leonies Entschlossenheit geriet ins Wanken, doch gleich darauf hatte sie sich wieder gefaßt. »*Non, Grand-Père.* Aber bevor ich das Angebot von Monsieur Slade annehme, sollte ich doch die Gelegenheit haben, einmal mit ihm unter vier Augen zu sprechen, *n'est-ce pas?*«

Leonies Forderung löste bei jedem der beiden Herren eine gewisse Unruhe aus, wenn auch aus unterschiedlichen Gründen. Claude fürchtete, daß Leonie noch im letzten Augenblick seinen Plan, sie zu verheiraten, durchkreuzen könnte; Ashley hingegen war empört, daß diese kleine Kröte es wagte, Komplikationen heraufzubeschwören. Er rechnete nicht nur bereits fest mit dem Geld, sondern auch mit einer vergnüglichen Liebesnacht mit seiner kleinen Braut, bevor er auf Nimmerwiedersehen abreiste!

Claude gab widerwillig nach. »Wie du willst. Es ist nur allzu verständlich, daß du mit deinem zukünftigen Ehemann vor der Hochzeit einmal allein sprechen willst. Aber vergiß unsere Abmachung nicht!« drohte er finster.

»Wie könnte ich das?« Leonie blickte ihn herausfordernd an. »Darf ich jetzt mit Monsieur Slade sprechen, allein?«

»Ich komme in ein paar Minuten wieder!« erklärte Claude mühsam beherrscht, dann fiel die Tür hinter ihm ins Schloß.

Leonie hatte keine Ahnung, wie sie Monsieur Slade ihre Lage schildern sollte, aber ihr war klargeworden, daß es nur einen Ausweg gab. Er mußte seine Zustimmung verweigern. Sie drehte sich zu Ashley um, und ohne viel Zeit mit Erklärungen zu verlieren, begann sie ihr leidenschaftliches Plädoyer in eigener Sache.

»Monsieur, ich kenne Euch nicht und habe nichts gegen Euch persönlich, aber ich möchte Euch einfach nicht heiraten! Bitte erklärt meinem Großvater, daß Ihr zu der Überzeugung gekommen seid, daß wir doch nicht zusammenpassen. Es ist sehr wichtig für mich!« Ihre großen, smaragdgrünen Augen funkelten, und Ashley betrachtete sie nachdenklich. Offensichtlich war sie keineswegs von so sanfter Natur, wie ihr Großvater ihn glauben gemacht hatte, und ebenso offensichtlich erpreßte er sie in irgendeiner Form. Wie aber konnte er diese neuen Aspekte für sich verwenden, um trotzdem zum Ziel zu kommen? Er mußte ein wenig mehr darüber in Erfahrung bringen.

»Seid Ihr verliebt, Mademoiselle? Vielleicht in einen jungen Mann, den Euer Großvater nicht billigt?«

Leonie lächelte flüchtig. »*Non*. Ich habe nur nicht den Wunsch zu heiraten.«

Es gab also keinen eifersüchtigen jungen Nebenbuhler, der die Sache unnötig verkompliziert hätte, dachte Ashley erleichtert. Wenn es der Kleinen nur darum ging, nicht zu heiraten...

»Ich würde keinerlei Anforderungen an Euch stellen, meine Liebe«, erklärte er vorsichtig. »Euer Leben würde sich nur wenig verändern. Ihr würdet meinen Namen tragen, ich erhalte die Mitgift.« Leonie hörte ihm aufmerksam zu, und so fuhr er in der sicheren Annahme, den richtigen Ton gefunden zu haben, fort: »Es wäre sozusagen eine Geldheirat, oder eine Vernunftehe, ganz wie Ihr wollt. Ihr könntet weiterhin in Louisiana leben, ich wäre die meiste Zeit in Natchez. Wißt Ihr«, er wagte einen weiteren Vorstoß, »auch ich habe eigentlich nicht den Wunsch zu heiraten.«

»Warum werbt Ihr dann um mich?« Ihre Frage war durchaus einleuchtend, stürzte Ashley jedoch in eine momentane Verlegenheit, die Leonie wiederum in ihrem Sinne deutete. »Werdet Ihr ebenfalls zur Ehe gezwungen?« fragte sie mitfühlend.

Ashley reagierte prompt. Verlegen murmelte er, daß sein Vater ihm jede finanzielle Unterstützung versage, bis er sich bereit erkläre, zu heiraten und ein solides Leben zu führen.

»Aber wenn wir nicht zusammenleben, wird unsere Ehe seine Erwartungen kaum zufriedenstellen«, schlußfolgerte Leonie, und Ashley verfluchte ihre Direktheit.

»Nun ja«, meinte er gedehnt, »er hat es nie ausdrücklich zur Bedingung gemacht, daß ich ihm meine Braut vorführe. Er verlangt nur, daß ich mich verheirate. Die Kopie einer Heiratsurkunde würde ihm schon genügen.«

»Und Ihr findet mich passend?« fragte Leonie mit belegter Stimme.

»Warum nicht?« gurrte Ashley. »Eure Mitgift ist immerhin beachtlich.« Dann warf er Leonie einen abschätzenden Blick zu und fuhr in vertraulicherem Ton fort: »Außerdem muß ich sagen, daß ich Euch bezaubernd finde. Ich habe mich zugegebenermaßen vor allem von der Höhe Eurer Mitgift bestechen lassen und von der Tatsache, daß Ihr verfügbar wart, doch nun, da ich Euch kennengelernt habe ...«

»*Bah!*«, unterbrach Leonie ihn unwirsch. »Ihr braucht kein Süßholz zu raspeln, Monsieur. Spart Euch die Mühe.«

Ashley wurde weiß vor Zorn. Am liebsten hätte er die kleine überhebliche Göre geohrfeigt, die sich so wichtig nahm. Außerdem begann das Gespräch, ihm mächtig auf die Nerven zu gehen, und er sah seine Felle davonschwimmen. »Was schlagt Ihr also vor?« schnappte er gekränkt.

Leonie gab sich einen Ruck. Wenn Monsieur Slade alles wirklich so meinte, wie er es sagte, dann gab es vielleicht eine zufriedenstellende Lösung für sie beide. »Monsieur«, begann sie zögernd, »wir haben beide nicht den Wunsch zu heiraten, aber aus bestimmten Gründen wäre es für jeden von uns vorteilhaft, wenn wir es täten, *oui*?«

Ashley nickte verständnislos.

»Ich schlage Euch also einen Handel vor. Wir werden heiraten, aber es wird eine ausgesprochene Vernunftehe. Ihr versprecht mir, keinerlei Forderungen an mich zu stellen und daß wir getrennt leben.«

Ashley zuckte gleichgültig mit den Schultern. Wenn sie darauf bestand, bitte. In einer Woche würde er Amerika ohnehin hinter sich lassen ...

»Einverstanden«, erklärte er daher ohne Umschweife. »Sofort nach der Trauung kehre ich nach Natchez zurück, um meinen Vater zu informieren. Wir werden Eurem Großvater erzählen, daß ich einige Vorbereitungen treffen will, bevor ihr nachkommt. Wie klingt das?«

Leonie kämpfte mit einem leichten Schuldgefühl ihrem Großvater gegenüber, aber mußte sie nicht auch an sich selbst denken? »*Bon*, ich glaube, so können wir es machen«, stimmte sie seinem Vorschlag zu. »Aber da ist noch etwas, Monsieur«, fuhr sie, plötzlich unsicher werdend, fort. »Es fällt mir schwer, darüber zu sprechen, aber es ist besser, wenn ich es jetzt gleich zur Sprache bringe.« Und als Ashley ihr ermutigend zunickte, faßte sie sich ein

Herz. »Ich werde meine Mitgift irgendwann selbst brauchen und denke, daß es in unserem Fall ungerechtfertigt wäre, wenn Ihr das Geld behaltet, nur weil Ihr mir Euren Namen leiht. Ihr braucht mich, um an Euer Geld zu kommen, und ich brauche Euch aus demselben Grund. Ich bitte Euch, die Mitgift also als eine Art Darlehen zu betrachten, das Ihr mir nach einem angemessenen Zeitraum zurückzahlt, *oui?*« Als Ashley zögerte, fuhr sie eindringlich fort. »Es ist durchaus eine faire Lösung. Ich werde keinerlei Forderungen an Euch stellen, und immerhin steht das Geld Euch für einen gewissen Zeitraum zur Verfügung.« Sie fand, daß sie ihm tatsächlich mehr als entgegenkam, denn ein Anrecht auf ihre Mitgift konnte sie ihm beim besten Willen nicht einräumen. Ihre Ehe war ein Geschäft, und die Bedingungen mußten für beide Teile fair sein. Da er ihr half, Großvaters Wunsch nachzukommen und gleichzeitig zu umgehen, war sie jedoch durchaus bereit, ihn in dieser Weise für seine Bemühungen zu entschädigen.

Als sie geendet hatte, nickte Ashley zynisch. Glaubte sie tatsächlich, daß er vorhatte, ihr das Geld zurückzuzahlen? Nun, sie würde sich wundern.

Aber Leonie war nicht auf den Kopf gefallen. Hierin zumindest irrte sich Ashley gewaltig. Sie betrachtete ihn prüfend, dann fügte sie mit zuckersüßer Stimme hinzu: »Und natürlich werdet Ihr mir unsere Abmachungen schriftlich geben, *oui?*«

Wäre Ashley nicht so versessen auf das Gold gewesen, hätte er nun endgültig auf dem Absatz kehrtgemacht und wäre davongestürmt. So aber kämpfte er gegen seine maßlose Wut an und murmelte mit gepreßter Stimme: »Natürlich. Das versteht sich doch von selbst. Schon morgen werde ich einen Anwalt aufsuchen und ein entsprechendes Schriftstück aufsetzen lassen.«

Leonie hörte den Unterton in seiner Stimme sehr wohl und war einmal mehr heilfroh, daß ihre Ehe mit Monsieur Slade nur auf dem Papier bestehen würde.

Als Claude wenig später zurückkehrte, fand er die beiden zu seiner ungeheuren Erleichterung in ein scheinbar liebenswürdiges Gespräch vertieft. Überglücklich kredenzte er eine weitere Runde, und diesmal durfte auch Leonie mit den Herren anstoßen.

Kurz darauf verließ Ashley das Haus in Hochstimmung. Was kümmerte es ihn, welche Bedingungen die Kleine an ihn stellte? Er würde die Papiere als Morgan Slade unterzeichnen, und es war Morgan, der spätestens in fünf Jahren die Suppe auslöffeln mußte. Es war einfach phantastisch, denn niemand würde ihn mit den Ereignissen in Verbindung bringen. Dies war tatsächlich mit Abstand die ausgeklügeltste Gaunerei seines Lebens!

Dennoch mußte er äußerste Vorsicht walten lassen, da Morgan sich anscheinend in der Stadt aufhielt. Er konnte nur hoffen, daß sein Vetter nicht zufällig Saint-André in die Arme lief und ihm doch noch alles vermasselte. Aber mit ein bißchen Glück ... Viel wichtiger war es, den Termin für die Trauung anzuberaumen, und zwar so bald wie möglich, denn er hatte nur bis Donnerstag Zeit. Am Freitag lief sein Schiff bereits aus, und bis dahin mußte alles unter Dach und Fach sein. Was die schriftlichen Vereinbarungen anging, so beschloß Ashley, am nächsten Tag Papier und Tinte zu kaufen, um Morgans Unterschrift zu perfektionieren, eine Übung, die er nicht zum ersten Mal praktizierte. Das einzige noch offene Problem stellte die Hochzeitsnacht dar, denn selbst Ashley sah ein, daß er schlecht unmittelbar nach der Trauungszeremonie aus dem Leben seiner Angetrauten verschwinden konnte.

Dieser Gedanke beschäftigte auch Leonie, und sie verfiel auf eine nahezu ideale Lösung. Als Monsieur Slade tags darauf einer Einladung zum Abendessen Folge leistete, wartete Leonie einen günstigen Augenblick ab, um ihn beiseite zu nehmen und ihren Vorschlag an den Mann zu bringen. Er sollte *Grand-Père* verständlich machen, daß das junge Paar die Hochzeitsnacht in einem der besseren Hotels in New Orleans verbringen wollte. Getrennte Schlafzimmer waren Bedingung, aber Ashley hatte keine Einwände. Nun gab es nur noch ein Problem, den Termin für die Trauung, doch auch hier kam ihm das Schicksal entgegen.

Die Aufregungen der vergangenen Tage und der viele Alkoholgenuß waren Gift für Claudes angegriffenes Herz. In der Nacht nach Ashleys Besuch erlitt er eine leichte Herzattacke, die er dank der Medikamente des Familienarztes relativ gut überstand. Aber sie war ihm eine ernste Warnung, und so schlug er selbst Ashley vor, sobald wie möglich zu heiraten. Ashley zeigte sich äußerst verständnisvoll. Ob Donnerstag genehm wäre? Claude gab dankbar seine Zustimmung.

Am Vorabend ihrer Hochzeit gelang es Ashley, Leonie die unterzeichneten und beglaubigten Papiere unauffällig zuzuschieben. Leonie tat ihm innerlich Abbitte, denn bis zu diesem Augenblick hatte sie nicht geglaubt, daß Monsieur Slade sein Wort halten würde. Alles ging so erschreckend schnell... Spät am Abend, als sie sich auf ihr Zimmer zurückgezogen hatte, überflog sie die Dokumente und nickte zufrieden, bis sie den Paragraphen, der die Rückzahlung ihrer Mitgift betraf, las.

Ashley hatte alles wunschgemäß formuliert, mit einer Ausnahme. Als sie von einem angemessenen Zeitraum gesprochen hatte, nach dessen Ablauf die Rückzahlung fällig sei, hatte Leonie an ein, höchstens zwei Jahre gedacht, nicht aber an fünf Jahre, die Ashley eigenmächtig hatte festlegen lassen! Sein Vorgehen machte ihr deutlich, daß ihm tatsächlich nicht zu trauen war. Aber sie würde sich zu wehren wissen! Leise schlich sie zur Tür, öffnete sie einen Spalt, und als sie hörte, daß alles still blieb, tastete sie sich im Dunkeln in *Grand-Pères* Arbeitszimmer, wo er seine Duellierpistolen aufbewahrte. Sie hatte zwar keine Ahnung, wie man damit umging, aber das brauchte Monsieur Slade ja nicht zu wissen. Mit zitternden Händen verstaute sie eine der Pistolen in dem neuen Retikül, das Großvater ihr zusammen mit drei neuen Kleidern und neuen Dessous gegen ihren Willen gekauft hatte. Wie üblich wollte er sich nicht dreinreden lassen und hatte, ohne ihr Wissen, einen der beiden Wallache verkauft, um Leonie von dem Erlös wenigstens mit ein paar neuen Sachen auszustatten. Was würde Monsieur Slade wohl von ihnen denken, wenn Leonie nichts als abgetragene Kleider mit in die Ehe brachte?

Ashley dachte an diesem Abend ausschließlich an das Gold, das ihm morgen gehören würde. Claude war noch immer ahnungslos, was ihn betraf, und Morgan war ihm auch nicht über den Weg gelaufen. Eigentlich konnte nichts mehr schiefgehen.

So dämmerte der Morgen des 26. Juli 1799. Am Nachmittag reichte Leonie Saint-André dem attraktiven Mann an ihrer Seite, den sie und ihr Großvater für Morgan Slade aus Natchez, Mississippi, hielten, die Hand zum heiligen Bund der Ehe. Morgan Slade ging an diesem Tag mit seinem Freund Jason Savage angeln und dachte nicht im entferntesten an den alten Saint-André, geschweige denn an seinen ruchlosen Vetter Ashley.

7

Die Hochzeitsfeier fand in kleinem Rahmen statt. Claude zeigte Verständnis dafür, daß die Angehörigen von Monsieur Slade nicht an der Zeremonie teilnehmen konnten. Die Zeit hatte ja nicht einmal ausgereicht, um sie zu benachrichtigen! Leonie trug ein schlichtes, sittsames Kleid aus zartrosa Satin, und Ashley, der in seinen maßgeschneiderten, dunkelblauen Samthosen wie ein vollendeter Gentleman aussah, fand sie noch begehrenswerter als bei ihrer ersten Begegnung. Außer Claude und Yvette, den beiden Trauzeugen, waren nur noch zwei Nonnen aus dem nahegelegenen Ursulinerinnenkloster anwesend, als Leonie sich dem Mann an ihrer Seite versprach.

Ashley hatte Claude von seiner Absicht in Kenntnis gesetzt, schon am Tag nach der Trauung nach Natchez aufzubrechen, um seine Eltern auf Leonie vorzubereiten.

Claude war selig. Er hatte alles getan, was ein verantwortungsbewußter Erzieher tun konnte, um die Zukunft seines Mündels zu sichern.

Leonies Zukunft war alles andere als gesichert. Um nicht von den anderen Gästen des Hotels bemerkt zu werden, hatte Ashley das Essen in ihrer Suite servieren lassen. Leonie war es nur recht. Im Verlauf des Abendessens entging es ihr jedoch nicht, daß die Blicke ihres Gemahls immer verlangender wurden. Bei Gott, sie ist eine kleine verruchte Hexe, dachte Ashley. Ich will sie haben! Sein Blick glitt über ihre golden schimmernden Locken, die ihr Dekolleté verführerisch umrahmten, und Leonie errötete bis unter die Haarwurzeln. Ashley lächelte genießerisch. Wie praktisch, daß sie seine Frau war, dachte er voller Sarkasmus. Er würde sie sich schon gefügig machen!

Doch Leonie hatte genug davon, lüstern angestarrt zu werden. Abrupt stand sie auf, verabschiedete sich kühl von dem verdutzten Ashley und entfloh in ihr Schlafgemach.

Es mußte ihr gelingen, diese Nacht heil zu überstehen. Sie entnahm dem Kleiderschrank ein neues Nachthemd, das die Magd ihr zusammen mit einigen anderen Kleidungsstücken dort zurechtgelegt hatte, und streifte es über. Nervös kichernd stellte sie fest, daß es ein ziemlich gewagtes Nachtgewand war, denn eigentlich enthüllte das hauchdünne, zarte Material mehr, als es verbarg. Ihre Betrachtungen wurden an dieser Stelle rüde unterbrochen, als die Verbindungstür zu Ashleys Schlafzimmer ohne Vorankündigung aufflog.

Ashley hatte seit Leonies knappem Abschied ununterbrochen getrunken, und je länger er über alles nachdachte, um so überzeugter war er davon, daß er ein Recht auf eine anständige Hochzeitsnacht hatte. Wo wäre die kleine Hexe denn, wenn er ihr nicht aus dem Schlamassel geholfen hätte?

Schließlich hatte er sich in sein eigenes Schlafgemach zurückgezogen, entkleidet, seinen Satinmorgenmantel übergeworfen und unzufrieden sein leeres Bett angestarrt. Dann beschloß er, sich zu holen, was ihm gehörte.

Schwankend stand er mit vor Verlangen funkelnden Augen in der Tür. Leonie fuhr erschreckt herum, und er verspürte ein erregendes Prickeln in seiner Lendengegend. Erwartungsvoll fuhr er sich mit der Zunge über die Lippen, doch Leonie gab ihm keine Zeit, aktiv zu werden.

Blitzschnell griff sie nach dem Retikül auf ihrem Bett, zog die Pistole heraus und hielt sie mit beiden Händen auf Ashley gerichtet, der augenblicklich zur Salzsäule erstarrte. Ihr Herz klopfte zum Zerspringen, doch äußerlich erschien sie völlig beherrscht. »Monsieur, wie es scheint, muß ich Euch an unsere Abmachung erinnern. Ich habe vor, mich daran zu halten«, erklärte sie eisig.

Ashleys Gesicht verzog sich zu einer zornigen Fratze. »Das wirst du mir büßen, du verdammtes Weibsstück!« stieß er wütend hervor und drehte sich auf dem Absatz um. Als die Tür hinter ihm krachend ins Schloß fiel, begannen Leonies Knie plötzlich heftig zu zittern, und sie mußte sich setzen. *Merde!* dachte sie, das war knapp. Und bei dem Gedanken daran, Monsieur Slade so ausgeliefert zu sein, wie dem Fremden in Gayosos Haus, überkam sie ein solcher Ekel, daß sie meinte, sich übergeben zu müssen.

Nach diesem Vorfall wagte Leonie es weder, die Pistole aus der Hand zu legen, noch ihrer Müdigkeit nachzugeben. Die ganze Nacht über saß sie aufrecht in ihrem Bett, ohne die Verbindungstür auch nur eine Sekunde lang aus den Augen zu lassen. Ein paar Mal übermannte sie dennoch der Schlaf, und sie nickte trotz des Vorsatzes wachzubleiben für kurze Zeit ein. Dann schreckte sie jedesmal mit vor Angst pochendem Herzen hoch und beruhigte sich erst wieder, als sie feststellte, daß Monsieur Slade die Gelegenheit, sich unbemerkt in ihr Gemach zu schleichen, verpaßt hatte.

Am nächsten Morgen begegnete Leonie Ashley, der noch immer vor Wut über seine Niederlage schäumte, mit offener Verachtung. Nach einem kurzen, frostigen Frühstück brach das junge Ehepaar auf, um zum Stadthaus der Saint-Andrés zurückzukehren. Claude, der das übernächtigte Gesicht Leonies wohl bemerkte, hielt es allerdings für die Folge einer gemeinsam verbrachten Liebesnacht und schöpfte keinerlei Verdacht.

Ashley spielte seine Rolle als Ehemann perfekt. Er warf Leonie verliebte Blicke zu und beklagte es, schon bald nach Natchez aufbrechen zu müssen. Ohne Vorankündigung schloß er Leonie fest in seine Arme und preßte genüßlich einen langen Abschiedskuß auf ihre Lippen. Da ihr Großvater verlegen grinsend danebenstand, blieb Leonie nichts anderes übrig, als sich seinen Kuß gefallen zu lassen, doch sie schwor, bei allem, was ihr heilig war, daß ihm eine solche Vertraulichkeit nie wieder gelingen sollte. Ashley spürte ihre Abwehr und weidete sich förmlich an ihrer Hilflosigkeit. Eine heiße Welle lustvoller Erregung durchflutete ihn, als er ihren warmen Körper gegen seine Lenden preßte, und er genoß dieses Gefühl bis zur letzten Sekunde. Leonie warf ihm haßerfüllte Blicke zu, und schließlich ließ er sie mit einem zynisch überlegenen Lächeln los. Er dachte an all die Frauen, deren willige, anschmiegsame Körper er sich von der Mitgift seiner widerspenstigen Gemahlin kaufen konnte. Sollte sie sich ruhig zieren! Er bekam doch, was er wollte.

Nach einem überschwenglichen Abschied eilte Ashley beschwingt zum Hafen. Bei Anbruch der Dämmerung ging er an Bord der *Scarlet Angel*, machte es sich in seiner luxuriösen Kabine bequem, und als das Schiff langsam den Hafen von New Orleans hinter sich ließ, beglückwünschte er sich zu seinem gelungenen Coup.

Leonie konnte kaum glauben, daß der Spuk tatsächlich vorüber war. Die Heirat, so resümierte sie unzufrieden, hatte sich leider nicht verhindern lassen, aber immerhin würde sie in ein paar Jahren ihre Mitgift zurückerhalten, und die Vereinbarung mit Monsieur Slade würde sie vor Übergriffen seinerseits schützen, so wie ihre Heirat Yvette vor Claudes Repressalien schützte. Im Augenblick hatte Leonie jedoch nur ein einziges, dringendes Bedürfnis. Sie wollte schlafen und etwas Abstand zu den Ereignissen gewinnen.

Claude war es, als hätte ihm jemand eine große Last von den Schultern genommen. Er hatte sein Ziel erreicht und für Leonies Zukunft gesorgt, auch wenn er nicht annähernd so glücklich war, wie er es erwartet hatte. Als Leonie am darauffolgenden Morgen vorschlug, nach Château Saint-André zurückzukehren, stimmte er dankbar zu. Auch er hatte das Bedürfnis, sich auszuruhen, zumal es in der Stadt mit dem beginnenden Hochsommer immer schwüler wurde. Wer es sich leisten konnte, zog nun für ein paar Wochen aufs Land. Und noch etwas beschäftigte Claude, auch wenn er es sich nicht eingestehen wollte. Der Tod Gayosos hatte ihm unweigerlich sein eigenes Schicksal vor Augen geführt, und er versuchte, sich damit abzufinden, daß er schon in absehbarer Zeit denselben Weg einschlagen mußte. Ja, er hatte das deutliche Gefühl, als hätte der Tod ihn schon früher abgeholt, ihm aber um Leonies willen noch einen Aufschub gewährt.

In den darauffolgenden Wochen entspannte Leonie sich völlig und begann, die erschreckenden Ereignisse in New Orleans zu vergessen. Sie war überglücklich, wieder auf der Plantage zu leben, überglücklich, daß Grand-Père sich um die Geschäfte kümmerte, anstatt neue Schulden anzuhäufen, überglücklich bei dem Gedanken daran, das Château in ein paar Jahren mit ihrer Mitgift restaurieren lassen zu können... falls sie das Geld von Monsieur Slade zurückerhielt. Leonie hatte durchaus das dumpfe Gefühl, daß er trotz der Abmachung versuchen würde, sie darum zu prellen, doch bis dahin würde ihr schon etwas einfallen. Claude, der erstmals seit Jahren für einen längeren Zeitraum ohne größere Mengen Alkohol auskam und demzufolge einen erstaunlich klaren Kopf hatte, genoß das entspannte, freundschaftlich werdende Verhältnis zu seiner Enkelin, deren Entschlußkraft, Klugheit und Charme er erst jetzt zu bemerken schien. Fast bedauerte er es, so viele Jahre seines Lebens mit Alkohol vernebelt zu haben, und fragte sich, was ihm sonst noch alles entgangen sein mochte. Doch dann tröstete er sich mit dem Gedanken, daß Leonie in Monsieur Slade einen attraktiven, ehrenhaften jungen Ehemann gefunden hatte, der für sie sorgen würde.

Es fiel ihm zwar auf, daß Leonie ihren Gemahl nie erwähnte, aber auch jetzt vermutete er nichts Böses. Vielmehr glaubte er, Leonie verübele es ihm immer noch, daß er sie zur Heirat gezwungen hatte und ihm gegenüber natürlich nicht zugeben wollte, daß sie Monsieur Slade durchaus gewogen war.

Vielleicht wäre Leonies Urteil über den echten Morgan Slade tatsächlich vorteilhafter ausgefallen. Auf alle Fälle fühlte die junge Dame, die am Vorabend seiner Rückkehr nach Natchez auf einem Ball mit ihm tanzte, sich unwiderstehlich zu ihm hingezogen. Sie hing förmlich an seinen blauen Augen mit den langen, seidigen Wimpern, und als sie sich dessen bewußt wurde, schmunzelte sie über ihren Anfall von Backfischfieber. Trotzdem konnte sie es sich nicht verkneifen, ihn mit verführerischem Augenaufschlag leise zu fragen: »Müßt Ihr morgen wirklich schon aufbrechen? Könnt Ihr nicht noch ein paar Tage länger bei uns bleiben?«

Morgan lächelte sie hinterlistig an. »Und warum, meine Schöne? Damit Ihr mich noch ein wenig mehr bezirzen könnt?«

Raquel Dumond errötete. Für einen Augenblick war sie völlig aus der Fassung gebracht, doch dann siegte ihr angeborener Humor über die peinliche Situation. Sie sah Morgan mit einem aufreizenden Blick an und murmelte mit schlecht gespielter Naivität: »Vielleicht ... man weiß nie, was die Zukunft für Überraschungen birgt.«

»Für mich birgt sie eine Reise nach Natchez, und zwar morgen«, erwiderte Morgan ungerührt. Raquel Dumond war eine bezaubernde, kurzweilige Gesellschafterin gewesen, aber er war ihren Reizen keineswegs so verfallen, wie sie es sich vielleicht gewünscht hätte. Morgan hatte seinen Aufenthalt auf der Beauvaisplantage genossen und zudem seine Geschäfte zu einem zufriedenstellenden Ergebnis geführt, trotz Gayosos tragischem Tod. Auf Jasons Drängen hin hatte er sein Quartier in Beauvais aufgeschlagen und war nur dann nach New Orleans gereist, wenn es die Geschäfte erforderten. Er hatte viel Zeit mit Jason und Armand verbracht und sich ausgesprochen wohl gefühlt, doch nun freute er sich darauf, nach Bonheur zurückzukehren, obwohl er wußte, daß ihn auch dort schon nach kurzer Zeit aufs neue das Gefühl der Rastlosigkeit umtreiben würde.

Erst vor wenigen Tagen war ihm der Brief seines Onkels wieder eingefallen, der ihn dringend bat, Ashley zur Rückkehr nach England zu bewegen. Er und Jason hatten daraufhin in New Orleans ein paar Tage erfolglos nach Ashley gesucht, bis sie am Hafen schließlich erfuhren, daß sich ein Mister Ashley Slade bereits Ende Juli auf der *Scarlet Angel* nach England eingeschifft hatte.

Morgan betrachtete seine Geschäfte somit als erledigt, und weder Jasons Bitten noch der aufziehende Gewittersturm konnten ihn am nächsten Tag dazu bewegen, seine Rückkehr nach Natchez noch um ein paar Tage zu verschieben. Auf seinem prächtigen, kastanienbraunen Wallach, der unternehmungslustig herumtänzelte, als Morgan und Jason sich voneinander verabschiedeten, ritt er sodann flußaufwärts in Richtung Natchez. An seiner Uhrenkette baumelte das goldene Kreuz der kleinen Dirne.

Mehr als einmal hatte er sich in den vergangenen Wochen gefragt, wer seine Besitzerin sein könnte; hatte sich selbst dafür verwünscht, daß er nicht versucht hatte, sie zurückzuhalten. Zugleich ärgerte er sich darüber, daß die Erinnerung an dieses zierliche Geschöpf ihn einfach nicht losließ. Zum Teufel, dachte er ungeduldig, sie ist eine Hure wie jede andere auch, auch wenn ich sie gewissermaßen in ihren Beruf eingeführt habe. Was kam ihm nur so besonders an ihr vor, daß er sie nicht vergessen konnte? Daß er sich genau erinnerte, wie warm und zerbrechlich sie sich in seinen Armen angefühlt hatte? Widerwillig gestand er sich ein, daß er nichts lieber getan hätte, als sie mit nach Natchez zu nehmen und zu seiner Mätresse zu machen, ihr ein verschwiegenes, kleines Haus zu besorgen, Kleider, Juwelen und Bedienstete. Unter seiner Protektion wäre sie sicher gewesen.

Aber sie hatte nicht im mindesten den Eindruck erweckt, als brauche sie einen Beschützer, dachte Morgan mißmutig, während sich über ihm dunkle Wolken auftürmten. Er war verärgert, weil er sich nicht erklären konnte, wieso sie seinen Beschützerinstinkt überhaupt angesprochen hatte und es selbst jetzt, Wochen danach, immer noch tat. Mit einem Blick zum Himmel gab er dem Pferd die Sporen und versuchte, an andere Dinge zu denken. Aber schon bald kehrten seine Gedanken wieder zu ihr zurück. Wo mochte sie stecken? Und warum hatte sie sein Geld abgelehnt?

Eine halbe Stunde später brach der Gewittersturm los, und Leonie schien es nur natürlich, daß die Natur ihren Aufruhr teilte. Seit zwei Wochen versuchte sie, sich einzureden, daß die Veränderungen, die sie an ihrem Körper feststellte, nichts zu bedeuten hatten. Doch heute morgen, als sie, wie schon in den vergangenen Tagen, mit dem Gefühl, sich übergeben zu müssen, aufgewacht war, hatte sie es sich notgedrungen eingestanden. Sie war schwanger und würde das Kind eines wildfremden Mannes zur Welt bringen!

ZWEITER TEIL

Das Schicksal erfüllt sich

8

Die letzte Ruhestätte der Saint-Andrés lag versteckt in einem kleinen, bewaldeten Seitental, nur etwa eine halbe Meile vom Château entfernt. Leonie kam gern hierher. Sie schätzte die Ruhe, die von diesem Ort ausging und ihr das Gefühl vermittelte, als sei Zeit eine Illusion. Ihr Blick wanderte zu dem marmornen Seraphin mit den ausgebreiteten Flügeln. Hier lag ihr Urgroßvater begraben, der vor vielen Jahren aus Frankreich gekommen war, daneben seine Frau und die drei Kinder, die sie ihm geboren hatte, die jedoch alle noch im Kindesalter gestorben waren. Zwei weinende Engel beugten sich über das Grab ihrer Eltern, und ein schlichter, strahlend weißer Obelisk markierte die Stelle, wo *Grande-Mère* begraben lag. Alle Grabsteine hatten mit der Zeit ein verwittertes Aussehen angenommen, bis auf einen, den jüngsten.

Leonie ging langsam zu *Grand-Pères* Grab hinüber und legte die mitgebrachten Blumen liebevoll darauf. Wie schon so oft seit seinem überraschenden Tod vor fünfeinhalb Jahren setzte sie sich auch heute auf die Erde, um mit ihm ein stilles Zwiegespräch über die Ereignisse zu führen, die ihn interessiert hätten, aber auch über ihre Nöte.

Leonie nahm unter der mächtigen, alten Eiche Platz, die sein Grab mit ihren ausladenden Ästen wie ein Blätterdach überschattete. Die Luft war lau und von dem süßen Duft der wilden Rosen erfüllt, die sich entlang des niedrigen, weißgestrichenen Holzzaunes in frischen Rot- und Rosatönen emporrankten.

»Justin wird heute fünf, *Grand-Père*«, erzählte sie ihm voller Stolz. »Du hättest deine Freude an ihm. Er ist ein richtiger Saint-André, eigensinnig, widerspenstig und selbstbewußt!« Claude hatte die Geburt seines Enkels nicht mehr erlebt, und Leonie rief sich jene qualvollen Monate in Erinnerung zurück, als sie sich vergeblich fragte, warum sie nach allem Unglück, das ihr widerfahren war, nun auch noch das Kind dieses wildfremden Menschen gebären mußte. Es war einfach ungerecht, so ungerecht. Dann war Großvater gestorben, und sie fühlte sich so allein wie noch nie in ihrem Leben. Sie fürchtete sogar, verrückt zu werden, und wünschte sich verzweifelt, das Kind zu verlieren. So etwas sollte es ja geben. Doch mit dem Fortschreiten ihrer Schwangerschaft änderte sich allmählich ihre Einstellung. Sie beobachtete sich selbst und ihre Gefühle, spürte die Bewegungen des kleinen Wesens, das sie in sich trug, und gab ihren Widerstand auf. Was immer geschehen war, ganz sicher konnte das Kind nichts dafür. Und als ihr die Hebamme das kleine schreiende Bündel vorsichtig in die Arme legte, verspürte Leonie eine so gewaltige Zuneigung zu ihrem Sohn, daß sie glaubte, vor Freude zu zerspringen.

Die Nachricht von Leonies Heirat und der Geburt ihres Sohnes sprach sich in New Orleans kaum herum, da die Saint-Andrés schon seit Jahren keine gesellschaftlichen Kontakte mehr pflegten. Nur die allernächsten Nachbarn und wenige Freunde hatten irgendwann einmal davon gehört.

Nach Claudes Tod hatte Leonie das Stadthaus und über zweitausend Hektar des fruchtbaren Bodens, der zu ihrer Plantage gehörte, verkauft, um Grand-Pères Schulden zu begleichen, aber der Erlös reichte bei weitem nicht aus, um alle Gläubiger zufriedenzustellen. Manche, die Mitleid mit Leonie hatten, verbrannten Großvaters Schuldscheine, die meisten brachten jedoch kein solches Verständnis auf. Leonie bemühte sich redlich, allen Ansprüchen gerecht zu werden, und es gelang ihr auch, den Schuldenberg beachtlich zu tilgen, doch die Restforderungen hätten sie trotzdem den Kopf gekostet, wäre nicht Monsieur de la Fontaine, Claudes ältester Freund aus Kindheitstagen und zugleich ihr nächster Nachbar, ihr zu Hilfe gekommen. Eines Tages hatte er Leonie, die ihn dauerte, mit einem generösen Vorschlag überrascht. Er erklärte sich bereit, die restlichen Schulden zu übernehmen, und wollte das Château sowie das verbliebene Land als Sicherheit akzeptieren. Es war ein ziemlich einseitiger Handel, denn Claudes Schulden überstiegen den gegenwärtigen Wert des Châteaus bei weitem. Aber Monsieur de la Fontaine erwies sich als ein sehr gütiger, wohlmeinender Mensch, und Leonie nahm sein überaus großzügiges Angebot dankbar an.

Justin, Yvette, Leonie und die wenigen Sklaven, die sich geweigert hatten fortzugehen, als Leonie sie nach Claudes Tod in die Freiheit entließ, lebten in der folgenden Zeit von der Hand in den Mund. Sie alle leisteten doppelte und dreifache Arbeit, bestellten die Felder, um sich selber versorgen zu können, und bauten Zuckerrohr an, das sie verkauften. Von dem Erlös bestritten sie alle anderen anfallenden Unkosten. Sie stellten keinerlei Ansprüche, klagten nicht, wenn die Rücken von der Feldarbeit schmerzten, und überlebten. Vor einem Monat jedoch war Monsieur de la Fontaine plötzlich verstorben, und sein Sohn Maurice bestand auf der Rückzahlung des geliehenen Geldes. Wenn ihr dies bis zum fünfzehnten des Monats nicht möglich war, würde Leonie mit ihrer kleinen Familie schon bald heimatlos sein.

Leonie hatte sich noch nie derart existentiell bedroht gefühlt. Bei allen Widrigkeiten, die ihr in ihrem jungen Leben bereits begegnet waren, hatte es doch immer einen Zufluchtsort gegeben, ein Zuhause, wo sie hingehörte. Und das sollte sie nun ebenfalls verlieren!

Die Hände in ihrem Schoß ballten sich zu Fäusten. Hätte Monsieur Slade letztes Jahr die Mitgift zurückgezahlt, wie er es versprochen hatte, wäre sie jetzt nicht in dieser mißlichen Lage. Aber er war ein Lügner, ein Betrüger und noch dazu ein skrupelloser Egoist, wie alle Männer, die sie kannte.

Trotzdem verwünschte Leonie ihre Heirat mit Monsieur Slade nicht mehr so wie früher – um Justins Willen, der auf diese Weise einen legalen Vater hatte. Und immerhin hatte Monsieur Slade die zweite Abmachung eingehalten und sich in keiner Weise in ihr Leben eingemischt.

Bis jetzt hatte sie jeden Gedanken, ihr Geld von Monsieur Slade zurückzufordern, stolz zurückgewiesen, doch in der jetzigen, zugespitzten Situation blieb ihr einfach keine andere Wahl.

»*Grand-Père*«, begann sie zögernd, »ich kam nicht nur hierher, um dir von Justins Geburtstag zu erzählen ... sondern auch, daß wir bald nach Natchez reisen, und ich weiß nicht, ob wir jemals wieder hierher zurückkehren werden.«

Tränen schossen ihr in die Augen, die Stimme versagte. Dann faßte sie sich wieder und fügte beherrscht hinzu: »Monsieur Slade muß mir meine Mitgift zurückzahlen, aber ich weiß nicht, ob ich die Frist, die Maurice mir einräumt, einhalten kann. Ich habe mit ihm gesprochen, und er sagt, er wolle bis zum ersten Juli warten, aber dann würde er Kaufangebote für das Château annehmen. Wenn Monsieur Slade sich als der erweist, für den ich ihn halte, werde ich mein Geld einklagen müssen, und das kostet Zeit ... mehr Zeit, als mir bleibt, fürchte ich.«

In den Zweigen über ihrem Kopf sang eine Drossel ihr munteres Lied, als wolle sie Leonie auffordern, ihren trüben Gedanken gar nicht erst nachzugeben. Leonie hob den Kopf und suchte den kleinen Sänger, dessen fröhliches Gezwitscher sie tatsächlich zuversichtlicher stimmte. »Ja, warum sollte es mir nicht gelingen?« murmelte sie. »Vielleicht werde ich eines Tages doch zurückkommen.«

Ohne einen Blick zurückzuwerfen, machte sie sich auf den Nachhauseweg und wurde schon von weitem mit aufgeregten Rufen empfangen. »*Maman, Maman*, komm schnell! Die Katze hat Junge bekommen. Ich habe ihr Versteck gefunden!« Beim Anblick ihres Sohnes huschte ein befreites Lächeln über Leonies Gesicht. »*Bon*, wir werden sie mitnehmen, wenn wir verreisen, *oui*!« schmunzelte sie und betrachtete den kleinen Wirbelwind zärtlich.

Justin war ein hübscher Junge mit pechschwarzen, widerspenstigen Haaren und für sein Alter ziemlich großgewachsen. Außerdem wies er ausgeprägte maskuline Gesichtszüge auf, die ebenfalls nicht zu den Merkmalen der Saint-Andrés gehörten. Jedenfalls schien er, was sein Äußeres anging, nach seinem Vater zu geraten.

Justin zupfte sie ungeduldig am Ärmel, und Leonie schüttelte ihre Gedanken ab. Sie liebte ihren kleinen Sohn so sehr, daß sie jene verhängnisvolle Nacht nicht mehr, so wie damals, als ein furchtbares Unglück betrachtete. Aber sie wollte nicht an die Einzelheiten denken. So tief hatte sie die Erinnerung daran begraben, daß es ihr manchmal vorkam, als habe sie das Kind allein gezeugt!

Justin packte entschlossen ihre Hand und zerrte sie in Richtung der Ställe. Er ist genauso ungeduldig wie ich, dachte Leonie beglückt, und genauso neugierig. Lachend rannte sie mit ihm hinüber zu den verfallenen Stallgebäuden, um die Katzenmutter und ihre Jungen zu bestaunen.

Rein äußerlich hatte Leonie sich in den vergangenen Jahren nur wenig verändert. Wohl war sie nach Justins Geburt etwas rundlicher geworden und wirkte dadurch nicht mehr ganz so jungmädchenhaft wie früher, doch trotz aller Widrigkeiten hatte sie sich ihre kindliche Unbefangenheit bewahrt. Am allermeisten hatte sich ihr Gesichtsausdruck verändert. Ein Blick in ihre mandelförmigen, tiefgründigen Augen genügte, um zu wissen, daß diese junge Frau ein selbstbewußter, entschlußkräftiger Mensch sein mußte.

Dennoch hatten die Vergewaltigung, die erzwungene Heirat mit einem gewissenlosen Betrüger und das egoistische Verhalten ihres Großvaters Spuren hinterlassen. Was Männer anging, so war Leonie, ohne allzuviel über das andere Geschlecht zu wissen, überaus zynisch geworden. Sie lebte völlig zurückgezogen, und seit Claudes Tod gab es fast nur Frauen in ihrem Leben, mit Ausnahme von Saul und Abraham, zwei farbigen Sklaven, die, zusammen mit Mercy und Mammy, freiwillig bei ihr geblieben waren. Leonie fühlte sich für sie mitverantwortlich und war so zum Haushaltsvorstand geworden. Sie traf Entscheidungen, die das Wohl aller betrafen; sie sprach ihnen Mut zu; sie wurde um Rat gefragt, und auf ihr lastete die ganze Verantwortung für den Unterhalt dieser kleinen Familie.

Als sie nach dem Tod ihres Großvaters alle Sklaven in die Freiheit entließ und sich auf das Schlimmste gefaßt machte, hatten Mammy, Abraham, Saul und ein paar andere voller Erwartung die Dokumente entgegengenommen, die sie zu freien Menschen erklärten – und waren bei ihr geblieben. »Warum sollen wir woanders hingehen«, erklärte Mammy mit feuchten Augen, »hier ist unser Zuhause. Wir bleiben.«

Und selbst jetzt, als Leonie Vorbereitungen für die Reise nach Natchez traf, waren Mammy und die anderen entschlossen, mit ihr zu gehen – sie gehörten doch zusammen! »Es schickt sich nicht für eine junge Dame, allein in der Weltgeschichte herumzuziehen«, erklärte Mammy burschikos. »Monsieur Claude würde uns skalpieren, wenn wir nicht mitgingen. Wir sind eine Familie, und eine Familie hält zusammen. Basta.«

Drei Wochen später, an einem sonnigen Maientag im Jahre 1805, brachen Leonie, Justin, Yvette und die anderen Mitglieder ihres Haushalts mit zwei alten Planwagen und vier müde dreinblickenden Mulis auf. Leonie warf auch diesmal keinen Blick zurück, als die Wagen davonrollten, sondern richtete ihre Gedanken ganz auf die Begegnung mit Monsieur Slade. Wenn er wirklich vorhatte, sie um die Mitgift zu betrügen, würde sie ihm das Leben zur Hölle machen. Er konnte wählen!

Am Morgen eben jenes Tages saß Morgan Slade gelangweilt auf der Terrasse beim Frühstück und fragte sich wieder einmal, warum er nach Bonheur zurückgekehrt war. Es ist jahrein, jahraus dasselbe Lied, dachte er unzufrieden. Die Plantage läuft, Vater wird grauer, Maman ein wenig rundlicher... das Leben ist angenehm, aber eintönig.

Morgan starrte geistesabwesend in seine Kaffeetasse und dachte an die gravierenden Veränderungen in der Welt. Louisiana beispielsweise war von spanischer unter französische Verwaltung gefallen, nur um sich kurz darauf dem amerikanischen Staatenbund anzuschließen. Präsident Jefferson war in seinem Amt bestätigt worden, und vor knapp einem Jahr hatte Aaron Burr, seines Zeichens Vizepräsident der Vereinigten Staaten, den Anführer der Föderalisten, Alexander Hamilton, in einem Duell getötet. In Europa war Napoleon vor einigen Monaten zum Kaiser gekrönt worden; der Krieg tobte noch immer an allen Fronten. Frankreich behauptete seine Stellung zu Lande, die Engländer zur See.

Bis vor kurzem hatte Morgan ernsthaft in Erwägung gezogen, noch einmal nach England zurückzukehren, um seine ursprüngliche Absicht, ein Offizierspatent in der Britischen Armee zu erwerben, doch noch zu realisieren, aber in Anbetracht der Tatsache, daß er Anfang des Jahres nur knapp dem Tod in Europa entronnen war, gab er den Plan wieder auf. Dabei war er schon im Winter des Jahres 1800 nur haarscharf mit dem Leben davongekommen. Morgan erinnerte sich allzugut an damals. Im November 1799 war Phillip Nolan wieder einmal aus Texas zurückgekehrt, das unter spanischer Verwaltung stand. Zur Überraschung aller heiratete er kurz darauf Fannie Lintot. Ganz Natchez nahm an seiner Hochzeit teil, denn die Lintots gehörten zu den reichsten Familien in der ganzen Gegend. Für eine Weile schien die neue Rolle als Ehemann und Vater ihn auszufüllen, doch der Schein trog, und Phillip wurde rückfällig. Es kümmerte ihn wenig, daß die Spanier ihm die Wiedereinreise nach Texas verboten hatten. Mit einer kleinen Gruppe Gleichgesinnter, zu der auch Morgan gehörte, überquerte er den Sabinefluß und machte sich an seine Lieblingsbeschäftigung, den Fang von Wildpferden.

Morgan begann schon bald, sich zu langweilen, denn *so* interessant fand er den Pferdefang nun auch wieder nicht, und als sie auf eine Abordnung von Komantschen stießen, die bei Nolan Pferde gegen andere Güter eintauschten, schloß er sich ihnen an.

Zwei volle Jahre hatte er bei den Komantschen zugebracht, mit ihnen Büffel gejagt, an ihren Zeremonien teilgenommen, gegen ihre Feinde gekämpft. Als er im Frühjahr des Jahres 1803 nach Natchez zurückkehrte, erfuhr er, daß Nolan nicht von seiner damaligen Exkursion zurückgekehrt war. Die Spanier hatten ihn entdeckt und getötet. Noch heute überlief Morgan ein kalter Schauer, wenn er daran dachte.

In Natchez hatte er sich schon bald wieder eingeengt gefühlt, und da es zwischen England und Frankreich gerade zum Frieden von Amiens gekommen war, hatte er die Gelegenheit beim Schopf gepackt und war mit dem nächsten Schiff nach England gereist. Wenige Tage nach seiner Ankunft im Mai erklärte England Frankreich erneut den Krieg. Morgan hatte sich daraufhin mit Jasons Onkel, dem Herzog von Roxbury, in Verbindung gesetzt, um mit ihm über den Erwerb eines Offizierspatentes zu sprechen. Der Herzog hatte ihn indes geschickt davon zu überzeugen gewußt, daß es viel aufregender und lukrativer wäre, als Mittelsmann für die englischen Spione in Frankreich zu agieren und vielleicht sogar selbst ein wenig zu spionieren. Morgan sprach, dank der kreolischen Abstammung seiner Mutter, ein einwandfreies Französisch, und irgendwo, so mutmaßte der Herzog schlau, lebten sicherlich noch ein paar Verwandte, die ihm unauffällig Informationen zukommen lassen konnten. Morgan erklärte sich einverstanden und reiste schon bald nach Frankreich, wo er eineinhalb Jahre lang relativ unbehelligt arbeitete, bis er eines Tages herausfand, daß sein Vetter Ashley in England offenbar für die Franzosen arbeitete. Ein Offizier der französischen Armee sprach ihn eines Tages in Paris auf offener Straße mit Ashleys Namen an und fragte nach längst überfälligen Informationen für den Kaiser.

Morgan hatte sich geistesgegenwärtig aus der Affäre gezogen, dann jedoch sofort gehandelt, von seinem Hotel aus eine verschlüsselte Nachricht an Roxbury geschickt und versucht, Frankreich so schnell wie möglich zu verlassen, ehe die Franzosen herausfanden, daß sie an den Falschen geraten waren. Seine Eile erwies sich als berechtigt, denn schon auf dem Weg zum Hafen bemerkte er, daß man ihn verfolgte. In allerletzter Sekunde gelang es ihm, an Bord eines auslaufenden amerikanischen Frachtschiffes zu flüchten, mit dem er Anfang des Jahres wohlbehalten in der Heimat ankam.

Seither war seine Abenteuerlust zumindest etwas eingedämmt, und warum, so fragte sich Morgan heute morgen allen Ernstes, warum sollte ich nicht tatsächlich wieder heiraten? Es war kindisch, den Gedanken nur deswegen so vehement abzulehnen, weil seine wohlmeinende Mutter immer wieder davon sprach. Allerdings hatte die Heirat Phillip Nolan nicht geheilt. Für manche Menschen, so räumte er resigniert ein, war die Ehe eben *nicht* die beste Lösung.

An diesem Abend erschienen die Marshalls mit ihrer ausgesprochen attraktiven Tochter Melinda zum Abendessen. Morgan fiel auf, daß dies seit seiner Rückkehr aus Europa vor zwei Monaten bereits das vierte Mal war, und warf seinem blondgelockten, blauäugigen Gegenüber einen amüsierten Blick zu. Immer, wenn Mutter in letzter Zeit von Heirat sprach, fiel dabei unweigerlich Melindas Name. Der Besitz der Marshalls grenzte sinnigerweise an die Ländereien der Slades, und Melinda, die Alleinerbin der gutgehenden Plantage, wäre zweifellos eine gute Partie.

Aber leider mangelte es der hübschen Melinda an Köpfchen.

Jede Unterhaltung mit ihr drehte sich um irgendwelche Annehmlichkeiten, die sie sich wünschte, und endete mit bewundernden Augenaufschlägen und Ausrufen, als hätte sie nie gelernt, selbst ihren Verstand zu gebrauchen. Er fand ihre Gesellschaft schlicht und ergreifend öde. Wie anders war dagegen Stephanie gewesen, wie scharfsinnig, wie klug. Aber auch das schien kein Garant für ein gemeinsames Glück zu sein. Morgan seufzte unmerklich, und seine Augen begegneten Melindas schüchtern fragendem Lächeln. In einem Anflug von Sarkasmus lächelte er zurück, nur um gleich darauf der zufriedenen Miene seiner Mutter gewahr zu werden, die verlegen zu Boden blickte, als er sie direkt anschaute. In diesem Augenblick dämmerte ihm der eigentliche Grund für die häufigen Besuche der Nachbarn. Seine Augen wanderten zu Melinda zurück, ruhten kurz auf ihrem hübschen, roten Mund, verweilten auf ihren wohlgeformten Schultern, die das zartrosa Abendkleid freiließ, ohne allzutiefe Einsichten zu gewähren, und seine Augen funkelten spöttisch. Sein Entschluß war gefaßt. Vielleicht war eine Ehe mit der hübschen Melinda nicht halb so schlimm, wie er es sich ausmalte. Warum sollte er nicht wirklich wieder heiraten? Warum zum Teufel eigentlich nicht?

9

Hätte Morgan Melinda drei Stunden später in den Armen des verliebten Gaylord Easton gesehen, wäre er zweifellos weniger selbstzufrieden gewesen und hätte eine Heirat wohl kaum ernsthaft in Erwägung gezogen.

Um so ernsthafter dachte Melinda darüber nach. Sie schien die stürmischen Küsse des jungen Mannes kaum wahrzunehmen; erst als Gaylord sie atemlos und fassungslos bei den Schultern packte und schüttelte, kehrten ihre Gedanken zum Ort des Geschehens zurück.

»Melinda!« rief Gaylord verzweifelt, »so komm doch endlich zu dir! Bedeutet dir meine Liebe denn so wenig?«

Gaylord Easton war ein gutaussehender Junge, wenn auch zuweilen etwas unbeherrscht. Seit seinem sechzehnten Lebensjahr ließen leidenschaftliche Blicke aus seinen dunkelbraunen Augen die Mädchenherzen höherschlagen, und mit vierundzwanzig Jahren hatte er diese Kunst so gut wie perfektioniert.

Er war der jüngste Sproß eines betuchten Pflanzers und, wie das bei Nesthäkchen so üblich ist, einigermaßen verwöhnt. Vor kurzem hatte sein Vater ihm allerdings eröffnet, daß es nunmehr an der Zeit sei, sich Gedanken um die Zukunft zu machen. Irgendwann mußte schließlich jeder Mensch lernen, auf eigenen Füßen zu stehen!

Sein Vater schlug ihm vor, sich um die Verwaltung des kleinen Gutshofes zu kümmern, der Gaylord anläßlich seiner Volljährigkeit zusammen mit zwölf Sklaven überschrieben worden war. Er wünschte, daß sein Jüngster endlich Schluß machte mit dem bequemen, verantwortungslosen Leben. Jeder mußte arbeiten, manchmal sogar sehr hart, und er erwartete, daß Gaylord nicht weiter auf der faulen Haut lag, bis zum Mittagessen schlief, nur um sich dann mit irgendwelchen Freunden zum Reiten und Trinken zu treffen. Schluß damit!

Das Wort Arbeit schmeckte Gaylord überhaupt nicht, daher war es nicht weiter verwunderlich, daß er sofort nach einer anderen, machbaren Alternative suchte. Seine Augen fielen dabei wohlwollend auf Melinda, deren Schönheit er schon immer von ferne bewundert hatte. Jetzt, wo er auf der Suche nach einem leichten, gesicherten Auskommen war, erschien sie ihm noch begehrenswerter als früher.

Gaylord begann unverzüglich, um die Auserwählte zu werben, doch dann unterlief ihm ein folgenschwerer Fehler. Er verliebte sich nämlich hoffnungslos in Melinda. Bis vor kurzem hatte es wenigstens so ausgesehen, als wäre sie ihm gleichfalls zugetan, doch dann erschien Morgan Slade auf der Bildfläche, und Gaylord merkte ziemlich schnell, daß er an Boden verlor. Seit ein paar Wochen mußte er nun bereits hilflos und schmerzerfüllt zusehen, wie die Angebetete ihm entglitt, und demzufolge nagten Zorn und Eifersucht gleichermaßen an seinem Herzen.

Hätte Gaylord sich nicht in Melinda verliebt, wäre es ihm leichter gefallen, die Niederlage hinzunehmen und nach einer anderen begüterten jungen Dame im heiratsfähigen Alter Ausschau zu halten. So aber gab es für ihn niemand außer Melinda mit ihren unvergleichlich blauen Augen und dem bewundernden Augenaufschlag. Gaylord litt Höllenqualen!

Sicher, vom Standpunkt ihrer Eltern aus gesehen, erschien auch ihm verständlich, daß sie Morgan Slade als Freier vorzogen. Er war eindeutig der Vermögendere und Reifere, während Gaylord wegen seiner Unbeherrschtheit schon so manchen Tadel hatte einstecken müssen. Auch sein Werben um Melinda war davon gekennzeichnet, nur wußte das außer ihr und ihm noch niemand. Ihre heimlichen, mitternächtlichen Verabredungen hatten den Reiz des Neuen schnell verloren, und Gaylord wünschte sich mehr von ihr, als nur händchenhaltend im Rosengarten zu sitzen. Und schließlich hatte Melinda sich nie dagegen gesträubt, daß er sie manchmal leidenschaftlich küßte oder gar noch vertraulicher wurde. Gaylord wertete dies als ein positives Zeichen und zersprang fast vor Glück. Einzig wenn er die Rede darauf brachte, daß er bei ihrem Vater um ihre Hand anhalten wolle, wich sie ihm aus.

Gaylord konnte ja nicht ahnen, daß Melinda vor allem ihre weiblichen Reize an ihm ausprobierte. Anfangs hatte sie ihn ja auch tatsächlich aufregend gefunden, und die geheimen Verabredungen hatten den Reiz noch erhöht. Doch seit sie Mister Slade begegnet war, betrachtete sie Gaylord mit anderen Augen. Seine Liebesbekundungen langweilten sie, obwohl sie seine Küsse natürlich nach wie vor mochte. Und wenn seine Augen einen seltsamen Glanz bekamen, dann war sie stolz, weil ja schließlich sie es war, die seine Leidenschaften derart entfachte. Trotzdem, es war immer dasselbe, und sie langweilte sich einfach. Mit Mister Slade, so träumte sie, wäre es bestimmt anders. Erstens würde er sich wohl kaum die Haare raufen und ihr eine verzweifelte Szene machen, wie Gaylord es tat, wenn sie ihm auf die Finger schlug, weil er sich Vertraulichkeiten erlaubte, und zweitens war Mister Slade ein wirklicher Mann. Er würde nicht so schnell aufgeben!

»Melinda, hast du mir eigentlich zugehört?« fragte Gaylord

aufgebracht. Melinda sah ihn verträumt an und bemerkte kaum seine gequälten Gesichtszüge.

»Natürlich habe ich dir zugehört«, gab sie zuckersüß zurück, »aber es ändert alles nichts. Mister Slade wird morgen um meine Hand anhalten, und ich habe die Absicht, ihm mein Jawort zu geben.«

»Aber Melinda!« Gaylords verzweifelter Aufschrei hallte durch die laue Nacht, und prompt erntete er einen bitterbösen Blick.

»Schrei doch nicht so!« fauchte sie ungnädig. »Ich kann nur hoffen, daß niemand dich gehört hat!«

Gaylord warf einen schuldbewußten Blick in Richtung des stattlichen Wohnhauses, dessen weiße Eingangssäulen im Mondlicht sanft zu ihnen herüberschimmerten. Zum Glück blieb alles still. »Du darfst ihn nicht heiraten!« flehte er flüsternd. »Laß mich zuerst mit deinem Vater sprechen!«

Melinda sah ihn vorwurfsvoll an. »Willst du denn, daß ich unglücklich werde?«

»Aber nein«, antwortete er wie aus der Pistole geschossen. »Wie kommst du darauf?«

»Kannst du es dir etwa leisten, mit mir nach Paris zu reisen? Hast du mir ein so wunderbares Haus wie Bonheur zu bieten?«

»Nein, nicht sofort, aber...« antwortete Gaylord etwas verunsichert.

»Siehst du.« Melinda weinte eine einsame Träne. »Und vermutlich würdest du von mir verlangen, in dieser armseligen Hütte zu hausen, irgendwo da draußen auf diesem winzigen Gutshof, den du besitzt?«

Verblüfft und beschämt zugleich schaute Gaylord zu Boden. Er hatte nie vorgehabt, mit ihr dort zu leben. Vielmehr hatte er geplant, mit Melindas sicherlich beachtlicher Mitgift ein standesgemäßes Haus zu erwerben. Nur konnte er ihr das ja wohl kaum vorschlagen. »Nein, aber...« hauchte er betreten, doch Melinda fiel ihm ins Wort.

»Mister Slade wird mir die ganze Welt zeigen und mir nur die allerschönsten Kleider kaufen. Ich werde eine Menge Bediensteter haben und auch Kinder... und in einem wunderschönen Haus leben!« schwärmte Melinda glücklich. »Und was kannst du mir bieten?«

»Melinda ...«, stammelte Gaylord hilflos.

»Siehst du. Wie kannst du nur behaupten, daß du mich liebst, wenn du mir gar nicht geben kannst, was ich brauche, um glücklich zu sein?« Sie schürzte empört die Lippen.

Gaylord glaubte, wahnsinnig zu werden. »Aber ich liebe dich!« erklärte er leidenschaftlich und streckte die Arme nach ihr aus. »Und ich dachte, daß du meine Liebe erwiderst. Dinge können doch kein Ersatz dafür sein, was wir einander bedeuten!«

Melinda seufzte ungeduldig. »Ich weiß auch nicht, Gaylord ... Ich weiß nur, daß meine Eltern mich mit Mister Slade verheiraten wollen und daß er mir alles geben kann, was ich mir wünsche. Ganz bestimmt werde ich mich nach dir sehnen und auch nach deinen Küssen ... aber trotzdem glaube ich, daß es besser ist, wenn ich Mister Slade heirate.«

»Melinda!« Es klang wie der Ruf eines Ertrinkenden. »Begreife doch endlich, daß ich dich liebe!«

Im Mondlicht schimmerte ihr blondes Haar wie gesponnenes Gold, und Gaylord verging vor Sehnsucht nach ihr. Doch Melinda war ein praktisch denkender Mensch, wenigstens was ihre eigenen Belange betraf. »Du hast selbst gesagt, daß du nicht willst, daß ich unglücklich werde.« Sie unterbrach sich, um zu überlegen, wie sie es Gaylord noch klarmachen konnte, und sah dabei so seelenvoll aus, daß Gaylord meinte, sein Herz würde vor Liebesschmerz auf der Stelle brechen. Melinda fuhr indes in sachlichem Ton fort: »Ich wäre furchtbar unglücklich, wenn ich arm wäre, Gaylord. Ich glaube, ich könnte es nicht ertragen!«

Gaylord versuchte nicht länger, ihre schlagenden Argumente zu entkräften und sah ihr schweigend nach, als sie lautlos durch den Garten zurück zum Haus eilte. Am liebsten hätte er sie erwürgt, weil sie so rücksichtslos auf seinen Gefühlen herumtrampelte, aber er konnte und durfte ihr nicht einmal einen Vorwurf daraus machen. Sie handelte nur so, wie er selbst bis vor kurzem noch zu handeln beabsichtigt hatte. Welch unerhörte Ironie des Schicksals! Verstört und besiegt schlich Gaylord sich vom Ort seiner Niederlage.

Zu Melindas Entzücken erschien Mister Slade am darauffolgenden Tag, um ihr seine Aufwartung zu machen und mit ihrem Vater zu sprechen. Am Nachmittag desselben Tages nahm sie Morgans Angebot mit einem strahlenden Lächeln an. Morgan mußte zugeben, daß sie bezaubernd aussah, und er hoffte inständig, daß das Zusammenleben mit ihr vielleicht doch auch ein paar angenehme Seiten haben würde.

Beide Familien zeigten sich überglücklich über die geplante Verbindung. Am Abend fand eine kleine, intime Verlobungsfeier statt, und ohne viel Zeit zu verschwenden, wurden die nächsten Schritte geplant. Am 1. Juni sollte im Haus der Marshalls eine offizielle Verlobungsfeier in großem Rahmen stattfinden; die Vermählung wurde für Anfang August geplant. Morgan unterdrückte ein gelangweiltes Gähnen. All das Gerede über Kleider und Termine interessierte ihn nicht einmal am Rande. Schließlich entschuldigte er sich und ging nach draußen.

Ziellos durchstreifte er den großzügig angelegten Garten, dankbar für die frische Luft und die wohltuende Ruhe, die ihn hier umgab. Dann kehrte er auf die Veranda zurück, lehnte sich gegen eine der Säulen und zündete sich gedankenverloren eine Zigarre an. Genüßlich rauchend blinzelte er zu den Sternen hinauf, und plötzlich überkam ihn die Sehnsucht nach der Weite der texanischen Prärie, den endlos scheinenden Graslandschaften, über die unablässig der Wind strich. Morgan starrte zum Mond hinauf. Es ist die Zeit des Kriegsmonds, dachte er wehmütig, doch dann verzog er spöttisch das Gesicht. Warum bin ich eigentlich nie mit dem zufrieden, was ich habe, fragte er sich selbstkritisch und wußte im selben Augenblick die Antwort. Es war nicht immer so gewesen, erst seit dem gewaltsamen Tod von Stephanie und Philippe.

Die Zeit hatte den Schmerz über den Tod seines Sohnes wohl eingedämmt, nicht aber seine Meinung über das weibliche Geschlecht geändert. Morgan spielte geistesabwesend mit der Uhr in seiner Westentasche und fühlte etwas Metallenes zwischen seinen Fingern. Er zog es hervor, das kleine goldene Kruzifix, das er nun schon seit Jahren ständig bei sich trug, und mit ihm die Erinnerung an jene Nacht im Hause Gayosos und an die kleine widerspenstige

Dirne in seinen Armen. Mit der Erinnerung wurde auch seine Neugierde wieder geweckt. Sie war so jung gewesen. Was mochte sie dazu bewogen haben, das älteste Gewerbe der Welt zu ergreifen? Ob sie immer noch in New Orleans arbeitete? Morgan fluchte still, als er sich eingestehen mußte, daß diese Begegnung nichts von ihrem Reiz für ihn verloren hatte. Ich hätte sie suchen müssen, rügte er sich. Bei Tageslicht betrachtet wäre alles Geheimnisvolle von ihr abgefallen, sie hätte sich als eine Dirne wie jede andere auch entpuppt, und er wäre frei von dem Zauber, den sie eben wegen ihres geheimnisvollen Erscheinens auf ihn ausübte.

Aus dem Haus schallte lautes, fröhliches Gelächter und schreckte ihn aus seinen Gedanken. Wahrscheinlich wartet meine Auserwählte schon sehnsüchtig auf mich, dachte Morgan zynisch, dann schnippte er den Zigarrenstummel in die Dunkelheit, ging im Dunkeln die wenigen Stufen zur Eingangstür hinauf und stieß fast mit Dominic zusammen, der seinem Bruder ins Freie gefolgt war.

»Ich hab' dich genau beobachtet«, platzte Dominic ungeniert heraus. »Du siehst nicht gerade aus wie jemand, der das große Los gezogen hat. Versuche nicht, es abzustreiten.«

Morgan zog erstaunt die Augenbrauen in die Höhe. »So, so, das hast du in der Dunkelheit erkannt?«

»Ich kenne dich, auch wenn du in den letzten Jahren oft fort warst. Und ich frage mich, was mit dir los ist. Aber am allermeisten frage ich mich, warum in aller Welt deine Wahl ausgerechnet auf diese dumme Gans fallen mußte?« Dominic hatte seinem Bruder gegenüber noch nie ein Blatt vor den Mund genommen, und Morgan musterte ihn belustigt. Dom hatte seine Schlaksigkeit von früher verloren, die Schultern waren breiter, die kindliche Weichheit war aus seinen Gesichtszügen gewichen, die nun von seinen lebhaften grauen Augen und einem außerordentlich schönen Mund, der gern lachte, beherrscht wurden.

»Warum? Weil Mädchen wie sie pflegeleicht sind. Schöne Kleider, Reisen, alle paar Jahre ein Kind, und sie sind's zufrieden. Darum!«

Dominic fand die Antwort absurd, außerdem gefiel ihm der Unterton in Morgans Stimme nicht. Er räusperte sich. »Wußtest du, daß Gaylord Easton sich vor deiner Rückkehr sehr um die Hand der schönen Melinda bemühte?«

Statt einer Antwort zog Morgan eine zweite Zigarre aus der Innentasche seines Dinnerjackets, zündete sie umständlich an und zog paffend daran. »So so.«

»Ja. Sein Vater meinte, es sei an der Zeit, daß Gaylord auf eigenen Füßen stünde, und so machte er sich auf die Suche nach einer reichen Frau. Seine Wahl fiel auf Melinda – und sie war seinem Werben nicht abgeneigt, bis du auf der Bildfläche erschienst.«

»Was soll das Gerede«, fragte Morgan leichthin. »Willst du mich etwa vor ihm warnen, Dom?«

Dom machte ein harmloses Gesicht. »Ich? Dich warnen? Aber nein! Ich dachte nur, daß es dich vielleicht interessiert.« Damit drehte er sich um, um wieder hineinzugehen, doch bevor er in der Tür verschwand, machte er noch eine letzte Bemerkung über die Schulter. »Gaylord steht nicht gerade in dem Ruf, ein Gentleman zu sein, und ich wette mit dir, daß er Melindas Verlobung nicht einfach so hinnehmen wird.«

Morgan blieb mit seinen unerfreulichen Gedanken allein zurück. Es paßte ihm nicht, daß Melinda so kurz vor ihm eine Affäre mit einem anderen Mann gehabt hatte, doch nicht aus Eifersucht, sondern weil er sich nicht im klaren darüber war, ob Melinda Gaylords Gefühle erwiderte oder nicht. Hatten ihre Eltern Druck auf sie ausgeübt, weil sie eine vorteilhaftere Verbindung wünschten?

In den Tagen vor dem offiziellen Verlobungsball versuchte Morgan einigemale, Melinda zu einer Stellungnahme zu bewegen, doch sie reagierte auf seine Anspielungen mit einem zuckersüßen Lächeln und wechselte meist das Thema, zum Beispiel wie ihm ihr Hochzeitskleid gefiele oder wie sehr sie es sich wünschte, in Paris völlig neu eingekleidet zu werden. Wenn nur nicht dieser dumme Krieg wäre! Alles, was Morgan nach solchen Gesprächen mit letzter Sicherheit wußte, war, daß eine Ehe mit Melinda seiner Rastlosigkeit kein Ende setzen würde.

Dominics warnende Worte bezüglich Gaylord sollten sich bewahrheiten. Der um seine Hoffnungen geprellte Freier machte keinen Hehl aus seinen Gefühlen für Melinda und erzählte jedem, der es hören wollte, daß Morgan Slade sich unfairer Mittel bedient habe, um ihm seine Auserwählte abspenstig zu machen. Morgan wußte nicht, ob er darüber lachen sollte, oder ob es nicht besser wäre, dem Großmaul Gaylord die Lehre zu erteilen, die er offenbar ganz dringend brauchte. Zwei Abende vor dem Ball kam es dann zu dem unvermeidlichen Zusammenstoß.

Morgan hatte in der King's Tavern am Rande der Stadt Zuflucht vor den immer hektischer werdenden Vorbereitungen für die Hochzeit gesucht. Die Taverne gehörte nicht eben zu den besten Adressen in Natchez, aber Morgan mochte die ungezwungene Atmosphäre, die ihn immer an ähnliche Lokale in Frankreich oder auch England erinnerte, wo der bläuliche Dunst unzähliger Zigarren in der Luft hing und sich mit dem appetitanregenden Aroma von gebackenem Schinken, Roastbeef, Faßbier und Whiskey vermischte. Die Gäste waren zum Großteil Reisende, die hier am Ende des Natchez Trace Station machten. Morgan erkannte in dem regen Treiben auch einige Einheimische, aber heute zog er es vor, allein und in Ruhe seinen Whiskey zu trinken.

Es sollte nichts daraus werden, denn plötzlich entstand eine Unruhe an der Tür. Ein junger Mann in Begleitung von zwei anderen Männern schwankte herein. Die drei bahnten sich einen Weg durch das Lokal und nahmen an einem freien Tisch am anderen Ende der Schankstube Platz. Morgan fluchte leise, als er in dem Betrunkenen Gaylord erkannte, der offenbar schon eine gehörige Menge Alkohols konsumiert hätte und sich umständlich mit dem Rücken zu Morgan auf seinen Platz setzte. Gaylord war wirklich der letzte Mensch, dem Morgan begegnen wollte! Bis jetzt hatte er eine direkte Konfrontation mit dem jungen Hitzkopf vermeiden können, aber wenn Gaylord ihn jetzt entdeckte, würde es ganz sicher zu einem Zusammenstoß kommen.

Noch bestand eine, wenn auch geringe Möglichkeit, ungesehen davonzukommen, denn Gaylord schien seinen Kummer in noch mehr Whiskey ertränken zu wollen. Morgan beschloß, entweder solange zu warten, bis das Trio aufgebrochen war, oder aber in einem günstigen Augenblick zu entwischen.

Leider kam es anders. Einer von Gaylords Begleitern erkannte

Morgan und hatte nichts Eiligeres zu tun, als es seinem Freund sofort mitzuteilen. Gaylords Kopf fuhr herum. Mit trüben Augen suchte er über die Köpfe der anderen Gäste hinweg nach Morgan. Es dauerte einige Sekunden, doch als er des Nebenbuhlers ansichtig wurde, stand er unbeholfen auf und setzte sich steifbeinig in Bewegung.

Morgan war es gewohnt, in Situationen wie dieser blitzschnell zu kalkulieren. Zu oft schon hatte in den vergangenen Jahren sein Leben von dieser Fähigkeit abgehangen. Die einzige Möglichkeit, Blutvergießen zu vermeiden, bestand darin, Gaylord dahin zu bringen, daß er ihn herausforderte. Als der Herausgeforderte stand es ihm frei, die Waffe, den Ort und die Zeit der Auseinandersetzung zu bestimmen.

Gaylord baute sich herausfordernd vor Morgans Tisch auf und ließ die Faust darauf niedersausen. »Ihr seid ein Schwein und ein Halunke!« Er spuckte Morgan die Worte förmlich ins Gesicht.

Morgan ließ ihn keine Sekunde aus den Augen. Mit wahrhaft provozierender Gelassenheit nippte er an seinem Whiskey, dann fragte er gelangweilt: »Ach ja? Und warum?«

Überrascht schnellte Gaylord in eine aufrechte Position zurück. Er mochte ziemlich betrunken sein, aber er war sich dennoch sicher, diesen Menschen hier eben beleidigt zu haben. Warum reagierte er dann nicht so? »Weil, nun ja...« Verwirrt unterbrach er sich. Vielleicht hatte dieser Mister Slade ihn nicht richtig verstanden? Gaylord nahm einen weiteren Anlauf. »Ihr habt mir die Frau, die ich liebe, mit üblen Tricks abspenstig gemacht. Nur eine feige Memme ist dazu fähig!«

Morgan seufzte. Obwohl Melinda ihm völlig gleichgültig war, durfte er es dennoch nicht zulassen, daß dieser junge Hitzkopf ihren Namen in aller Öffentlichkeit zum Gespött machte. Er musterte Gaylords schreiend bunte Aufmachung spöttisch und nachdenklich zugleich, dann erwiderte er äußerst kühl: »Wenn ich ein Schwein bin, und ein Halunke, und eine feige Memme, was seid dann Ihr? Eine Art Stadtschreier? Oder sitzt Ihr auf Eurem Verstand?«

Die Bemerkung erzielte den gewünschten Effekt. Gaylord lief vor Wut rot an, dann warf er sich mächtig in die Brust. »Ich werde diese

Beleidigung nicht hinnehmen. Benennt Eure Sekundanten!« rief er aufgebracht.

Morgan lehnte sich zufrieden zurück und schnippte die Asche von seiner Zigarre. »Wir brauchen keine Sekundanten. Ich habe einen anderen Vorschlag«, entgegnete er bedächtig. »Als der Herausgeforderte bestimme ich Waffen, Ort und Zeit des Duells. Gibt es einen besseren Ort als hier und einen geeigneteren Zeitpunkt als jetzt?«

Gaylord konnte keinen klaren Gedanken fassen. Verständnislos blickte er in die Runde und fragte: »Hier? In der Schankstube?«

»Nein, nicht hier herinnen, aber vielleicht in dem kleinen Garten hinter dem Haus«, erklärte Morgan mit undurchdringlichem Blick.

»Einverstanden«, krächzte Gaylord. Das bevorstehende Duell und die damit verbundenen Gefahren brachten ihn erstaunlich schnell in die Wirklichkeit zurück. »Welche Waffen wählt ihr?«

»Fäuste«, antwortete Morgan sanft.

»Fäuste!« wiederholte Gaylord ungläubig. »Ein Gentleman trägt ein Duell nicht mit den Fäusten aus!«

Morgans Augen nahmen einen harten, unnachgiebigen Ausdruck an. »Ich bin ja auch kein Gentleman, das habt Ihr doch eben behauptet, nicht wahr?« stellte er sachlich fest.

Gaylord schluckte. Die Sache wuchs ihm zusehends über den Kopf, aber er sah keinen ehrenvollen Ausweg. »Wie Ihr wollt. Es war ein Fehler, von Euresgleichen etwas anderes zu erwarten«, erklärte er mit dem Mut der Verzweiflung.

Bis jetzt hatte Morgan Mitleid mit dem jungen Easton gehabt. Ein gebrochenes Herz braucht lange, um zu heilen, aber Gaylords provozierende Aussprüche brachten sein Blut langsam in Wallung. »Noch ein Wort, und ich sehe mich gezwungen, Euch zu töten, anstatt Euch nur die Lektion zu erteilen, auf die Ihr anscheinend so versessen seid«, wies er ihn scharf zurecht.

Glücklicherweise hielt Gaylord sich zurück. Die vier Männer verließen das Lokal und traten auf den kleinen Hof hinaus. Draußen war es schon fast dunkel, aber durch die Fenster der Taverne fiel genügend gedämpftes Licht, um den Platz einigermaßen auszuleuchten.

Gaylord und seine Freunde schwiegen nervös. Morgan konnte

sich nicht daran erinnern, sie schon einmal gesehen zu haben, aber das wunderte ihn nicht. Zum einen waren sie wesentlich jünger als er, zum anderen war er jahrelang fort gewesen. Sie sahen aus wie ein paar harmlose, unternehmungslustige Jugendliche, die eigentlich nichts Böses im Sinn hatten.

Der eine räusperte sich verlegen. »Äh, nun, wenn Ihr nichts dagegen habt, werde ich Euer Sekundant sein. Mein Name ist Blanchard, Evan Blanchard.«

Morgan nickte zustimmend. »Ich danke Euch. Da nun auch dieser Punkt geklärt ist, können wir ja wohl beginnen?«

Gaylord zerrte ungeduldig an seiner gestärkten Krawatte. »Und wie wollt Ihr vorgehen?« stieß er nervös hervor.

Der Platz war für einen Faustkampf wie geschaffen. Festgetretener, trockener Lehmboden, keinerlei Hindernisse. »Wir werden uns hier duellieren, Blanchard und Euer Freund übernehmen die Rollen der Sekundanten und Zeugen. Wir kämpfen mit den Fäusten, und wer dem anderen als erster eine blutende Wunde zufügt, hat seine Satisfaktion.«

Gaylord nickte zustimmend. Die beiden Männer waren sich rein äußerlich ziemlich ebenbürtig. Zwar überragte Morgan Gaylord um einige Zentimeter, doch jener machte diesen geringen Vorteil durch eine etwas kräftigere Statur wieder wett. Mit jeder Sekunde wuchs die Spannung auf dem kleinen Platz. Morgan zog bedächtig sein elegantes, graues Jackett aus, löste die Taschenuhr mit dem goldenen Kettchen von der Uhrkette und reichte beides seinem Sekundanten. Dann wartete er auf Gaylord, der sich seiner Jacke mit zornigen, eckigen Bewegungen entledigte und sich immer mehr in eine Art von Raserei hineinsteigerte. Als er Morgan endlich in Hemdsärmeln gegenüberstand, kannte sein Haß keine Grenzen mehr. »Ihr werdet Melinda nicht heiraten! Sie hat mir ihre Liebe versprochen, und ich werde nicht untätig zusehen, wie Ihr sie ins Verderben führt!«

Wieder seufzte Morgan innerlich. Am liebsten hätte er diesem verliebten Esel die Wahrheit an den Kopf geworfen, ihm gesagt, daß er freiwillig auf Melinda verzichte! Jede Sekunde, die er in den letzten Tagen in ihrer geistlosen, plappernden Gegenwart verbracht hatte, hatte sogar seinen Appetit auf ihren makellosen Körper im Keim erstickt. Als Gentleman war er jedoch verpflichtet, so zu handeln, wie man es von ihm erwartete, nämlich seine eigene Ehre und die der Auserwählten zu verteidigen. Wäre er nur nicht so voreilig gewesen! Aber das konnte er seinem Herausforderer wohl kaum anvertrauen. Statt dessen galt es, die Ruhe zu bewahren und die lächerliche Episode hier möglichst schnell zu Ende zu bringen. »Wir werden ja sehen«, erklärte er daher. »In der Zwischenzeit möchte ich Euch daran erinnern, daß die junge Dame mein Angebot angenommen hat.«

Gaylord knirschte mit den Zähnen. »Aber Ihr werdet sie nicht heiraten. Im Augenblick habt Ihr scheinbar die besseren Karten, aber das Blatt kann sich wenden!«

Morgan schaute hilflos zum Himmel. »Seid Ihr mit Eurer Ansprache endlich fertig? Können wir zur Sache kommen?« unterbrach er Gaylord halb verzweifelt, halb wütend.

»Bei Gott, ja!«

Von Anfang an war der Ausgang des Zweikampfes abzusehen. Gaylords heiliger Zorn erwies sich gegen Morgans kampferprobte Fäuste als wenig wirkungsvoll. Es gelang Gaylord nicht, auch nur einen Treffer zu landen, denn Morgan hielt ihn sich mit tänzelnden Schritten vom Leib. Er wartete nur auf den richtigen Augenblick, wo Gaylord unvorsichtigerweise seine Deckung öffnen würde, um ihn dann mit einem gezielten Schlag außer Gefecht zu setzen. Tatsächlich brauchte er nicht lange darauf zu warten. Seine rechte Faust schnellte vor und streckte Gaylord mit einem gezielten Kinnhaken zu Boden. Verdattert, mit blutender Lippe, rappelte er sich wieder auf.

»Hiermit sind wir wohl quitt!« bemerkte Morgan trocken.

Gaylord warf ihm einen haßerfüllten Blick zu. »Ihr werdet Melinda nicht heiraten«, grollte er mit unheilvoller Miene, »denn ich werde alles in meiner Macht Stehende unternehmen, um diese Heirat zu verhindern! Alles!«

10

Leonie traf mit ihrer kleinen Truppe am späten Nachmittag des offiziellen Verlobungsballes in Natchez ein.

Sie hatte keine Ahnung, wo Monsieur Slade lebte oder wie sie ihn ausfindig machen konnte, und nach einer ziellosen Fahrt durch die Vorbezirke der Stadt landeten sie schließlich abgekämpft in der King's Tavern. Sie fand es mehr als ärgerlich, ihre armselige Barschaft für ein Nachtlager ausgeben zu müssen, aber sie sah auch ein, daß ihre Suche ins Blaue hinein fruchtlos bleiben würde.

Gegen acht Uhr abends, als alle für die Nacht untergebracht und versorgt waren, beschloß sie, daß es das Beste wäre, den Besitzer der Taverne diskret nach dem Wohnort ihres Mannes zu fragen. Das Retikül mit den lebenswichtigen Dokumenten in der Hand, bemerkte sie wie beiläufig zu Yvette und Justin: »Kommt ihr eine Weile ohne mich zurecht?«

Yvette sah überrascht von ihrer Stickerei auf. »Du willst heute noch versuchen, etwas in Erfahrung zu bringen?« fragte sie besorgt.

Leonie nickte heftig. »*Oui*! Wir haben nicht viel Zeit. Unser Geld wird nicht mehr lange reichen. Ich muß Monsieur Slade so bald wie möglich finden.«

Justin hatte bis jetzt schläfrig mit den Kätzchen am Boden gespielt, doch nun schaute er interessiert auf. »Du willst mit Papa reden? Bitte, laß mich mitkommen.«

Leonie gab ihm eine ausweichende Antwort. Das Geheimnis ihres Sohnes hatte sie bis jetzt noch mit keiner Menschenseele geteilt; daher nahm jeder selbstverständlich an, daß Monsieur Slade der Vater des Jungen war. Auch Justin selbst glaubte dies. Bis zu diesem Augenblick hatte Leonie sich nicht allzuviele Gedanken darüber gemacht, wie sie Monsieur Slade mit dem Jungen konfrontieren wollte, aber nun stand mit einem Mal zu befürchten, daß die Wahrheit ans Tageslicht kam. Das darf nicht passieren, überlegte sie nervös. Um Justins Willen muß ich es verhindern!

Monsieur Slade war in ihrer Hochzeitsnacht sehr betrunken gewesen – vielleicht konnte sie diesen Umstand für sich nutzen und ihm einreden, daß er doch der Vater ihres Sohnes war. Egal, was er behaupten würde, sie mußte darauf bestehen. Mit einem Gute-Nacht-Kuß auf Justins Stirn verließ sie eilig das Zimmer, um den Besitzer der Taverne zu finden.

An jenem Abend wollte es das Schicksal, daß auch Gaylord in der Taverne zu Gast war. Die Niederlage hatte sein Ichempfinden getroffen, und er versuchte, mit viel Whiskey darüber hinwegzukommen. Dann wurde es ihm in der Schankstube plötzlich zu eng, und er war in den kleinen Garten hinausgeschwankt, wo nur zwei Tage vorher der lächerliche Faustkampf stattgefunden hatte, um frische Luft zu schöpfen, als er Leonie die Treppe herabkommen sah.

Leonie bemerkte im Dämmerlicht einen Mann im Hof und blieb unsicher auf dem Treppenabsatz stehen. Seit jener Nacht hatte sie es immer vermieden, nach Einbruch der Dunkelheit Fremden zu begegnen. Vielleicht war es besser, wenn sie auf ihr Zimmer zurückkehrte, dachte sie unschlüssig, als Gaylord, der immerhin noch nicht zu betrunken war, um nicht zu erkennen, daß er eine Dame vor sich hatte, sich höflich in ihre Richtung verbeugte. »Guten Abend, Ma'am. Ein schöner Abend, nicht wahr?« Seine wohlerzogenen Worte beruhigten Leonie. Man mußte ja nicht immer gleich das Schlimmste befürchten! Dennoch blieb sie bei der Treppe stehen und beobachtete ihn mißtrauisch. »*Oui*, Monsieur, da habt Ihr Recht.«

Ihr französischer Akzent ließ Gaylord aufhorchen. Neugierig machte er ein paar Schritte in ihre Richtung, zögerte und fragte dann: »Ihr seid neu in Natchez? Ich habe es an Eurem Akzent bemerkt.«

Leonie traute ihm noch immer nicht über den Weg und brachte sich einige Stufen weiter oben in Sicherheit. Sie hatte nichts gegen eine Unterhaltung mit diesem Fremden einzuwenden, aber was fiel ihm ein, so vertraulich zu werden? »*Oui*, Monsieur«, entgegnete sie reserviert, »meine Familie und ich sind heute in Natchez eingetroffen.«

Gaylord blieb am Treppenabsatz stehen und sah bewundernd zu Leonie hinauf, die sich kaum des bezaubernden Anblicks bewußt war, den sie in ihrem fliederfarbenen Musselinkleid mit dem hochangesetzten Mieder und dem langen, eng anliegenden Rock bot. Einzelne widerspenstige Strähnen kringelten sich in die Stirn, und Gaylord bewunderte ihre hohen Wangenknochen, die mandelförmigen Augen und den vollen Mund. Vielleicht war Melinda ja gar nicht die Schönste im ganzen Land. Er schenkte Leonie sein strahlendstes Lächeln und senkte seine Stimme. »Ich hoffe, daß Ihr und Eure Familie eine Weile in Natchez bleiben könnt.«

Leonie wußte nicht so recht, was sie von dem jungen Mann halten sollte. Schließlich erwiderte sie unverbindlich: »Vielleicht. Seid Ihr aus dieser Gegend?«

Gaylord fand, daß sie unnötig kühl auf seine charmanten Bemerkungen reagierte, und antwortete verwundert: »Ja, ich denke schon. Ich bin hier großgeworden.«

»Könnt Ihr mir dann vielleicht sagen, wo ich Monsieur Morgan Slade finde?«

Von einer Sekunde zur nächsten sah Gaylord rot. Seine Hand umklammerte das Geländer, als suche er Halt, und das Lächeln in seinem Gesicht gefror. »Und was ... was habt Ihr mit Slade zu tun?«

Leonie zog erstaunt und vorwurfsvoll zugleich die Augenbrauen in die Höhe. »Ich wüßte nicht, was das Euch angeht, aber ich werde es Euch dennoch sagen. Er ist mein Gemahl, und ich bin auf der Suche nach ihm.«

Gaylord hatte Mühe, das eben Gehörte zu begreifen. »Das ... stimmt nicht«, stotterte er wirr. »Slade ist nicht verheiratet!«

Leonies Geduld mit diesem aufdringlichen Menschen war am Ende. Ihre grünen Augen funkelten wie die einer angriffslustigen Katze, als sie ihn empört anfuhr: »Was erlaubt Ihr Euch? Wie kommt Ihr dazu, mich zu beleidigen und eine Lügnerin zu nennen!« Ohne eine Antwort abzuwarten, drehte sie sich um, um auf ihr Zimmer zurückzukehren, aber Gaylord hielt sie zurück. Mit einem Satz übersprang er mehrere Stufen und packte sie am Arm. »Halt, so bleibt doch stehen! Ich muß mit Euch sprechen!« keuchte er.

Leonie reagierte instinktiv. Ehe Gaylord wußte, wie ihm geschah, landete ihr Handrücken in seinem verdutzten Gesicht, und er stürzte, getroffen von der Wucht des Schlages, rücklings die Treppe hinunter. In diesem Augenblick erschien Abraham oben auf dem Flur, um nach dem Rechten zu sehen.

»Abraham! *Mon Dieu!* Dieser Mensch hat mich angefallen!« rief Leonie furchtsam und zugleich unendlich erleichtert beim Anblick ihres Beschützers.

»Aber Ihr irrt Euch!« protestierte Gaylord entrüstet, »ich will Euch nichts tun. Ich möchte mit Euch nur über, äh, Euren Gemahl sprechen.«

Trotz ihres Ärgers über das rüpelhafte Benehmen dieses jungen Mannes interessierte es Leonie doch brennend, was er über Monsieur Slade wußte. Glücklicherweise war Abraham im rechten Augenblick erschienen, was also konnte ihr schon geschehen? Ihr Mißtrauen überwindend, stieg sie die Treppe wieder hinunter, bis sie vor Gaylord stand, der Abraham furchtsam musterte.

»Ich tue Eurer Herrin nichts«, versicherte er ihm, dann wandte er sich Leonie zu. »Ich möchte mich für mein Verhalten eben entschuldigen, aber Ihr habt mich völlig aus der Fassung gebracht.«

»Ich habe Euch aus der Fassung gebracht?« Leonie fand die Bemerkung reichlich unglaubwürdig und bedauerte es schon fast wieder, sich auf ein Gespräch mit ihm eingelassen zu haben.

»Ja, das habt Ihr«, entgegnete Gaylord fast ein wenig trotzig. »Und Ihr seid Euch wirklich absolut sicher, daß Ihr mit Morgan Slade verheiratet seid?«

Leonie stampfte aufgebracht mit dem Fuß. Das ging wirklich zu weit. Wie kam dieser Mensch dazu, die Wahrheit ihrer Worte anzuzweifeln? Und wieso fühlte sie sich bemüßigt, sich ihm gegenüber zu rechtfertigen? Ungeduldig zerrte sie die Heiratsurkunde aus ihrem Retikül und hielt sie Gaylord unter die Nase. Der starrte entgeistert auf Morgans steilen, energisch gesetzten Namenszug, dann fuhr er entsetzt auf. »Meine arme Melinda! Er ist ein Bigamist! Dieser Schweinehund! Dieses widerwärtige Ungeheuer!«

»Wovon redet Ihr, Monsieur? Wer ist ein widerwärtiges Ungeheuer?« verlangte Leonie zu wissen. Diese Begegnung wurde immer absonderlicher.

Gaylord warf ihr einen mitfühlenden Blick zu. Was war dieser Slade doch für ein Unmensch! Erst hatte er offensichtlich dieses bezaubernde Geschöpf verführt und verlassen, und nun zögerte er nicht, sich mit einem anderen Mädchen zu verloben! »Es tut mir leid, Euch das sagen zu müssen, Ma'am, aber ich spreche von Eurem Gemahl.«

»*Ah, bah*, das ist mir nicht neu«, gab Leonie zynisch zurück. »Wer ist diese Melinda? Und was soll das Gerede von wegen Bigamie?«

Gaylord straffte die Schultern, dann erklärte er theatralisch: »Melinda ist die Frau, die ich liebe – und Euer Gemahl hat sie mir abspenstig gemacht. In diesem Augenblick feiern sie ihre Verlobung!«

»*Mon Dieu!* Das darf nicht wahr sein!« flüsterte Leonie entsetzt. Sie hatte Monsieur Slade schon immer für einen gewissenlosen Betrüger gehalten, aber diese Schandtat hätte sie selbst ihm nicht zugetraut. »Wir müssen sie aufhalten«, erklärte sie kreidebleich, und Gaylord pflichtete ihr heftig bei. Kurz darauf holperten die beiden mit dem alten Abraham im Schlepptau in einem eilig gemieteten Pferdegespann durch die Nacht.

Gegen neun Uhr abends fuhr der Einspänner vor dem Haus der Marshalls vor. Gaylord fieberte dem Augenblick der Entlarvung von Morgan Slade entgegen, und ein Gefühl überschwenglicher Freude bemächtigte sich seiner. Seine Melinda! Nun würde sie ihm doch noch gehören! Leonies Gedanken waren anderer Natur. Wie konnte dieser Schuft es wagen, noch eine andere junge Frau so schamlos auszunutzen? Oder hatte er sich schon öfters auf diese Art und Weise bereichert? Der Gedanke stachelte sie um so mehr an. Sie mußten diese Melinda auf alle Fälle vor dem Schlimmsten bewahren, auch wenn sie dadurch für alle Beteiligten eine peinliche Situation heraufbeschworen.

Gaylord lenkte ihr Gespann zielstrebig an den unzähligen eleganten Droschken vorbei direkt vor die geschwungene Freitreppe, wo ein Butler in schwarzer Livrée unterkühlt nach ihrer Einladung fragte. Daran hatte Gaylord nicht gedacht. Verunsichert, und nicht mehr ganz so überzeugt von der Richtigkeit ihrer Unternehmung, erklärte er verlegen: »Äh, hm, wir haben keine Einladung. Aber wir müssen Mister Morgan Slade sofort sprechen. Es ist von äußerster Dringlichkeit.«

Der Butler zog indigniert die Augenbrauen in die Höhe. »In welcher Angelegenheit? Es dürfte nicht ganz einfach sein, Mister Slade jetzt zu finden.«

Leonie verfolgte den Wortwechsel mit wachsender Ungeduld. Wenn Mister Easton so weitermachte, mußte sie selbst die Initiative ergreifen, um zu retten, was zu retten war. »Dann werde ich ihn selbst suchen«, rief sie und eilte an den beiden debattierenden Männern vorbei, ohne dem Butler Zeit für eine Entgegnung zu lassen. Leonie folgte instinktiv dem Lachen und Gläserklirren, das aus dem Ballsaal in die Eingangshalle drang, und stand mit einem Mal in der offenen Tür, die zum Festsaal führte. Ein Meer von wogenden, eleganten Abendroben und funkelnden Diademen brachte sie vorübergehend zum Stillstand. Von irgendwoher erklang gedämpfte Musik, und unzählige Blumenarrangements verströmten einen angenehmen Duft. Ein wahres Heer von Bediensteten war damit beschäftigt, Tabletts mit Erfrischungen durch die Menge zu balancieren.

Leonies Blick überflog den Saal von einem Ende zum anderen. Wie sollte sie Monsieur Slade in diesem bunten Durcheinander jemals finden? dachte sie, plötzlich verzagt und von so viel Pracht und Reichtum überwältigt. Doch sie sollte ihrer Sorge prompt enthoben werden, denn Morgan Slade entdeckte sie.

Für den Bräutigam war der Abend geradezu quälend langsam vergangen und hatte jede Hoffnung darauf, daß das Leben mit einer Frau wie Melinda bis zu einem gewissen Grade doch erträglich sein könnte, endgültig vernichtet. Als endlich der Zeitpunkt für die Ankündigung kam, konnte Morgan die Gegenwart seiner bezaubernd aussehenden Verlobten und ihr leeres Geschwätz kaum mehr ertragen. Dafür beschäftigte ihn ein anderer Gedanke um so intensiver. Wie konnte er sein Angebot zurückziehen, ohne einen unliebsamen Skandal zu verursachen? Ich könnte versuchen, sie zu schockieren, überlegte Morgan zynisch, ihr einen Grund liefern, mich doch nicht zu heiraten. Das dürfte in Melindas Fall nun wirklich nicht schwierig sein. Er würde sich in ihrer Gegenwart ein paarmal kräftig betrinken, unflätige Reden führen, den Tyrannen spielen und sich so galant aus der Affäre ziehen, ohne ihr oder ihren

Eltern einen Skandal zu bereiten. Nur ruhig Blut, alter Junge, ermunterte er sich spöttisch, wir werden das Kind schon schaukeln.

So hatte er für den Rest des Abends ganz die Rolle des verliebten Galans gespielt, obwohl er seine Heuchelei innerlich mit jeder Sekunde mehr verabscheute. Dann hatte Melindas Vater die Anwesenden mit einem strahlenden Lächeln um ihre geschätzte Aufmerksamkeit gebeten, die Musiker hatten ihre Instrumente beiseite gelegt, die Gespräche waren verstummt. Morgan Slade aber erblickte zum ersten Mal in seinem Leben Leonie Saint-André.

Er hatte einen gelangweilten Blick in die Runde geworfen und Leonie am Saaleingang stehen sehen, unsicher, als suche sie jemanden. Sie hat das prächtigste Haar, das ich je an einer Frau gesehen habe, dachte Morgan bewundernd, und unfähig, seinen Blick von ihr zu lösen, musterte er ungeniert ihre schlanke Gestalt in dem etwas altmodisch anmutenden Kleid. Er spürte, daß diese Frau eine ungewöhnlich starke Anziehungskraft auf ihn ausübte. Ihre ganze Ausstrahlung hatte etwas Erregendes und Beunruhigendes an sich, Grund genug, sie auf alle Fälle zu meiden. Frauen, die eine solche Faszination ausübten, versprachen nichts als Ärger. In der Regel waren sie hinter Geld her, und manchmal bedienten sie sich schmutziger Methoden, um an ihr Ziel zu kommen. Diese Einsicht half ihm jedoch nicht weiter. Als stünde er unter einem Bann, starrte er unverwandt zu ihr hinüber.

Leonie schien seine feindseligen Gedanken zu spüren, denn unvermittelt drehte sie sich zu ihm um. Am anderen Ende des Saales bemerkte sie einen großen Mann mit breiten Schultern und einem bemerkenswert arroganten Gesichtsausdruck. Er trug ein maßgeschneidertes, königsblaues Samtjackett und schwarze, enganliegende Satinhosen, die seine muskulösen Schenkel eher betonten denn verdeckten.

Als sich ihre Blicke trafen, schien die Zeit stillzustehen. Der Ballsaal, ja, die ganze Welt, versanken um sie herum. Dann erkannte Leonie ihren Gemahl, oder so dachte sie jedenfalls. Erneut wallte leidenschaftlicher Zorn in ihr auf, und impulsiv stürmte sie auf ihn zu, gefolgt von dem jungen Easton, den der Mut mittlerweile gänzlich verlassen hatte. Verdammt, warum hatte er nicht versucht, die Sache mit Slade unter vier Augen zu regeln? Seine Anwesenheit verursachte nicht geringe Verwirrung. Morgan schwante Übles, und Melinda begann, ungeduldig mit dem Fuß zu wippen. Wehe, wenn Gaylord es wagen sollte, ihr Fest zu stören – kein Wort würde sie mehr mit ihm sprechen! Leonie tat sie mit einem geringschätzigen Blick ab. Jemand, der so schäbige, abgenutzte Kleider trug war es in ihren Augen gar nicht wert, beachtet zu werden.

Im Saal herrschte gespanntes Schweigen. Morgans Aufmerksamkeit war ganz von der jungen Frau in Anspruch genommen, die unter großem Druck zu stehen schien. Aber was, so grübelte er, hatte der junge Easton damit zu tun? Und was, dachte er völlig zusammenhangslos, macht sie so faszinierend? Ihre hohen Wangenknochen vielleicht oder die intensiv grünen, mandelförmigen Augen, die ihn wie die einer jungen Wildkatze anfunkelten? Undeutlich nahm er das nervöse Räuspern seines zukünftigen Schwiegervaters wahr, den das Auftreten der jungen Frau mit einer gewissen Besorgnis erfüllte.

Leonies Gedanken überschlugen sich. Obwohl sie keinerlei Zweifel daran hegte, daß dieser arrogant aussehende Mensch ihr Gemahl war, konnte sie sich doch einige Unstimmigkeiten nicht erklären. Seine Gesichtszüge zum Beispiel wirkten maskuliner, als sie sie in Erinnerung hatte, doch in sechs Jahren, so räumte sie ein, konnte ein Mensch sich durchaus verändern. Und außerdem hatte sie ihn ja nur drei- oder viermal gesehen. Aber auch wenn sie ihn heute weniger abstoßend als vor sechs Jahren fand, milderte dieser Umstand nicht ihren Zorn über seine Schandtaten.

Leonie warf ihm einen vernichtenden Blick zu, und ohne sich auch nur im geringsten um die anderen zu kümmern, kam sie sofort zur Sache.

»Es hat den Anschein, Monsieur, daß ich gerade noch rechtzeitig gekommen bin, um Euren gemeinen Plan zu vereiteln! *Mon Dieu*, ich hätte nie gedacht, daß Ihr ein so verkommenes, gewissenloses Subjekt seid!« Dann wandte sie sich mitleidsvoll an Melinda, die den Vorgang mit aufgerissenem Mund und großen Augen verfolgte. »Ich bedauere es, Mademoiselle, daß ich Euch auf diese Weise Schmerz zufügen muß, aber Ihr könnt diesen Unhold nicht zum

Mann nehmen. Eines Tages werdet Ihr mir für meine Intervention dankbar sein.«

Leonies Worte waren noch nicht verhallt, als sich entrüstetes Gemurmel unter den Gästen breitmachte. Aller Augen waren neugierig auf Morgan gerichtet. Wie würde er sich aus der Affäre ziehen? Doch es war Melinda, die als erste reagierte.

Mit ihren großen blauen Augen funkelte sie Gaylord zornig an. »Wie konntest du nur!« rief sie erzürnt. »Du hast alles verdorben! Ich hasse dich, verstehst du, ich hasse dich!«

Leonie riß verwundert die Augen auf. Wieso war die junge Dame auf Gaylord wütend, wo sie doch allen Grund hatte, ihm dankbar zu sein? Vielleicht hatte sie sich nicht klar genug ausgedrückt? »Mademoiselle«, begann sie mit großem Ernst in der Stimme, »Ihr braucht Monsieur Easton nicht böse zu sein. Er will nur Euer Bestes! Ihr könnt Monsieur Slade nicht heiraten, weil...«

Melinda warf ihr einen haßerfüllten Blick zu und unterbrach Leonie. »Schweigt! Ich kenne Gaylord Easton, und obwohl ich nicht weiß, was das alles hier bedeuten soll, weiß ich doch, daß weder er noch Ihr zu diesem Ball eingeladen wurdet. Geht, beide, und zwar auf der Stelle!«

»Melinda, du mußt sie anhören!« rief Gaylord flehend. »Sie hat dir etwas ungewöhnlich Wichtiges zu sagen.«

Melinda kräuselte die Oberlippe, ihr herablassender Blick sprach Bände. »Ich will ihr aber nicht zuhören. Warum sollte ich?« Ihre Hand umklammerte fest Morgans Arm. »Ich werde Mister Slade heiraten, egal was du sagst.«

Gaylord lief vor Zorn über ihre unglaubliche Überheblichkeit rot an, dann holte er tief Luft und schnaubte mit vor Entrüstung bebender Stimme: »Du bist eine dumme Gans, Melinda! Du kannst ihn nicht heiraten, weil er bereits verheiratet ist. Dies ist seine Frau!«

11

Ein Raunen ging durch die Menge. Bis jetzt hatte Morgan den Auftritt der bezaubernden jungen Dame für eine glanzvolle, schauspielerische Leistung gehalten. Offensichtlich hatte der verliebte Gaylord dieses Mädchen als Komplizin für seinen Racheplan gewonnen und versuchte so, seine Drohung, die Heirat mit allen Mitteln zu verhindern, wahrzumachen. Doch nun trieb er das Spiel entschieden zu weit.

»Das reicht, junger Freund!« donnerte er mit unversöhnlicher Stimme. »Ich habe großes Verständnis für Euren Liebeskummer, aber Euer aggressives Vorgehen heute abend ist unentschuldbar. Nehmt also Eure kleine Freundin an der Hand und verlaßt auf der Stelle dieses Haus. Vielleicht findet Ihr woanders ein dankbareres Publikum.«

Melinda himmelte Morgan hingerissen an. »Oh, das hast du wunderbar gesagt, Morgan.« Morgan verzog keine Miene, aber er fühlte sich, als hätte ihm jemand einen Schlag in die Magengrube versetzt.

Leonie erging es ähnlich, denn wenn sie eine Reaktion nicht vorhergesehen hatte, dann war es diese. Mit Ausreden hatte sie gerechnet, aber nicht damit, daß er einfach so tun würde, als kenne er sie nicht! Zum zweiten Mal an diesem Abend zerrte sie entrüstet die Heiratsurkunde aus ihrem Retikül und hielt sie Morgan mit flammendem Blick unter die Nase. »*Non*. Wir werden nicht gehen. Ich bin gespannt, wie Ihr dies hier abstreiten wollt, Monsieur!«

Morgan warf einen völlig desinteressierten Blick auf das Papier, da ihm klar war, was immer es sein mochte, es konnte sich nur um eine Fälschung handeln. Beim Anblick seiner perfekt gefälschten Unterschrift platzte ihm jedoch der Kragen. »Wie ich sehe, gehört auch das Fälschen zu Eurem Repertoire, Easton. Aber damit beeindruckt Ihr mich nicht. Und jetzt verschwindet, beide!«

Matthew Slade hatte die Szene bis jetzt mit gemischten Gefühlen verfolgt, sich jedoch nicht eingemischt. Nun allerdings hielt er es für klüger zu intervenieren und verlangte, das Papier zu sehen. Morgan reichte es ihm gleichgültig, ohne seinen Blick von Leonie abzuwenden. Dieses Biest, dachte er grimmig. Ich frage mich, wieviel Gaylord ihr dafür bezahlt. Und ich würde allzugern wissen, ob sie auch andere Dinge für Geld tut!

Leonie gefiel der harte, zynische Blick überhaupt nicht, mit dem er sie unverwandt musterte, aber wenn er glaubte, sie damit einschüchtern zu können, so hatte er sich gewaltig geirrt! Sie durfte nicht aufgeben, zu viele Menschen waren darauf angewiesen, daß sie jetzt durchhielt. Voller Ernst wandte sie sich an den älteren Herrn, der die Urkunde jetzt in Händen hielt. »Monsieur, ich weiß nicht, wer Ihr seid, ebensowenig kennt Ihr mich, aber eines versichere ich Euch, daß diese Urkunde keine Fälschung ist. Sie ist echt. Ich habe diesen Mann im Juli vor sechs Jahren geheiratet! Das ist die Wahrheit!«

Matthew konnte und wollte nicht annehmen, daß es sich tatsächlich so verhielt, wie diese junge Dame allen Ernstes behauptete, gleichzeitig konnte er sie auch nicht als berechnende Lügnerin sehen, die ihnen eine ausgeklügelte Geschichte auftischte, um sich daraus einen Vorteil zu verschaffen. Er wollte Morgan glauben, und er wollte ihr glauben. Doch die Sache schien zu kompliziert, um hier und jetzt geklärt zu werden. Ohne Morgan anzusehen, erklärte er daher mit einem ungemütlichen Räuspern: »Ich denke, wir sollten dieses Gespräch an einem geeigneteren Ort fortführen.« Und mit einem entschuldigenden Blick in Richtung des zukünftigen Schwiegervaters, der dauernd sprachlos von einem zum anderen schaute, fügte er hinzu: »Ich bedauere die augenblickliche Verwirrung, aber diese Angelegenheit bedarf der Klärung. Es ist sicherlich in Eurem Interesse, lieber Freund, wenn wir bis dahin warten.«

Morgan fand die Wende, die dieser Abend erfahren hatte, beachtlich, aber sie war nur halb in seinem Sinne. Der geplatzten Hochzeit trauerte er nicht nach, aber daß man ihn als Bösewicht hinstellte, der durch die Lande zog und junge, unschuldige Mädchen heiratete, wenn ihm gerade danach war, das konnte er kaum auf sich sitzen lassen! Er wußte doch genau, daß er das kleine, clevere Biest nicht geheiratet hatte – er kannte sie ja nicht einmal! Und daß sein Vater die Echtheit der Heiratsurkunde anscheinend nicht anzweifelte, machte ihn rasend. Am liebsten hätte er diese kleine, grünäugige Hexe, die so frech behauptete, seine rechtmäßige Gemahlin zu sein, erwürgt oder aber ihr an einem passenden Ort gezeigt, was für einen Ehegatten sie sich ausgesucht hatte!

Widerwillig stimmte er dem Vorschlag seines Vaters zu und überließ es Noelle, Melinda und ihre Mutter zu beruhigen, die hysterisch zu werden drohten. Kurz darauf versammelten sich die Angehörigen seiner Familie, der Vater der Braut, er selbst und Leonie im grünen Salon, während die Gäste mit den wildesten Spekulationen nach Hause gehen mußten, ohne die Auflösung dieser mysteriösen Angelegenheit zu erfahren.

Morgan kochte innerlich vor Wut. Aus heiterem Himmel war er in den Augen seiner Familie zum Verbrecher geworden, wurde eines Vergehens bezichtigt, das er nicht begangen hatte, und sah sich mit einer Ehefrau konfrontiert, die er weder kannte, noch kennen wollte.

Auch Leonie fühlte sich unwohl. Sie spürte Morgans intensive Feindseligkeit und das tiefe Mißtrauen der anderen, aber die Gegenwart des jungen Easton sowie der Gedanke daran, daß sie ja die Wahrheit sprach und belegen konnte, gaben ihr etwas Hoffnung. Und dann waren da ja noch Justin, Yvette, die anderen, das Château. Sie wollte ja nichts weiter als die ihr zustehende Mitgift.

Gaylord wurde indessen von argen Zweifeln geplagt. Immerhin wußte er recht wenig über diese Lady. Vielleicht war er einer Schwindlerin auf den Leim gegangen und hatte einen nicht mehr gutzumachenden Fehler begangen? Zögernd ergriff er das Wort »Vielleicht sollte ich kurz erklären, wie ich die Bekanntschaft der jungen Dame machte.«

»Das ist absolut nicht nötig«, widersprach Morgan kurz und bündig. »Sie hat ihr ungewöhnliches Redetalent heute abend bereits bewiesen. Ich glaube, sie bedarf Eurer Fürsprache nicht. Im übrigen wollen wir Euch nicht länger aufhalten, Easton. Ich denke, wir werden ohne Euch zurechtkommen.«

Die anderen stimmten zu, und ehe Gaylord einen Einwand machen konnte, wurde er bereits höflich, aber bestimmt hinauskomplimentiert. »Ihr braucht nicht auf die Dame zu warten«, rief Morgan ihm zynisch nach. »Ich werde mich um sie kümmern.«

Gaylord weigerte sich nicht. Es war ihm sogar recht, gehen zu können. Nachdem er Abraham mitgeteilt hatte, daß er auf seine Mistress warten solle, verließ er erleichtert das Haus der Marshalls. Ob Melinda ihm sein Eingreifen jemals verzeihen würde? Oder hatte er sich am Ende mehr geschadet als genutzt?

Als Gaylord den Salon verlassen hatte, faßte Leonie sich ein Herz. »*Messieurs*, ich bedaure den Zeitpunkt meines Erscheinens, aber Tatsachen sind Tatsachen. Ihr haltet den Beweis meiner Behauptungen in Euren Händen. Es ist Monsieur Slades Unterschrift, und ich habe ihn vor sechs Jahren in New Orleans geheiratet.«

Morgan warf ihr einen geringschätzigen Blick zu. »Könnt Ihr uns möglicherweise auch erklären, warum ich mich dann nicht daran erinnern kann?«

Leonie fühlte sich einer Ohnmacht nahe. Sie wußte, daß sie die Wahrheit sprach, doch die Tatsache, daß Monsieur Slade den Tatbestand einfach abstritt, sowie das Mißtrauen der anderen verunsicherten, ängstigten sie. *Mon Dieu*, dachte sie furchtsam, was geschieht, wenn es mir nicht gelingt, diese Herren hier von der Wahrheit meiner Worte und der Echtheit der Urkunde zu überzeugen? War es möglich, daß die Wahrheit nicht überzeugen konnte. Verzweifelt wendete sie sich erneut an Matthew Slade. »Monsieur, ich versichere Euch, daß ich die Wahrheit spreche. Warum sollte ich lügen?«

Matthew rutschte unruhig auf seinem Stuhl hin und her und betrachtete abschätzend Morgans steile Unterschrift auf dem Dokument. Er kannte die energischen Lettern seines Sohnes genau, aber kannte er auch seinen Sohn so genau? Hatte er diese junge Lady geheiratet und dann verlassen? Nachdenklich sah er zu Morgan hinüber. Und die junge Frau? Sie sprach und benahm sich wie eine Lady, nicht wie eine Betrügerin.

Matthew war über seine Gedanken alles andere als glücklich, aber die Zeit, in der er Morgan in- und auswenig gekannt hatte, war längst vorüber. Was wußte er denn schon von ihm oder über das Leben, das er in den vergangenen Jahren geführt hatte? Seit dem Tod von Stephanie und Philippe hatte Morgan sich sehr verändert. Vielleicht hatte er dieses junge Geschöpf wirklich geheiratet und verlassen, um sie für Stephanies Tat zu bestrafen? Alles, was er im Augenblick dazu sagen konnte, war, daß ihm das Dokument echt erschien – und die Lady ebenfalls.

Ruhig wendete er sich an Leonie. »Wollt Ihr uns bitte berichten, wie Ihr meinen Sohn kennengelernt habt und wie es zur Hochzeit kam, von der Ihr behauptet, daß sie stattgefunden habe?«

Ohne zu zögern begann Leonie, den Hergang der Ereignisse zu schildern. Niemand unterbrach sie. Als sie geendet hatte, war es Morgan, der zuerst sprach. »Eine rührende Geschichte, meine Liebe, nur leider hat sie einen Haken. Sie stimmt nicht.« Und mit einem wütenden Blick in Richtung seines Vaters schnaubte er. »Ich habe sie nicht geheiratet, verdammt noch mal! Auch nicht im Vollrausch! Meint ihr nicht, daß ich mich daran erinnern würde?«

»Aber du warst in jenem Sommer in New Orleans«, ließ Dominic sich zögernd vernehmen. »Und du hast auch Karten mit Gayoso gespielt, das hast du selbst erzählt. Hast du dort nicht zufällig einen alten Herrn namens Saint-André kennengelernt?«

Morgan holte tief Luft. Es war zum Verrücktwerden! »Woher zum Teufel soll ich das wissen«, antwortete er wütend. »Das ist sechs Jahre her, und mit Ausnahme von Gayosos überraschendem Tod verlief die Reise ereignislos. Ich wohnte bei Jason und war nur für die Geschäftsbesprechungen in New Orleans. Und ich habe zum Teufel niemanden geheiratet!«

Zunächst war Leonie die Angeklagte gewesen, doch nun gab es offensichtlich zwei Herren, die ihre Geschichte wenigstens nicht sofort abtaten. Den Stimmungsumschwung spürend, fragte Morgan ungläubig: »Ihr glaubt ihr doch nicht etwa?« Vater und Bruder wichen seinem Blick verlegen aus, und Morgan, der sich plötzlich wie ein Tier in der Falle fühlte, fuhr Leonie an. «Warum taucht Ihr erst jetzt auf? Wenn wir seit sechs Jahren verheiratet sind, wo habt Ihr dann die ganze Zeit gesteckt?«

»Weil wir eine Abmachung miteinander getroffen haben«, fauchte Leonie böse. »Ich habe damals versprochen, Euch in Ruhe zu lassen, und Ihr habt mir dasselbe versprochen. Nach fünf Jahren, so habt Ihr mir weiterhin versichert, würdet Ihr mir meine Mitgift zurückzahlen. Deswegen bin ich hier, nicht Euretwegen!«

»Aha, verstehe«, konterte Morgan in beleidigender Weise. »Dachte mir doch, daß Geld eine Rolle spielt. Wieviel schulde ich Euch denn, Wildkatze?«

»Ihr vergreift Euch im Ton, Monsieur«, antwortete Leonie scharf. »Und was das Geld angeht«, sie zerrte ein weiteres Stück Papier aus dem Retikül und warf es Morgan vor die Füße, »seht selber. Wollt Ihr das etwa auch abstreiten?«

Morgan las den Wortlaut der Vereinbarung sehr genau durch, und sein Gesicht wurde immer finsterer. Auch auf diesem Schriftstück prangte in stolzen Lettern sein Name. »Ich muß zugeben, Ihr habt die ganze Sache schlauer eingefädelt, als ich dachte. Darf man fragen, wo Gaylord Euch passenderweise angetroffen hat?« stichelte er.

Leonie konnte kaum mehr einen klaren Gedanken fassen, aber sie war nicht länger willens, seine beleidigenden Anspielungen zu dulden. Mit wenigen Sätzen durchquerte sie das Zimmer, baute sich mit böse funkelnden Augen vor ihm auf und versetzte ihm eine schallende Ohrfeige. Morgan reagierte instinktiv. Mit der rechten Hand packte er blitzschnell ihren Arm, drehte ihn mit eisernem Griff um und hielt Leonie nur wenige Zentimeter von seinem Körper entfernt fest.

»Das wagst du nicht noch einmal, oder du wirst es bereuen«, drohte er bitterböse.

»Morgan!« Die donnernde Stimme seines Vaters brachte ihn wieder zu sich, und widerwillig stieß er Leonie von sich. Matthew war schockiert über die spürbare Feindseligkeit zwischen den beiden, schockiert über Morgans brutale Worte und Taten, schokkiert über seine eigene Hilflosigkeit.

»Soll ich mich etwa entschuldigen, Vater?« fragte Morgan mit einem gefährlichen Unterton in der Stimme. »Erst bezichtigt sie mich der niederträchtigsten Gemeinheiten, dann ohrfeigt sie mich. Wenn du meinst, daß ich das einfach so hinnehme, dann irrst du dich gewaltig, Vater!»

Melindas Vater hatte der Auseinandersetzung bisher sprachlos beigewohnt, doch jetzt fand er seine Sprache wieder. »Widerwärtig! Einfach widerwärtig!« ließ er sich, unangenehm berührt, vernehmen. »Matthew, mein Lieber, ich will Euch nicht zu nahe treten, aber ich kann nicht umhin, Euch nach dieser gewalttätigen Entgleisung Eures Sohnes zu versichern, daß ich unter diesen Umständen eine Ehe mit meiner Melinda nicht länger befürworten kann. Auch dann nicht, falls sich die ganze Sache als Schwindel erweist. Was ich jedoch mittlerweile zu bezweifeln wage.«

»Ich kann mich tatsächlich nicht in angemessener Weise für diesen schockierenden Vorfall entschuldigen, aber solange Morgans Schuld oder Unschuld nicht erwiesen ist, wäre ich Euch dankbar, wenn Ihr Euch in der Beurteilung meines Sohnes zurückhaltender äußern würdet«, gab Matthew steif zurück.

Melindas Vater räusperte sich beleidigt. »Nun gut. Aber wie stehe ich jetzt da? Und erst die arme Melinda! Sie kann sich doch nirgendwo mehr sehen lassen, ohne vor Scham im Boden versinken zu müssen! Und dann das Buffet...!«

»Wenn das der Schuh ist, der Euch drückt, so kann Euch geholfen werden«, unterbrach Morgan die selbstgefällige Rede seines Ex-Schwiegervaters. »Ihr könnt mir die Rechnung schicken und mir die Schuld für alles in die Schuhe schieben... Ihr habt ja schon damit angefangen.«

Melindas Vater fragte sich erneut, wie er sich nur so in Morgan hatte täuschen können, aber, so tröstete er sich, wenigstens blieb seiner Melinda ein erbärmliches Leben an der Seite dieses gewalttätigen Menschen erspart. Doch dann erinnerte er sich wieder an die vielen Hektar Land, an das viele Geld, das dem Erben von Bonheur gehörte und beschloß, daß er in seinem Urteil nicht gar so hart sein durfte. Man mußte einem Mann hin und wieder einen Temperamentsausbruch zubilligen, Frauen brauchten das. Und wenn sich die Sache doch als Schwindel herausstellte? Wenn Morgan unschuldig war und sich zu Recht erregte? So leichtfertig setzte man eine alte Freundschaft nun auch wieder nicht aufs Spiel. In versöhnlicherem Ton schlug er daher vor: »Anstatt uns böse Worte an den Kopf zu werfen, weil wir alle unter großer Anspannung stehen, sollten wir es für heute gut sein lassen und die Sache morgen bei Tageslicht noch einmal betrachten.«

Morgan lächelte zynisch und setzte zu einer geharnischten

Erwiderung an, doch Matthew kam ihm zuvor. »Eine ausgezeichnete Idee«, rief er. »Bitte laßt unsere Droschke vorfahren und meine Frau benachrichtigen.«

Leonie rieb sich noch immer das schmerzende Handgelenk. »Und was wird aus mir?« erkundigte sie sich. »Mister Easton hat den Einspänner mitgenommen.«

Morgan baute sich vor ihr auf, tippte ihr ans Kinn und lächelte undurchsichtig. »Ihr? Ihr werdet uns selbstverständlich nach Bonheur begleiten. Oder habt Ihr etwas dagegen?«

Leonie wich vor ihm zurück, doch ein Möbelstück versperrte ihr den weiteren Rückzug. Widerwillig hob sie den Kopf und schaute in seine harten, blauen Augen. *»Non!«* brachte sie gepreßt hervor.

Morgan lächelte noch immer hinterhältig. »Gut. Dann habt Ihr sicher auch nichts dagegen, mich in meinem Wagen zu begleiten. Ich bin sicher, es gibt so manches, worüber wir uns unterhalten können.«

Der Ausdruck in seinen blauen Augen machte ihr Angst. »Das ... das ist aber nicht nötig, Monsieur. Ich habe Zimmer in der Stadt gemietet und ziehe es vor, die Nacht dort zu verbringen«, stieß sie atemlos hervor.

»Aber nein, das wäre nicht recht«, gurrte Morgan, »schon gar nicht für die Frau, die behauptet, meine Gemahlin zu sein.«

Leonie schluckte nervös. Seine aufgesetzte Höflichkeit wollte ihr ganz und gar nicht gefallen, denn seine Augen sprachen eine andere Sprache. Er stand bedrohlich nahe bei ihr, viel zu nahe, und um nichts in der Welt war sie bereit, mit ihm allein durch die Nacht zu fahren.

»Vielen Dank, Monsieur, aber ich ziehe es vor, meine eigenen Entscheidungen zu treffen. Ich wäre allerdings dankbar, wenn man mir ein Pferd besorgen könnte, damit ich nach Natchez zurückkomme. Ich wohne in der King's Tavern.«

»Und was ist mit mir?« gurrte Morgan verschlagen. »Sechs Jahre lang waren wir getrennt. Ich will Euch nicht schon wieder aus den Augen verlieren!«

Matthew folgte dem Wortwechsel der beiden mit gemischten Gefühlen, aber auch er hielt es, unabhängig von Morgans Wünschen, für ratsam, wenn die junge Frau bis zur Klärung der Angelegenheit auf Bonheur wohnte.

»Meine Liebe«, erklärte er daher sanft, »ich stimme mit meinem Sohn zwar nicht allzu häufig überein, aber diesmal gebe ich ihm recht. Es wird die Dinge vereinfachen, wenn Ihr bei uns wohnt.«

Leonie schaute an Morgan vorbei zu Matthew. Sie begriff instinktiv und dankbar, daß er ihr immer mehr Glauben schenkte, aber sie ahnte auch, daß Matthew Slade sie nicht einfach wieder fortgehen lassen würde, wenn alles vorüber und die Wahrheit ans Tageslicht gekommen war. Er würde darauf bestehen, daß seine Schwiegertochter als Familienmitglied ihren Platz an Morgans Seite einnahm, was sie aber nicht plante. Sie hatte Morgan Slade in den vergangenen sechs Jahren nicht gebraucht, und daran würde sich auch in der Zukunft nichts ändern.

Morgan indes interpretierte ihr Zögern auf seine Weise. »Die Sache klappt nicht so, wie Ihr Euch das vorgestellt habt, was?« fragte er höhnisch.

Leonie funkelte ihn böse an. »*Non*, ich hatte nicht damit gerechnet, daß Ihr vorgeben würdet, wir wären uns nie begegnet, Monsieur!« konterte sie und wendete sich erneut an Matthew. »Es ist wirklich unnötig, daß Ihr mich in Euer Haus bittet. Ich bin in Gesellschaft«, fügte sie widerwillig hinzu. Dies war weder der passende Ort noch die passende Zeit, um ihre Vereinbarung mit Monsieur Slade bezüglich seiner ehelichen Rechte zu offenbaren – und ganz gewiß der falscheste Augenblick, um von Justin zu sprechen. Wenn Matthew von einem Sohn hörte, würde er nur um so mehr darauf bestehen, daß sie in Bonheur blieb. Tatsächlich klappte nichts, wie sie es sich vorgestellt hatte. Sie hatte weder vorgehabt in Monsieur Slades Verlobung zu platzen noch seine Eltern kennenzulernen, deren Fragen zu beantworten oder ihren Platz an Morgans Seite einzunehmen. Sie wollte nichts von ihm außer ihrer Mitgift – und das so schnell wie möglich, damit sie endlich wieder nach Hause zurückkehren konnten!

»Oh, sagtet Ihr nicht, Euer Großvater sei tot? Und war er nicht Euer einziger Angehöriger?« Matthew stellte die Frage nüchtern und sachlich, Morgan rückte jedoch noch näher zu Leonie, griff unwillkürlich nach ihrem Arm und fragte mit einem Hauch von Eifersucht in der Stimme: »Ja, das habt Ihr behauptet, nicht wahr? Solltet Ihr etwas vergessen haben? Einen Liebhaber zum Beispiel?«

Leonie lief vor Zorn rot an. »Ich habe keinen Liebhaber!«

»Also?« fragte Morgan verdattert.

Leonie wand sich wie eine Katze, um sich aus seinem Griff zu befreien, während sie fieberhaft überlegte, wie sie Justin aus allem heraushalten konnte.

»Ich bin in Begleitung zweier farbiger Familien und einer Freundin. Sie ist so etwas wie eine entfernte Verwandte. Wir wuchsen zusammen auf.« Sie versuchte, Morgan zu ignorieren, der ihren Arm noch immer festhielt und so nahe bei ihr stand, daß sie seinen Atem und die Wärme seines Körpers spürte. Matthew schüchtern anlächelnd, fügte sie erklärend hinzu: »Es sind freigelassene Sklaven, aber sie bestehen darauf, bei mir zu bleiben. Ich konnte sie nicht einfach zurücklassen.«

Ein offenes, zustimmendes Lächeln huschte über Matthews Gesicht. Die Tatsache, daß die junge Frau in Begleitung einer Gesellschafterin und treuer Bediensteter reiste, verstärkte seine Annahme, daß sie auf alle Fälle keine geldgierige Abenteuerin war, die Morgan vielleicht einmal kennengelernt hatte und nun versuchte, aus einer flüchtigen Begegnung irgendeinen Profit zu schlagen. »Ich sehe keine Schwierigkeit darin«, erklärte er freundlich, einen Blick auf seine goldene Taschenuhr werfend. »Es ist erst halb elf. Wenn wir keine Zeit verlieren, können alle in etwa eineinhalb Stunden in Bonheur untergebracht sein.«

»Monsieur«, begann Leonie von neuem, »Ihr... Ihr versteht nicht...« Sie fühlte sich, als hätte sie die Kontrolle über ihr Leben bereits verloren und entglitte sich selbst.

»Und was versteht er nicht?« Morgans Stimme klang gefährlich nahe. »Daß Euch dieses Spiel allmählich über den Kopf wächst?«

»Non!« protestierte Leonie hitzköpfig. Oh, wie sie dieses Scheusal von einem Mann haßte!

»Warum zögerst du also, Wildkatze? Ist es das nicht, was du wolltest? Familienanschluß, Sicherheit? Oder willst du wirklich nur deine mysteriöse Mitgift?«

»Nur die Mitgift, nichts weiter ...!« Leonie spuckte ihm die Worte fast ins Gesicht.

»So, so und das soll ich dir glauben? Erst brichst du in meine Familie ein, verdrehst allen den Kopf mit einem undurchsichtigen Netz aus Lügen und meinst, du könntest dann einfach so wieder verschwinden? Ich fürchte, du hast dich verrechnet, Schätzchen!« schleuderte Morgan ihr haßerfüllt entgegen. Wenn ihn eines noch mehr schmerzte als all ihre üblichen Verleumdungen, dann war es die Tatsache, daß dieses raffinierte Flittchen seinen Vater und sogar Dominic langsam aber sicher gegen ihn einnahm. Sie mußten ihn für ein wahres Monster halten!

Matthew ergriff erneut das Wort. »Er hat recht, meine Liebe. Wenn sich herausstellen sollte, daß Eure Geschichte wahr ist, dann müssen wir darauf bestehen, daß Ihr Euren rechtmäßigen Platz hier einnehmt.« Matthew war von der reinen Weste seines Sohnes immer weniger überzeugt. Je mehr er hörte und sah, welch grobe Umgangsformen sein Ältester in Gegenwart Leonies an den Tag legte, um so schockierter war er. »Und bis die ganze Angelegenheit geregelt ist, müßt Ihr uns gestatten, für Euch zu sorgen, mein Kind«, erklärte er.

»Da ihr alle so davon überzeugt zu sein scheint, daß ihre Geschichte stimmt und sie meine Gemahlin ist, sollte ich mich doch wohl besser um sie kümmern«, erklärte Morgan mit einem gehässigen Blick auf Leonie.

»Und warum? Du hast es anscheinend in der Vergangenheit auch nicht getan«, wies ihn Matthew barsch zurecht.

Die Worte seines Vaters trafen Morgan wie eine Ohrfeige. Waren denn alle verrückt geworden? Er fühlte sich plötzlich so hilflos, wie noch nie in seinem ganzen Leben. Schweigend ließ er Leonies Arm los.

»Dann sind wir uns also einig«, fuhr Matthew fort, »und können aufbrechen.«

Leonie atmete schwer. Es schien unvermeidlich – sie mußte Farbe bekennen. Nervös fuhr sie sich mit der Zunge über die Lippen. »Monsieur, da ist noch jemand, den ich bisher nicht erwähnt habe.«

»So? Und um wen handelt es sich?« fragte Matthew mit forschendem Blick.

Leonie holte tief Luft, die Worte wollten ihr partout nicht über die Lippen. Mit einem unsicheren Blick auf Morgan stammelte sie: »U – u – unser Sohn.«

12

»Wie bitte?« Fassungslos wirbelte Morgan herum. »Ein Kind?« Und als Leonie beherzt nickte, verzerrte sich sein Gesicht vor Wut. »Einen Augenblick! Was geht hier eigentlich vor?« schrie er, völlig außer sich. »Ich habe die Dame noch nie vorher gesehen, geschweige denn mit ihr das Lager geteilt! Daran würde ich mich erinnern!« Und an Leonie gewendet, fuhr er drohend fort. »Nimm dich in acht, du Flittchen! Es sieht so aus, als hätte dein verdammtes Getue meinen Vater davon überzeugt, daß du meine Frau sein könntest, aber du wirst mir nicht auch noch einen Bastard ins Bett legen, verstanden?«

Leonie hätte auf seine Äußerung wohl ungleich heftiger reagiert, wenn sie ihm nicht tatsächlich ein fremdes Kind für das eigene hätte verkaufen wollen. So aber gelang ihr nur ein entrüsteter Protest. »Ich dulde es nicht, daß Ihr so über ihn sprecht. Beschimpft mich, wenn Euch das Erleichterung verschafft, aber ich werde Eure Grobheiten und Eure verworfene Sprache Justin gegenüber nicht dulden!«

»Eins zu Null«, knirschte Morgan mit verhaltener Wut. »Das Kind kann tatsächlich nichts für seine Mutter!«

»Er ist unser Sohn, Monsieur«, beharrte Leonie mit erhobenem Kopf. »Er wurde fast auf den Tag genau neun Monate nach unserer Hochzeit geboren.«

Morgan lächelte grimmig. »Ich scheine eine ganze Menge vergessen zu haben ... meine Frau, unsere Hochzeit, sogar die Hochzeitsnacht. Ich frage mich, wie kommt das nur?»

»Weil Ihr lediglich an meiner Mitgift interessiert wart, Monsieur, nicht an mir oder einer Ehe mit mir!« schleuderte sie ihm haßerfüllt entgegen.

Matthew fühlte sich als Zeuge der Feindseligkeiten, mit denen die beiden Kontrahenten sich überhäuften, zunehmend unwohl und räusperte sich laut. Wie auf Kommando flogen die Köpfe der Streitenden herum, als würden sie sich erst jetzt bewußt, daß sie nicht allein waren. Die Existenz eines Kindes machte die ohnehin schon komplizierte Situation noch komplizierter, obwohl, so überlegte Matthew, es sie auch vereinfachen könnte. Wenn es Morgans Kind war, würde es die typischen Merkmale der Slades tragen, und somit gäbe es einen unschlagbaren Beweis!

»Wir haben heute wahrlich genug geredet«, erklärte er bestimmt. »Morgan, ich halte es für das beste, wenn du deine Mutter nach Hause begleitest. Dominic und ich werden Leonie nach King's Tavern bringen und uns um den Transport nach Bonheur kümmern.«

Gedemütigt und zornerfüllt eilte Morgan hinaus. Als er in der Eingangshalle auf seine Mutter stieß, kostete es ihn einige Überwindung, seine Aggressionen nicht an ihr auszulassen. »Dir fällt die undankbare Aufgabe zu, den Verurteilten zu begleiten«, begrüßte er sie zynisch. »Vater und Dominic spielen die edlen Ritter und begleiten das Fräulein nach Natchez, um meinen Sohn und die Begleiter meiner Braut abzuholen. Dir obliegt es, genügend Zimmer vorzubereiten. Wollen wir also diesen unseligen Ort verlassen, Madame? Oder bin ich Eurer Gesellschaft nicht mehr würdig?«

»Morgan, *mon fils*, hör auf damit!« erwiderte Noelle gebieterisch. »Komm mit und erzähle mir, was sich ereignet hat. Was ist das für ein Gerede von einem Sohn? Ist sie nun deine Frau oder nicht?«

Vor einer Stunde noch hätte Morgan nur milde gelächelt, doch seither hatte die Wahrheit viele Gesichter angenommen. »Sie behauptet es jedenfalls und ist im Besitz beglaubigter Schriftstücke, die meine Unterschrift tragen«, gab er wortkarg zur Antwort, dann verfiel er in eisiges Schweigen.

Noelle wollte an die Unschuld ihres Ältesten glauben, aber Morgans feindseliges Gebaren machte es ihr schwer, und so zog sie es vor, sich einstweilen in Geduld zu fassen.

Leonies Rückfahrt nach Natchez gestaltete sich weitaus erfreulicher. Matthew plauderte ungezwungen über seine Familie, und als sie King's Tavern erreichten, hatte sie ein ziemlich umfassendes Bild von den Slades. Matthew hatte ihr noch einige Fragen gestellt, die sie wahrheitsgetreu, wenn auch zurückhaltend, beantwortete. Vielleicht war seine gewinnende Art ja nur eine Finte, um sie zu täuschen oder in eine Falle zu locken. Sie beschloß, auf alle Fälle auf der Hut zu sein, denn der Gedanke, für ungewisse Zeit unter dem Dach von Monsieur Slade leben zu müssen, beunruhigte sie. Jahrelang war sie nicht nur für ihr eigenes Leben, sondern auch für das der anderen in ihrer kleinen Familie verantwortlich gewesen, und nun hatte sie plötzlich das Gefühl, von den besitzergreifenden Slades erdrückt zu werden. Außerdem war sie von der langen Reise und nicht zuletzt von den schockierenden Ereignissen während der vergangenen Stunden einfach zu erschöpft. Morgen, schwor sie sich, als sie King's Tavern betraten, morgen werde ich etwas unternehmen...

Yvette hatte auf Leonie gewartet und die überraschenden Gäste erstaunt begrüßt. Ihre großen, dunklen Augen wurden noch größer, als sie vernahm, daß man sofort aufbrechen würde, dann hatte sie sich jedoch, ohne Fragen zu stellen, ans Packen gemacht. Matthew und Dominic schienen beide gleichermaßen von ihr eingenommen zu sein, doch während Matthew es in erster Linie beruhigend fand, daß Leonie eine so angenehme Gesellschafterin und Freundin bei sich hatte, war Dominic von Yvettes Schönheit einfach hingerissen! Ihr schüchternes Lächeln und ihre natürliche Art überzeugten Matthew einmal mehr davon, daß Leonie keine Betrügerin sein konnte – und ihre Freundin noch viel weniger. Als er dann auch noch den schlafenden Justin sah, war sein letzter Zweifel wie weggewischt. Er hätte den Jungen unter allen Umständen als einen Slade erkannt, wenn nicht sogar als Morgans Sohn. Die Gesichtszüge des schlafenden Kindes erinnerten ihn lebhaft an die Morgans in demselben Alter; selbst das Kinn des Jungen und die stolze Nase erinnerten ihn an seinen ältesten Sohn.

Dominic trat an Justins Bett und warf einen neugierigen Blick auf den Jungen, aber eine Ähnlichkeit mit seiner Familie oder gar mit Morgan konnte er nicht erkennen. Natürlich hatte er Morgan auch nicht als Fünfjährigen erlebt, und Justin war für ihn nichts weiter als ein nettaussehendes, schwarzhaariges Kind. Resigniert zuckte er mit den Schultern. Was wußte er schon von Kindern?

Um so überzeugter war Matthew. Er riß sich von Justins Anblick los und flüsterte Leonie über das Kinderbett hinweg zu: »Vergebt mir meine Zweifel, mein Kind. Justin ist der lebende Beweis für die Wahrheit Eurer Geschichte, der einzige, den ich brauchte.«

Nur mit allergrößter Willensanstrengung konnte Leonie ihren Schock überspielen. *Mon Dieu*, war Monsieur Slade denn ganz von Sinnen? Jeder Blinde konnte sehen, daß ihr hübscher Sohn keinerlei Ähnlichkeit mit diesem Schurken Morgan hatte. Spielte Monsieur Slade etwa ein Spiel mit ihr? Oder war er einer von den Menschen, die das sehen, was sie glauben wollen? Aber er beugte sich noch einmal über ihren schlafenden Sohn und betrachtete ihn mit solch zärtlichen Augen, daß Leonie urplötzlich selbst von schlimmen Schuldgefühlen geplagt wurde. Es war nicht recht von ihr, diesen gütigen, alten Herrn in dem Glauben zu belassen, daß Justin sein Enkel war. Andererseits konnte sie gerade jetzt wohl kaum bekennen, daß sie keine Ahnung hatte, wer der wirkliche Vater des Kindes war.

Leonie fühlte sich wie eine Gefangene ihres eigenen Tuns, als schlagartig neue, unerwartete Aspekte auf sie einstürmten. Ganz abgesehen davon, daß sie Matthew betrog, was würde aus Justin werden? War es nicht viel schlimmer, wenn er diesen gütigen, alten Mann wie einen Großvater lieben lernte und die Slade-Familie als seine Verwandten betrachtete, nur um all dem schon bald wieder entrissen zu werden? Unglücklich warf sie ihre wenigen persönlichen Gegenstände zurück in die alte Reisetasche. Es schien, als müsse sie den Dingen freien Lauf lassen. Sie hatte einen Stein ins Rollen gebracht, der nun eine Lawine von Ereignissen auslöste, die sich ihrer Kontrolle entzogen.

Eine halbe Stunde später waren sie auf dem Weg nach Bonheur. Leonie, Yvette und Justin, der nicht einmal aufgewacht war, reisten in der Droschke der Slades; Mammy, Abraham und die anderen folgten mit den Gepäckkarren. Erst jetzt kehrten Leonies Gedanken zu Morgan zurück.

Wie konnte Großvater sich nur so in ihm getäuscht haben? dachte sie ein wenig vorwurfsvoll, doch dann gestand sie sich ein, daß ihr eigenes Erinnerungsvermögen sie ja auch im Stich gelassen hatte. Als verweichlichten, feigen Menschen hatte sie ihn in Erinnerung, aber heute abend hatte sie auch nicht das geringste Zeichen von Schwäche an ihm bemerkt. Ob er Großvater und sie bewußt getäuscht hatte? Ihre Verwirrung wurde noch größer, als sie sich außerdem eingestand, daß sie Morgan Slade, hätte sie nicht seinen wahren Charakter gekannt, möglicherweise ausgesprochen männlich und attraktiv gefunden hätte. Den ganzen Abend über, vor allem aber in der direkten Auseinandersetzung mit ihm, war sie sich seiner Nähe und seiner männlichen Ausstrahlung beunruhigend bewußt gewesen, und irgend etwas tief in ihrem Innern hatte auf seine Impulse reagiert. Ich muß völlig übermüdet sein, rügte sie sich endlich resolut. Morgen ist ein neuer Tag! Morgen sehe ich wieder klarer.

Noelle empfing die Ankömmlinge allein, ohne Morgan, der sich wohlweislich zurückgezogen hatte. Ihre gemischten Gefühle unterdrückend, begrüßte sie Leonie und Yvette mit höflicher Zurückhaltung – immerhin bereitete diese Kreatur Morgan nicht geringe Schwierigkeiten! Weil ihr Mann dem Mädchen jedoch wenigstens teilweise Glauben zu schenken schien, wollte sie die Angelegenheit zunächst einmal als neutraler Beobachter verfolgen. Sie wußte selbst nicht so recht, was sie Morgan zutraute und was nicht; wenn man ihm aber Unrecht getan oder ihn gar verletzt hatte, konnte er auf ihre Hilfe zählen.

Matthew kam ihr mit dem schlafenden Justin im Arm entgegen. »Sieh selbst«, flüsterte er, und Noelle starrte entgeistert auf den friedlich schlummernden Justin. *Mon Dieu*, er sieht aus wie Morgan in dem Alter, dachte sie schockiert. Dann hat das Mädchen also doch die Wahrheit gesprochen!

Mit einem versöhnlichen Lächeln reichte sie Leonie die Hand. »Ihr müßt von der vielen Aufregung völlig erschöpft sein, *ma Chérie*. Ich habe Zimmer für Euch herrichten lassen und Quartiere für Eure Bediensteten. Ich werde sie Euch zeigen.«

Wenige Augenblicke später sank Leonie dankbar in das weichste Bett ihres Lebens und fiel augenblicklich in einen tiefen, traumlosen

Schlaf. Sie wußte Yvette und Justin sicher nebenan – alles andere hatte Zeit bis morgen.

Als sie am darauffolgenden Tag erst zu vorgerückter Stunde erwachte, hatte Morgan die Zeit bereits zu seinem Vorteil genutzt. Im Gegensatz zu Leonie hatte er keinen Schlaf gefunden. Unaussprechliche Aggressionen gegen diese kleine, grünäugige Hexe und wilde Spekulationen hatten ihm die Ruhe geraubt und ihn umgetrieben. Erst in den frühen Morgenstunden war es ihm gelungen, seine Gefühle so weit unter Kontrolle zu bringen, daß er die ganze Sache mit relativ klarem Verstand betrachten konnte.

Ihre Geschichte klang glaubwürdig, und sie war im Besitz beglaubigter Dokumente, die ihre Behauptungen untermauerten. Er wußte jedoch, daß sie log. Es mußte also irgendwo einen Haken geben, und er brauchte Zeit, um ihn herauszufinden. Natürlich könnte er ihr auch einfach das Geld geben, von dem sie behauptete, sie habe es ihm nur geliehen, aber damit tat er sich keinen Gefallen. Erstens würde er damit nur den Eindruck erwecken, daß sie ihre Forderung zu Recht stellte, und zweitens müßte er seiner Familie immer noch beweisen, daß sie gelogen hatte! Nein, es gab überhaupt nur eine Chance, sich aus ihrem Lügennetz zu befreien. Er mußte die reizende Betrügerin mit ihren eigenen Waffen schlagen!

Es war eine helle, laue Mondnacht. Getrieben von seiner inneren Unruhe beschloß Morgan, einen Ausritt zu unternehmen, und schon wenig später galoppierte er auf seinem Lieblingshengst Tempête durch die Nacht. Das gleichmäßige Auf und Ab des temperamentvollen Tieres, das heute ungewöhnlich sanftmütig war, beruhigte seine Gedanken und half ihm, klarer zu denken.

Wenn sie nur auf Geld aus war, warum hatte sie dann so einen dramatischen Auftritt geplant? Ob Gaylord etwas mit der Sache zu tun hatte? War es am Ende sein Plan? War Leonie Gaylords Komplizin – oder vielleicht nur sein Köder? Irgendwie bezweifelte er das. Sie hatte keineswegs den Eindruck gemacht, als ließe sie sich von irgend jemandem ködern!

Der Morgen dämmerte bereits, als Morgan Tempête heimwärtslenkte und unverhofft über die kleine Waldlichtung galoppierte, auf der Le Petit stand, eine Miniaturausgabe von Bonheur.

Matthew hatte Le Petit in der Hoffnung bauen lassen, daß einer seiner Söhne dort eines Tages eine Familie gründen würde, aber bislang war es bei der Hoffnung geblieben. Hier endlich kam Morgan der rettende Einfall.

13

Er verließ den schmalen Pfad und galoppierte quer über die Lichtung bis vor die Veranda. Le Petit war Bonheur architektonisch bis ins Detail nachempfunden, hatte aber dennoch seinen ureigenen Charme. Wie ein Märchenschlößchen thronte es mitten auf der Lichtung, umgeben vom satten Grün der Fichten und Eichen sowie den Hütten für die Bediensteten, einem kleinen Kochhaus, einem Pavillon und einem weiteren, kleinen Nebengebäude, in dem ein Büro eingerichtet worden war. Morgan inspizierte die Terrasse des Wohnhauses und den Gemüsegarten, dann spazierte er zufrieden hinunter zum Fluß, der im Wald nur ein paar hundert Meter hinter dem Haus vorbeifloß.

Ich bin gespannt, was meine neue Braut zu ihrem neuen Zuhause sagen wird, dachte er boshaft. Le Petit schien ihm der geeignetste Ort zu sein, um Leonie von seiner Familie fernzuhalten, bevor sie seine Eltern noch mehr um den Finger wickelte. Warum sollte er sie auch nicht hierherbringen? Alle schienen sich ja darin einig zu sein, daß sie die Wahrheit sprach.

Morgan saß beschwingt auf und gab Tempête die Sporen, denn plötzlich hatte er es eilig, nach Hause zu kommen. Endlich zeichnete sich eine Lösung ab! Er war sich zwar noch nicht im klaren darüber, wie er den anderen seinen Gesinnungswandel erklären würde, aber irgend etwas würde ihm schon einfallen. Leonie Saint-André würde jedenfalls am eigenen Leib zu spüren bekommen, daß sie nicht die einzige war, die lügen konnte, ohne mit der Wimper zu zucken.

Er würde die Ehe also anerkennen – und natürlich einen ungeheuren Aufruhr heraufbeschwören, aber er hatte keine andere Wahl.

Solange er Leonie der Lüge bezichtigte, goß er Öl auf ihr Feuer; indem er jedoch den angeblichen Fehler eingestand und es auf sich nahm, für eine Weile als gewissenloser Unhold zu gelten, nahm er ihr den Wind aus den Segeln. Und würde er so ihre Pläne nicht am wirkungsvollsten durchkreuzen?

Morgan meinte zu wissen, daß Leonie mit Sicherheit nicht daran interessiert war, als seine Frau an seiner Seite zu leben. Sie war auf Geld aus, nicht auf einen Mann oder eine gesellschaftliche Stellung, und es erfüllte ihn mit Genugtuung, ihr nun seinerseits eine Grube zu graben, aus der sie sich befreien mußte. Und während sie darin zappelte, konnte er in aller Ruhe Erkundigungen über sie einholen. Er wollte und mußte herausfinden, wer sie war und warum sie ausgerechnet ihn für ihren betrügerischen Plan ausgesucht hatte.

Je länger Morgan über seinen Entschluß nachdachte, um so mehr Gefallen fand er daran. Sein Zorn verrauchte nahezu vollständig, denn er ahnte, daß die kommenden Wochen alles andere als eintönig werden würden.

So sehr er Leonies plötzliches Auftauchen auch verfluchte, konnte er dennoch die Tatsache nicht bestreiten, daß er sich seit langer Zeit endlich wieder einmal voller Enthusiasmus fühlte, und die Langeweile, die ihn noch vor kurzem gelähmt hatte, war einer belebenden Spannung gewichen. Die vor ihm liegende Auseinandersetzung mit Mademoiselle Saint-André versprach, die interessanteste Herausforderung seines bisherigen Lebens zu werden!

Zurück in seinem Zimmer rief Morgan vergnügt nach Litchfield, seinem englischen Diener, den er von einer seiner Englandreisen mitgebracht hatte. »Litchfield, ich komme eben von einem Ausritt zurück und brauche dringend ein Bad.«

Litchfield erschien mit hochnäsiger Miene in der Tür und bemerkte herablassend: »Ich habe mir erlaubt, es bereits vor einigen Minuten anzuordnen, Sir. Es dürfte jeden Augenblick fertig sein.«

»Phantastisch! Darf man fragen, ob Ihr über den siebten Sinn verfügt, Litchfield?«

Litchfield nickte gönnerhaft. »Natürlich, Sir. Wie Ihr wißt, kenne ich Eure Garderobe in- und auswendig. Nachdem ich festgestellt hatte, daß Eure Reithosen fehlten, fragte ich nach, ob auch eines der

Pferde fehlte, und da dies der Fall war, lag Euer Ausritt sozusagen auf der Hand.«

»Aha, verstehe. Und habt Ihr auch schon überlegt, was ich heute morgen tragen werde?«

»Selbstverständlich, Sir.« Litchfield machte eine gottergebene Miene. »Ich habe Euch alles auf dem Bett zurechtgelegt.«

In diesem Augenblick wurde das heiße Badewasser gebracht, und kurz darauf saß Morgan mit einem schwarzen Cigarillo im Mundwinkel entspannt im Badezuber. Hin und wieder warf er seinem Diener einen prüfenden Blick zu, doch Litchfield bewahrte immer und unter allen Umständen eine unbewegliche Miene. Endlich fragte Morgan gespannt: »Sind die Neuigkeiten schon an Euer Ohr gedrungen?«

Litchfield bedachte Morgan mit einem undurchdringlichen Blick. Die beiden Männer kannten sich seit fast zehn Jahren und sahen sich täglich – mit Ausnahme der Zeiten, wo Morgan irgendwelchen Abenteuern nachjagte oder Litchfields Dienste einfach nicht in Anspruch nehmen wollte. Morgan liebte es, Litchfields stoische Gelassenheit zu erschüttern oder ihn einfach zu schockieren, während Litchfield seinen ganzen Ehrgeiz daransetzte, Morgans Unarten mit höflicher Verachtung hinzunehmen.

Litchfield mochte um die Fünfzig sein und wurde es nicht müde, Morgan daran zu erinnern, daß er im Dienst des Herzogs von Leighford gestanden hatte. Außerdem war Litchfield von gedrungener Gestalt, mit dunklen, lichter werdenden Haaren und warmen braunen Augen, von denen Dominic allerdings behauptete, sie könnten Milch sauer werden lassen.

Auf Morgans Frage hin entgegnete er mit der würdevollen Verachtung, mit der er Klatsch und Tratsch über sich ergehen ließ: »Mein guter Sir, es ließ sich nicht vermeiden. Das Gesinde spricht über nichts anderes.«

»Und? Glaubt Ihr es?« fragte Morgan neugierig.

Litchfield rümpfte kurz die Nase, dann erklärte er unbewegt: »Nein.«

»Nein?« fragte Morgan verblüfft. »Nun, mein lieber Litchfield, dann seid Ihr der einzige, der es nicht glaubt.«

»Tatsächlich, Sir?«

Morgan blies gutgelaunt kleine Rauchwölkchen in die Luft. »Tatsächlich. Und Ihr werdet Eure Überzeugung über Bord werfen müssen, weil nämlich, lieber Litchfield, wir beide bis auf weiteres einen Haushalt versorgen müssen, zu dem nicht nur meine Frau, sondern offenbar auch mein Sohn gehören!«

»Verstehe, Sir«, erklärte Litchfield gleichmütig.

»Gut. Bis heute abend siedeln wir also alle nach Le Petit über.«

Litchfield nickte bestätigend. »Ich werde alles Nötige veranlassen, Sir.«

Morgan lehnte sich zufrieden zurück. Die wichtigsten Schritte waren somit in die Wege geleitet. In gehobener Stimmung beendete er seine Morgentoilette, kleidete sich an und machte sich unverzüglich auf den Weg zu Dominic.

Ohne zu klopfen betrat er bester Laune das Zimmer seines Bruders, der noch in tiefem Schlaf lag. Morgan zog die schweren Vorhänge zurück und ließ die strahlende Morgensonne ins Zimmer, worauf Dominic sich augenblicklich auf den Bauch drehte und die Decke über den Kopf zog. Doch Morgan blieb unerbittlich.

»Dominic, wach auf. Ich habe nicht viel Zeit«, rief er munter, packte den Schlafenden bei den Schultern und drehte ihn auf den Rücken.

»Wie spät ist es?« murmelte Dom schlaftrunken.

»Kurz vor acht. Ich muß dir wegen gestern abend ein paar Fragen stellen.«

Widerwillig setzte Dominic sich auf und rieb sich den Schlaf aus den Augen. »Also, schieß los. Was willst du wissen?«

Morgan setzte sich zu ihm auf die Bettkante. »Was für einen Eindruck hast du von ... äh ... meiner Frau?«

»Wieso? Was hast du vor?« gähnte Dominic und schaute ihn neugierig an.

Morgan blinzelte unschuldig. »Gar nichts habe ich vor. Das heißt, ich werde meine Frau anerkennen. Was sollte ich sonst wohl tun?«

Dominic zog die Stirn in krause Falten. »Ich dachte, du hast sie nie vorher gesehen. Wenn du sie aber doch geheiratet hast, dann weißt du jedenfalls mehr über sie als ich!«

»Wenn, Dom? Zweifelst du etwa daran?«

Dominic fühlte sich ausgesprochen ungemütlich. »Nun ja, ihre Geschichte klingt einigermaßen glaubhaft, aber ich kann mir einfach nicht vorstellen, daß du so gehandelt haben sollst.«

«Danke, daß du versuchst, an das Gute in mir zu glauben, Dom!«

»Verdammt, was erwartest du eigentlich, Morgan?« brauste Dom auf. »Sie hat beglaubigte Papiere mit deiner Unterschrift! Und sie ist mit Sicherheit kein Flittchen. Selbst ein Blinder kann erkennen, daß sie aus gutem Hause stammt! Vater glaubt übrigens, daß der Junge dir wie aus dem Gesicht geschnitten ist.«

»Wie zu erwarten war«, gab Morgan achselzuckend zurück. »Er ist sowieso voll auf ihrer Seite. Möchte wissen, warum er so einen Narren an ihr gefressen hat.«

»Du magst ja recht haben, Morgan, aber das erklärt leider nicht, wie sie zu einer Heiratsurkunde und einer Vereinbarung kommt, in der du dich zur Rückzahlung ihrer Mitgift verpflichtest.«

»Deswegen brauche ich auch deine Hilfe, Brüderchen«, erklärte Morgan mit liebenswürdiger Miene. »Was hast du sonst noch über sie erfahren – außer daß sie offenbar eine Dame aus gutem Hause ist?«

»Nun ja, nicht allzuviel«, brummte Dominic. »Sie sprach kaum von sich, aber es hat den Anschein, daß ihr Großvater diese Ehe kurz vor seinem Tod einfädelte. Aber das hat sie ja schon bei den Marshalls behauptet, und du warst selbst dabei. Warum willst du es von mir noch einmal hören?«

»Oh, ich wollte nur wissen, ob meine Erinnerung an letzte Nacht sich mit deiner deckt«, entgegnete Morgan harmlos. »Und ich nahm an, daß sie sich vielleicht mitteilsamer gezeigt hat, als sie von meiner Gegenwart befreit war.«

»Könntest du dich etwas deutlicher ausdrücken?«

»Nun ja, es würde mich interessieren, warum sie nicht schon früher aufgetaucht ist? Warum will sie jetzt, nach fast sechs Jahren, ihren Platz hier einnehmen? Warum hat sie nicht versucht, mich nach der Geburt des Kindes zu finden?«

Dominic betrachtete den älteren Bruder nachdenklich. »Aber sie hat keinerlei Ambitionen in dieser Richtung, soviel habe sogar ich gestern abend mitbekommen. Sie will ihre Mitgift zurückhaben. Das ist scheinbar der einzige Grund für ihr Auftauchen in Natchez.«

Morgan sah Dominic zweifelnd an. »Also doch, sie will Geld aus der Sache schlagen, wie ich es mir dachte. Und du meinst wirklich, sie würde aus meinem Leben wieder verschwinden, wenn ich ihr diese Mitgift auszahle? Ich finde, das klingt nach Erpressung.«

»Morgan, sie muß für ein Kind sorgen, und ohne das Geld verliert sie anscheinend ihr einziges Zuhause. Außerdem ist sie noch für zwei weitere Familien verantwortlich. Es scheint, daß sie ihre Probleme mit Hilfe der Mitgift lösen kann. Ich finde, das klingt ganz und gar nicht nach Erpressung. Wenn ich mich überhaupt über etwas wundere, dann darüber, daß du ihr das Geld nicht schon längst zurückgezahlt hast!« Bei diesen letzten Worten schaute Dominic verlegen zu Boden.

»Das ist genau die Ermunterung, die ich brauchte, lieber Bruder!« fauchte Morgan. Seine mühsam gewonnene Zuversicht und Fassung waren schlagartig dahin. »Es überrascht mich, daß du dich überhaupt herabgelassen hast, mit mir zu sprechen!«

Unglücklich legte Dominic seine Hand auf Morgans Schulter. »Entschuldige, bitte. Du siehst doch selbst, wie verwirrend das alles ist. Niemand weiß, was von der Sache zu halten ist. Schau mich an«, bat er den unversöhnlich dreinblickenden Bruder. »Keiner von uns will glauben, daß es sich so verhält, wie sie sagt. Nur, sie hat unschlagbare Beweise.«

»Unterschriften können gefälscht werden«, knurrte Morgan beleidigt.

»Das stimmt zwar, aber Leonie ist keine Betrügerin. Und du warst doch zu der maßgeblichen Zeit in New Orleans...«

»Wie ich sehe, bleibt mir nichts anderes übrig, als sie anzuerkennen«, unterbrach ihn Morgan kühl. »Wenn du also die Beichte des Sünders hören willst, schlage ich vor, daß du dich anziehst und zum Frühstück kommst. Guten Morgen, Dominic!«

»Warte doch!« rief Dom, aber Morgan hatte das Zimmer bereits im Sturmschritt verlassen.

Draußen versuchte er, sich wieder zu beruhigen. Mein Gott, dachte er, wenn ich mich jedesmal so aufrege, weil jemand für sie Partei ergreift, sollte ich meinen Plan besser gleich fallen lassen. Aber wenn ich fähig war, Napoleons Agenten zu täuschen, sollte ich diese kleine Farce wohl auch durchziehen können! Ich werde es als ein Spiel betrachten, ermunterte er sich, seine reizvollen Aspekte so gut es eben geht, genießen, und vor allem nicht die Nerven verlieren! Soll Leonie sich doch aufregen! Und ich werde mit Freuden zusehen, wie mein kleines Frauchen sich von jetzt an in meiner Falle windet! Er holte tief Luft und fühlte sich sofort etwas zuversichtlicher. Na also. Mit langen, entschlossenen Schritten durchquerte er die Eingangshalle in Richtung des Speisezimmers, öffnete die Tür und trat mit einem fröhlichen »Guten Morgen« ein.

Außer Matthew und Robert war noch niemand anwesend. Morgan ahnte, daß die beiden über ihn gesprochen hatten, denn sie empfingen ihn mit verlegenen Gesichtern. Das beklommene Schweigen ignorierend, bemerkte er fast im Plauderton: »Ich hoffe, nach dem gestrigen Trubel habt ihr gut geschlafen?«

»Du machst jedenfalls einen erstaunlich ausgeruhten Eindruck«, erwiderte Matthew, der ziemlich übernächtigt aussah, in vorwurfsvollem Ton.

Matthews leichten Tadel überhörend, bediente Morgan sich scheinbar ungerührt am Frühstücksbuffet. »Oh, ganz im Gegenteil«, versetzte er so beiläufig wie möglich. »Ich habe überhaupt nicht geschlafen. Aber manchmal wirken ein nächtlicher Ausritt und ein warmes Bad wahre Wunder. Du solltest es mal probieren.«

Matthew gab sich keine Mühe, freundlicher zu klingen. »Ich freue mich, daß du dich so schnell erholt hast«, knurrte er gereizt.

»Na ja, ich gebe ja zu, Leonies Auftreten gestern abend war ein ziemlicher Schlag ins Gesicht, aber nach reiflicher Überlegung bin ich zu der Erkenntnis gekommen, daß es Schlimmeres gibt als eine Ehefrau. Immerhin hätte ich mir ja fast Melinda aufgehalst. Es ist also beileibe nicht so, daß ich einer Ehe völlig abgeneigt gegenüber stünde.«

Matthew und Robert starrten Morgan mit offenen Mündern an. Robert fand als erster seine Sprache wieder. »Wie kannst du nur so leichtfertig über eine Ehe sprechen? Schließlich geht es um eine Person, mit der du zusammenleben willst! Ich meine, ich meine ...«

»Ich weiß, was du meinst, Rob«, gab Morgan mit einem Seitenblick auf Matthew trocken zurück, der sich nur langsam von seiner Sprachlosigkeit erholte.

»Heißt das, daß Leonie die Wahrheit spricht?« fragte er in gefährlich ruhigem Ton. »Gibst du zu, daß sie deine Frau ist? Daß du gelogen hast, als du sagtest, du hättest sie noch nie in deinem Leben gesehen?«

»Ich gebe zu, daß sie Beweise hat, die sie dazu berechtigen, sich meine Frau zu nennen – und wenn sie unbedingt das zweifelhafte Vergnügen haben will, mit mir verheiratet zu sein, nun, ich habe nichts dagegen.«

Matthew fand diese ausweichende Antwort mehr als unbefriedigend. »Ich will wissen, ob Leonie deine Frau ist oder nicht!« bellte er ungehalten.

Morgan zog erstaunt die Augenbrauen in die Höhe. »Ich dachte, darüber wärt ihr euch längst einig?»

Sein Vater donnerte mit der Faust auf den Tisch. »Hör mit diesem Unsinn auf! Ich habe deinen Sohn gesehen, Morgan, und auch die Heiratsurkunde. Ich muß Leonie glauben, aber ich weigere mich zu glauben, daß du derart verantwortungslos gehandelt haben könntest. Du schuldest mir eine Erklärung, mein Junge.«

Morgan spielte scheinbar gedankenverloren mit dem Kaffeelöffel. »Ich hatte sie tatsächlich vergessen und irgendwie angenommen, daß in der langen Zeit die Scheidung durchgegangen sein mußte. Von dem Kind wußte ich nichts.«

»Was soll das nun wieder heißen?« forschte Matthew hartnäckig weiter.

Morgan stellte fest, daß es ihm keine Schwierigkeiten bereitete, irgendeine Geschichte zu erfinden. Ohne sich zu verheddern, entwickelte er seine ureigene Version: »Ich handelte aus irgendeiner Laune heraus, wenn ich mich recht erinnere... Der alte Saint-André überredete mich zu einer Art Handel, und bevor ich mich versah, waren wir schon verheiratet. Als ich die Sache am nächsten Tag mit klarem Kopf betrachtete, erkannte ich, wie idiotisch ich gehandelt hatte. Ich beschloß, daß es am besten wäre, mich sofort wieder von Leonie scheiden zu lassen, ohne viel Aufhebens zu verursachen. Also beauftragte ich am selben Tag einen Anwalt, der in meiner Abwesenheit die Scheidung einreichen sollte. Aber anscheinend hat der Bursche das Geld eingesteckt und nichts unternommen. Und an ein Kind habe ich, ehrlich gesagt, nie gedacht.«

Matthew hörte seinem Sohn skeptisch zu. Die Art und Weise, in der Morgan die Vorkommnisse schilderte, mißfiel ihm. Irgendwo war die Geschichte nicht schlüssig. Katholisch geschlossene Ehen wurden nicht so ohne weiteres geschieden, Morgan mußte das wissen! Aber was erwartete er eigentlich? Daß Morgan trotz der schlagenden Beweise weiterhin den Unschuldigen spielte? Laut fragte er: »Und was ist mit der Mitgift? Warum hast du sie nicht zurückbezahlt?«

Morgan lächelte süßlich. »Tja, ich fürchte, das habe ich meinem beklagenswert schlechten Gedächtnis zu verdanken. Fünf Jahre sind immerhin doch eine lange Zeit. Ich habe es wohl einfach vergessen.«

Matthew durchbohrte seinen Sohn mit prüfenden Blicken. »Und warum hast du Leonie gestern verleugnet? So getan, als wüßtest du von nichts?«

»Ich war natürlich völlig unvorbereitet!« Morgan machte sein unschuldigstes Gesicht. »Und natürlich hatte ich diese Angelegenheit längst ad acta gelegt. Ich vermutete ja, wir seien geschieden und ich ein freier Mann. Erst letzte Nacht, als ich nach einer Erklärung suchte, fielen mir die Ereignisse in New Orleans wieder ein.«

»So, sie fielen dir also wieder ein«, echote Matthew unzufrieden. »Und nachdem du dich nun so umfassend zu erinnern scheinst, was hast du also vor?«

Wäre die Situation nicht bitterernst gewesen, hätte Morgan sich vermutlich großartig amüsiert. Sein Vater glaubte ihm kein Wort, das war unschwer zu erkennen, aber er wußte auch nicht, wie er auf das Bekenntnis seines Sohnes reagieren sollte. Sanft wie ein Lamm antwortete Morgan: »Tja, weißt du, ich dachte, vielleicht könnten Leonie und ich uns vorübergehend in Le Petit einrichten.«

Matthew starrte ratlos in seine Kaffeetasse, dann erwiderte er widerwillig: »Ich habe nichts dagegen einzuwenden. Aber ich glaube kaum, daß Leonie damit einverstanden ist.«

Morgan schenkte ihm ein engelgleiches Lächeln. »Aber sie ist doch meine Frau, nicht wahr? Es wird ihr gar nichts anderes übrig bleiben.«

14

Morgan fand, daß die Dinge einen erfreulich schnellen Verlauf nahmen, und machte sich sofort nach dem Frühstück auf den Weg nach Le Petit, um dort nach dem Rechten zu sehen.

Sein Vater hatte dafür gesorgt, daß das Haus regelmäßig gelüftet und die Zimmer sauber gehalten wurden, so daß der Umzug ungewöhnlich schnell vonstatten ging.

Matthew stellte Morgan großzügig ein halbes Dutzend Dienstboten zur Verfügung, und Morgan besprach sich außerdem noch mit Leonies Bediensteten. Mammy und Abraham machten ihm zwar unmißverständlich klar, daß sie Freie waren und aus persönlicher Treue bei ihrer Herrin blieben, während sie ihre wenigen Habseligkeiten in den zwei Hütten verstauten, die er ihnen zugewiesen hatte, aber Morgan konnte unwiderstehlich charmant sein, wenn er es darauf anlegte. Schon nach kurzer Zeit willigten sie ein, auch für ihren neuen Herrn zu arbeiten, die anderen folgten ihrem Beispiel. Le Petit war zwar nicht ihr Zuhause, aber immerhin besser als gar nichts.

Der Vormittag verging wie im Flug, und schon nach wenigen Stunden machte das Haus einen wohnlichen Eindruck. Morgan sorgte dafür, daß seine Pferde in die neuen Stallungen geführt wurden; Mammy richtete sich im Kochhaus ein; die Kinder der Farbigen spielten vor den Hütten in der Sonne, aus dem Haus drangen die Stimmen der Diener, die unter Litchfields Anweisungen rührig hin und her eilten.

Als Leonie am späten Nachmittag endlich erwachte, war alles für ihre Ankunft hergerichtet. Justin, dem es geglückt war, sich aus Yvettes Aufsicht zu befreien, stürmte in ihr Zimmer und rief voll kindlicher Begeisterung: »*Maman*, wach auf, wach auf!« und hüpfte aufgeregt vor dem Bett auf und ab.

Für Justin war es ein ungewöhnlich erlebnisreicher Tag gewesen. Yvette hatte ihm erklärt, wie und warum er hierher gekommen war, und nachdem er sich mit ihren Erklärungen zufrieden gegeben hatte, hatte seine Neugierde ihn nach draußen getrieben, während Yvette es kaum wagte, die Sicherheit ihres Zimmers zu verlassen. Sie wünschte sich ebenso sehnlich wie Justin, daß Leonie endlich aufwachen möge, allerdings nicht aus Begeisterung, sondern weil sie sich fremd und fehl am Platze fühlte. Zu allem Übel hatte man ihr die Nachricht überbracht, daß Justins Großeltern den Jungen zu sehen wünschten, und fast hätte sie Leonie geweckt, so sehr erschreckte sie der Gedanke, ihnen gegenübertreten zu müssen. Doch schließlich hatte sie sich ein Herz gefaßt, Justin gerufen und war mit ihm an der Hand dem Diener in den Gästesalon gefolgt. Matthew und Noelle erwiesen sich jedoch als zwei überaus freundliche Menschen, die ihr keineswegs, wie sie befürchtet hatte, verfängliche Fragen stellten. Außerdem galt ihr ungeteiltes Interesse natürlich Justin, der es sichtlich genoß, im Mittelpunkt zu stehen.

Großvater Slade teilte ihr und dem Jungen mit, daß sie im Verlauf des Tages nach Le Petit übersiedeln würden, doch während Yvette sich fragte, wie Leonie wohl auf die überraschende Neuigkeit reagieren würde, begeisterte sich Justin bereits lauthals dafür. Seine lebhaften, grüngesprenkelten Augen blitzten unternehmungslustig. »Und wir wohnen dort mit Papa? In einem Haus?« rief er begeistert. Und mit einem hoffnungsvollen Grinsen fügte er hinzu: »Ob er mir vielleicht ein Pony schenkt?«

»Das wäre durchaus möglich«, antwortete Matthew lachend. Es beruhigte ihn, den Knaben zu sehen, obwohl er Morgans Geschichte ganz und gar nicht glaubte. Aber es war einfacher, Morgan verantwortungsloses Handeln vorzuwerfen, als ihn des vorsätzlichen Ehebruchs und schlimmerer Dinge bezichtigen zu müssen.

Seltsamerweise hatte Noelle Morgans Geschichte nicht einmal ansatzweise in Frage gestellt. Ja, natürlich war es unverantwortlich von ihm gewesen, aber er hatte doch versucht, die Sache geradezubiegen, nicht wahr? Es war schließlich nicht Morgans Schuld, daß der Anwalt sich nicht um die Scheidung gekümmert hatte! Und war es nicht irgendwie sogar ein Segen, daß er versäumt hatte, seine Pflicht zu erfüllen? Sonst hätte sie doch nie etwas von Justin erfahren, und das wäre schrecklich, nicht wahr? »Und außerdem muß ich dir gestehen, daß mir Leonie als Schwiegertochter sehr viel lieber ist als die hysterische Melinda«, hatte sie abschließend bemerkt.

»Hat sie dir eine schlimme Szene gemacht?« fragte Matthew teilnahmsvoll.

»Du hättest dabei sein sollen, *mon chérie*«, antwortete Noelle mit einem Blick, der Bände sprach. Doch die Marshalls waren in dem Umzugstrubel bald vergessen. Vor allem Justin konnte sich vor Aufregung kaum beruhigen. »Tante Yvette!« rief er, »wir müssen Maman davon erzählen!«

Matthew verabschiedete die beiden lachend. »Ja, geh nur und erzähle es deiner Maman. Sie wird sich bestimmt freuen!«

Leonie lag schon eine Weile wach in ihrem riesigen, weichen Bett und fragte sich schlaftrunken, was der Tag wohl bringen würde, als Justin in ihr Schlafzimmer gerannt kam. Er überhäufte sie mit einem solchen Wortschwall, daß Leonie zunächst gar nicht begriff, worum es ging. Glücklich schloß sie ihren Sohn in die Arme, für Justin das sichere Zeichen, daß es gleich eine wilde Balgerei geben würde. Vergnügt kreischend ließ er sich aufs Bett fallen und versuchte, sich vor Leonies Händen, die ihn unbarmherzig kitzelten, in Sicherheit zu bringen.

Seit er laufen und zu Maman ins Bett krabbeln konnte, war die morgendliche Kissenschlacht zur Tradition geworden, die die beiden wie ein Ritual pflegten. Kichernd und kreischend tobten Mutter und Sohn auf dem Bett herum, das schon bald vollständig zerwühlt aussah. Leonies Lockenmähne fiel ihr wirr über die Schultern und ins Gesicht, ihre grünen Augen blitzten vor Vergnügen. Sie hatte in einem enganliegenden, alten Baumwollunterrock geschlafen, dessen dünne Spaghettiträger über ihre makellosen Schultern herabrutschten und freizügige Einblicke gewährten. Auf den Fersen sitzend holte sie mit ihrem Kissen aus und warf es nach Justin, der kreischend auswich und zu einer Gegenattacke ansetzte.

»Ah, was fällt dir ein, *mon fils*«, neckte Leonie ihren Sohn lachend. »Dafür werde ich dich eine Stunde lang kitzeln, *oui*!«

Justin schlang seine Arme um ihren Hals. »Ah, *maman, je t' adore*«, rief er impulsiv.

Leonie lehnte ihre blonde Mähne an den schwarzen Struwwelkopf ihres Sohnes. »Und ich liebe dich auch sehr, *mon fils*«, flüsterte sie glücklich.

Justin schaute ihr in die Augen und fragte mit ängstlicher Stimme: »Meinst du, Papa wird uns mögen?«

Leonie zögerte. Was sollte sie ihm darauf auch antworten? In die plötzliche Stille hinein ertönte von der Tür her eine Männerstimme.

»Ich glaube nicht, daß er euch widerstehen könnte.« Morgan war nach oben gekommen, um Leonie persönlich von ihrem neuen Heim in Kenntnis zu setzen, aber sein Klopfen war in dem fröhlichen Gelächter untergegangen, und so hatte er Mutter und Sohn schon seit ein paar Minuten bei ihrem unbeschwerten Vergnügen beobachtet.

Leonie erstarrte zur Salzsäule, als sie Morgan erkannte, während ihr Herz idiotischerweise zu rasen anfing. Morgan spürte ihre feindselige Haltung, und unerklärlicherweise versetzte es ihm einen Stich, doch niemals hätte er zugegeben, daß das unbekümmerte Spiel der beiden ihn tief in seinem Innern rührte. Die kindlich unbefangene Frage des Jungen durchbrach seinen Schutzwall jedoch.

Justin drehte sich erstaunt um, sah Morgan mit großen Augen an und fragte: »Bist du denn mein Papa?«

»Das hat man mir gesagt«, erwiderte Morgan mit ungewöhnlich weicher Stimme und kam zögernd ein paar Schritte näher. Leonie starrte ihn stumm an. »Wärst du denn gerne mein Sohn?«

Justin spürte die knisternde Spannung zwischen den beiden Erwachsenen nicht. Er neigte den Kopf leicht zur Seite, blinzelte treuherzig und meinte: »Ich glaube, es könnte ganz lustig werden, *oui*?«

Morgan schmunzelte und trat noch näher ans Bett. »Wir könnten es ja einmal miteinander versuchen«, murmelte er. »Was meinst du?«

Justin grinste sein spitzbübisch ansteckendes Grinsen, und da Mißtrauen ihm bisher völlig fremd war, meinte er unbefangen: »Au ja. Ich hatte noch nie einen Papa.«

Egal, was Morgan über Leonie dachte, ihr Sohn hatte es ihm sofort angetan. Auch Justin mochte den großen, dunkelhaarigen Mann auf Anhieb. »Willst du mit uns spielen?« fragte er ungewohnt zurückhaltend. »Wir haben gerade eine feine Kissenschlacht.«

Justins unschuldige Einladung erweckte Leonie, die sich in ihrer ausgesprochen freizügigen Bekleidung äußerst unwohl zu fühlen begann, augenblicklich wieder zum Leben. »*Non*!« fuhr sie heftig dazwischen. »Dein Papa hat zu tun, und ich muß mich anziehen.«

»Aber ganz und gar nicht«, widersprach Morgan mit spöttisch funkelnden Augen. »Ich wüßte nicht, was ich lieber täte!«

Leonie warf ihm einen vernichtenden Blick zu. »Lieber ein andermal«, erklärte sie wütend und verlegen zugleich. Warum zog dieser scheußliche Mensch sich nicht endlich zurück, damit sie sich in Ruhe anziehen konnte? Noch nie zuvor war Leonie sich ihres Körpers so beunruhigend bewußt gewesen, und Morgans unverhohlene Blicke ließen sie erröten.

Morgan weidete sich an ihrem Unbehagen. Er wußte, daß sie sich nur um des Kindes willen so zurückhaltend gab und kostete seinen Vorteil weidlich aus. Mit hinter dem Kopf verschränkten Händen legte er sich rücklings auf das Bett und lächelte Leonie strahlend an.

»Ich protestiere, meine liebe Frau. Schon seit Jahren habe ich keine so entzückende Einladung mehr erhalten. Wollt Ihr Justin und mir das Vergnügen wirklich nicht gönnen?«

Leonie holte tief Luft. Am liebsten hätte sie diesem gefühllosen Ungeheuer ein Kissen in das spöttisch lächelnde Gesicht geworfen! Doch Justin ließ sich nicht mehr zurückhalten. Mit wildem Kriegsgeheul stürzte er sich auf Morgan, der sich lachend zur Wehr setzte. Justin war zu begeistert, um zu bemerken, daß seine Mutter sich nicht an ihrem Spiel beteiligte, sondern sich ans Kopfende zurückzog, um nur ja jede mögliche Berührung mit Morgan zu vermeiden. Dafür spürte Morgan ihre Zurückhaltung um so deutlicher.

Ihre Scheu reizte ihn so sehr, daß er der Versuchung nicht widerstehen konnte. Mit einem boshaften Lächeln griff er blitzschnell nach ihr und zog sie an sich. »Guten Morgen, liebe Gemahlin«, murmelte er, auf einen Ellbogen gestützt, während Justin kreischend mit dem Kissen auf seinen Rücken einschlug. Genüßlich beugte er sich über Leonies wütendes Gesicht, und unbeirrbar fanden seine warmen Lippen ihren Mund. Er ließ sich Zeit, genoß es, diese widerspenstigen, sinnlichen Lippen zu küssen, genoß ihre Hilflosigkeit und sein Vergnügen an diesem geraubten Kuß in vollen Zügen, bis ihn ein wildes Verlangen erschauern ließ.

Leonie war zu überrascht, um sofort reagieren zu können. Zu ihrem Entsetzen empfand sie Morgans Kuß keineswegs als widerwärtig, und wie schon einmal in einer ähnlichen Situation, erlebte sie auch diesmal wieder, daß ihr Körper einen eigenen Willen zu besitzen schien! Unter Aufbietung aller ihrer Kräfte stemmte sie sich endlich mit beiden Händen gegen ihn.

Morgan ließ sofort, wenn auch widerwillig, von ihr ab, und Leonie kroch wie ein erschrecktes Tier in ihre Ecke zurück. Ihr Atem flog, als sie mit halberstickter Stimme leise »Monsieur, das dürft Ihr nicht!« herausbrachte.

»Warum nicht?« fragte Morgan, sanfter als beabsichtigt. »Ihr seid doch meine Gemahlin, oder nicht?«

Leonie wurde der Antwort enthoben, da Justin sich wieder zu Wort meldete. Mit einer stürmischen Umarmung packte er Morgan von hinten und stimmte ein Siegesgeheul an. »Ich hab' dich, Papa, ich hab' dich!«

»Tatsächlich, du hast mich besiegt«, grinste Morgan, sich wieder dem Jungen zuwendend. Es war nicht der richtige Zeitpunkt, um die Unterhaltung mit Leonie weiterzuführen. »Und welchen Tribut verlangst du?«

Justin rümpfte die Nase. »Tribut? Was ist das?«

Morgan warf Leonie einen zynischen Blick zu, und obwohl er zu Justin sprach, hatte sie das eigenartige Gefühl, das seine Worte ihr galten. »Tribut, Justin, ist die Belohnung für einen Sieg. Und da du gewonnen hast, kannst du etwas von mir fordern. Ich muß es dir geben.«

Justin dachte schweigend nach, dann fragte er vorsichtig: »Auch ein Pony?«

Morgan lächelte. »Ich denke, das läßt sich machen.«

»Eines, so schwarz wie der Donner?« bohrte Justin weiter.

»Donner ist ein Klang, keine Farbe.«

»Aber ein sehr dunkler, *oui*?«

Laut lachend gab Morgan dem Jungen nach. »*Oui*! Ein sehr dunkler Ton!«

»Wollen wir es gleich holen?«

»Nicht sofort. Als erstes müssen du und deine Maman sich anziehen, damit wir in das neue Haus umziehen können.«

»Wie bitte?« begehrte Leonie mit einem merkwürdig flauen Gefühl in der Magengegend auf.

»Unser gemeinsames Heim. Oder dachtet Ihr, wir würden bei meinen Eltern leben?«

»Aber Monsieur, Ihr versteht nicht!« rief Leonie, alle Zurückhaltung und Rücksicht Justin gegenüber vergessend. »Wir wollen nicht hierbleiben! Ich will nur meine Mitgift. Wir haben vereinbart, uns nicht in das Leben des anderen einzumischen!«

»Aber Ihr habt Euch eingemischt, meine Liebe, nicht wahr?«

Errötend ließ Leonie den Kopf hängen, denn diesmal hatte er ja recht. Die peinliche Stille wurde von einem Geräusch an der Tür unterbrochen, das Yvette verursachte, die gekommen war, um Justin abzuholen, und zu spät bemerkt hatte, daß Leonie nicht allein war.

Morgan sprang überrascht auf. Bis jetzt hatte niemand ihm gegenüber Yvette erwähnt, und als er ihr nun völlig unvorbereitet gegenüberstand, erging es ihm wie Dominic tags zuvor. Voll offener Bewunderung starrte er sie an und fragte in überaus höflichem Ton, ohne seine Augen von ihr abzuwenden: »Darf man wissen, um wen es sich bei dieser jungen Dame handelt?«

»Meine Begleiterin, Yvette Fournier«, stellte Leonie die Freundin reserviert vor. Morgans offensichtliche Bewunderung für Yvette ärgerte sie unerklärlicherweise, denn sie hatte ja nun wirklich keinen Grund zur Eifersucht. Bah, soll er doch anschauen, wen er will, dachte sie konsterniert. Ich will meine Mitgift, nichts weiter!

»Aha, die Begleiterin«, wiederholte Morgan, der langsam zu verstehen begann, warum Matthew und Dominic von den beiden Damen so eingenommen waren. Sie wirken in jeder Hinsicht glaubhaft, dachte er zynisch.

Justin schien Morgans veränderte Stimmung zu spüren, denn er zupfte ihn vorsichtig am Ärmel. »Magst du Tante Yvette nicht? Sie ist sehr nett. Nach Maman mag ich sie am liebsten!«

»Aber ganz im Gegenteil, junger Mann«, widersprach Morgan lächelnd, »ich finde sie reizend!«

Justin rannte Yvette entgegen und zerrte sie an der Hand ins Zimmer. »Das ist mein Papa, Tante Yvette. Er hat mir ein Pony versprochen!« rief er überglücklich.

Yvette blickte schüchtern zu Boden, denn obgleich sie auf Leonies mysteriösen Gemahl neugierig gewesen war, empfand sie die unerwartete Begegnung als beklemmend. »Wie geht es Euch?« murmelte sie verlegen, bis unter die Haarwurzeln errötend.

»Es hat den Anschein, als gehörten zu meiner Familie gleich zwei bezaubernde Damen«, bemerkte er anstelle einer Antwort mit einem spöttischen Seitenblick auf Leonie. »Ich glaube, nach den Junggesellenjahren wird es mir ein besonderes Vergnügen sein. Leider muß ich mich vorläufig verabschieden, aber ich freue mich jetzt schon auf unser Wiedersehen in Le Petit.«

Leonie schickte ihm giftige Blicke nach, als er selbstsicher hinausschlenderte, aber sie hatte keine Zeit, ihre Verstimmung noch weiterzupflegen, denn Justin zerrte ungeduldig an ihrem Unterrock. »Bitte, Maman, beeil' dich, ich bin doch so auf das Haus gespannt – und auf das Pony!«

Geistesabwesend strich Leonie ihm über das wirre Haar. Scheinbar ließ sich der Umzug nach Le Petit genausowenig vermeiden wie der gestrige hierher nach Bonheur. Hatte sie denn gar kein Mitspracherecht mehr? Unwirsch begann sie, sich anzukleiden.

Trotz ihres Ärgers war sie Morgan dankbar dafür, daß er Justin ohne erkennbare Vorbehalte behandelt hatte. Allerdings hatte er auf diese Weise auch das Herz ihres Sohnes gewonnen, und während sie ihre Morgentoilette beendete, mußte sie sich anhören, wie er und Yvette in den höchsten Tönen von ihrem skrupellosen Gemahl schwärmten. Dabei haßte sie ihn, weil er sie immer mehr in die Enge trieb. Sein heutiges Verhalten paßte überhaupt nicht in das Bild, das sie sich von ihm gemacht hatte. Und schließlich mußte sie sich eingestehen, daß sie sich anscheinend selber nicht mehr trauen durfte. Warum hatte sein Kuß sie nicht angewidert? Warum raste ihr Herz, wenn sie ihn sah oder wenn er sie ansah? Und warum machte er heute morgen den Eindruck, als wolle er die Eheschließung nicht mehr abstreiten? Je länger sie darüber nachdachte, um so mehr verwirrten sie die neuen Tatbestände. *Mon Dieu*, dachte sie schließlich, werde ich denn langsam verrückt? Oder war er verrückt? In New Orleans hatte er ihr deutlich gesagt, daß er keinen Wert auf eine Ehe legte, und nach der verunglückten Hochzeitsnacht war sie sicher, daß er *sie* keinesfalls zur Ehefrau haben wollte. Oder, überlegte sie fieberhaft, wollte er sich vielleicht an ihr rächen?

Aber nicht nur Leonie war verwirrt. Morgan weidete sich zwar an ihrem offensichtlichen Zwiespalt, doch das half ihm herzlich wenig bei der Aufklärung ihrer betrügerischen Absichten! Er verachtete Leonie, weil sie sogar ihren kleinen Sohn mißbrauchte, um ihr Ziel zu erreichen, und doch hatte sie nicht wie eine Betrügerin ausgesehen, als er sie im Spiel mit Justin überrascht hatte! Ferner war ihm nicht entgangen, daß ihre, Justins und Yvettes Kleider alt und abgetragen waren und sich kaum von denen ihrer Bediensteten unterschieden. Gespräche mit Mammy, Abraham, Mercy und Saul halfen ihm auch nicht weiter. Alle erzählten übereinstimmend dasselbe. So sehr er sich auch bemühte, er konnte einfach keine Widersprüche entdecken. Die Karren und auch die Esel waren alt, ebenso die wenigen Habseligkeiten, die er in Leonies Zimmer und in der Hütte der Farbigen bemerkt hatte. Und keiner von ihnen wirkte wie ein schlechter Schauspieler – jeder schien seine Rolle zu leben, als habe er sich völlig mit ihr identifiziert! So kam er auf alle Fälle keinen Schritt weiter. Einigermaßen ratlos betrat Morgan das Nebengebäude, in dem sich sein elegant eingerichtetes Büro befand, und nahm nachdenklich am Schreibtisch Platz. Bis jetzt waren seine Erkundigungen erfolglos geblieben. Leonie hatte entweder jeden einzelnen in ihrem Gefolge gründlich auf die Rolle, die er zu spielen hatte, eingeschworen, oder er mußte den Hebel an anderer Stelle ansetzen. Es mußte eine Schwachstelle geben, und er mußte sie finden, sonst hatte er eine Frau am Hals, die er um nichts in der Welt wollte ... und einen Sohn, von dem er wußte, daß er ihn nicht gezeugt hatte!

Im Augenblick jedenfalls blieb ihm nichts anderes übrig, als mitzuspielen, in der Hoffnung, Zeit und wertvolle Informationen zu gewinnen.

Es mochte ratsam sein, einen Detektiv mit Nachforschungen über Mademoiselle Saint-André zu beauftragen. In der Zwischenzeit jedoch würde er sie in seinem Netz zappeln lassen – und sie an ihre ehelichen Pflichten erinnern!

15

Fünf Tage vergingen scheinbar ruhig, ja friedlich, in denen niemand außer Morgan und Leonie um den Kampf wußten, der unter der Oberfläche schwelte.

Justin schwebte im siebten Himmel, denn schon am zweiten Tag nach dem Umzug hatte Morgan ihm das versprochene Pony geschenkt, eines »so schwarz wie der Donner«, und von diesem Augenblick an war Justin Morgans größter Fan. Egal, was Papa tat oder sagte, er hatte seine vollste Zustimmung, und Morgan konnte kaum einen Schritt ohne ihn tun.

Justins Zuneigung zu Morgan schmerzte Leonie, deren Mißtrauen den Slades gegenüber wuchs. Warum hatte Morgan das Kind ohne Fragen zu stellen anerkannt? Er mußte wissen, daß Justin nicht sein Sohn war, unmöglich konnte er seine Niederlage in der Hochzeitsnacht vergessen haben! Und warum erweckte er den Anschein, als hätte er wirklich etwas für Justin übrig? Er versuchte nie, den Jungen loszuwerden oder sich ihm zu entziehen. Wenn Justin ihm wie ein Hündchen nachrannte, blieb er jedesmal stehen, setzte ihn sich mit einem warmen Lächeln auf die Schultern und spazierte mit ihm zu den Ställen oder ins Büro. Manchmal unternahmen sie auch Ausritte, und dann trabte Justin mit seinem Pony, das er Thunder genannt hatte, friedlich neben Tempête einher.

Leonies Bedienstete, aber auch Yvette, richteten sich in Le Petit ein, als stünde ihr Hierbleiben völlig außer Frage. Mit jedem Tag entglitten sie Leonie ein wenig mehr, und auch das empfand sie als schmerzlich. Außerdem schien sie ihrem vordringlichsten Ziel, der Rückzahlung ihrer Mitgift, kein Stück näherzukommen.

Trotz alledem konnte Leonie nicht gerade behaupten, daß sie unglücklich war. Le Petit, so gestand sie sich widerwillig ein, war mehr, als sie sich je hätte erträumen können, und da Morgan sich bisher wie ein Gentleman benommen hatte, begann auch sie, sich ein wenig zu entspannen. Aber eben nur ein wenig, denn sie vergaß auch nicht eine Sekunde lang, daß es Morgans Dach war, unter dem sie alle lebten, daß sie seine Großzügigkeit genoßen. Und das, obwohl er in New Orleans ganz und gar nicht den Eindruck eines Menschen gemacht hatte, der zu großzügigem Handeln fähig wäre. Und schließlich würden sie und Justin schon bald wieder von hier fortgehen, egal, ob die anderen ihr folgen wollten oder nicht.

Was ihre Gefühle für Morgan Slade betraf, so wagte Leonie es nicht, ihnen nachzugeben oder auch nur darüber nachzudenken. Mit zwei unerfreulichen Ausnahmen hatte sie ihr Leben lang nichts mit Männern zu tun gehabt, und seiner ausgesprochen männlichen Ausstrahlung gegenüber fühlte sie sich hilflos wie ein Schulmädchen. Immer wieder rief sie sich die Abneigung in Erinnerung zurück, die er vor sechs Jahren in New Orleans in ihr hervorgerufen hatte, und stand um so ratloser vor der Tatsache, daß sie ihn dennoch immer attraktiver fand. Manchmal ertappte sie sich gar dabei, daß sie träumerisch an den Blick dachte, den er ihr über den Frühstückstisch zugeworfen hatte, oder eine andere Kleinigkeit, die ihr an ihm aufgefallen war. Er ist zu nett, dachte sie, er führt irgendwas im Schilde.

Morgan führte tatsächlich etwas im Schilde. Kühl und berechnend wiegte er sie in Sicherheit, und Leonie war zu unerfahren, um seine Schachzüge als solche erkennen zu können.

Er vermied es bewußt, Annäherungsversuche zu unternehmen, und gab sich statt dessen mit einem uralten Spiel zufrieden. Er reizte sie, sie zog sich schüchtern zurück. Doch plötzlich, irgendwann, hatte es aufgehört, ein Spiel zu sein, obwohl Morgan nicht sagen konnte, wann. Vielleicht an dem Morgen, als er sie beim Frühstück beobachtet hatte, wo sie mit beinahe kindlicher Begeisterung über Mammys leckere Hörnchen herfiel; oder vielleicht an jenem Abend, als sie, Yvette, Robert und Dominic im Pavillon beieinandersaßen und Leonie über einen Scherz derart herzlich lachen mußte, daß sie sich kaum wieder beruhigen konnte. Irgendwann im Verlauf dieser fünf Tage hatte Morgan plötzlich dasselbe intensive Gefühl verspürt, das sie am Abend seiner Verlobung mit Melinda in ihm wachgerufen hatte, als er sie plötzlich in der Tür stehen sah ... Und trotz des Mißtrauens, das ständig zwischen ihnen stand, begann dieses Gefühl gegen seinen Willen stärker zu werden. Morgan sagte sich immer wieder, daß es nichts zu bedeuten habe. Es war nur natürlich, daß er oft an sie dachte, denn immerhin lebten sie zusammen unter einem Dach und sahen sich täglich.

Schließlich raffte er sich auf und schrieb Jason mit der Bitte, einige Nachforschungen über Leonie anzustellen. Jason hätte zwar bezeugen können, daß Morgan zu der fraglichen Zeit in Beauvais wohnte, aber Morgan befürchtete, daß auf Grund ihrer Freundschaft niemand Jasons Aussage überhöhten Wert beigemessen hätte. Er mußte mehr gegen sie in der Hand haben.

Als der Brief das Haus verlassen hatte, fühlte Morgan sich ironischerweise nicht erleichtert, sondern bedrückt. Vielleicht wollte er die Wahrheit über Leonie Saint-André ja gar nicht wissen? Noch während des Schreibens war ein seltsames Gefühl in ihm aufgestiegen, als gäbe es etwas im Zusammenhang mit seinem damaligen Besuch in New Orleans, an das er sich erinnern sollte, etwas, das die merkwürdigen Vorfälle aufklären würde. Dieses Gefühl hatte ihn seither nicht losgelassen und beschäftigte ihn selbst auf seinem mittäglichen Ausritt, aber wie auch immer, er durfte nicht vergessen, daß Mademoiselle Saint-André, egal wie bezaubernd sie auch sein mochte, eine Betrügerin war, die es auf sein Geld abgesehen hatte.

Leonie spürte seine Feindseligkeit, als sie zufällig aufschaute und am Ufer des Baches Morgan stolz auf Tempête sitzend sah.

Offensichtlich hatte er sie und Justin schon eine ganze Weile beim Spiel im Bach beobachtet. Sie versuchte vergeblich, sich einzureden, daß es die Überraschung darüber war, ihm hier so unerwartet zu begegnen, die sie unmerklich erzittern ließ, und nicht die Kälte in seinen blauen Augen.

Leonie und Justin hatten sich barfuß im Bach gejagt, nachdem Yvette zum Haus zurückgekehrt war, weil sie die schwüle Hitze während der Mittagsstunden nicht vertrug. Mutter und Sohn hatten Rock und Hosenbeine hochgekrempelt und sich vergnügt ins kühle Wasser gestürzt, als Morgan, von seinem Ausritt zurückkehrend, unbemerkt durch den Wald geritten kam. Wie an jenem Morgen, als er sie bei der Kissenschlacht überrascht hatte, hatten die beiden auch jetzt weder Augen noch Ohren für etwas anderes als ihr Spiel. Auf der Jagd nach einem kleinen Frosch hüpften sie lachend und kreischend im knietiefen Bach umher. Leonies Haare glänzten golden in der Sonne, und sie erschien ihm unwirklich schön, wie eine geheimnisvolle, zierliche Fee. Als sie Justin mit einem freudigen Ausruf den Frosch in ihren Händen zeigte, hielt Morgan unwillkürlich den Atem an, aus Angst, daß sie einfach verschwinden würde, wenn sie sein Eindringen bemerkte. Und doch hatte er nur einen Wunsch – Tempête in den Fluß zu treiben, Leonie zu sich aufs Pferd zu schwingen und mit ihr davonzureiten. Einzig die Gegenwart des Jungen hielt ihn davon ab, aber je länger er ihr zuschaute, um so heftiger wurde sein Verlangen. Als Leonie zufällig aufschaute, gab er sich keine Mühe, seine Gedanken zu verbergen, und Leonie fühlte ein ungutes Ziehen in der Magengegend. Der arrogante Ausdruck seiner zynischen blauen Augen, gepaart mit offenkundiger Begierde, ließ Leonie erschreckt zurückweichen. »Habt Ihr uns gesucht, Monsieur?« fragte sie irritiert.

Morgan mußte unwillkürlich lächeln. Was für ein seltsames Wesen sie doch war. Es machte ihr nichts aus, ihm und seiner Familie monströse Lügen aufzutischen, sich als seine Frau auszugeben und mit ihm unter seinem Dach zu wohnen, aber sie brachte es nicht über sich, ihn bei seinem Namen zu nennen. Er begriff instinktiv, daß sie nur so Distanz zu ihm wahren konnte, eine Distanz, die er nicht länger zu tolerieren gewillt war.

»Das ist nicht ganz richtig«, antwortete er bedächtig und lenkte Tempête näher ans Ufer. »Justin, lauf' schon voraus«, wies er den Jungen freundlich, aber bestimmt an. »Ich möchte mit deiner Maman sprechen ... allein.«

Ohne die üblichen Proteste und ehe Leonie widersprechen konnte, rannte der Junge davon, den kleinen Frosch triumphierend in den Händen haltend.

Die beiden Erwachsenen starrten sich an. »Ich habe Euch gesucht«, sagte Morgan, dessen Augen seltsam glänzten. Es klang wie eine Drohung, und Leonie wich vor ihm zurück.

»*Non!*« rief sie, starr vor Empörung. »Rührt mich nicht an! Ich habe es schriftlich, daß Ihr mich nicht anrühren werdet!«

Morgan konnte sich eines Schmunzelns nicht erwehren. »Wie es scheint, habt Ihr für jede Situation ein entsprechendes Papier. Ihr müßt es mir bei Gelegenheit unbedingt zeigen ... aber nicht jetzt!«

Leonie fühlte sich wie ein Tier in der Falle. Mit dem Mut der Verzweiflung drehte sie sich um und floh in Richtung des Waldes. Zu spät erkannte sie allerdings, daß sie, anstatt sich zum Haus hin zu halten, von ihm weglief.

Sie rannte so schnell und weit ihre Füße sie trugen, aber schon bald hörte sie das Getrappel von Pferdehufen hinter sich und Morgans unterdrücktes Gelächter. Innerhalb weniger Sekunden hatte er sie erreicht, und mit einem schnellen, sicheren Griff packte er sie im Vorbeireiten und schwang sie vor sich auf Tempêtes breiten Rücken. Leonie wand sich verzweifelt in seinen Armen, doch je mehr sie kämpfte, um so fester schlossen sich seine Arme um sie.

»*Non, Monsieur*«, japste sie entsetzt, »laßt mich herunter. Ich sage Euch nein!«

»Und ich sage Euch, doch!« wisperte Morgan wie betäubt von dem elektrisierenden Gefühl, das der widerspenstige, verführerische Körper in seinen Armen in ihm auslöste, und verschloß ihren Mund mit einem tiefen, sehnsuchtsvollen Kuß, der Leonie erstarren ließ, erinnerte er sie doch lebhaft an jene Nacht, als sie im Haus des Gouverneurs einem Fremden in die Hände gefallen war.

Morgan aber war kein Fremder, sondern ihr Gemahl. Seine warmen, drängenden Lippen schienen mit ihren zu verschmelzen, und seine Arme preßten ihren zierlichen Körper so ungestüm an sich, daß sie kaum noch Luft bekam. Dennoch sprang die Kraft seiner Leidenschaft wie ein Feuer auf Leonie über, die plötzlich spürte, daß es gar nicht so unangenehm war, von Morgans starken Armen festgehalten zu werden. Im Gegenteil, sie empfand die ungewöhnliche Situation sogar als ausgesprochen erotisch. Morgan führte Tempête instinktiv tiefer in den Wald. Die Welt um ihn herum versank im Nebel sinnlichen Vergnügens, und seine wild fordernden und zugleich unendlich zärtlichen Küsse erweckten ein nie gekanntes, brennendes Verlangen in Leonie. Ein köstliches Gefühl der Schwäche durchflutete sie, und anstatt sich wie zuvor heftig gegen ihn zur Wehr zu setzen, ergab sie sich seinen überwältigenden Liebkosungen.

Es war Morgan, der schließlich bemerkte, daß das Pferd stehengeblieben war. Widerwillig hob er den Kopf, doch dann lächelte er zufrieden. Er hatte Tempête unbewußt in Richtung eines seiner früheren Lieblingsorte, eines kleinen Wasserfalls, gelenkt, und eben hier war das Pferd stehengeblieben. Vor ihnen lag eine verwunschene Lichtung, an deren Ende ein kleiner Wasserfall in einen kristallklaren See hinabstürzte.

Leonie bemerkte ihre Umgebung kaum. Sie spürte nur, daß Morgan aufgehört hatte, sie zu küssen, und seufzte vor Enttäuschung. Morgan beugte sich sofort wieder über sie, sein Verlangen danach, sie zu berühren, wurde immer unerträglicher, und er preßte ihren geschmeidigen, willigen Körper lustvoll an sich. Für Leonie hatte die Wirklichkeit aufgehört zu existieren. Es gab nur sie und die überwältigenden Gefühle, die Morgan in ihr auslöste, ausgerechnet Morgan, ihr Gemahl, den sie doch verachtete. Aber jeder Kuß, jede zärtliche Berührung seiner Lippen und Hände raubten ihr fast die Sinne, und tief in ihrem Inneren versuchte etwas, sich Bahn zu brechen, das Bollwerk niederzureißen, das sie dort gegen ihn errichtet hatte.

Morgan trug Leonie in den Schatten einer uralten Platane und ließ sie vorsichtig ins weiche Gras gleiten, während seine Lippen ihren sanft geschwungenen Nacken liebkosten. Vorsichtig beugte er sich zu ihr hinab und streifte das Kleid mühelos über Leonies

Schultern. Seine Hände glitten über ihre Brüste und.streichelten ihre zarten Knospen, die auf seine Berührung sofort reagierten.

Leonie meinte, unter seinen Küssen zu vergehen, und als seine Lippen sich um eine ihrer Brüste schlossen, erzitterte sie am ganzen Körper. Instinktiv bäumte sie sich ihm entgegen, völlig der Sinnenlust verfallen, die er ihr bereitete.

Morgan erging es nicht viel anders. Ihre leidenschaftliche Reaktion war mehr, als er erwartet oder erhofft hatte, und eine Welle der Zärtlichkeit übermannte ihn. Mit wenigen, schnellen Griffen entfernte er die störenden Kleider, und wonnevoll aufstöhnend preßte er ihren nackten Körper an sich, während seine Hände hungrig über ihre samtene Haut streichelten.

Morgan ließ sich Zeit, berauschte sich am Anblick der zierlichen, festen Brüste, der schlanken Taille, der wohlgeformten Beine. Dann ließ er seine Augen zu ihrem Gesicht zurückwandern, zu den vollen, korallenroten Lippen, die ihm die süßesten Küsse verhießen, von denen er nicht genug bekommen konnte, den mandelförmigen Katzenaugen, die einen seltsamen Glanz angenommen hatten, und der blonden Lockenpracht, in der er sein Gesicht sehnsuchtsvoll verbarg.

Morgans unablässige Liebkosungen erweckten Leonies leidenschaftliche, sinnliche Natur zum Leben. Sie fühlte sich verwandelt, lebendig wie noch nie zuvor, und da es ihr Gemahl war, der solches in ihr bewirkte, gab sie sich ihm völlig hin, hielt nichts zurück. Ihre Finger klammerten sich in seinem dichten, schwarzen Haar fest, und ohne sich dessen bewußt zu sein, brachte sie seinen Mund mit sanfter Gewalt auf ihre Lippen zurück, um erneut den Sinnestaumel zu genießen, in den seine erregenden Küsse sie stürzten.

Morgan wies sie nicht zurück. Mit einer wahrhaft verzehrenden Leidenschaft erwiderte er ihren Kuß, ließ seine Hände immer wieder über ihre Brüste gleiten und wanderte schließlich über ihre Bauchdecke immer weiter nach unten, bis er die weichen, flaumigen Haare spürte, unter denen die größte aller Wonnen verborgen lag. Dann begannen seine Finger, sich unerhörte Freiheiten herauszunehmen, als sie Leonies empfindsamste Stelle sanft stimulierten.

Ihr ganzer Körper brannte mit einem köstlichen Verlangen nach einer Befriedigung, die, wie sie undeutlich ahnte, Morgan ihr schenken konnte. Gleichzeitig erstarrte sie vor Entsetzen, denn sie erinnerte sich an das letzte Mal, als ein Fremder sie so berührt hatte, und mit einem Mal wurde sie sich der vollen Tragweite ihres Tuns bewußt. Erschreckt bäumte sie sich auf, um sich zu befreien, aber Morgan drückte sie sanft ins duftende Gras zurück.

Er war viel zu erregt, um klar denken zu können, und sein einziger Gedanke war, daß es ihr zu schnell ging, daß sie noch nicht soweit war.

»Du brauchst keine Angst zu haben, Leonie, ich werde dir nicht wehtun«, murmelte er, um sie zu beruhigen, während seine Lippen und seine Zunge ihre Knospen in einem wilden Tanz stimulierten. Mit sicherem Gespür hatte er die richtigen Worte gefunden, und Leonie ergab sich erneut den unglaublich sinnlichen Empfindungen, die ihren Körper erbeben ließen.

Morgans Finger versetzten sie schon bald in eine unerhört intensive, fast schmerzlich wunderbare Anspannung. Aber sie hatte noch nicht genug, ahnte vage, daß ihr etwas bevorstand, nach dem sie sich verzehrte. Doch Morgan hielt sich absichtlich zurück, obwohl sein ganzer Körper nach der ersehnten Erfüllung verlangte. Zuerst wollte er ihr eine andere Befriedigung schenken.

Unter seinen Händen begann Leonie, sich leise stöhnend zu winden. Das Blut schoß ihr in die Adern, ihr Puls raste, ihre Nerven waren zum Zerreißen gespannt. Als sie schon meinte, es nicht mehr länger ertragen zu können, wurde ihr Körper plötzlich von einer solch ungeheuren Welle der Lust erfaßt, daß sie sich unkontrolliert aufbäumte.

Benommen von der Wucht der Empfindung, die sie eben erlebt hatte, starrte sie in Morgans braungebranntes Gesicht, der sie mit ausgesprochen lüsternen Augen anstarrte. Noch nie zuvor war es ihm so wichtig gewesen, eine Frau so vollständig zu befriedigen, wie es bei Leonie der Fall war, und er empfand zugleich Stolz und eine seltsam besitzergreifende Freude, als er den weichen, zärtlich überraschten Ausdruck in ihren Augen wahrnahm.

Morgan wußte, daß er sich nicht mehr länger beherrschen konnte. Sanft verlagerte er sein Gewicht zwischen ihre Beine, während er seine hungrigen Lippen auf ihren Mund preßte und sie mit der Hand unter der Hüfte faßte. Leonie begriff nur andeutungsweise, was er vorhatte, und erlebte im nächsten Augenblick, wie ihr Körper sich zu weiten schien, als ihre Leiber miteinander verschmolzen. Erneut versank sie im Strudel der Lust, die wie ein Feuer in ihr zu lodern begann, als Morgan sich ihrer bemächtigte.

Seine Hände preßten ihre Hüften ungestüm an sich, und Leonie war von der Kraft seiner Leidenschaft überwältigt, als seine Bewegungen immer heftiger wurden und ihr eigener Körper auch darauf ekstatisch reagierte. Lustvoll stöhnend bäumte sie sich auf, und dann geschah das Unglaubliche. Dieselbe exquisite Anspannung, die sie soeben erlebt hatte, baute sich erneut in ihr auf und riß sie davon. Leonie war nur noch Gefühl, Ekstase, als ihr Körper erneut erbebte und Erfüllung erfuhr.

Morgan erlebte ein schon lange nicht mehr gekanntes Glücksgefühl, dessen Intensität er kaum mehr ertragen konnte, und als Leonie unter ihm unkontrolliert erbebte, hielt er sich nicht mehr länger zurück. Leonie bemerkte in ihrem Sinnesrausch kaum, daß auch Morgan schließlich seine Erfüllung fand. Erst nach und nach wurde sie sich seiner wieder bewußt und fragte sich vergeblich, warum sie ihn als einen verlebten Menschen in Erinnerung hatte. Er war alles andere als schwach; er war entschlußkräftig, vital, von atemberaubender Männlichkeit. Und als sie Morgan diesmal ansah, war es, als sähe sie ihn zum ersten Mal – seine lebendigen, zwingenden blauen Augen, sein entschlossen wirkendes Kinn, den arrogant anmutenden Gesichtsausdruck. Und sie erkannte schlagartig, daß sie sich, plötzlich und völlig gegen ihren Willen, in ihren Mann verliebt hatte.

16

Die folgenden Stunden vergingen für Leonie wie im Traum. Vage erinnerte sie sich daran, daß Morgan sie an den kleinen See getragen und in dem klaren Wasser gewaschen hatte. Dann hatte er ihr ins Kleid geholfen, wobei seine Hände eine alarmierende Tendenz dazu zeigten, ihren Körper besitzergreifend zu streicheln. Weiter erinnerte sie sich, daß er sie vor sich auf das Pferd gesetzt und ihr Gesicht mit glühenden Küssen bedeckt hatte, bevor sie den Wald hinter sich ließen und zum Haus zurückritten.

Traumverloren kehrte sie in ihre Räume zurück und betrachtete sich im Spiegel. Sie hatte das starke Gefühl, nicht mehr dieselbe Leonie zu sein, wenngleich sie keine äußeren Anzeichen für eine Veränderung feststellen konnte. Ob er sie noch einmal begehren würde? fragte sie sich und verspürte ein so starkes Verlangen in sich aufsteigen, daß sie sich verwirrt und beunruhigt abwendete. Sollte schon der bloße Gedanke an ihn genügen, ihren Körper in einen Zustand erwartungsvoller Vorfreude zu versetzen?

Sie durfte sich ihm nicht so ausliefern, überlegte sie rebellisch, als sie sich zum Abendessen umzog und ratlos vor dem Kleiderschrank stand. Die Beschränktheit ihrer Garderobe hatte sie bislang nicht sonderlich gestört, aber heute abend wünschte sie sich zum ersten Mal, sie könnte Morgan in einem neuen, hübschen Kleid beim Dinner gegenübersitzen. Leonie und Yvette versuchten zwar, den Anschein einer größeren Garderobe zu erwecken, indem sie nicht nur ihre Kleider, sondern auch die dazugehörigen Accessoires austauschten, aber allzuviele Möglichkeiten gab es eben nicht.

Plötzlich sehnte sie sich nach der vertrauten Umgebung des Châteaus zurück, wo hübsche Kleider unwichtig waren, wo sie sich zu Hause fühlen konnte. Le Petit war ein schöner Traum, aber es war nicht ihr Zuhause, und aus schönen Träumen pflegte man aufzuwachen. Château Saint-André hingegen war schon immer ihr Bollwerk gegen die Welt gewesen, ein Hort der Sicherheit und Geborgenheit in schwierigen Zeiten, wohin sie sich zurückziehen und Ruhe finden konnte. Sie war aufgewühlt von den Ereignissen der vergangenen Tage, aber natürlich vor allem wegen ihrer zwiespältigen Gefühle für Morgan. Wie sollte sie hier, in einer fremden, feindlichen Umgebung wieder zu sich finden? Sie gehörte nicht hierher, sie war ein Eindringling. Und vor allem war sie nicht hierhergekommen, um sich mit ihrem Gatten auszusöhnen oder gar ihr Herz an ihn zu verlieren! Wie hatte sie nur vergessen können, daß sie hier war, um endlich ihre Mitgift von ihm zurückzufordern! Château Saint-André war ihr und Justins Zuhause und vor allem Justins Erbe.

Wie aber konnte sie sich jetzt von dem Manne trennen, den sie zaghaft zu lieben begann? Den Justin für seinen Vater hielt und an dem er hing? Niemals hätte sie ihren Sohn so betrügen dürfen!

Leonie seufzte und lief unruhig auf und ab. Aber was hätte sie denn sonst schon tun können? Sie hatte es sich doch vorher sorgfältig überlegt! Was sie getan hatte, war einzig aus dem Grund geschehen, um Justin vor den bösen Zungen seiner Mitmenschen zu schützen.

In Leonies Gedanken tauchte ein Hoffnungsschimmer auf. Vielleicht würde sich nach diesem Nachmittag etwas zum Positiven hin verändern? Was wäre, wenn sie und Morgan wirklich zueinander fänden? Was wurde dann aus der fälligen Mitgift? Und wäre es klug, Morgan zu erlauben, sie und die Ihren weiterhin zu unterstützen?

Nein! Zu lang schon war sie ihr eigener Herr gewesen, und das wollte sie auch bleiben. Und auf die Mitgift konnte sie nicht verzichten. Erstens gehörte sie ihr, und zweitens brauchte sie das Geld für Justin, denn selbst wenn sie bei Morgan bliebe, würde er wohl kaum für Justins Zukunft sorgen. Dafür war sie allein verantwortlich! Sie mußte sein Erbe für ihn retten. Aber bis zum ersten Juli war es nur noch ein knapper Monat, und mit Sicherheit würde Maurice de la Fontaine ihr keinen weiteren Aufschub gewähren...

Morgen werde ich mit Morgan sprechen, nahm sie sich vor. Ich darf es nicht länger aufschieben. Von neuer Zuversicht erfüllt, beendete sie ihre Toilette und eilte beschwingt hinunter zum Abendessen.

Dominic und Robert speisten oft mit ihnen, so auch an diesem Abend. Die Stimmung bei Tisch war ungewöhnlich gelöst, selbst Yvette vergaß ihre höfliche Zurückhaltung und amüsierte sich über den unbeschwerten Ton der drei Brüder, doch Leonie konnte an nichts und niemand anderen denken als an Morgan. Jedesmal, wenn sie von ihrem Teller aufschaute und seinen blauen Augen begegnete, schlug ihr Herz vor Aufregung schneller, und jedesmal blickte sie errötend zur Seite.

Morgan fühlte sich unwiderstehlich zu Leonie hingezogen. Obwohl er versuchte, sich nichts anmerken zu lassen, und eine betont angeregte Unterhaltung mit seinen Brüdern führte, wanderte sein Blick wie unter Zwang immer häufiger zu ihr.

Er begehrte sie über alle Maßen, soviel war ihm in den vergangenen Stunden klar geworden, aber er durfte nicht den Fehler begehen, sich in sie zu verlieben. Nur, wie sollte er das bewerkstelligen? Die erotischen Bilder ihrer Begegnung vom Nachmittag zogen unablässig an seinem inneren Auge vorbei, und der bloße Gedanke an ihren nackten Körper, der unter seinen Liebkosungen wild zu tanzen begann, versetzte ihn in eine schier unerträgliche Anspannung. Aber auch die Bilder einer ganz anderen Leonie verfolgten ihn, die mit hochgewickeltem Rock und nackten Beinen im Wasser stand und strahlend lächelte, als es ihr gelungen war, den kleinen Frosch für Justin zu fangen. Morgan spürte, daß er bereits dabei war, den häßlichen Grund für das Spiel, das er spielte, völlig zu vergessen. Er mußte sich besser in der Hand haben!

War es nicht schon schlimm genug, daß Leonie und ihr Sohn sein Leben innerhalb einer Woche total verändert hatten, und das mit einer Leichtigkeit, die ihn alarmierte?

Sie sieht nun einmal so verdammt ehrlich aus, gestand er sich im stillen ein und starrte zu ihr hinüber. Heute abend trug sie ihre Haare zu einem niedlichen Nackenknoten hochgesteckt; ein paar widerspenstige Strähnen kringelten sich in Gesicht und Stirn und verliehen ihr ein aristokratisches Aussehen. Ihre Manieren waren tadellos, ebenso ihre Ausdrucksweise, ganz, wie es einer jungen Dame aus gutem Hause geziemte. Bis auf die Kissenschlachten mit ihrem Sohn, dachte Morgan schmunzelnd, und die Jagd nach Fröschen, wo sie eher wie ein Wildfang aussah.

Als Dominic ihm eine Frage stellte, mußte er sich zwingen, seine Gedanken auf andere Dinge zu lenken. Er tat es dankbar, denn hier war nicht der rechte Ort, um über das Geheimnis nachzudenken, das Mademoiselle Saint-André anzuhaften schien. Erst Stunden später, allein in seinem Zimmer, überließ er sich wieder seinen Spekulationen.

Sie ist und bleibt eine verdammte Hochstaplerin, ermahnte er sich zum wiederholten Male, und jedesmal, wenn sie behauptet, meine Frau zu sein, lügt sie. Zu gern hätte er gewußt, wie sie sich die perfekt gefälschten Dokumente beschafft hatte. Vielleicht arbeitete sie ja gar nicht allein! Vielleicht gab es einen Komplizen, der im Hintergrund blieb, aber alle Fäden in der Hand hielt? Den wirklichen Ränkeschmied, den Mann in Leonies Leben ... und Justins Vater!

Unwillkürlich ballte er seine Hände zu Fäusten. Der Gedanke an einen anderen Mann in Leonies Leben versetzte ihm einen schmerzhaften Stich. Natürlich! Es wäre nicht das erste Mal, daß ein Pärchen auf diese Weise versuchte, an Geld zu kommen. Möglicherweise war auch der alte Saint-André gar nicht tot, vielleicht war er der Urheber dieses cleveren Betrugs!

Morgan war sich sicher, den Schlüssel zur Wahrheit gefunden zu haben. Leonie hatte nie ein Hehl daraus gemacht, daß sie nichts weiter als ihre Mitgift wollte, also mit anderen Worten auf Geld aus war. Und wenn sie das Geld hatte, würden sie und ihre Partner sich aus dem Staub machen und ein neues Opfer suchen ... Leonie, der Junge, die Dienerschaft, sogar Yvette, sie alle spielten mit und schufen zusammen eine so überzeugende Aura der Ehrlichkeit, daß es fast unmöglich war, ihnen keinen Glauben zu schenken.

Wahrscheinlich bin ich nicht der erste, mit dem sie ihr Spielchen treiben, dachte Morgan verbittert, aber ganz sicher werde ich der letzte sein!

Bis er von Jason hörte, durfte er jedoch nicht aus seiner Rolle fallen. Wütend starrte er auf sein leeres Bett. Er hatte nicht übel Lust, seiner Frau einen Liebesbesuch abzustatten, aber dann beschloß er, darauf zu verzichten. In seiner jetzigen Verfassung war es wahrscheinlicher, daß er sie erwürgte, anstatt sie zu lieben.

Leonie fühlte sich enttäuscht und doch irgendwie erleichtert, weil die Tür zu Morgans Räumen verschlossen blieb. Seine Küsse brannten noch immer auf ihren Lippen, und je mehr sie an ihn dachte, um so intensiver wurde das Gefühl. Sie überließ sich eine Weile den schockierend erotischen Bildern, die in ihr aufstiegen, doch dann schob sie sie resolut zur Seite. Sie durfte jetzt nicht an ihre Gefühle denken, sondern nur daran, daß Morgan ihr Geld schuldete. Sie versuchte, ihre Gedanken statt dessen auf die geplante Unterhaltung mit ihm zu konzentrieren und schlief darüber ein.

Früh am darauffolgenden Morgen stand sie auf. Sie wollte das Gespräch so bald wie möglich hinter sich bringen. Seine Reaktion auf ihre Forderung würde, so hoffte sie, einige der Vorbehalte, die sie ihm gegenüber hegte, beseitigen. Vielleicht waren ihr Mißtrauen und ihre Abneigung gegen ihn ja nur die Gefühle eines jungen Mädchens, das man zur Ehe gezwungen hatte! Andererseits hatte Morgan sich bisher nicht an die getroffenen Vereinbarungen gehalten. Er hatte ihr die Mitgift vorenthalten und ihr gestern außerdem ziemlich deutlich gezeigt, was er von ihrer zweiten Abmachung hielt. Verwirrt hielt Leonie beim Ankleiden inne. War es wirklich möglich, daß sie sich in einen Mann verliebt hatte, dessen Wort nichts wert war? War er tatsächlich so unehrenhaft, wie es den Anschein hatte? Was wußte sie eigentlich schon von ihm? Nichts, außer daß Morgan Slade viele Gesichter hatte und sie wissen wollte, welches sein wahres Gesicht, welches der wirkliche Morgan Slade war.

17

Sie fand Morgan in seinem Büro bei der Arbeit und klopfte entschlossen an die Tür, doch als sie sein barsches »Herein!« vernahm, verließ sie fast der Mut, und eine plötzliche Scheu bemächtigte sich ihrer.

Morgan saß auf der Kante seines Schreibtisches und blätterte lustlos in einem der Rechnungsbücher, die sein Vater ihm hatte vorbeibringen lassen, doch allzu oft schweiften seine Gedanken ab.

Als es an der Türe klopfte und der Gegenstand seiner Betrachtungen eintrat, war er im Augenblick fassungslos vor Überraschung.

Wortlos starrten sie sich an. Leonie fühlte sich seltsam schwach in seiner Gegenwart; zu frisch war die Erinnerung an das überwältigend erregende Gefühl in seinen Armen. Verwirrt stand sie vor ihm.

Sie hatte das unbestimmte Gefühl, daß er ihr heute morgen nicht sonderlich gewogen war. Seine hellblauen Augen schauten sie ohne Wärme an, und sie meinte sogar, um den Mund einen harten Zug zu bemerken. Sie errötete.

Morgan klappte das Buch zu und fragte unfreundlich: »Ihr wünscht mich zu sehen?«

»*Oui*, Monsieur. Es gibt da... einige Punkte, die der Klärung bedürfen«, erwiderte Leonie mit fester Stimme, während sie ihr Kommen innerlich verfluchte. Warum hatte sie sich nur eingebildet, allein mit ihm sprechen zu müssen? Es wäre besser gewesen, ihn nicht hier in seinem abgelegenen Büro aufzusuchen. Wenn ich ihn nur nicht so anziehend fände! dachte sie unzusammenhängend und errötete noch mehr. Wütend über sich selbst fügte sie herausfordernd hinzu: »Wir können so nicht weitermachen.«

Morgan verzog keine Miene. O ja, sie sah so verführerisch aus wie immer. Der warme, gelbe Farbton ihres Kleides betonte das Goldblond ihrer Haare und ließ ihre Augen noch grüner erscheinen. Doch angesichts der häßlichen Gedanken, die ihn in der Nacht umgetrieben hatten, überwogen sein Haß und der Wunsch, sie und den geheimnisvollen Mann in ihrem Leben endlich zu entlarven. Morgan hätte sich ohrfeigen können, weil er sich gestern so hatte gehen lassen. Wie weit war es mit ihm schon gekommen, daß er auf die Koketterie einer hübschen Betrügerin hereinfiel und sich sogar einbildete, ihr Körper sei etwas Besonderes!

Gestern hätte ihr Anblick sein Blut in Wallung gebracht, aber gestern war nicht heute. Heute fühlte er sich gewappnet. Heute würde er nicht vergessen, daß sie bereit war, alles zu tun, um an sein Geld zu kommen.

Wie er den Schaden reparieren konnte, den er angerichtet hatte, als er zum Schein die Echtheit ihrer Dokumente anerkannte, entzog sich ihm noch, aber schließlich funktionierte der Plan des Betrügerpärchens auch nicht so, wie sie es sich vorgestellt hatten, und sein Handeln brachte sie vermutlich in Zugzwang. Wahrscheinlich war das der Grund ihres Kommens!

Selbstgefällig betrachtete er Leonie, die verlegen vor ihm stand. Und bevor sie wieder fortgeht, schuldet sie mir noch einiges, dachte er grimmig. Sie wird mich eine Menge Geld kosten, und ich bin nicht willens, es völlig umsonst auszugeben. Er lächelte süffisant.

»Ach ja? Und ich dachte, alles liefe wunderbar – besonders gestern nachmittag!«

Leonie wurde rot bis unter den Haaransatz. »Ich kam nicht, um über gestern zu reden«, rief sie hitzig. »Was gestern passiert ist, war ein Fehler, Monsieur, und ich versichere Euch, es wird sich nicht wiederholen!«

»Ihr habt doch nicht etwa vor, Euch zu verweigern? Ich bin schließlich Euer Gatte, oder etwa nicht?«

»Genau darüber müssen wir sprechen, Monsieur!« Leonies Herz verkrampfte sich bei seiner sarkastischen Bemerkung. Wie hatte sie nur so einfältig sein können zu glauben, er könne sich geändert haben! Er war in jeder Hinsicht derselbe verachtungswürdige Mensch, den sie vor sechs Jahren in New Orleans geheiratet hatte! »Es war nie meine Absicht, mit Euch zusammenzuleben. Ich kam nur nach Natchez, weil ihr versäumt habt, mir meine Mitgift zurückzuzahlen!«

»Ach ja, natürlich, das Geld«, wiederholte Morgan trocken und verzog verächtlich den Mund. »Ich habe mich schon gefragt, wann Ihr auf dieses Thema zu sprechen kommen würdet.«

Seine Worte versetzten Leonie einen schmerzhaften Stich, aber nicht um alles in der Welt wollte sie sich eine Schwäche anmerken lassen. »Ich bedaure es aufrichtig, daß ich Eure Gastfreundschaft schon so lange in Anspruch nehme, Monsieur, aber vielleicht erinnert Ihr Euch daran, daß ich bereits am Tag meiner Ankunft in Natchez davon sprach.«

»In der Tat. Wie dumm von mir, es einfach zu vergessen. Ihr habt es wirklich nicht an Klarheit mangeln lassen«, entgegnete er mit eisiger Stimme. Jedes ihrer Worte bestätigte nur, was er bereits vermutete. Er hatte ihre Pläne durchkreuzt und sie in Zugzwang gebracht. Er war gespannt, was sie als nächstes unternehmen würde, und fragte sich, warum anscheinend noch niemand außer ihm versucht hatte, sie mit ihren eigenen Waffen zu schlagen.

Leonie funkelte ihn böse an. »Ja, das habe ich. Und ich habe vor, mich auch weiterhin an unsere Abmachung zu halten und Euch nicht weiter zu belästigen.«

Morgan verzog auch diesmal keine Miene. »Und wenn ich Euch diese ... diese Mitgift zurückzahle, von der Ihr dauernd behauptet, daß ich sie Euch schulde«, fragte er neugierig, »was geschieht dann?«

Leonie unterdrückte die aufsteigenden Tränen und antwortete mit belegter Stimme. »Dann, Monsieur, seid Ihr uns endlich los. Das wollt Ihr doch hören, oder nicht?« Leonie fühlte sich elend. Wenn er jetzt ja sagte, würde sie ihn nie mehr wiedersehen!

»Verstehe. Eine ziemlich herzlose Angelegenheit, findet Ihr nicht auch? Ich zahle Euch fünftausend Golddukaten, und Ihr verschwindet. Euer Treueschwur scheint Euch nicht viel zu bedeuten?« lästerte Morgan in beleidigendem Ton.

Ah, wie sie ihn haßte! »*Oui*, Monsieur, da habt Ihr recht«, rief sie mit funkelnden Augen wie ein Racheengel. »Er bedeutet mir absolut nichts, denn es gab eine Zeit, da war ich Euch ebenfalls völlig egal. Ihr habt mir sogar eingestanden, daß auch Ihr an einer Ehe im landläufigen Sinn nicht im geringsten interessiert wäret! Wir schlossen eine Vernunftsehe zum gegenseitigen Vorteil, und Ihr stimmtet meinen Bedingungen zu. Bis jetzt allerdings hattet vor allem Ihr die Vorteile, Monsieur, und wenn Ihr mir die Mitgift nicht binnen einer Woche zurückzahlt, werde ich die Angelegenheit einem Gericht übergeben!«

»Nimm dich in acht, du kleine Hexe!« brauste Morgan auf. Mit einem Satz war er auf den Beinen, packte Leonies Arm mit eisernem Griff und riß sie unbeherrscht an sich. »Ihr überschätzt Euch maßlos, Madame«, fuhr er gefährlich ruhig fort. »Es könnte sein, daß Ihr Euch an Eurer eigenen Gier verschluckt!«

»Ich fordere von Euch nur, was mir rechtmäßig gehört!« fauchte

Leonie und versuchte, ihren Arm zu befreien. »Und ich werde alles tun, um es zu bekommen. Versteht Ihr?«

So aufgebracht Morgan auch war, so voller Verachtung und völlig desillusioniert, spürte er doch zu seinem Erstaunen, daß er mit jeder Faser auf den sich wild sträubenden Körper Leonies reagierte. Seine Augen ruhten verlangend auf ihrem Mund, und mit belegter Stimme fragte er: »Alles, mein Schätzchen?«

»Non!« fuhr Leonie ihn an und wand sich noch heftiger. »Ich bin keine Dirne, Monsieur! Das Geld gehört mir, und Ihr müßt es mir zurückzahlen. Ihr müßt!«

»Vielleicht werde ich es eines Tages tun«, murmelte Morgan ganz nah an ihrem Ohr, »aber vorher werde ich herausfinden, wofür ich nun wirklich bezahle.«

Leonie wehrte sich mit aller Macht, aber Morgan war zu sehr entschlossen, ihren provozierend sinnlichen Mund zu küssen, ihre warmen, vollen Lippen auf seinen zu fühlen... Mit seiner freien Hand packte er sie grob bei den Haaren und bog ihren Kopf zurück. Ein angenehmer Schauer durchlief Leonies Körper, als seine Lippen ihren Mund fanden, und wieder spürte sie das verräterische Verlangen danach, sich ihm hinzugeben. Dennoch verweigerte sie sich und ihm das Vergnügen eines wirklichen Kusses.

Morgan spürte ihren Widerstand. »Halt still«, flüsterte er rauh. Seine Lippen glitten sanft über ihren Nacken. Leonie fühlte, wie ihr schwindlig wurde, und Morgan, der ihr verräterisches Schwanken spürte, wurde von einer Welle der Begierde übermannt.

»Eben hätten wir uns noch am liebsten die Augen ausgekratzt«, flüsterte er aufgewühlt, »und jetzt, wo ich dich in meinen Armen halte, will ich nur noch eines. Ich will dich so wie gestern. Ich will deinen nackten Körper spüren, deine Brüste, deine warme, samtene Haut...«

Leonie zitterte bei seinen Worten. Die erotischen Bilder, die er heraufbeschwor, waren stärker als ihr Widerstand, und mit einem leisen Stöhnen überließ sie sich seinem wild fordernden Kuß.

Morgan brauchte sie nicht länger festzuhalten. Leonie preßte sich verlangend an ihn, als sie seine Hände an ihren Brüsten spürte und sie am ganzen Körper wie im Fieber zu glühen begann.

Ein lautes Klopfen an der Tür unterbrach ihre intimer werdenden Zärtlichkeiten, und als gleich darauf Dominics Stimme ertönte, ließ Morgan Leonie widerwillig los. »Vielleicht ist es gut, daß mein Bruder gerade jetzt auftaucht«, grinste er verhalten. »In ein paar Minuten hätte er uns sicherlich mehr in Verlegenheit gebracht!«

Leonie wich seinem Blick aus. »Monsieur«, bemerkte sie mit einem Kloß im Hals, »auch dies ändert nichts zwischen uns. Wir müssen endlich klare Stellungen beziehen.«

Es klopfte erneut.

»Nun komm schon endlich herein!« rief Morgan ungeduldig, und an Leonie gewendet fügte er kühl hinzu: »Ich glaube kaum, daß Reden uns weiterhilft. Und sicherlich werde ich keine voreiligen Entscheidungen treffen. Ihr werdet Euch damit abfinden müssen, noch für ein paar Wochen meine Ehefrau zu sein!«

Leonie brannte eine Entgegnung auf der Zunge, doch sie kam nicht dazu, sie Morgan an den Kopf zu werfen, denn die Tür öffnete sich, und Dominic trat ein. So begnügte sie sich mit einem vernichtenden Blick in seine Richtung, und ein hastiges »Guten Morgen« murmelnd, eilte sie an Dominic vorbei hinaus.

Dominic sah ihr erstaunt nach, dann betrachtete er seinen Bruder. »Ich habe euch wohl gestört, hm? Es hat ziemlich lange gedauert, bis du geantwortet hast.«

»Ach, halt den Mund, Dom. Ich bin heute nicht in Stimmung für deine Sticheleien«, fuhr Morgan ihn kurz angebunden an.

»Oh, ich bitte vielmals um Vergebung! Soll ich später zurückkommen, wenn Eure Lordschaft besserer Laune sind?«

Morgan grinste verlegen. »Tut mir leid, Dom. Ich gestehe, daß ich in übler Verfassung bin, aber es hat nichts mit dir zu tun. Entschuldige, daß ich's an dir ausgelassen habe, okay?«

Dominic winkte großmütig ab. »Schon gut. Aber wirklich, wenn ich im Augenblick ungelegen komme, komme ich lieber später noch mal wieder.«

»Nicht nötig. Fünf Minuten später hätte ich dich für die Störung wahrscheinlich umgebracht«, grinste Morgan.

»Aha, verstehe.«

Morgan setzte sich auf die Schreibtischkante. »Was also kann ich für dich tun?«

»Eigentlich nichts. Nein, das stimmt nicht ganz«, korrigierte Dom sich verlegen. »Ich wollte mich mit dir unterhalten. Über deine ... deine Ehe.«

Morgan zog seine Augenbrauen in die Höhe. »Ach ja?« fragte er.

Dominic lief unruhig im Zimmer auf und ab. »Ich habe ziemlich viel nachgedacht, vor allem über dich und was ich von dir weiß. Dabei fiel mir so dies und das auf.« Er zögerte und sah Morgan unsicher an, der seinen Blick neugierig erwiderte.

»Und was ist dir aufgefallen?«

»Ich kenne dich nicht als einen Lügner«, fuhr Dominic ermutigt fort, »auch nicht als jemand, der Halbwahrheiten verbreitet. Und ich glaube, daß du am Abend deiner Verlobung die Wahrheit gesprochen, in den letzten Tagen uns allen aber einen Haufen Lügen aufgetischt hast.« Er blickte Morgan herausfordernd an. »Ich habe das ganz sichere Gefühl, daß du was im Schilde führst, Zeit schindest oder etwas ähnliches.«

»Mein lieber Dom!« rief Morgan halb belustigt, halb bewundernd, »du übertriffst dich selbst!«

»Laß deinen Zynismus«, knurrte Dominic. »Es stimmt, daß ich zu Anfang völlig konfus war. Alles ging so verdammt schnell. Doch nachdem ich den ersten Schock überwunden hatte und begann, über alles nachzudenken, hätte ich schwören können, daß du Leonie noch nie in deinem Leben gesehen hast.«

»Und weiter?«

»Und ich will mich verdammt noch mal bei dir entschuldigen, weil ich dir nicht geglaubt habe! Und außerdem sollst du wissen, daß du einen Verbündeten hast, egal, was du für ein Spiel spielst.«

Morgan betrachtete ihn lange nachdenklich. »Du hast recht. Ich könnte tatsächlich einen Verbündeten gebrauchen«, gab er endlich zu. »Gott allein weiß, wie schwierig diese letzten Tage für mich waren. Dom, ich schwöre dir, daß ich Leonie Saint-André das erste Mal in meinem Leben sah, als Gaylord Easton sie uns vorstellte. Und ich habe sie weder geheiratet, noch bin ich der Vater ihres Kindes.«

»Irgend jemand hat es offensichtlich für dich getan«, bemerkte Dominic trocken.

»Korrekt«, stimmte Morgan ihm mit einem bösen Blick zu.

»Oho! Ich glaube, ich sehe einen Schimmer am Horizont, oder irre ich mich?«

»Du hast eine schnellere Auffassungsgabe als ich«, knurrte Morgan. »Ich bin erst letzte Nacht darauf gekommen, daß wenigstens ein Teil dieses Puzzles fehlt, nämlich Justins Vater.«

Morgan erklärte Dominic in wenigen Worten, was er vermutete. Sie diskutierten auch die Möglichkeit, daß der alte Saint-André möglicherweise gar nicht tot war, doch beide verwarfen diesen Gedanken wieder. Die ganze Sache schmeckte mehr nach einem Liebhaber oder eventuell einem Zuhälter. Auf alle Fälle war er derjenige, der die meisterhaften Fälschungen besorgt oder gar selbst angefertigt hatte.

»Wenn es uns gelingt, ihn ausfindig zu machen, können wir den ganzen Schwindel auffliegen lassen«, endete Morgan grimmig.

»Dann spielen also die Bediensteten und sogar Yvette alle dasselbe Theater?«

»Es sieht so aus. Ich habe versucht, auf Widersprüche zu stoßen, aber bisher hat niemand einen Fehler gemacht.«

Dominic machte ein bestürztes Gesicht. »Erkläre mir noch, warum du sie als deine Frau anerkannt hast.«

Morgan machte eine zerfahrene Geste. »Jeder von euch war angesichts der Dokumente davon überzeugt, daß sie die Wahrheit sprach. Vater beharrte sogar darauf, daß Justin mein Ebenbild sei! Ich hatte gar keine andere Wahl! Alle Sympathien flogen ihr zu, ich dagegen war der Bösewicht. Außerdem verfügt mein Frauchen über ein paar unwiderstehliche Attribute, wie du sicherlich gemerkt hast. Als ihr Ehemann stehen mir gewisse Rechte zu.«

»Stell dir vor, es ist mir nicht verborgen geblieben. Ich finde, daß sie ein ziemlich einnehmendes Persönchen ist. Aber was tun wir nun?«

»Ich weiß noch nicht«, bekannte Morgan achselzuckend. »Ich habe Jason gebeten, sich in New Orleans ein bißchen umzuhören. Möglicherweise liegt dort der Schlüssel zu dieser geheimnisvollen

Geschichte.« Morgan seufzte schwer. »Ich habe mich noch nie im Leben so hilflos gefühlt, Dom. Ich weiß, daß sie lügt! Ich kann nur hoffen, daß es mir gelingt, den Drahtzieher ausfindig zu machen – wenn es einen gibt – und die Wahrheit aus ihm herauszuquetschen!«

»Kommt Gaylord Easton dafür in Frage?«

Morgan machte ein verächtliches Gesicht. »Ich habe auch schon daran gedacht, aber ehrlich gesagt, habe ich so meine Zweifel. Andererseits war er es, der sie angeschleppt hat. Er behauptet, sie zufällig in King's Tavern getroffen zu haben. Und er hatte allen Grund, mir mißgünstig zu sein. Vielleicht ist er nicht der planende Kopf hinter allem – wenn es so jemanden überhaupt gibt –, aber ich denke, ich sollte mich einmal ernsthaft mit ihm unterhalten, meinst du nicht auch?«

»Auf alle Fälle, und so bald wie möglich«, pflichtete Dom ihm bei.

Als sein Bruder gegangen war, schloß Morgan das Büro ab, sattelte Tempête und ritt davon, um dem jungen Mister Easton auf den Zahn zu fühlen. Doch der Vogel war ausgeflogen. Es hieß, er sei für unbestimmte Zeit zu Verwandten nach Baton Rouge gereist, und Morgan kehrte am Abend unverrichteter Dinge zurück. Gaylords Abreise schien seine Annahme zu erhärten. Nachdem er den Stein ins Rollen gebracht hatte, zog er sich nun von der Bildfläche zurück. Oder traf er sich am Ende mit dem Kopf der Betrügerbande?

Dominic hatte sich unterdessen unauffällig unter Gaylords Freunden umgehört und erfahren, daß die Eltern den Unglücksraben förmlich gezwungen hatten, Natchez zu verlassen, bis wieder Gras über die Sache gewachsen war.

»Sie wollen, daß seine Rolle bei dem Skandal in Vergessenheit gerät. Zumindest behaupten sie das«, berichtete Dom, als die beiden Brüder vor dem Abendessen in Morgans Zimmer zusammensaßen. »Was unternehmen wir als nächstes?«

Morgan nippte nachdenklich an seinem Whiskey. »Du wirst hier bleiben und ein Auge auf mein Frauchen und ihren Sohn haben. Es könnte ja sein, daß sie beschließen, auch das Weite zu suchen. Ich werde eine kleine Reise nach Baton Rouge unternehmen. Zum Wohl!«

DRITTER TEIL

Spurensuche

18

Morgan brach in Begleitung von Litchfield zu seiner Erkundungsreise auf, getrieben von innerer Unruhe und dem wachsenden Bedürfnis danach, die Wahrheit ans Tageslicht zu fördern. Er und Dominic hatten beschlossen, die Reise geheimzuhalten, um ihm einen gewissen Vorsprung zu geben, falls Leonie Gaylord eine Warnung zukommen lassen wollte. Dominic sollte Leonie und auch den Eltern erzählen, Morgan wolle seine neue Familie nach Thousand Oaks bringen und sei vorausgeritten, um dort nach dem Rechten zu sehen.

Wie zu erwarten war, reagierte Leonie aufgebracht, als Dominic ihr beim Frühstück von Morgans Abreise erzählte. Nach der häßlichen Szene vom Vortag hatte sie sich geschworen, bei allem, was ihr heilig war, Morgan Slade zu widerstehen und ihre Angelegenheit endlich geregelt zu wissen. Dominics Nachricht von Morgans Abreise traf sie wie ein Blitz aus heiterem Himmel. Mit ungläubigen Augen starrte sie Dominic an, dann fragte sie nervös: »Und wann kommt er zurück?«

»Das wußte er selbst nicht so genau«, gab Dominic gleichgültig zur Antwort. »Ich nehme an, es hängt davon ab, in welchem Zustand Thousand Oaks sich befindet. Vielleicht in einer Woche, vielleicht auch in einem Monat.«

»Ein Monat!« rief Leonie. Dann war Château Saint-André endgültig verloren! »Das kann nicht sein«, flüsterte sie fassungslos.

Bis hierhin reagierte sie ganz so, wie er es erwartet hatte, doch die Verzweiflung, die sich deutlich in ihrem Gesicht spiegelte, irritierte ihn. Etwas weniger überheblich als zuvor, fragte er: »Stimmt etwas nicht?«

Leonie warf stolz den Kopf zurück und versuchte, sich zu fassen. Das fehlte gerade noch, daß sie sich vor einem Slade eine Blöße gab! »Warum sollte etwas nicht stimmen, Monsieur?« fragte sie verbittert.

»Ich weiß nicht ... Ihr saht ... unglücklich aus«, stotterte Dominic verlegen.

»Wen interessiert es schon, ob ich unglücklich bin oder nicht«, entgegnete Leonie sarkastisch. »Und wen kümmert es schon, daß ich mein einziges Zuhause verliere, weil Euer Bruder ein durch und durch ehrloser Mensch ist! Ich wollte nie seine Frau werden, niemals! Und ich kam auch nicht hierher, um meinen Platz an seiner Seite einzunehmen, sondern nur, um das zurückzubekommen, was er mir zusicherte, damit ich in die Heirat einwilligte. Ich will nichts von ihm, außer dem, was mir zusteht, und auch das will ich nicht für mich selbst. Ich wollte unser Zuhause retten, das mein Urgroßvater den Sümpfen entrissen hat, wo meine Eltern geboren wurden und auch ich selbst und mein Sohn. Château Saint-André ist unser Zuhause, versteht Ihr? Es bedeutet uns mehr, als Bonheur Eurer Familie!«

Ihre Augen schimmerten feucht, doch Leonie schluckte die aufsteigenden Tränen hinunter und fuhr mühevoll fort: »Ich hatte eine Frist bis zum ersten Juli, um die Schulden, die es belasten, zurückzuzahlen. Durch die feige Flucht Eures Bruders werden wir alle das einzige Zuhause verlieren, das wir jemals besessen haben. Und Ihr wagt es, mich zu fragen, ob ich unglücklich sei!« Leonie fühlte sich von der Wucht der Erkenntnis, daß sie keine Chance mehr hatte, ihr Zuhause zu retten, wie erschlagen. Wortlos drehte sie sich um und stürmte aus dem Zimmer.

»Grundgütiger Himmel!« rief Dominic bestürzt aus, »ob Morgan davon weiß?«

Natürlich hatte Morgan bei der Befragung der Bediensteten davon gehört, der Information aber keine große Bedeutung beigemessen. Und Leonies rührendes Bekenntnis von eben hätte er sicherlich für einen weiteren, cleveren Versuch gehalten, ihn weich zu bekommen. Da der ursprüngliche Plan sich nicht verwirklichen ließ, probierte sie es jetzt eben auf die mitleidige Tour. Zu dumm nur, daß Mitleid bei ihm nicht mehr zog!

Morgans Reise flußabwärts verlief ohne Zwischenfälle, und unter anderen Umständen hätte er sie womöglich genossen. Zu seinem ungeheuren Verdruß mußte er jedoch feststellen, daß Leonie auch hier seine Gedanken beherrschte. Tagsüber vermißte er ihr helles Lachen, die spitzbübischen grünen Augen, ihr ausdrucksvolles Mienenspiel; nachts wanderte sie durch seine Träume, und ein paarmal wachte er auf, da sein Verlangen nach ihr so stark war, daß er meinte, ihre Lippen auf seinem Mund zu spüren.

Er bemerkte außerdem, daß nicht nur Leonie ihm ans Herz gewachsen war, sondern daß er auch Justin vermißte; daß die allmorgendlichen, überschwenglichen Begrüßungsszenen zwischen ihm und dem Jungen ihm viel bedeuteten, wie auch die gemeinsamen Ausritte. Wie leicht würde es ihm fallen, den Jungen wie einen eigenen Sohn zu akzeptieren, wie verdammt leicht! Aber vielleicht stellte sich ja heraus, daß Gaylord Easton das fehlende Puzzleteil war, und dann, ja, dann hätte diese lächerliche Scheinehe mit Leonie endlich ein Ende!

Baton Rouge war eine der ersten französischen Siedlungen in Louisiana, wurde in der Zwischenzeit jedoch als zu West Florida gehörend betrachtet und hatte sich unter spanischer Hoheit zu einem blühenden Hafen gemausert. Morgan und Litchfield fanden problemlos eine komfortable Bleibe, und während letzterer sich ans Auspacken machte, versuchte Morgan herauszufinden, wo Gaylords Verwandte wohnten. Er hatte Glück. Schon nach wenigen Fragen erfuhr er, daß ein gewisser Michael Easton mit seiner Familie nur etwa fünf Meilen außerhalb der Stadt lebte.

Am nächsten Morgen gegen zehn Uhr war er an Ort und Stelle. Zu Morgans Erleichterung erwies sich Michael Easton als ein relativ unkomplizierter Mensch.

»Soso, meinen Neffen wollt Ihr sprechen«, meinte er interessiert. Und als Morgan nickte, fuhr er besorgt fort: »Vielleicht könnt Ihr ihm helfen. Seit er hier angekommen ist, hat er nichts Besseres zu tun, als seinen Liebeskummer in meinem besten Whiskey zu ertränken. Jedes zweite Wort ist irgendeine Melinda. Sagt, wenn er es noch mal tun könnte, dann sollte sie seinetwegen Bigamie begehen. Sagt, daß sie ihn verantwortlich dafür macht, daß ihre

Verlobung geplatzt ist. Ich verstehe nur nicht, wieso diese Melinda ihm einen Vorwurf macht, wenn die Dinge so liegen, wie Gaylord es erzählt. Ihr findet ihn dort drüben, im Nebengebäude.«

Morgan bedankte sich. Was Gaylords Onkel ihm erzählt hatte, klang nun wieder gar nicht danach, als wäre er mit Leonie in eine Verschwörung gegen ihn verstrickt.

Gaylord war bereits ziemlich angetrunken und starrte Morgan aus trüben, rotumränderten Augen an. Sein Onkel hatte nicht übertrieben, er machte wahrlich einen erbarmungswürdigen Eindruck. In einer Hand hielt er achtlos ein Whiskeyglas, das ihm, als er Morgan in der Tür erkannte, aus der Hand glitt und zu Boden fiel.

»Ihr!« brachte er mit schwerer Zunge, aber dennoch in bedrohlichem Tonfall heraus. »Genügt es Euch nicht, daß Ihr mir die einzige Frau, die ich je geliebt habe, ausgespannt habt? Könnt Ihr mich jetzt nicht wenigstens in Ruhe lassen?« Schwerfällig erhob er sich und stand, eine schwankende, mitleiderregende Gestalt, vor Morgan. »Melinda spricht nicht mehr mit mir! Und wißt Ihr auch warum? Weil ich sie vor Euch gerettet habe! Es ist verrückt, aber sie haßt mich dafür! Ich habe sie um Verzeihung angefleht, weil ich ihren Verlobungsball ruiniert habe, habe versucht, ihr meine Motive verständlich zu machen; ich habe zugegeben, daß ich nicht eine solch häßliche Szene in aller Öffentlichkeit hätte heraufbeschwören dürfen. Aber was hätte ich denn sonst tun sollen? Als ich Eurer Frau begegnete, konnte ich mein Glück kaum fassen«, lachte er bitter. »Aber wißt Ihr was? Ich wünschte, ich wäre ihr nie begegnet!«

Morgan schwieg zu diesen Eröffnungen, doch seine Gedanken überschlugen sich, während er Gaylord eingehend musterte. Nein, Justin hatte keinerlei Ähnlichkeit mit diesem bemitleidenswerten, jungen Dummkopf, eine Feststellung, die ihn ungeheuer erleichterte. Und nach einem weiteren prüfenden Blick schalt er sich im stillen, daß er auch nur eine Sekunde ernsthaft daran gedacht hatte, daß diese traurige Gestalt der Drahtzieher einer so ausgeklügelten Hochstapelei sein könnte! Aus irgendeinem Grund hatte dieser junge Hitzkopf sein Herz an eine Gans wie Melinda verloren, und ganz offensichtlich bedauerte er es, Leonie an jenem Abend zu den Marshalls gebracht zu haben.

Morgan stellte Gaylord noch weitere Fragen, erkannte jedoch, daß er nur seine Zeit verschwendete. Kurz darauf machte er sich unverrichteter Dinge auf den Weg zurück ins Hotel. Obwohl er nun mit Sicherheit davon ausgehen konnte, daß Gaylord nicht in die Sache verwickelt war, glaubte er dennoch weiterhin an die Existenz eines männlichen Komplizen, der im Hintergrund agierte. Aber was nutzte ihm das? Er war nicht einen einzigen Schritt weitergekommen. Nach wie vor saß zu Hause eine ausgekochte Hochstaplerin, die behauptete, seine Gemahlin zu sein, und er konnte ihr nicht das Geringste anhaben!

Morgan und Litchfield traten unverzüglich die Heimreise an. Wenige Tage später erreichten sie um Mitternacht Le Petit, stellten die Pferde unter und gingen schweigend ins Haus, bestrebt, niemanden aufzuwecken, was auch fast geglückt wäre, wenn Litchfield in der Eingangshalle nicht plötzlich über etwas gestolpert wäre. Mit einem dumpfen Aufschlag fiel der lederne Koffer zu Boden, und gleich darauf flüsterte Litchfield in der Dunkelheit: »Es hat den Anschein, Sir, als hätte der junge Herr sein Holzpferd nicht aufgeräumt.«

Morgan setzte eben zu einer Erwiderung an, als die Tür des Arbeitszimmers plötzlich aufflog. Mit Pistole und Kerze bewaffnet, stand Dominic wie aus dem Boden gewachsen vor ihnen. »Halt, stehenbleiben! Und keine Bewegung, oder ich schieße!«

»Dom!« rief Morgan erstaunt. »Was treibst du um diese unwirtliche Stunde hier?«

Dominic erkannte Morgans Stimme augenblicklich, leuchtete ihn mit der Kerze an und grinste verlegen. »Oh, du bist's!« sagte er statt einer Erklärung und ließ die Pistole im Gurt verschwinden.

»Wer zum Teufel sollte es denn sonst sein?«

»Einbrecher. Seit du fort bist, hat es in der Gegend etliche Pferdediebstähle gegeben, und Maman machte sich Sorgen um Leonies Sicherheit, weil kein Mann hier war.«

»Aber warum bist du nicht ins Bett gegangen? Wir haben genügend bequeme Gästezimmer.«

Dominic schnitt eine Grimasse. »Ja, siehst du, Maman war fest entschlossen, daß Leonie und die anderen meinen männlichen

Schutz brauchten. Aber Leonie war ebenso entschlossen, daß sie ihn nicht brauchte.« Er schüttelte den Kopf in gespielter Verzweiflung. »Während deiner Abwesenheit ist es zu einigen stürmischen Auseinandersetzungen zwischen Maman und Leonie gekommen, das kann ich dir sagen. Leonie ist der größte Dickkopf, den ich je kennengelernt habe! Sie teilte Maman mit, daß sie in der Vergangenheit sehr wohl ohne zweifelhaften männlichen Schutz überlebt habe und daß sie keinen Grund sähe, sich plötzlich von jemandem verteidigen zu lassen, der wahrscheinlich nicht halb so gut mit der Pistole umgehen könne wie sie! Da hättest du Maman erleben sollen! Daß meine Schießkünste angezweifelt wurden, konnte sie nicht auf mir sitzen lassen, und eine Weile sah es so aus, als würden sich die Damen an die Gurgel springen.«

Morgan konnte sich die Szene allzugut vorstellen. »Was geschah?« fragte er amüsiert.

»Sir«, machte Litchfield sich an dieser Stelle bemerkbar, »wenn Ihr um zwei Uhr nachts unbedingt darauf besteht, nur bei Kerzenschein eine längere Unterhaltung zu führen, wollt Ihr mich entschuldigen? Ich ziehe einen angenehmeren Aufenthaltsort vor.«

Dominic unterdrückte einen Heiterkeitsausbruch, und Morgan warf seinem Diener einen gutgelaunten Blick zu. »Aber selbstverständlich, Litchfield. Ich bitte Euch, zieht Euch zurück. Wir sehen uns dann am Morgen.«

Mit einer angedeuteten Verbeugung zog sich Litchfield zurück, und Morgan wendete sich wieder Dominic zu. »Er hat recht, meinst du nicht auch? Wir könnten es uns wirklich gemütlicher machen.«

Kurz darauf saßen die beiden Brüder in Morgans hellerleuchtetem Arbeitszimmer und tranken genüßlich einen Whiskey. Morgan berichtete in Kürze über das Ergebnis seiner Reise, lehnte sich aufseufzend in seinen bequemen Sessel zurück und streckte die Beine von sich. »Es tut gut, wieder zu Hause zu sein.«

Dominic grinste breit. »Und dies aus deinem Mund! Gibt es tatsächlich einen Ort auf Erden, den du als dein Zuhause bezeichnen kannst?«

»Ich weiß es selber nicht«, gab Morgan zu. »Ich weiß nur, daß ich im Augenblick froh bin, wieder hier zu sein, und daß mein schlaues Frauchen in der Zwischenzeit nicht verschwunden ist.«

Dominics Gesicht wurde augenblicklich ernst. »Ich glaube, daß ihr einfach die Mittel fehlen, um zu verschwinden.«

»Und wie kommst du darauf?«

»Du wirst mich für einen wankelmütigen Verbündeten halten, Morgan, aber verdammt noch mal, es gibt Dinge, die ich ihr einfach glauben muß, oder wenigstens teilweise«, fuhr Dominic verlegen fort. »Ich bin wirklich völlig durcheinander. Ich weiß, daß du sie nicht geheiratet hast; andererseits glaube ich auch manches, was sie sagt.«

»Und das wäre?«

»Nun ja, beispielsweise daß sie alle auf dieser heruntergekommenen Plantage leben. Hast du dir zufällig einmal Leonies Hände angesehen?«

Morgan versuchte sich zu erinnern, doch Leonies provozierend sinnlicher Mund hatte einen viel stärkeren Eindruck in ihm hinterlassen als ihre Hände. »Nein«, erwiderte er leicht verstimmt, »ich gestehe, für ihre Hände habe ich mich nicht interessiert. Wie du sicherlich bemerkt hast, haben Frauen andere, reizvollere Attribute, denen man normalerweise mehr Beachtung schenkt.«

Dominic schenckte ihm ein müdes Lächeln. »Ich interessiere mich selten für die Hände der holden Weiblichkeit, aber in Leonies Fall sprangen sie mir förmlich in die Augen. Sie waren rauh und schwielig, die Hände eines Menschen, der harte, körperliche Arbeit verrichtet. Wenn Vater über Pflanzzyklen spricht, versteht Leonie jedes Wort, im Gegensatz zu Mutter, die von den Belangen einer Farm oder Plantage keine Ahnung hat. Leonie versteht sich darauf. Sie hat Vater sogar ein paar Anregungen für die Bebauung der Baumwollfelder gegeben, die ihn schwer beeindruckt haben. Ich glaube, daß du recht hast, und sie ist hinter deinem Geld her, aber möglicherweise nicht aus purer Gier. Und ich glaube, daß sie einige der Dinge wirklich getan hat, die sie uns erzählt.«

Morgan warf ihm einen nachdenklichen Blick zu, sagte aber nichts. Schließlich ergriff Dominic erneut das Wort.

»Als ich ihr am Morgen deiner Abreise eröffnete, daß du möglicherweise nicht nur ein paar Tage weg bist, sondern vielleicht ein paar Wochen, reagierte sie, als hätte ich ihr einen Schlag verpaßt. Sie war bestürzt, aber nicht, weil sie nun vielleicht das Geld nicht bekommen würde, sondern vielmehr weil es, selbst wenn du es ihr dann geben würdest, zu spät wäre, um das Château zu retten.«

»Wieso zu retten? Ich dachte, sie hätte es bereits verloren! Oder hat sie ihre Geschichte geändert?«

»Sie hat ihre Geschichte nicht geändert, Morgan, sie hat nur etwas mehr erzählt als am Anfang. Ein Nachbar hat das Schloß anscheinend als Sicherheit akzeptiert und die Schulden übernommen. Als er vor kurzem starb, forderte sein Enkel die sofortige Rückzahlung der geliehenen Summe. Da ihr das Geld jedoch fehlte, drohte er, das Schloß zu verkaufen, wenn sie es nicht beschaffen könne.«

»Wir haben keine Beweise, Dom«, entgegnete Morgan ungerührt. »Aber es hat den Anschein, als bliebe mir eine Reise nach New Orleans nicht erspart. Dort hatte dieses Verwirrspiel seinen Ausgangspunkt, und dort muß ich möglicherweise die Hebel ansetzen.« Er fuhr sich mit der Hand über die Stirn. »Aber du hast mir noch immer nicht erzählt, wieso du hier im Arbeitszimmer nächtigst.«

19

»Ach ja«, gab Dominic schmunzelnd zurück. »Ich habe dir doch vorhin von den Einbrechern erzählt. Also, Maman wollte, daß ich hier den Beschützer spiele, Leonie wollte es nicht. Um sie also beide zufriedenzustellen, bin ich während der letzten Tage hier hereingeschlichen, wenn alle schliefen, und habe bis zum Morgengrauen hier gedöst. Dann bin ich wieder zurück nach Bonheur geritten.« Er unterdrückte ein Gähnen. »Ich bin froh, daß du zurück bist. Es ist verdammt schwer, es gleichzeitig zwei Frauen recht zu machen. Manchmal glaube ich, daß Leonie ohnehin weiß, daß ich mich hier herumtreibe. Sie sieht mich dann so eigentümlich an, aber sie zieht es vor, zu schweigen, um nicht einen offenen Krieg mit Maman heraufzubeschwören.«

»Steht es wirklich so schlimm?«

»Nein, vielleicht nicht ganz so schlimm. Ich glaube, sie haben in der Zwischenzeit erkannt, daß sie sich durchaus ebenbürtig sind. Maman gibt es natürlich nicht zu, aber ich merke, daß sie Leonie mag, und ich glaube, daß es Leonie unter anderen Umständen Freude machen würde, sich mit ihr anzufreunden. Im Augenblick aber ist sie uns gegenüber so mißtrauisch, daß sie es sich nicht gestattet, uns auch nur ein bißchen sympathisch zu finden.«

»Mißtrauisch?« stieß Morgan ungläubig hervor. »Sie ist uns gegenüber mißtrauisch?«

»Und wie. Sie hat mir deutlich zu verstehen gegeben, daß sie der Meinung ist, wir decken dich. Das muß man sich einmal vorstellen! Sie hat die Sache übrigens einem Anwalt übergeben.«

»Wie bitte?« Morgan glaubte, nicht richtig gehört zu haben.

Dominic machte ein peinlich berührtes Gesicht. »Vater versuchte, sie zu beruhigen. Wir alle haben uns den Mund fusselig geredet, aber es war nichts zu machen. Am Montag ritt sie auf einem ihrer klapprigen Esel in die Stadt und hat die Sache Richter Dangermond übergeben.«

»Sie ist auf einem Esel geritten?« Morgan riß ungläubig die Augen auf.

»Wenn ich's dir sage! Sie ist ein solcher Dickschädel! Hat uns stolz erklärt, sie könne selbst für ihren Transport sorgen und brauche keine Hilfe, am allerwenigsten von den Slades! Sie wolle überhaupt nichts weiter als die Rückzahlung ihrer Mitgift, und ansonsten seien wir ihr alle schnurzegal.«

Morgans Mienenspiel wechselte von Heiterkeit zu mühsam unterdrückter Wut. »Hat Vater schon mit Dangermond gesprochen?«

»Hat er. Am selben Tag.« Dom warf Morgan einen unsicheren Blick zu. »Er sagt, es sieht nicht gut für dich aus. Wenn du nicht beweisen kannst, daß die Dokumente Fälschungen sind, wirst du wohl zahlen müssen. Er könne lediglich versuchen, die Sache hinauszuzögern, damit du Zeit hast, Nachforschungen anzustellen. Zum Glück ist er ein alter Freund der Familie.«

»Weiß Leonie das?«

»Noch nicht. Aber sie ist nicht auf den Kopf gefallen. Sie wird es sicher schon bald herausfinden, weil ihr die Zeit im Nacken sitzt.«

»Sie hat ziemlich voreilig gehandelt«, schnaubte Morgan aufgebracht. »Ich hätte nicht übel Lust, ihr den Hals umzudrehen!«

»Ich glaube nicht, daß dir das so einfach gelingen würde. Sie ist ein richtiges Energiebündel!« widersprach Dominic, und Morgan lächelte, wenn auch widerwillig.

»Heißt das, du hast noch mehr Histörchen auf Lager?« fragte er belustigt.

»Ja, warte, ich habe dir von dem Eselsritt erzählt und von den stürmischen Auseinandersetzungen mit Maman. Sie scheint nichts dagegen zu haben, daß sie hier lebt, aber ich glaube, es liegt daran, daß sie keine andere Wahl hat. Sie lehnt jede Hilfe ab, egal welcher Art. Als du weg warst, kamen Vater und Mutter fast täglich einmal zu Besuch. Sie dachten wohl, daß Leonie sich ohne dich einsam fühlte, und natürlich freuen sie sich über jede Gelegenheit, Justin zu sehen. Wie auch immer, es dauerte nicht lange, da meinte Maman, es sei ja wohl lächerlich, daß deine Frau und Justin immer dieselben abgetragenen Kleider tragen, und sie schlug Leonie vor, mit dem Jungen und Yvette zur Schneiderin zu gehen, um sich neu einkleiden zu lassen.«

Morgan nickte. »Dagegen ist nichts einzuwenden. Schließlich habe ich bei der Sache ja auch ein bißchen Spaß. Es widerstrebt mir nur, Tausende von Dollars für etwas zahlen zu sollen, was mich gar nichts angeht!«

»Du magst das für eine gute Idee halten«, grinste Dominic, »aber Leonie reagierte, als habe Maman sie tödlich beleidigt! Erklärte in eisigem Ton, daß sie kein Mitleid von den Slades brauche, und wenn ihr Herr Gemahl endlich geruhe, ihr die vereinbarte Mitgift zurückzuzahlen, dann würde sie sich selbst einkleiden. Oder noch besser, dann könnten sie endlich alle nach Hause gehen und wir Slades brauchten uns durch den Anblick der schlechtgekleideten Saint-Andrés nicht länger beleidigt zu fühlen!«

Morgan zog die Stirn kraus. »War Maman etwa taktlos?«

Dom verneinte heftig. »Iwo, im Gegenteil. Maman mag Leonie! Und vergiß nicht, sie und die anderen halten Leonie ja wirklich für deine Frau. Maman wollte ihr halt helfen, aber Leonie lehnt jedes Entgegenkommen feindselig ab. Sie will nichts, gar nichts, außer dieser Mitgift. Nein, das stimmt nicht ganz. Sie hat nichts gegen kleine Geschenke für Julien, aber nur in Grenzen.«

Morgan starrte schweigend in sein leeres Whiskeyglas. Schließlich meinte er mit ratlosem Gesicht: »Sie ist nicht unbedingt das, was man sich unter einer Hochstaplerin vorstellt, nicht wahr?«

»Genau das versuche ich dir schon die ganze Zeit klarzumachen«, gab Dominic eifrig zur Antwort. »Sie will diese verdammte Mitgift, gut, aber sonst nichts.«

»Hast du schon einmal daran gedacht, daß das vielleicht zu ihrem Plan gehört? Daß sie aus Absicht so bescheiden tut?«

Dominic sah seinen Bruder fragend an. »Wie meinst du das?«

»Sehr einfach. Wenn sie alles annehmen würde, was wir anbieten, oder außer der Mitgift gar weitere Forderungen stellen würde, so würde das meine These, daß sie eine geldgierige, skrupellose Hochstaplerin ist, erhärten. Indem sie jedoch Mamans gutherziges Angebot und auch eure Hilfe konsequent ablehnt, weicht sie diesen Verdacht systematisch auf. Anstelle von Mißtrauen erntet sie Bewunderung, langsam steigt sie in eurem Ansehen als eine durchaus ehrenhafte Dame. Klingt das nicht überzeugend?«

Dominic rutschte nervös auf seinem Stuhl hin und her. Nein, an diese Möglichkeit hatte er nicht gedacht, und die Vorstellung, die Morgan da von Leonie vor ihm ausbreitete, gefiel ihm überhaupt nicht. Trotzdem klangen die Worte seines Bruders derart einleuchtend, daß er sich ihnen nicht entziehen konnte. Schon fühlte er eine Welle der Abneigung gegen Leonie in sich aufsteigen. Wie gut, daß Morgan nicht so leichtgläubig wie er selbst war!

Die beiden Brüder schwiegen resigniert und müde, und kurz darauf verabschiedete sich Dominic. Morgan löschte die Kerzen, dann begab auch er sich in seine Gemächer, wo Litchfield ihm den Morgenmantel zurechtgelegt und für warmes Waschwasser gesorgt hatte. Morgan lächelte. Was würde er nur ohne Litchfield tun?

Eilig entledigte er sich seiner verschwitzten, staubigen Reitkleider, wusch sich gründlich und sank mit einem erleichterten Seufzer ins Bett. Doch trotz seiner Übermüdung wollte der ersehnte Schlaf sich nicht einstellen. Wie schwere Mühlräder kreisten seine Gedanken um die eben geführte Unterhaltung mit Dominic. Deutete er Leonies Verhalten wirklich richtig? Sie mußte sich ihrer Sache ziemlich sicher sein, sonst hätte sie wohl kaum ihre Drohung wahrgemacht und einen Anwalt aufgesucht. Nein, ohne Zweifel lag er mit seinen Vermutungen durchaus richtig. Unruhig warf er sich noch eine Weile hin und her, dann gab er seine Versuche, doch noch einzuschlafen, auf. Frustriert schenkte er sich einen Cognac ein, warf den Morgenmantel über und ging zum Fenster hinüber. Lange starrte er in die Nacht hinaus. Alle Überlegungen, die er anstellte oder bereits angestellt hatte, führten ihn im Kreis herum und endeten immer mit dem dumpfen Gefühl, etwas Entscheidendes vergessen zu haben, eine Kleinigkeit vielleicht nur, die sich in jenen Tagen vor sechs Jahren zugetragen hatte und ihm das fehlende Puzzleteil liefern konnte, sowie der Überzeugung, daß der eigentliche Drahtzieher ein Mann war. Doch wo hielt er sich auf? Und wie sollte er ihn finden?

Morgan ahnte nicht, wie bald schon er dem Mann gegenüberstehen würde, der seine Unterschrift so meisterhaft gefälscht hatte. Denn während sich auf Bonheur die Dinge zuspitzten, überquerte Ashley Slade den Atlantik auf einem französischen Dampfer, mit der Absicht, seine kleine Braut wiederzufinden, die er sechs Jahre zuvor in New Orleans als Morgan Slade geheiratet hatte. Die Versöhnung mit seinem Vater war nicht von langer Dauer gewesen. Schon bald nach seiner Rückkehr hatte er begonnen, sich extrem zu langweilen. Seiner üblen Laune war erst der preisgekrönte Hengst seines Vaters zum Opfer gefallen. Wenig später forderte er seinen jüngeren Bruder Miles zu einem brutalen Zweikampf heraus, und im Verlauf der Auseinandersetzung fügte er dem jungen Mann eine so schwere Wunde zu, daß dieser fast daran erblindete. Sein Vater versuchte ein letztes Mal, Ashleys Verhalten zu entschuldigen, doch als er kurz darauf erfuhr, daß sein ältester Sohn Miles Verlobte vorsätzlich verführt hatte und sich hernach weigerte, sie zu heiraten, um sie vor dem Ruin zu bewahren, da war das Maß gerüttelt voll, zumal das arme Mädchen sich das Leben nahm.

Auch das letzte Gefühl väterlicher Zuneigung war in dem Baron erstorben. Mit einer Verachtung, die zu empfinden er sich niemals für fähig gehalten hatte, verbannte er Ashley vom Besitz der Trevelyans und verbot ihm, jemals wieder einen Fuß auf ihr Land zu setzen.

Dank Leonies ansehnlicher Mitgift brauchte Ashley in den darauffolgenden Monaten nicht zu darben, doch als sich seine Quelle erschöpft hatte, mußte er zu seinem Entsetzen feststellen, daß sein Vater weder bereit war, seinen Schuldenberg zu begleichen, noch mit ihm zu reden oder gar eine Vereinbarung – natürlich finanzieller Art – zu treffen.

Ashley steckte wieder einmal in der Zwickmühle. Eine Zeitlang versuchte er, seinem Glück mit gezinkten Karten nachzuhelfen, doch irgend etwas ging immer schief, und schon bald stand er vor der Wahl, entweder aus London zu fliehen oder aber ins Gefängnis zu wandern. Selbst die Damen der Gesellschaft widerstanden nun hartnäckig seinem Werben. Wo er sich auch hinwandte, stets war sein unvorteilhafter Ruf ihm vorausgeeilt. An eine Geldheirat war demzufolge auch nicht mehr zu denken, und Ashley gelangte zu der Überzeugung, daß England ihm nichts mehr zu bieten hatte.

Frankreich rief. Dort ging Napoleons Stern mit Glanz und Glorie auf, und Ashley fand, daß ein Land, in dem ein korsischer Rebell es zum ersten Mann im Staat bringen konnte, doch sicherlich ungeahnte Möglichkeiten barg. Er überlegte nicht lange und betrat im Sommer des Jahres 1801 französischen Boden. Auf der Überfahrt hatte er einen Engländer von adliger Herkunft kennengelernt, dessen Lebenslauf dem Ashleys verblüffend ähnelte und der einerseits als Schmuggler gut im Geschäft war, andererseits gelegentlich auch Spionageaufträge ausführte. Noch vor seiner Ankunft in Cherbourg hatte Ashley beschlossen, sich ebenfalls als Spion zu versuchen. Durch die Vermittlung des jungen Engländers namens Garret nahm er Kontakt zu Joseph Fouché auf, dem französischen Polizeipräfekten und Kopf der Spionageabteilung, und nach einigen

Begegnungen mit diesem skrupellosen, berechnenden Mann, verpflichtete Ashley sich dazu, künftig als Spion für Frankreich in England tätig zu werden.

Als er sechs Wochen später wieder in England eintraf, war er anscheinend ein völlig veränderter Mensch. Hatte er zuvor ein ausschweifendes Leben geführt, so lebte er nun in völliger Diskretion. Auch verfügte er über eine größere Geldsumme, die er in Frankreich gewonnen hatte, wie er behauptete, und interessierte sich plötzlich ungemein für militärische Belange. Innerhalb weniger Wochen kannte er die maßgeblichen Herren der britischen Armee und versorgte Garret mit strategisch wichtigen Informationen, die für Fouché bestimmt waren.

Der Friede von Amiens im Jahre 1802 war Ashley ein Dorn im Auge, denn das Spionieren erwies sich als seine bisher lukrativste Einnahmequelle. Dann wurde Fouché abgesetzt, und er begann, sich Sorgen um seine Zukunft zu machen. Wohl oder übel mußte er nach Paris reisen.

Er fand zu seiner großen Beruhigung heraus, daß seine Zukunft nicht gefährdet schien. Im Gegenteil, Napoleon, so wurde ihm versichert, sei sich seiner wetvollen Dienste für Frankreich bewußt.

In den folgenden Monaten setzte Ashley erfolgreich seinen angeborenen Charme und Witz ein, um Zugang zu dem engeren Kreis um Napoleon zu finden und so seine Position noch zu festigen.

Als England den Franzosen im Mai des Jahres 1803 erneut den Krieg erklärte, reiste Ashley zufrieden und optimistisch in die Heimat zurück, die Taschen voller Gold. Er hatte Napoleons Vertrauen gewonnen, sich eine unerschöpfliche Geldquelle gesichert und das Versprechen erhalten, auch in Zukunft nicht vergessen zu werden. Was wollte er mehr?

In England nahm er sein früheres Leben wieder auf. Das Glück schien ihm hold, denn als Morgan in jenem Jahr in England eintraf, hielt er sich noch in Frankreich auf, und als Morgan kurz darauf nach Frankreich reiste, um dort für Roxbury zu spionieren, kehrte er gerade nach London zurück.

Das Leben ging weiter, bis Ashley eines Tages von einer englischen Patrouille festgenommen wurde, als er sich auf dem Weg zu einem Treffen mit Garret befand, und des Landes verwiesen wurde. Im Frühjahr des Jahres 1805 traf Ashley wieder in Frankreich ein.

Bald genug fand er heraus, wer ihn verraten hatte, und er schwor Morgan bittere Rache. Im Augenblick jedoch hatte er genug damit zu tun, sich wieder in den engeren Kreis von Napoleons Vertrauten einzuschmeicheln, was ihm ohne allzugroße Schwierigkeiten glückte. Doch da er den Franzosen nun keine Informationen mehr bieten konnte, waren sie an ihm nicht mehr interessiert, und folglich blieb der erhoffte Goldregen für Ashley aus. Glücklicherweise war Fouché wieder im Amt, und Ashley bot ihm an, die englischen Spione in Frankreich zu überwachen. Fouché akzeptierte.

Trotzdem hätte Ashley früher oder später seinen Nutzen für Frankreich verloren und wäre wahrscheinlich mit einem Dolch im Rücken geendet, wären ihm nicht gleich zwei Zufälle zu Hilfe gekommen.

Der erste ereignete sich nur wenige Wochen später, als er einem englischen Informanten ins Loiretal folgte. Sein Landsmann besuchte ein herrlich gelegenes Schloß, wo er einige Tage verweilte. Ashley dachte sich, daß es nicht schaden konnte, etwas über die Besitzer in Erfahrung zu bringen, und seine Erkundigungen ergaben, daß das Schloß den Namen Saint-André trug, ein Name, an den er sich urplötzlich glasklar erinnerte. Weitere Nachforschungen bestätigten seine Vermutung, die anzustellen er zunächst gar nicht gewagt hatte. Die Saint-Andrés waren während der Revolution umgekommen, bis auf einen Sohn, der nach Amerika geflohen war ... nach Louisiana.

Ashley mietete sich in einem nahegelegenen Landgasthaus ein und dachte einige Tage lang fieberhaft nach. War es möglich, daß die kleine Leonie, die er vor nahezu sechs Jahren geheiratet hatte, die Erbin dieses prachtvollen Schlosses war? Und wenn ja, welchen Nutzen konnte er für sich daraus ziehen?

In einigen Fällen hatte Napoleon den Überlebenden des französischen Adels die konfiszierten Besitztümer wieder zugänglich gemacht. Vielleicht, so überlegte Ashley, würde er dasselbe auch für einen aus Amerika zurückkehrenden Angehörigen des französischen Adels tun, noch dazu, wenn dieser mit einem Mann wie ihm verheiratet war, der sich unzählige Male als vertrauenswürdig erwiesen hatte.

Doch zuvor benötigte er weitere Beweise. Ashley befragte so unauffällig wie möglich die Bewohner des Dorfes und wurde schließlich fündig.

Er fand den Beweis in der alten Familienbibel der Saint-Andrés, die ein treuer Diener der Familie hatte verstecken können. Ashley interessierte sich nur für die letzten Eintragungen, die sich mit der Familie des emigrierten Comte beschäftigten. Sein Puls begann zu rasen, als er in krakeliger Schrift Leonies Geburtstag und Namen entzifferte! Hier war der Beweis, er hielt ihn in Händen! Doch Ashley jubelte zu früh, denn der alte Diener war nicht bereit, seinem Besucher das kostbare Buch zu überlassen. Da alles Bitten und selbst ein Geldangebot nicht fruchteten, entwendete er es dem alten Mann kurzerhand.

Der zweite Zufall kam Ashley in Form einer Information über die jetzigen Besitzer des Schlosses, einer Familie Cloutier, zu Hilfe. Es handelte sich dabei nämlich um Angehörige einer Verschwörerbande, die Napoleon zu beseitigen gedachte.

Triumphierend kehrte Ashley nach Paris zurück, wo er sofort Fouché aufsuchte, der sich mit dem Ergebnis der Verfolgung sehr zufrieden zeigte. Ashley nutzte die Gunst des Augenblicks. Auf dem Rückweg nach Paris hatte er seine nächsten Schritte sorgfältig geplant. Wenn er Leonie dazu bewegen konnte, mit ihm nach Frankreich zurückzukehren, war es durchaus möglich, daß Napoleon ihr den Familienbesitz wieder zusprach. Nicht zuletzt aus Dankbarkeit, denn Ashley hatte bisher treue und hervorragende Dienste geleistet.

Fouché bedachte Ashley mit einem kühlen Blick, als dieser geendet hatte. »Nun, Monsieur Slade«, erklärte er unverbindlich, »es wäre zumindest denkbar, daß unser geliebter Kaiser zu einer solchen Anerkennung bereit ist, wenn Ihr tatsächlich beweisen könnt, daß sie nicht nur Eure Gemahlin, sondern auch eine wirkliche Saint-André ist.«

Ashley verbeugte sich lächelnd. »Ich reise morgen. *Bon jour,*

Monsieur.« Und so kam es, daß Ashley sich drei Wochen später, als Morgan nach Le Petit zurückkehrte, New Orleans näherte, mit dem erklärten Ziel, Leonie Saint-André zu finden und mit nach Frankreich zu nehmen.

20

Leonies Herz begann zu rasen, als sie am nächsten Morgen erfuhr, daß Morgan zurückgekehrt war, doch sogleich schalt sie sich für ihre Torheit. Erstens war Morgan ihr erklärter Feind, und zweitens würde er sicherlich kaum Beifall klatschen, wenn er erfuhr, daß sie die Rückzahlung der Mitgift einem Anwalt übergeben hatte. Und schließlich, warum zerbrach sie sich überhaupt den Kopf darüber, wie er die Neuigkeit aufnehmen würde? Er kümmerte sich ja auch nicht um ihre Gefühle. Trotzig entschlossen riß sie die Zimmertür auf und stieß fast mit Morgan und Justin zusammen, die sich auf dem Weg zu ihr befanden. Verlegen starrte sie ihn an. »*Bon jour*, Monsieur«, brachte sie schließlich pochenden Herzens heraus. »Hattet Ihr eine angenehme Reise?«

Morgan war sich bis zu diesem Augenblick nicht darüber im klaren gewesen, wie er auf Leonie reagieren würde, ob mit Haß, Wut oder einfach nur purer Verachtung. Womit er nicht gerechnet hatte, war das zärtliche Verlangen, das ihn bei ihrem Anblick erfüllte.

Er war erst gegen Morgen in einen bleiernen Schlaf gesunken, aus dem ihn Justin mit überschwenglichem Freudengeheul unbarmherzig geweckt hatte. Der Junge war, kaum daß er von der Rückkehr seines Papa gehört hatte, nicht mehr zu halten gewesen und in Morgans Schlafzimmer gestürmt, um ihn zu begrüßen. An Schlaf war natürlich nicht mehr zu denken, und Morgan hatte Justin gerührt umarmt. Wenigstens für einen Augenblick wollte er das ewige Mißtrauen beiseiteschieben.

Justin wich auch beim Anziehen nicht von seiner Seite. Morgan ließ ihn gewähren; ja, er überlegte sich, ob er nicht überhaupt aufhören sollte, sich gegen die vertrackte Situation zu wehren. Er war des Mißtrauens so müde, der immerwährenden Suche nach Widersprüchen, Lügen und Fallen; müde, hinter allem, was Leonie tat und sagte, einen gemeinen Plan zu vermuten.

Er wußte doch, daß sie sich ebenso zu ihm hingezogen fühlte wie umgekehrt. Warum sollte er die Situation, die sie heraufbeschworen hatte, nicht einfach annehmen? Und würde eine Kapitulation sie nicht vollends aus dem Konzept bringen?

Unwillkürlich drückte er Justin fester an sich, dann antwortete er wahrheitsgemäß. »Nein, es war keine angenehme Reise. Sie hätte sicherlich mehr Spaß gemacht, wenn Ihr und Euer Sohn mich begleitet hätten.«

Seine Worte waren nicht dazu angetan, Leonies gestörtes Gleichgewicht wiederherzustellen, und seine blauen Augen sahen sie so durchdringend an, daß sie schnell zu Boden blickte, weil ihr Herz neuerlich laut zu pochen begann. »Justin hat Euch sehr vermißt«, beeilte sie sich zu erwidern. »Jeden Tag wollte er wissen, wann Ihr wiederkämt.«

Justin nickte eifrig und überglücklich zugleich. »*Oui*, Papa, ich habe dich sehr vermißt!« rief er und lehnte sich vertrauensvoll an Morgan.

Morgan sah ein, daß dies der falsche Augenblick war, um seinen Gefühlen für Leonie nachzuhängen und grinste Justin breit an. »Ich habe dich auch vermißt, du Lausebengel!« Dann wanderten seine Augen wieder zu Leonie zurück. »Habt Ihr mich vielleicht auch ein wenig vermißt, meine Liebe?« fragte er mit spöttisch funkelnden Augen.

Leonie hätte ihm nur allzugern eine bissige Antwort gegeben, doch in Justins Gegenwart beherrschte sie sich. »*Oui*, Monsieur«, murmelte sie statt dessen, ohne ihn eines Blickes zu würdigen.

Morgan, der den Grund für ihre höfliche Zurückhaltung ahnte, erkannte schnell seinen Vorteil. Die Sache begann, ihm ungeheuren Spaß zu machen, und er beschloß, Leonie noch mehr aus der Fassung zu bringen. »Justin und ich wollten Euch gerade zu einer Ausfahrt in dem neuen Zweispänner abholen, der während meiner Abwesenheit eingetroffen ist. Mammy hat uns schon einen Picknickkorb fertiggemacht. Wir können sofort aufbrechen.«

Leonie blieb keine Zeit für ein Veto, denn Justin brach in wilde Begeisterungsrufe aus, ganz wie Morgan es vorhergesehen hatte.

»Ja, Maman, du mußt mitkommen!« bettelte Justin, und wieder schluckte Leonie ihren aufsteigenden Ärger hinunter.

»Aber ja«, versprach sie mit einem vernichtenden Blick, der Morgan galt, »natürlich komme ich mit dir.«

Justin ließ sich nicht mehr länger im Zaum halten. »Ich werde Abraham bitten, daß er den Zweispänner fertigmacht!« rief er begeistert und sprang davon.

Er war kaum außer Sichtweite, als Leonie Morgan bitterböse anfuhr. »Das habt Ihr geplant«, empörte sie sich, doch Morgan lächelte sie engelsgleich an.

»Aber natürlich, mein Herzblatt. Ich war immerhin eine Weile fort und freue mich darauf, einen Tag gemeinsam mit meiner Familie zu verbringen.«

Leonies Augen verengten sich zu schmalen Schlitzen. »Habt Ihr letzte Nacht mit Dominic gesprochen?« fragte sie rundheraus. »Hat er Euch erzählt, daß ich bei Richter Dangermond war?«

Morgan ergriff höflich ihren Arm und führte sie zur Treppe. In gespielt unbeschwertem Ton antwortete er: »Ja, das hat er mir erzählt.«

Leonie sah ihn entgeistert an, als begriffe sie nicht. »Und Ihr seid deswegen nicht böse?« fragte sie ungläubig.

»Nein, ich bin nicht böse«, gab Morgan bedächtig zur Antwort. »Wütend trifft eher zu.«

Leonie stolperte fast, so sehr verblüffte sie seine Antwort. »Oh ... Ihr seht nicht wütend aus«, begann sie von neuem, doch Morgan machte keinerlei Anstalten, weitere Erklärungen über seinen Gemütszustand abzugeben.

Statt dessen lächelte er hintergründig, wohl wissend, wie sehr sein Spiel sie verunsicherte. »Und das findet Ihr seltsam, nicht wahr?« meinte er leichthin.

Seine herablassende Art brachte Leonie zur Weißglut. Es war ihr blutiger Ernst, und er beliebte zu scherzen! Ungestüm warf sie den Kopf zurück. »Was spielt Ihr diesmal für ein Spiel, Monsieur?« verlangte sie zu wissen. »Was wollt Ihr damit erreichen?«

Morgans liebenswürdige Fassade bröckelte bei ihren herausfordernden Worten schnell wieder von ihm ab. Das Lächeln verschwand aus seinem Gesicht, in seine Augen trat ein gefährliches Funkeln. »Diese Frage solltet Ihr besser Euch selbst stellen, Wildkatze!« versetzte er erregt. »Und ich will Euch gleich noch etwas sagen. Es ist noch niemandem gelungen, mich hereinzulegen, merkt Euch das!«

Sie hatten mittlerweile die Eingangshalle erreicht. Leonie setzte eben zu einer gehässigen Erwiderung an, als Justin ihnen entgegengerannt kam.

»Da seid ihr ja endlich!« rief er aufgeregt. »Abraham sagt, daß die Pferde ganz unruhig sind. Wir sollen sie nicht warten lassen.«

»Wer sagt das, Abraham oder Justin?« lächelte Morgan belustigt, und der Junge, der sich beim Flunkern ertappt wußte, senkte beschämt den Blick. Doch gleich darauf strahlte er die Erwachsenen mit seinem entwaffnend offenen Lächeln an.

»Ich wollte, daß ihr euch beeilt«, gab er freimütig zu, und Morgan versetzte ihm einen freundschaftlichen Klaps. Dann half er Leonie und dem Jungen in den Wagen, ergriff die Zügel, und gleich darauf rollte der Zweispänner davon.

Justins Begeisterung kannte keine Grenzen. Zwischen Leonie und Morgan sitzend, plapperte er munter drauflos. Leonie genoß die herrlichen landschaftlichen Ausblicke, die sich ihnen immer wieder boten, und fand schon bald ihr inneres Gleichgewicht wieder. Entspannt lehnte sie sich zurück. Die Luft war erfüllt vom Duft der Sommerblumen und angenehm warm, denn die schwüle Mittagshitze würde erst in ein paar Stunden einsetzen.

Sie hätte zu gern gewußt, wo Morgan mit ihnen hinfuhr, aber sie erhielt nur eine ausweichende Antwort. »Ich denke, Ihr werdet Euch vielleicht an die Stelle erinnern«, meinte er, ohne sie dabei anzusehen.

Bald näherten sie sich einer idyllischen Lichtung, an deren Ende ein kleiner Wasserfall in einen kristallklaren See hinabstürzte, und Leonies Herz verkrampfte sich. Wieviel hätte sie darum gegeben, wenn sie sich die Erinnerungen, die sie mit diesem Ort verband, für immer aus ihrem Herzen hätte reißen können!

Justin war schon bald zwischen den hohen Brombeersträuchern verschwunden. Halb trotzig, halb verlegen, blieb Leonie in der Nähe des Gespanns stehen und sah Morgan unschlüssig zu, der bereits die Jacke ausgezogen hatte, im Schatten der Platane die Decke ausbreitete und es sich darauf bequem machte.

»Warum ziert Ihr Euch?« rief er ihr lachend zu. »Glaubt Ihr wirklich, daß ich vor Justins Augen über Euch herfalle? Außerdem«, er schielte verlangend nach dem Picknickkorb, »steht mir der Sinn im Augenblick mehr nach Mammys leckerem Imbiß als nach Euren verführerischen Reizen.«

Ah, wie sie seine überhebliche Art haßte! Mit steifen Schritten kam Leonie seiner Aufforderung nach, doch setzte sie sich an den äußersten Rand der Decke. Erst als Justin wieder zu ihnen stieß und mit wahrem Heißhunger über die mitgebrachten Köstlichkeiten herfiel, beruhigte sie sich. Nichts blieb übrig von Mammys leckeren Hähnchen, dem scharfen Käse, dem knusprigen Maisbrot, den frischen Erdbeeren. Und nach dem üppigen Mittagsmahl fühlte sie sich viel zu satt und schläfrig, um sich über irgend etwas zu ärgern.

Justin war der Versuchung, ein Mittagsschläfchen zu halten, bereits erlegen. Als Morgan bemerkte, daß ihr immer wieder die Augen zufielen, lächelte er amüsiert und zog sie mit einem schnellen Griff an sich. »Wir sollten auch schlafen, findet Ihr nicht?« flüsterte er. Noch während er sprach, sank ihr Kopf an seine Schulter, und im nächsten Augenblick war Leonie bereits fest eingeschlafen.

Zwei Stunden später erwachte sie als erste. Vorsichtig befreite sie sich aus Morgans Armen, die er im Schlaf um sie geschlungen hatte. Justin lag noch zusammengerollt zu ihren Füßen, und so wanderte ihr Blick zurück zu Morgan. Wie anders er im Schlaf aussieht, dachte sie verwundert. Seine Gesichtszüge waren weicher, und seinem Mund fehlte der zynische Zug, den sie so gut an ihm kannte. Da er noch fest zu schlafen schien, konnte sie der Versuchung, sein Gesicht zu streicheln, nicht widerstehen. Mit einem sehnsuchtsvollen Blick starrte sie den Schlafenden an, liebte ihn und haßte ihn gleichzeitig, sehnte sich nach ihm und schwor sich doch, dem heißen Verlangen ihres Körpers nicht mehr länger nachzugeben. Sie brauchte einen klaren Kopf! Justin begann sich zu regen. Leonie wollte auf alle Fälle vermeiden, daß Morgan schon wach wurde, daher bedeutete sie ihrem Sohn, ihr leise zu folgen. Wie zwei Verschwörer krochen sie übers Gras davon.

»Wir wollen Monsieur schlafen lassen«, flüsterte Leonie erklärend. »Er ist gestern erst sehr spät nach Hause gekommen. Gehen wir zum See hinüber?«

Und während Morgan friedlich weiterschlief, zogen die beiden ihre Schuhe aus und rannten zum Seeufer, wo Justin ungeniert seine Kleider abstreifte und sich mit wildem Vergnügen ins Wasser stürzte. Leonie widerstand der Versuchung, es ihm gleichzutun, und begnügte sich damit, ihre nackten Füße ins Wasser zu tauchen, traute sie Morgan doch nicht über den Weg.

Justins fröhliches Kreischen weckte Morgan schließlich auf. Benommen lehnte er sich an den dicken Stamm der Platane und blinzelte zum See hinüber, wo er Mutter und Sohn kichern hörte. Er lächelte. Sogar aus der Entfernung war Leonie anzumerken, daß sie unter anderen Umständen keineswegs so sittsam am Ufer gestanden hätte! Morgan erinnerte sich an jenen Tag, als er die beiden beim Fröschefangen im Fluß überrascht hatte. Seltsam, seinen eigenen Sohn hatte er nie derart selbstvergessen spielen und planschen sehen. Stephanie mochte es nicht, wenn er laut herumtollte oder sich beim Spielen schmutzig machte. Aber Leonie ist nicht meine Frau und Justin nicht mein Sohn, dachte er unwirsch. Es gibt keinen Grund, Vergleiche anzustellen.

Er sah auf die Taschenuhr, an der das kleine goldene Kruzifix baumelte. Es war spät geworden, und jetzt hatten sie es eilig, denn für drei Uhr, so hatte Noelle ihm heute morgen bei seinem kurzen Besuch auf Bonheur eröffnet, war eine Anprobe bei der Schneiderin anberaumt, und da Leonie nach ihrer letzten Auseinandersetzung kaum freiwillig dort hingehen würde, hatte sie ihn angefleht, sich etwas einfallen zu lassen. Schließlich, so rechtfertigte sie sich, brauchte Leonie dringend neue Kleider, denn wie sollte sie sonst wohl morgen abend mit ihm auf dem Ball erscheinen, der zu Ehren des Ex-Vizepräsidenten Aaron Burr in Natchez gegeben wurde? Morgan versprach, sein Bestes zu tun, wenngleich er das dumpfe Gefühl hatte, daß eine schwere Aufgabe vor ihm lag. Nach einigem

Hin und Her beschloß er, Leonie zu überlisten. Er würde sie einfach auf den geplanten Ausflug mit Justin mitnehmen und einen kleinen Umweg über Natchez machen. In Justins Beisein würde sie sich dem Unvermeidlichen fügen.

Träge stand er auf und schlenderte zum See hinüber, wo Leonie ihrem Sohn belustigt beim Planschen zusah. Sie bemerkte den Herannahenden erst, als zwei Hände sie von hinten umfaßten. Leonie zuckte zusammen und verfluchte das prickelnde Gefühl, das seine Berührung auslöste.

»Bitte, laßt mich los, Monsieur«, protestierte sie leise, doch Morgan küßte sie zart auf die Schläfe und murmelte: »Das nächste Mal, wenn wir hierherkommen, lassen wir Justin zu Hause, hm?«

Leonie fühlte sich herrlich schwach in seinen Armen, aber ihr Verstand rebellierte auf's heftigste dagegen, wie er mit ihr spielte. »Unterlaßt solche Bemerkungen, Monsieur, sie sind unpassend!« gab sie scharf zurück. »Es wird keine Wiederholung geben.«

»Ach ja?« fragte Morgan interessiert. Mit sanfter Gewalt drehte er sie zu sich herum. Leonie ballte ihre Hände zu Fäusten. »Eure Überheblichkeit wird Euch vergehen, wenn Richter Dangermond Euch zur Rückzahlung der Mitgift verurteilt.«

»Ich denke, das warten wir wohl besser in Ruhe ab«, entgegnete er aufreizend gelassen. Nichts, aber auch gar nichts schien ihn aus der Ruhe bringen zu können.

Leonies Erwiderung erstarb ihr auf den Lippen, denn Justin kam ans Ufer gewatet. Während sie ihn trockenrieb, packte Morgan das Geschirr in den Picknickkorb. Schweigend stieg sie zu ihm auf den Wagen. Sie grollte, und als sie sich Le Petit näherten, atmete sie innerlich auf. Sie sehnte sich nach der Ruhe des Pavillons, wo sie die Distanz zu diesem Monster, mit dem sie verheiratet war, wiederherstellen konnte. Doch zu ihrem Entsetzen fuhren sie schnurstracks daran vorbei.

Alarmiert flog ihr Kopf herum. »Gibt es noch mehr Überraschungen, Monsieur?« fragte sie spitz.

Ohne den Blick von den Pferden zu wenden, erwiderte Morgan bedächtig. »Nicht unbedingt. Ich würde es eher ein unumgängliches Ereignis nennen.«

»Und wo findet dieses unumgängliche Ereignis statt?« forschte Leonie mißtrauisch weiter.

»Bei der Schneiderin«, erwiderte Morgan wie selbstverständlich.

21

Mrs. Dobson, die Schneiderin, war eine Witwe, die für vier Töchter zu sorgen hatte. Sie begrüßte die Ankömmlinge überschwenglich und musterte wohlwollend Leonies schlanke Gestalt. »Ich denke, daß ein Gutteil der Kleider ohne größere Änderungen passen werden«, verkündete sie selbstbewußt, dann fiel ihr Blick auf Justin, der sich unternehmungslustig im Zimmer umsah. »Ich schlage vor, daß wir mit dem jungen Mann hier anfangen«, erklärte sie freundlich und drückte Leonie mehrere Modellentwürfe mit Stoffproben in die Hand. »Ihre Frau Schwiegermutter hat nur einige der notwendigsten Dinge bestellt. Ihr könnt Euch in der Zwischenzeit gern weitere Modelle anschauen.«

Mrs. Dobson war mit Justin kaum im Ankleideraum verschwunden, als Leonie Morgan auch schon aufgebracht anfuhr. »Was bildet ihr Slades euch eigentlich ein? Wie könnt ihr es wagen, hinter meinem Rücken zu handeln? Wir brauchen euer selbstgefälliges Mitleid nicht, Monsieur! Gebt mir meine Mitgift, und wir werden aus eurem Gesichtsfeld verschwinden und euch nicht länger durch unser zerlumptes Aussehen ins Gerede bringen.«

Morgan hörte ihr staunend zu. Bei Gott, dachte er, sie ist tatsächlich eine überzeugende Schauspielerin! »Könnt Ihr mir erklären«, fragte er, den Unbeteiligten spielend, »warum Ihr Euch über ein paar Kleider und Hosen für Euren Sohn derart aufregt? Warum soll ich nicht etwas von meinem Geld für meine Frau ausgeben? Wie Ihr wißt, bin ich nicht ganz unvermögend.«

Leonie warf stolz den Kopf zurück. »Wir brauchen nichts von Euch, Monsieur, aber wir wollen, was uns rechtmäßig gehört, meine Mitgift nämlich. Wie oft soll ich Euch das noch sagen?«

»Dann betrachtet die Kleider eben als Vorauszahlung auf Eure

Mitgift«, erwiderte Morgan ungeduldig und hätte sie wegen ihrer Sturheit am liebsten geschüttelt oder vielleicht noch lieber geküßt, bis ihr Hören und Sehen verging.

»Kleider!« fauchte Leonie ungehalten. »Meint Ihr tatsächlich, ich würde das Geld für Kleider ausgeben? Ebensogut könnte ich es zum Fenster hinauswerfen!«

»Nein? Darf man fragen, wofür dann?«

»Ich brauche es nur aus einem Grund – um die Schulden, die auf dem Château lasten, zu begleichen«, ereiferte sie sich.

»Ach ja, richtig. Ich vergaß, wie dumm von mir!«

Leonie wandte sich angewidert ab. »Ihr spottet«, murmelte sie, »aber es ist dennoch wahr.« Glücklicherweise kehrte die Schneiderin mit Justin und einem Stapel von anprobefertigen Kleidern über dem Arm zurück, sonst hätte Leonie noch weiter argumentiert. Unwirsch streifte sie das erste Kleid über, dann das nächste, und schließlich siegte ihre Begeisterung für die äußerst femininen Kreationen der Mrs. Dobson über ihren Trotz. Zum Schluß wurde Leonies Garderobe noch durch atemberaubende Dessous und modische Accessoires vervollständigt, an die sie nicht einmal im Traum gedacht hätte. Leonie versuchte, dem Reiz der wundervollen Stoffe zu widerstehen, aber noch nie hatte sie so schöne Roben und Kleider besessen. Mrs. Dobson nahm zu guter Letzt noch das Maß von Leonies Fuß, um passende Strümpfe und Schuhe zu besorgen, und versprach, einen Großteil der Sachen schon am nächsten Tag nach Le Petit zu schicken.

Morgan ließ Leonie während der Anprobe keine Sekunde aus den Augen. Er fand sie unglaublich bezaubernd in ihrer kindlichen Freude. Sie machte ganz den Eindruck, als hätte sie noch nie im Leben so hübsche Dinge besessen, und erstmals kamen ihm Zweifel an seiner Theorie. Was, wenn sie wirklich nur drei Kleider besaß? Er versuchte, den Gedanken beiseitezuschieben, schalt sich einen verliebten Narren, der sich an der Nase herumführen ließ, und konnte doch seine wirklichen Gefühle nicht länger unterdrücken oder wegdiskutieren. Er wollte sie, er begehrte sie; sein Verlangen wurde so stark, daß es ihn schmerzte. Dann riß er sich von Leonies Anblick los und wandte sich an Mrs. Dobson.

»Ihr habt hervorragend gearbeitet«, lobte er die strahlende Schneiderin beim Abschied. »Und wenn die Accessoires von gleicher Qualität wie Eure Arbeit sind, bin ich sicher, daß meine Frau Eure Dienste nicht das letzte Mal in Anspruch genommen hat.«

Auf dem Nachhauseweg wurde kaum gesprochen. Justin war verständlicherweise müde, Morgan hing seinen eigenen Gedanken nach, und Leonie schien ungewöhnlich in sich gekehrt.

Zurück in Le Petit trennten sie sich wortlos. Leonie suchte die Abgeschiedenheit des Sommerhäuschens auf, um ihre Gedanken zu ordnen.

Dunkellilafarbene Glyzinen umrankten das zierliche Gitterwerk des Pavillons wie ein dichter Vorhang, und Leonie pflückte eine der herrlichen Blüten, nur um sie sogleich geistesabwesend zu zerpflükken. Morgans Verhalten hatte sie wieder einmal von Grund auf verunsichert, eine Tatsache, die sie maßlos ärgerte. Er spielte mit ihr je nach Laune, und sie ließ es sich auch noch gefallen!

Warum nahm er ihren Gang zu Richter Dangermond so gelassen hin? Warum war er einmal unerträglich ekelhaft, wie vor seiner Abreise nach Thousand Oaks, und dann wieder so zuvorkommend, ja liebenswürdig? Und warum fand sie dieses Ekel nur so unwiderstehlich attraktiv? Wie konnte es angehen, daß sie sich wider besseres Wissen in so einen Menschen verliebte? Wie konnte sie auch nur eine Sekunde vergessen, daß sie wegen einer geschäftlichen Abmachung hier war! Sie mußte sich einfach besser in der Gewalt haben! Wie immer, wenn sie diesen Entschluß gefaßt hatte, fühlte Leonie sich augenblicklich besser und von neuer Zuversicht beflügelt, eilte sie zum Haus zurück, um ein warmes, entspannendes Bad zu nehmen. Als sie aufatmend in das angenehm duftende Rosenwasser stieg, das Mercy ihr sogleich bereitet hatte, beschloß sie, nicht mehr länger die brave Ehefrau zu spielen. Heute abend würde sie auf ihrem Zimmer speisen, anstatt, wie man es von ihr erwartete, nette Konversation bei Tisch zu betreiben und Platitüden auszutauschen. Bah, sie haßte es, es war eine Farce! Von nun an würde sie es Monsieur Slade schwermachen, sie in solch heimtückischer Weise wie heute geschehen, zu manipulieren!

Morgan zeigte sich von Leonies Abwesenheit bei Tisch unangenehm berührt. »Verspätet sich Leonie?« fragte er mißtrauisch.

»Sie läßt sich entschuldigen«, antwortete Yvette mit sanfter Stimme, aber sichtlich nervös. »Sie wollte heute abend auf ihrem Zimmer speisen. Anscheinend fühlt sie sich nicht wohl.«

»Aha«, murmelte Morgan gereizt. »Dann werden wir wohl auf die Anwesenheit meiner bezaubernden Gemahlin verzichten müssen. Wie kommt es übrigens, daß ihr beide«, er warf Dominic und Robert einen durchaus ärgerlichen Blick zu, »öfter hier anzutreffen seid als auf Bonheur?«

Dominic ahnte instinktiv den eigentlichen Grund für Morgans bärbeißige Bemerkung und nahm ihm gekonnt den Wind aus den Segeln. »Wir haben dich vermißt, Brüderlein, und freuen uns über jede Gelegenheit, mit dir zusammen zu sein.« Dabei grinste er von einem Ohr zum anderen, und Morgan schmunzelte widerwillig.

»Dann wollen wir es uns schmecken lassen«, lenkte er ein.

Doch schon ein paar Stunden später brach sich der Ärger über Leonies Verhalten erneut Bahn in seinem Herzen. Grübelnd stand er am Fenster seines Schlafgemachs und starrte in die Nacht hinaus. Was führte sie diesmal im Schilde? Er nahm es ihr nicht übel, daß sie wegen seiner Hinterlist, Justin für seine Zwecke zu gebrauchen, mit ihm schmollte; damit hatte er gerechnet. Auf der Heimfahrt hatte sie hartnäckig geschwiegen, aber auch ihm war nicht nach Reden zumute gewesen. Dennoch weigerte er sich zu glauben, daß sie eine Intrige gegen ihn spann. Er hatte dieses ewige Mißtrauen so satt!

Unruhig zündete er sich eine seiner wohlriechenden Zigarren an. Ob ihr wirklich etwas fehlte? Sein Blick wanderte nachdenklich zu der Verbindungstür zwischen seinen und Leonies Räumen hinüber. Vielleicht war sie ja ernsthaft krank! Morgan setzte sich langsam in Bewegung und öffnete vorsichtig die Tür, um kein Geräusch zu verursachen.

Durch das Fenster am Bett fiel gerade genug Mondlicht ins Zimmer, um ihm die Orientierung zu erleichtern. Seine Augen gewöhnten sich schnell an die relative Dunkelheit, und auf Zehenspitzen näherte er sich Leonies Bett. Wie gebannt starrte er auf die schlummernde Gestalt.

Leonie schlief auf dem Bauch, der Mond beleuchtete sanft die Konturen ihres Gesichts und die freien Schultern. Sie schlief in einem baumwollenen Unterrock, dessen Träger über die Schultern herabgeglitten waren. Wieder spürte er den starken Zauber, den dieses zierliche Geschöpf auf ihn ausübte.

Warum sah sie nur so unschuldig aus? So unglaublich verführerisch? Er sehnte sich so danach, sie in seinen Armen zu halten, er begehrte sie mit einer geradezu schmerzlichen Heftigkeit. Warum nur war sie eine Hochstaplerin?

Er haßte diese quälenden Gedanken und wollte sich eben abwenden, als Leonie sich im Schlaf unruhig zu regen begann. Morgan legte ihr instinktiv, wie zur Beruhigung, die Hand auf den Arm. »Es ist alles in Ordnung, Liebling«, flüsterte er, »ich bin ja bei dir.«

Erschrocken fuhr Leonie aus dem Schlaf hoch. Undeutlich erkannte sie eine Gestalt, die sich über sie beugte, und wie ein Blitz traf sie die Erinnerung an jene Nacht vor vielen Jahren ... Im nächsten Augenblick schoß ihre geballte Faust nach vorn und traf Morgans Kinn.

Morgan stieß einen Schmerzensschrei aus und griff unwillkürlich nach ihren Armen. »Beruhige dich, Wildkatze«, rief er der wild um sich Schlagenden beruhigend zu.

Leonie hielt sofort inne. »Seid Ihr es, Monsieur?« fragte sie mit unsicherer Stimme.

»Ich fürchte ja.«

»Was tut Ihr hier?« fragte sie ängstlich. »Ist etwas mit Justin?« Und als Morgan verneinte, wurde ihr Ton vorwurfsvoll. »Warum seid Ihr dann hier?«

»Als ich hörte, daß Ihr Euch nicht wohlfühlt, machte ich mir Sorgen«, erwiderte er, vorsichtig seine Lippe betastend.

»Ach ja?« Diese Möglichkeit hatte Leonie nicht in Betracht gezogen, aber selbstverständlich glaubte sie ihm ohnehin kein Wort.

»Könnt Ihr nicht Licht machen?« schlug Morgan etwas hilflos vor. »Ich unterhalte mich nicht gern im Dunkeln.«

Es gelang Leonie, die Kerze auf ihrem Nachttisch anzuzünden. Im flackernden Kerzenschein erkannte sie, was ihr Faustschlag angerichtet hatte. »Oh, Monsieur«, rief sie entsetzt, »Ihr blutet ja.«

»Das habe ich befürchtet«, murmelte Morgan, und in einem Anflug von Humor fügte er hinzu: »Erinnert mich, daß ich Euch nicht noch einmal so unerwartet aufwecke. Wie soll ich meinen lieben Mitmenschen erklären, wie ich zu meinen Verletzungen komme?«

»Laßt mich das Blut abwaschen.« Reumütig sprang Leonie aus dem Bett, holte ihre Waschschüssel und ein Handtuch und begann, die Platzwunde vorsichtig zu säubern.

Morgan spürte jedoch keinen Schmerz mehr; er spürte nur die Nähe ihres Körpers, der zart nach Rosenwasser duftete. Obwohl ein unbändiges Verlangen danach, sie an sich zu ziehen, ihn durchflutete, ließ er sie ungestört gewähren.

»Fertig«, murmelte Leonie schließlich und setzte sich auf die Fersen. Ihre Augen begegneten Morgans verlangendem Blick, und mit einem Schlag wurde sie sich ihrer dürftigen Bekleidung bewußt. Sie versuchte, das prickelnde Gefühl zu unterdrücken, mit dem ihr Körper auf seine bloße Gegenwart reagierte. Abrupt stellte sie die Schüssel beiseite. »Ich wünsche Euch also eine gute Nacht, Monsieur.«

Morgan starrte sie noch immer wie hypnotisiert an. »Ich will mit dir schlafen«, murmelte er mit belegter Stimme.

Leonie schluckte nervös, während ihr das Herz bis zum Halse schlug. Sie versuchte, sich an ihre Vorsätze zu erinnern. Sie mußte ihn fortschicken! Aber die Worte blieben ihr im Halse stecken. Statt dessen starrte sie nur stumm zurück, unfähig, sich zu regen. Erst nach einer kleinen Ewigkeit schüttelte sie kaum merklich den Kopf. »*Non*, Monsieur, ich will nicht mit Euch schlafen.«

Morgan regte sich nicht, aber seine Augen verengten sich zu kleinen Schlitzen. »Ich fürchte, Ihr habt mich nicht ganz richtig verstanden, meine Liebe«, entgegnete er langsam, und der Klang seiner Stimme ließ Leonie wohlig erschauern. »Ich habe Euch nicht um Erlaubnis gefragt. Ich habe Euch gesagt, was ich tun will, was ich tun werde...«

22

Ein spannungsgeladenes Schweigen folgte auf seine Worte, dann machte Leonie einen letzten, halbherzigen Versuch, ihrem Vorsatz treu zu bleiben. »*Non, Monsieur,* das werdet Ihr nicht«, widersprach sie erneut.

»Wirklich nicht, Wildkatze?« murmelte Morgan und zog sie mit sanfter Gewalt an sich. Mit den Händen hielt er ihre Arme an ihren Körper gepreßt, während er sich über sie neigte und ihren Protest mit einem zärtlichen, tiefen Kuß erstickte.

Leonie spürte, daß ihr Widerstand dahinschmolz und ein wildes Verlangen Besitz von ihr ergriff. Umsonst wehrte sie sich gegen sein provozierendes Streicheln. Er hatte ihre Leidenschaften zum Leben erweckt, und ihr Körper reagierte instinktiv auf seine Liebkosungen. Hilflos gestand sie sich ein, daß sie mehr als alles auf der Welt noch einmal in dem Liebesrausch versinken wollte, in den er sie zu versetzen in der Lage war.

Ein schwacher Seufzer entrang sich ihr, als seine Hände ihre Brüste gierig umfaßten, doch auch Morgan stöhnte leidenschaftlich, als er spürte, wie ihre zarten Knospen unter dem Rollen seiner Finger hart wurden, und er preßte sie wild an sich. Ein unerträgliches Verlangen danach, mit ihm zu verschmelzen, pulsierte wie ein Fieber durch Leonies Körper, der sich dem Sinnestaumel willig überließ.

Ihre leidenschaftliche Hingabe erfüllte Morgan mit einem unbeschreiblichen Glücksgefühl und spülte jeden Anflug von Zurückhaltung in ihm fort. Seine Hände glitten wie im Fieber über ihre samtweiche Haut, während er sich an dem Duft ihres Haares berauschte und sie mit einer fast schmerzlichen Leidenschaft küßte, in der alles um sie herum versank.

Sanft liebkosend streichelten ihre Fingerspitzen über seinen Nacken; von ungestillter Leidenschaft erfüllt preßte sie seine Lenden verlangend gegen ihren Leib. Morgans Erregung duldete nicht länger die Zwänge von Unterrock und Morgenmantel. Im Bruchteil einer Sekunde glitt sein Mantel zu Boden, und während er Leonie so hungrig küßte, daß ihr schwindelte, streifte er ihr gekonnt den Unterrock vom Körper. Mit einem befriedigten Seufzer sanken sie sich erneut in die Arme. Leonie überlief ein seliger Schauer, als sie seinen starken Körper auf ihrer nackten Haut spürte und seinen fordernden Mund auf ihren Lippen. Wie betäubt hing sie in seinen Armen, als sie spürte, wie er seine erotischen Küsse immer tiefer setzte.

Morgan war wie besessen von dem Verlangen, sie bis zur Ekstase zu erregen. Behutsam umschlossen seine Lippen ihre Brüste, während seine Zunge in einem wilden Tanz ihre zarten Knospen stimulierte. Blind vor Sehnsucht und Lust merkte er nicht einmal, daß er ihre Arme festhielt, als könne sie ihn ablenken, und so wand Leonie sich hilflos, vor Wonne leise stöhnend, in seinem festen Griff.

Ihr Körper glühte, ihre Brüste schmerzten unter der ungeheuren Anspannung, die sich in ihr aufbaute. Ihr offensichtliches Vergnügen an seinen Liebeskünsten berauschte Morgan. Seine Finger glitten über die feinen Härchen ihrer Bauchdecke bis hinab zum Venushügel, wo er genießerisch innehielt. Ein köstliches Prickeln ließ Leonie am ganzen Körper erbeben, und hilflos bäumte sie sich unter seinen Händen auf, deren zärtliche Berührungen immer kühner und schließlich schockierend intim wurden.

Morgan stöhnte lustvoll, als er die samtene Wärme ihrer Vulva spürte, und mit einem wilden Kuß warf er Leonie aufs Bett.

Leonie überließ sich ihm völlig. Sie war sich nur des fast unerträglich herrlichen Gefühls bewußt, das sich wie eine mächtige Welle in ihr aufbaute und ihren Körper schon bald mit sich reißen würde.

Doch noch gab Morgan seinem Verlangen, sie vollends zu nehmen, nicht nach. Den zarten Duft ihrer Haut, das Gefühl ihres Körpers, den sie ihm begehrlich darbot, voll auskostend, hauchte er erotische Küsse auf ihre Taille und die Bauchdecke, doch als er sich zwischen ihre Beine beugte, protestierte Leonie schwach.

»Ah, Monsieur, non!« stöhnte sie leise, aber entsetzt, und hätte ihn doch am liebsten gewähren lassen. Sie befand sich in einem Taumel der Erregung und konnte nicht genug bekommen, doch

zugleich fürchtete sie sich vor der Wucht neuer Gefühle, die er so spielerisch in ihr hervorzurufen imstande war.

Morgan hielt benommen inne. Mit vor Leidenschaft dunkler Stimme murmelte er: »Ich will dich Leonie... ganz«, aber sie schüttelte den Kopf, und enttäuscht stützte er sich auf einen Ellenbogen. Leonie erzitterte unter dem hungrigen Blick seiner pechschwarz glänzenden Augen. »Du bist wunderschön, Wildkätzchen, wunderschön... überall«, flüsterte er zärtlich und ließ seine Hand sanft über ihren Bauch und zwischen die Schenkel gleiten. »Auch dort.«

Seine Worte erregten Leonie ebensosehr wie seine Berührungen, und sie erwiderte seine flammenden Küsse wie im Traum. Doch als er kurz darauf noch einmal versuchte, sein Ziel zu erreichen, versteifte sie sich protestierend in seinen Armen, und mit einem Seufzer gab er sein Vorhaben auf. »Heute abend sollst du deinen Willen haben«, lächelte er, »aber das nächste Mal...«

Mit einem Kuß verschloß er ihren Mund, bevor sie ihrem Protest weiter Ausdruck verleihen konnte, und seine Finger glitten erneut zwischen ihre Schenkel. Diesmal hielt er nicht eher inne, bis Leonie sich wie von Sinnen, wonnevoll stöhnend, unter ihm wand und auch er sich nicht länger beherrschen konnte. Vorsichtig drang er in sie ein und begann, sich langsam in ihr auf und ab zu bewegen.

Leonie bäumte sich ihm entgegen. Ihre Hände fuhren liebkosend über seine Seiten und preßten ihn wild an sich. Morgan versuchte, diesen köstlich intimen Augenblick hinauszuzögern, doch Leonies ungeduldige Erregung sprang auf ihn über, und seine Bewegungen wurden schneller. Plötzlich durchlief ein wellenartiges Zucken Leonies Körper. Morgan bewegte sich in wilder Ekstase in ihr, doch Leonie nahm nur undeutlich wahr, daß auch er seine Erfüllung erfuhr, als die exquisite Anspannung in ihrem Körper sich in einer Welle ungeheurer Lust auflöste und sie einfach davonriß.

Danach lagen sie still beieinander. Für Leonie war dieser Augenblick voll bitterer Süße, denn als ihre aufgepeitschten Gefühle sich wieder beruhigten, drang auch die Realität wieder qualvoll in ihre

Gedanken. Was sie eben erlebt hatte, war wundervoll gewesen, aber was nutzte es, sich einzugestehen, daß sie ihn liebte, wenn es doch für ihn nichts weiter als ein Racheakt war, der ihm noch dazu Spaß machte?

Leonie konnte nicht ahnen, daß sie Morgan mit dieser Unterstellung Unrecht tat, denn als er sich endlich von ihr trennte und sie in seine Arme zog, wußte er, daß sie ihm soviel bedeutete wie einst Stephanie. Sich dieses einzugestehen, fiel ihm alles andere als leicht, denn die Einsicht kam ihm in einem Moment, wo sein Verlangen gestillt und er nicht mehr blind vor Begierde war. Zynisch verzog er seinen Mund. Es schien sein Schicksal zu sein, skrupellose, egoistische Frauen zu lieben. Aber diesmal war er vorbereitet; diesmal würde er sich zu schützen wissen! Unwillkürlich preßte er Leonie an sich und küßte sie brutal, ohne die geringste Zärtlichkeit, als wolle er sie verletzen, ehe sie ihn verletzte.

Leonie hatte von seinem Stimmungsumschwung erklärlicherweise keine Ahnung und begann, sich heftig zu wehren. Als es ihr endlich gelang, ihren Mund zu befreien, rief sie empört: »Hört sofort damit auf, Monsieur. Ihr seid ein Grobian.«

Seltsamerweise war es das Wörtchen »Monsieur«, das Morgans grimmige Stimmung mit einem Schlag vertrieb. Amüsiert lächelte er sie an. »Meint Ihr nicht, daß Ihr endlich aufhören solltet, mich Monsieur zu nennen?« fragte er spöttisch. »Monsieur klingt so förmlich ...« Spielerisch küßte er erneut ihre Brüste, und Leonie schloß für eine süße Sekunde die Augen, während Morgan mit belegter Stimme weitersprach. »Und unser Umgang ist nicht eben förmlich zu nennen, meint Ihr nicht auch?«

Leonie schämte sich, wie spontan ihr Körper auf seine Berührungen reagierte und wollte ihr Heil in der Flucht suchen, doch Morgan hielt sie mit sanfter Gewalt zurück.

»Aber nein, ich bitte Euch, bleibt noch eine Weile«, neckte er, dann neigte er seinen Mund dicht an ihr Ohr und befahl im Flüsterton: »Sag meinen Namen, Leonie. Sag Morgan.«

Leonie schwieg, verzweifelt und trotzig zugleich. Wenn sie seiner Bitte nachkam, würde sie ihre mühsam aufrechterhaltene Distanz ihm gegenüber und ihre Würde verlieren.

»Na komm schon, sag es«, wiederholte Morgan und begann, ihren Nacken mit erregenden Küssen zu bedecken. Noch immer trotzte sie seinen Bemühungen, und Morgan gluckste leise vor Lachen. Er umschloß ihre Brüste mit seinen warmen Lippen und ließ seine Hand berechnend über die Bauchdecke abwärts gleiten.

Leonie war dem neuerlichen Ansturm sinnlicher Lust nicht gewachsen, und obwohl sie wußte, daß er mit ihr spielte, sie auf gemeine Weise manipulierte, ließ sie es geschehen und flüsterte kaum hörbar seinen Namen. Ihr weicher, französischer Akzent gefiel ihm, und ohne sein erotisches Streicheln zu unterbrechen, trieb er das Spiel noch ein wenig weiter. »Und jetzt sag Morgan, Liebling«, flüsterte er, zärtlich an ihrem Ohrläppchen knabbernd.

»Non!« stöhnte Leonie rebellisch, und Morgan sah ihr mit gespielter Verwunderung in die Augen.

»Nein? Schade. Dann müssen wir eben versuchen, Euch umzustimmen«, erklärte er, und ohne ihr Zeit für eine Antwort zu lassen, legte er sich auf sie und verschloß ihren Mund mit einem unerhört erregenden Kuß. Das Gefühl ihres warmen Körpers unter ihm, ihre kleinen, festen Brüste, die sich an ihn preßten, und ihr sinnlicher Mund, der sich ihm nicht länger verschloß, raubten ihm fast den Verstand. Er hatte sie nur weiter necken wollen, doch nun spürte er, wie sein Blut erneut in Wallung geriet. »Sag es, verdammt, sag es!« seufzte er und vergrub sein Gesicht verlangend in ihrem weichen Haar.

Leonie hörte ihn wie im Fiebertraum. Ihr schlanker Körper spannte sich wie ein Bogen unter seinen Händen, und völlig benommen flüsterte sie »Morgan, mein Liebling«, dann versanken beide erneut in dem reißenden Strudel ihrer Leidenschaft.

Als sie sich schließlich erschöpft in den Armen lagen, hatte Leonie nur noch den einen Wunsch, eng an ihn geschmiegt einzuschlafen. Bald verkündeten ihre gleichmäßigen Atemzüge, daß sie in einen tiefen Schlummer gefallen war.

Morgan lag jedoch hellwach, neuerlich geplagt von Zweifeln und Selbstvorwürfen. Gut, er war also dumm genug gewesen, sich in sie zu verlieben. Wie aber sollte es nun weitergehen? Sollte er ihr etwa seine Liebe gestehen? Sie anflehen, ihn zu lieben? Morgan kräuselte verächtlich die Unterlippe. Das war ziemlich unwahrscheinlich. Und dann gab es ja schließlich noch den mysteriösen Hintermann, Justins Vater.

Unwirsch erhob er sich und warf Leonie einen ratlosen Blick zu. Wie unschuldig sie aussieht, dachte er mit einem Anflug von Zärtlichkeit, doch dann schüttelte er das Gefühl ärgerlich ab, streifte seinen Morgenmantel über und kehrte frustriert in sein eigenes Schlafgemach zurück. Warum konnte er zur Abwechslung nicht einmal eine ganz gewöhnliche Frau lieben?

Erst Stunden später fiel er in einen unruhigen Schlaf, und zum ersten Mal seit langer Zeit quälte ihn wieder der Alptraum. Er ritt wie von Furien gehetzt, um Stephanie und Philippe zu retten, doch er kam zu spät, und als er die leblosen Körper umdrehte, waren es zu seinem Entsetzen Leonie und Justin!

Schweißgebadet fuhr Morgan aus dem Schlaf hoch; vergeblich versuchte er, die furchtbaren Bilder des Alptraums abzuschütteln. Erst nach und nach gelang es ihm, sich wieder zu beruhigen. Dann allerdings fiel er in einen tiefen, traumlosen Schlaf.

Leonie erwachte von den warmen Strahlen der Morgensonne, halb enttäuscht, halb erleichtert darüber, sich allein in ihrem Bett zu finden. An diesem Morgen fiel es ihr schwerer als sonst, ihre Gedanken zu ordnen und sich über ihre wahren Gefühle klar zu werden. Die innere Distanz, die sie Morgan gegenüber bisher mühsam aufrechterhalten hatte, stand nur mehr auf wackligen Füßen, und Leonie fürchtete sich davor, zu seinem Spielzeug zu werden. Mit wildem Entsetzen erinnerte sie sich daran, wie er sie dazu gezwungen hatte, seinen Namen auszusprechen. Ah, er ist ein gefühlloser Unhold, dachte sie erbost, aber jetzt kenne ich seine Tricks. Ich werde nicht mehr darauf hereinfallen!

Solchermaßen gestärkt für die Begegnung mit ihrem ungehobelten Gemahl, begab sie sich energischen Schritts in das Speisezimmer, wo der Butler mit dem Frühstück auf sie wartete. Monsieur Slade, so informierte er Madame, verzichtete heute morgen auf das Frühstück, und Mademoiselle Yvette ließ sich ebenfalls entschuldigen. Sie sei unpäßlich. Leonie zog erstaunt die Brauen in die Höhe, dann drehte sie sich um und verließ wortlos das Zimmer.

»Was höre ich, *ma petite*!« rief sie zur Begrüßung und ergriff die Hand ihrer Halbschwester, die noch im Bett lag. »Du fühlst dich nicht wohl?«

Yvette wirkte blasser als sonst, doch sie lächelte schwach. »Es ist nichts Ernstes. Ich habe mir wahrscheinlich gestern abend den Magen verdorben. Morgen wird es mir schon besser gehen, du wirst sehen«, versicherte sie Leonie, die sich allerdings nicht so ohne weiteres davon überzeugen ließ, daß ihrer Freundin wirklich nichts Ernstes fehlte. Die beiden unterhielten sich eine geraume Weile über dies und das, als Yvette unvermittelt ihre Hand auf Leonies Arm legte und mit bekümmertem Blick fragte: »Bitte sag mir die Wahrheit, Leonie. Bist du glücklich hier? Du benimmst dich in letzter Zeit so merkwürdig. Tut es dir leid, daß du Monsieur Slade aufgesucht hast?«

Leonie unterdrückte die bittere Antwort, die ihr auf der Zunge lag. Wie meistens, gelang es ihr auch jetzt, Yvettes Zweifel zu zerstreuen, doch als sie ihre Halbschwester verlassen hatte, versuchte sie, sich die Frage so ehrlich wie möglich zu beantworten. Es fiel ihr nicht schwer. Um nichts in der Welt hätte sie darauf verzichtet, Morgan Slade kennenzulernen, egal, was die Zukunft auch bringen mochte.

23

Am späten Nachmittag trafen die Kleider ein. Mercy schlug ein ums andere Mal begeistert die Hände zusammen, während sie die feine Unterwäsche, die Accessoires, Strümpfe und Satinschuhe auf dem Bett ausbreitete.

»Aah, was werden wir hübsch aussehen, Missie«, strahlte sie übers ganze Gesicht und verdrehte entzückt die Augen.

»Aber Mercy, so beruhige dich doch«, tadelte Leonie sie belustigt, obwohl sie selbst begeistert über die kostbaren Stoffe und das hübsche Beiwerk war, aber natürlich wollte sie sich das nicht anmerken lassen. »Pack die Sachen lieber fort.«

»Aber nicht jetzt. Ich will sie auch noch in Augenschein nehmen«, ertönte eine Stimme von der Tür her.

Leonies Herz schlug augenblicklich schneller.

Den ganzen Tag über hatte sie ihn nicht gesehen und es auch nicht gewagt, ihn in seinem Büro aufzusuchen. Es war ihr also nichts anderes übriggeblieben, als ihren aufgestauten Ärger auf kleiner Flamme zu halten, um ihn Morgan im rechten Augenblick an den Kopf zu werfen. Jetzt schien dieser Augenblick zwar gekommen, aber sein unerwartetes Erscheinen brachte sie völlig aus dem Konzept. Ein zynisches Lächeln umspielte seine Lippen, als wüßte er ganz genau, wie es um ihren Seelenfrieden bestellt war.

Leonie holte tief Luft. Äußerlich die Ruhe in Person, befahl sie Mercy zu gehen. »Ich muß allein mit Monsieur Slade sprechen.«

Morgan zog erstaunt die Augenbrauen in die Höhe und trat ein. »Ja, Mercy, laß uns bitte allein. Ich muß meiner Frau beibringen, wie man meinen Namen ausspricht.«

Leonie errötete bis unter die Haarwurzeln, und Mercy verließ das Zimmer mit einem erschreckten Blick auf ihre Mistress. Jetzt, da sie ihrem Herzen hätte Luft machen können, konnte sie nur daran denken, wieviel er ihr mittlerweile bedeutete. Törichte Gans! schimpfte sie sich im stillen. Hast du vergessen, daß er ein Halunke ist, unzuverlässig und kaltblütig? Und doch ... Mühsam nahm sie sich zusammen. »Monsieur, wir müssen reden!« begann sie mit fester Stimme. »Die Situation ist untragbar geworden, und ich bin nicht länger willens, so zu tun, als ob alles in Ordnung wäre.«

»Eben das denke ich auch«, pflichtete Morgan ihr gelassen bei und ließ seine Finger über die hauchdünnen Dessous gleiten, die Mercy auf dem Bett liegengelassen hatte.

»Was ... was soll das heißen?« stotterte Leonie verblüfft. Wieder einmal verrauchte ihre Wut in Sekundenschnelle. »Werdet Ihr mir die Mitgift denn zurückzahlen?«

»Vielleicht«, antwortete Morgan gedehnt und musterte Leonie nachdenklich. »Es kommt ganz auf Euch an.«

Leonie zog die Stirn in krause Falten. »Ich fürchte, ich kann Euch nicht folgen. Ich habe meinen Teil der Abmachung bereits erfüllt, als ich Euch heiratete.«

»Aber angenommen, ich würde Euch und Justin bitten, hierzubleiben?« fragte er leise.

Leonie starrte ihn an, unfähig sich zu regen. Ihr Herz klopfte bis zum Hals vor Glück. War es möglich? Er wollte, daß sie blieben? Aber irgend etwas in ihr warnte sie davor zuzustimmen. Vielleicht war es ja wieder nur ein Trick! Sein bisheriges Verhalten hatte sie in den vergangenen Wochen in die schlimmsten emotionalen Wechselbäder ihres Lebens gestürzt! Warum sollte sie ihm nun plötzlich vertrauen oder gar in Erwägung ziehen, ganz bei ihm zu bleiben?

»Monsieur«, brachte sie endlich mühsam heraus, »Ihr stellt mich vor eine schwere Entscheidung. Ich muß darüber nachdenken.«

Morgan hatte, ohne eigentlich zu wissen, warum, eine andere Antwort erwartet. Ihr Zögern brachte ihn auf den Boden der Tatsachen zurück, und in seine blauen Augen trat ein harter Glanz. »Verstehe«, sagte er möglichst beiläufig, doch in seinem Innern schalt er sich wegen seiner unglaublichen Torheit und Unbeherrschtheit. Wie hatte er nur annehmen können, daß seit letzter Nacht irgend etwas anders geworden war?

Den ganzen Tag über hatte er gegen seine Gefühle für Leonie angekämpft. Immer und immer wieder hatte er sich vor Augen geführt, daß er nur in ihren hübschen Körper vernarrt war, aber als er vorhin ihr Zimmer betreten und sie wiedergesehen hatte, waren alle seine guten Vorsätze dahin gewesen, und er hatte aus vollem Herzen geredet, ohne zu überlegen. Es wird nicht wieder vorkommen, schwor er sich bitter. Sie ist und bleibt eine berechnende Betrügerin, und ich darf sie nicht lieben!

Er zwang seine Gedanken in eine andere Richtung. Ob es doch einen Mann in ihrem Leben gab? Er hatte die Möglichkeit verdrängt, doch auf Grund der Abfuhr, die sie ihm eben erteilt hatte, zog er sie erneut in Betracht. Ein Gefühl der Eifersucht stieg in ihm hoch, und er wendete sich schnell ab, um sich nicht noch eine Blöße zu geben. Ohne weiter auf ihre unverbindliche Antwort einzugehen, deutete er auf das kostbare Abendkleid aus reiner Seide, das über dem Stuhl hing und dessen warme Gelb- und Bronzetöne wundervoll mit Leonies Teint harmonierten. »Werdet Ihr auf dem Ball heute abend dieses Kleid tragen?« fragte er schroff.

»Ein Ball? Was für ein Ball?« Fassungslos schaute sie ihn an. Was hatte das schon wieder zu bedeuten? Dieser Morgan war wirklich ein unberechenbarer Mensch!

Erst jetzt fiel Morgan auf, daß er es versäumt hatte, Leonie von der Einladung zum Ball des Ex-Vizepräsidenten zu erzählen. »Ich fürchte, mein Erinnerungsvermögen hat mich wieder einmal im Stich gelassen«, lächelte er entschuldigend.

»Heute abend findet ein Ball zu Ehren Aaron Burrs statt, und wir sind eingeladen.«

»Oh, aber...«

»Keine Widerrede, meine Liebe«, unterbrach er sie knapp. »Wir werden hingehen. Ich lasse mich auf keine Diskussion ein. Meint Ihr nicht auch«, fuhr er zynisch lächelnd fort, »daß wir uns einmal in aller Öffentlichkeit sehen lassen sollten? Unser Erscheinen wird die Klatschmäuler besänftigen.«

»Bah! Ich habe noch nie etwas auf Klatschmäuler gegeben«, versetzte Leonie rebellisch.

Morgan kam bedrohlich näher. »So so. Und habt Ihr schon einmal daran gedacht, daß meine Familie Euretwegen eine Menge Schwierigkeiten hat? Ich finde, Ihr seid es meinen Eltern schuldig.«

Leonie hatte dem nichts entgegenzusetzen. »Nun gut, Monsieur«, stimmte sie mit trotzigem Gesicht zu, »dann begleite ich Euch eben auf diesen lächerlichen Ball. Ich verspreche sogar, mich anständig zu benehmen. Seid Ihr jetzt zufrieden?«

Morgan grinste amüsiert und tippte ihr ans Kinn. »Habt Ihr gestern abend nicht gelernt, meinen Namen auszusprechen, Wildkatze? Erzählt mir nicht, daß Ihr ihn in so kurzer Zeit wieder vergessen habt. Oder möchtet Ihr noch eine weitere Lektion?«

Leonie öffnete den Mund zu einer ärgerlichen Entgegnung, doch Morgan beugte sich blitzschnell über sie und küßte sie langsam und anhaltend, bis sie wie leblos in seinen Armen hing. »Erinnerst du dich jetzt, Wildkatze? Kannst du Morgan sagen, oder soll ich weitermachen?« flüsterte er mit belegter Stimme.

Benommen schlug Leonie die Augen wieder auf. Es hatte keinen Sinn, stur zu bleiben; sie wußte, was als nächstes geschehen würde!

»Nein, ich habe es nicht vergessen, Mo ... Morgan«, murmelte sie und versuchte, sich zu befreien.

Morgan seufzte. »Schade. Du bist eine begabte Schülerin.«

Leonie errötete verlegen, und Morgan lachte lauthals. »Ich habe noch einiges zu erledigen«, erklärte er, plötzlich sachlich werdend, und streichelte über ihre glühende Wange. »Ihr könnt Euch in der Zwischenzeit ja für heute abend herausputzen.« Und noch bevor Leonie ihm eine vernichtende Antwort entgegenschleudern konnte, hatte er das Zimmer bereits verlassen.

Leonie ballte die Hände zu Fäusten und stampfte wütend mit dem Fuß. Was bildete er sich eigentlich ein? Er gab ihr das Gefühl, ihm völlig ausgeliefert zu sein, ein Gefühl der Hilflosigkeit, und sie haßte es! Aber es war eine reine Energieverschwendung, sich ihm zu widersetzen, da ihm dieser Ball nun einmal so wichtig zu sein schien. Nun gut, heute sollte er seinen Willen haben.

Im Verlauf der Vorbereitungen für das festliche Ereignis konnte Leonie es allerdings auch nicht verhindern, daß eine gewisse Vorfreude sich ihrer bemächtigte. Willig überließ sie sich Mercys geschickten Händen, und als diese schließlich zufrieden zurücktrat, um ihr Werk noch einmal prüfend in Augenschein zu nehmen, betrachtete Leonie beklommen ihr Spiegelbild, unfähig zu glauben, daß sie das sein sollte.

Der Spiegel zeigte ihr eine gertenschlanke, elegant gekleidete und frisierte junge Dame in feinen Satinschühchen. Mercy hatte Leonies Lockenmähne bis auf wenige krause Strähnen kunstvoll hochgesteckt, über Wangen, Nase und Dekolleté einen Hauch feinen, perlmuttschimmernden Puders gestäubt und ihr ein Parfüm aufgetragen, das bei jeder Bewegung den berauschenden Duft von Gardenien verströmte. Übermütig lief sie in Yvettes Zimmer und präsentierte sich der Freundin.

»Yvette«, rief sie fröhlich. »Sieh mich an. Erkennst du mich wieder? Wie findest du mich?«

»Du siehst wundervoll aus, Leonie. Heute abend wirst du die *Belle Dame* sein, du wirst sehen«, rief Yvette bewundernd.

Leonie setzte sich zu ihr auf die Bettkante. »Bist du auch nicht böse, wenn ich ausgehe und dich allein lasse?«

»Wie kommst du darauf? Schließlich bist du mit Monsieur Slade verheiratet, nicht ich!« lachte Yvette, der es schon wieder besser ging.

Sichtlich beruhigt verabschiedete sich Leonie, um noch nach Justin zu sehen, der schon im Bett lag, dann eilte sie leichtfüßig die Treppe hinunter.

Morgan kam ihr mit einem warmen Lächeln entgegen. Er sah ungemein attraktiv aus in seiner schwarzen, taillierten Cashmereweste, unter der er ein weißes Rüschenhemd trug, und den enganliegenden, schwarzen Hosen sowie dem äußerst eleganten, schwarzen Samtzweireiher. »Du bist heute abend besonders schön, Wildkatze«, murmelte er. »Schöner, als ich bisher ahnte.«

Leonie starrte verlegen auf ihre Schuhspitzen, das Herz schlug ihr bis zum Hals. »Ihr seht auch sehr gut aus, Monsieur«, erwiderte sie, »ich wollte sagen, M... Morgan.«

Schmunzelnd zog er ein kleines Päckchen aus der Tasche. »Ich wollte nicht, daß du mich für einen schrecklichen Kerl hältst, und darum habe ich dir in Natchez ein kleines Geschenk gekauft. Willst du es sehen?«

Leonie nickte eifrig, wenngleich seine freundlichen Worte sie zutiefst verunsicherten. Er hatte ihr ein Geschenk gekauft? Der Mann, den sie in New Orleans geheiratet hatte, hatte nicht den Eindruck eines großzügigen Menschen gemacht!

Morgan öffnete das Päckchen und entnahm ihm ein kleines Lederschächtelchen, in dem auf einer schneeweißen Satineinlage ein Topasanhänger und ein Paar passender Ohrringe funkelten. »Ich dachte, sie würden hervorragend zu dem Kleid passen«, meinte er leichthin. »Gefallen sie dir?«

Ehrfürchtig starrte Leonie auf die glitzernden Steine. »Sie sind wunderschön«, flüsterte sie hingerissen.

Morgan nahm den Anhänger und legte ihn vorsichtig um ihren Hals. Dann trat er einen Schritt zurück. »Es sieht genauso aus, wie ich es mir vorgestellt hatte... der perfekte Schmuck, passend zu einem schönen Kleid... und zu einer schönen Frau. Vielleicht finde ich eines Tages noch eine passende Brosche dazu.«

Leonie funkelte ihn entrüstet an. »*Non*! Ich will Eure Geschenke nicht. Und ich sollte weder die Kleider noch diese Juwelen hier annehmen.«

Der innere Konflikt, in den er sie unfreiwillig gestürzt hatte, spiegelte sich allzudeutlich in ihren Augen, doch Morgan war nicht nach Streiten zumute. Sanft faßte er sie bei den Schultern und zwang sie, ihn anzusehen. »Wollen wir unseren Disput heute abend nicht einmal ruhen lassen?« fragte er leise.

Leonie kämpfte mit sich, aber es schien, als könne sie ihm nichts abschlagen. Widerwillig nickte sie, doch als Morgan daraufhin zufrieden lächelte, wiederholte sie trotzig: »Aber nur heute abend.«

»Einverstanden, Wildkatze. Und jetzt brechen wir besser auf, sonst sind wir noch die letzten.«

Die prächtige Villa des Gastgebers, Stephen Minor, seines Zeichens Ex-Gouverneur von Natchez, war hell erleuchtet, als sie eintrafen. Durch die geöffneten Fenster und Verandatüren drangen das Klirren von Gläsern und ein verhaltenes Stimmengewirr, das Leonie reichlich nervös werden ließ, obwohl sie eine gelassene Miene zur Schau stellte. Ohne Zweifel waren heute abend unter den Gästen auch jene anwesend, die ihren Auftritt auf Morgans Verlobungsball miterlebt hatten. Wie würden sie sich ihr gegenüber verhalten? Außerdem waren Bälle ihr bis dato fremd geblieben, und sie fühlte sich irgendwie deplaziert.

Morgan, der ihre Anspannung spürte, drückte beruhigend ihren Arm. »Ich werde immer in deiner Nähe bleiben, Wildkatze«, flüsterte er ihr ins Ohr.

Und so war es auch. Doch nicht nur Morgan, die ganze Familie stärkte ihr den Rücken. Noelle stellte sie unermüdlich ihren vielen Freundinnen vor, und wenn sie doch einmal in ein längeres Gespräch verwickelt wurde, führten Morgan und Matthew sie abwechselnd zum Tanz. Auch Robert und Dominic waren stets zur Stelle und weihten sie in die intimen Unarten einflußreicher Persönlichkeiten ein. Entgegen ihrer schlimmsten Befürchtungen amüsierte Leonie sich großartig.

Nach ihrem letzten Zusammenstoß mit Noelle hatte Leonie der Begegnung am heutigen Abend mit gemischten Gefühlen entgegengesehen, doch Noelle hatte ihr versöhnlich zugezwinkert. »*Petite*, habt Ihr mir meine Eigenmächtigkeit vergeben? Ich weiß, es war abscheulich, aber ich wollte Euch wirklich nicht kränken. Ihr seid mir nicht mehr böse, ja?« Und hatte Leonies Vorbehalten einfach die Grundlage entzogen.

Eine bessere Gelegenheit, Leonie in die höhere Gesellschaft von Natchez einzuführen, hätte es gar nicht geben können. Alles, was Rang und Namen hatte, war anwesend, der Skandal um Morgans geplatzte Verlobung längst Schnee von vorgestern. Der Mann der Stunde hieß Aaron Burr. Burr, der Teufel; Burr, der Engel; Burr, der Patriot; Burr, der Verräter; Burr, das Opfer politischer Machenschaften; Burr, der Mörder.

Morgan wußte von der Kontroverse um Burr erst seit seiner Rückkehr vor zwei Monaten. Matthew und Robert hatten ihm die Hintergründe der Affäre aus ihrer Sicht erläutert.

Die Wahl im Jahre 1800 hatte sich zu einem Kopf-an-Kopf-Rennen zwischen Jefferson und Burr entwickelt, und Jefferson hegte den Verdacht, daß Burr, im Einvernehmen mit den Föderalisten, versuchte, das Rennen für sich zu entscheiden, obwohl Burr von seiner eigenen Partei, den Demokraten, bereits zum Vizepräsidenten nominiert worden war.

Das entscheidende Votum fiel schließlich im Repräsentantenhaus, und Thomas Jefferson siegte mit einer einzigen Stimme Mehrheit. Verständlicherweise mißtraute er Burr auch weiterhin, und für seine zweite Amtsperiode berief er George Clinton zu seinem Vizepräsidenten. Burr war aus dem Rennen.

Oberst Burr, wie er sich nennen ließ, stand nicht nur in dem Ruf, ein Weiberheld zu sein, sondern auch ein Mensch von zweifelhaften ethischen Grundsätzen, in dessen Umfeld immer irgendein Skandal aufgedeckt wurde. Das Duellierfeld konnte man getrost als sein zweites Zuhause bezeichnen, denn er war stets bereit, seine Ehre mit dem Leben zu verteidigen. Im Jahre 1799 tötete er im Duell den Schwiegersohn Alexander Hamiltons, der ihn der Bestechlichkeit bezichtigt hatte, und im Juli des vergangenen Jahres hatte er auf dieselbe Weise Alexander Hamilton getötet, weil dieser Burrs Moral in Frage gestellt hatte.

Der Tod Hamiltons wog schwerer als alle anderen Faktoren

zusammen und beendete praktisch über Nacht seine politische Laufbahn. Ein Haftbefehl wurde gegen ihn erlassen, und im Staat New York stand er seither unter Mordanklage, obwohl das Duell korrekt ausgetragen worden war. Die einen behaupteten, daß Jefferson ihn unschädlich machen wolle, die anderen, daß die Föderalisten den Tod ihres »Heiligen« rächen wollten. Auf alle Fälle standen die Sterne an der Ostküste schlecht für ihn, während er westlich der Appalachen wie ein Held gefeiert wurde.

In Nashville hatte Burr einige Tage mit General Jackson verbracht, ein Umstand, dem Morgan besondere Beachtung schenkte, zumal Burr sich vor seiner Weiterreise nach Natchez auch noch mit General Wilkinson in Fort Massac am Ohio getroffen hatte. Warum sollte Wilkinson, der seine einflußreiche militärische Stellung Jefferson verdankte, sich mit einem Mann treffen, den Jefferson aus seinem Vertrauen entlassen hatte?

24

Die Ankunft Burrs sorgte für Aufregung unter den Gästen, denn der kleinwüchsige, elegant gekleidete Mann, der sich überschwenglich mit den Gastgebern unterhielt, war alles andere als eine imposante Erscheinung. Er wirkte eher wie ein Gesellschaftslöwe, verteilte in dandyhafter Manier Komplimente, schüttelte Hände, machte Verbeugungen. Morgan hielt sich im Hintergrund. Eigentlich legte er keinen gesteigerten Wert darauf, Burrs Bekanntschaft zu machen, aber an einem Abend wie diesem würde es sich wohl kaum vermeiden lassen.

Das Fest war bereits in vollem Gange, als Stephen Morgan und Leonie zu sich winkte. Morgan kannte Stephen gut – der Ex-Gouverneur und Matthew waren alte Freunde, und Phillipp Nolan, Morgans Freund, war für kurze Zeit Stephens Schwiegersohn gewesen. An Stephens Seite erkannte er Oberst Osmun, dem er einmal flüchtig begegnet war, der ihn jedoch mit einem kräftigen Handschlag begrüßte.

»Freue mich, Euch wiederzusehen, Slade«, dröhnte Osmun, und an Leonie gewandt, fuhr er mit einer galanten Verbeugung fort: »Und Ihr müßt die bezaubernde Frau Gemahlin sein, deren Lob ich heute abend bereits vernommen habe! Gnädige Frau, entzückt, Eure Bekanntschaft zu machen!« Dann schlug er Morgan freundschaftlich auf die Schulter. »Seid Ihr nicht ab und zu auf andere Männer eifersüchtig, Slade? Ich an Eurer Stelle wäre es.«

Morgan konterte die gutmütig gemeinte Bemerkung mit einer ungezwungenen Floskel, als Burr, der zu seiner Rechten mit einigen Gästen plauderte, sich plötzlich einmischte.

»Wenn ich mit einem so entzückenden jungen Wesen wie Eurer Gemahlin verheiratet wäre, wäre ich Tag und Nacht eifersüchtig.« Seine haselnußbraunen Augen ruhten bewundernd auf Leonie, der diese auf Bällen üblichen Schmeicheleien neu waren. Errötend schaute sie zu Boden. Morgan sandte Burr einen kühlen Blick und erwiderte gelassen:

»Aber meine Herren, ich versichere Euch, ich bin eifersüchtig. Und ebenso wie der Gentleman neben mir in der Lage, meine Ehre zu verteidigen.« Seinen Arm um Leonies schlanke Taille legend, fuhr er lächelnd fort. »Glücklicherweise ist meine Frau von tugendhaftem Charakter und würde mir niemals Grund zur Klage geben.«

Burr hatte Morgans Botschaft wohl verstanden, wie sein nonchalantes Schulterzucken sowie der bedauernde Blick, den er Leonie zuwarf, verrieten. »Madame, ich fürchte, Euer Gemahl toleriert noch nicht einmal einen harmlosen Flirt!«

Leonie errötete erneut. »Aber Monsieur Burr, ich wäre meinem Mann nie untreu!« rief sie entrüstet aus, worauf die Umstehenden in amüsiertes Gelächter ausbrachen. Leonie warf Morgan einen unsicheren Blick zu, doch der küßte sie zart auf die Schläfe und flüsterte: »Gut gemacht, Wildkatze.«

Das Gelächter erstarb langsam, während Burr auch den letzten Gästen vorgestellt wurde. Morgan ergriff die Gelegenheit beim Schopf, um frische Luft zu schöpfen, da er Leonie in der Obhut seiner Mutter wußte.

Er blieb nicht lange allein. Wenige Minuten später gesellte sich

Stephen zu ihm, und die beiden rauchten eine Weile in einvernehmlichem Schweigen.

»Was denkst du über Burr?« fragte Stephen schließlich.

»Ich gestehe, daß ich mir kaum Gedanken über ihn gemacht habe«, erwiderte Morgan achselzuckend. »Allerdings frage ich mich, was er vorhat und warum er sich mit unserem General getroffen hat.«

Die Unterhaltung der beiden Männer drehte sich noch eine Weile um Burr, doch schließlich wechselte Stephen das Thema. »Ich gratuliere dir übrigens zu deiner Frau, Morgan. Sie ist etwas Besonderes – und völlig anders, als ich erwartet hatte.«

Morgan lächelte zynisch. »Es ist wohl viel geredet worden, was?«

»Das darfst du annehmen«, gab Stephen sachlich zurück, »aber noch heute abend wird sich das ändern. Unsere Unterstützung habt ihr jedenfalls. Vielleicht überlegt sich auch Melinda endlich, daß es klüger wäre, Gras über die Sache wachsen zu lassen.«

Morgan machte ein überraschtes Gesicht. »Melinda? Ich nahm an, daß sie die letzte wäre, die sich die Zunge zerreißt. Natürlich gebe ich zu, daß es eine ziemlich demütigende Erfahrung für sie war.«

»Wer versteht schon die Melindas von dieser Welt?« seufzte Stephen. »Aber du brauchst dir durchaus keine Sorgen um sie zu machen ... sie hat schon einen Ersatzmann an der Angel.«

»Jemand, den ich kenne?«

Stephen zuckte mit den Schultern. »Ich weiß nicht, ob du ihn kennst.« Er drehte sich um und ließ seinen Blick suchend durch die offene Verandatür in den Ballsaal schweifen. »Siehst du den jungen Mann, der sich mit deinem Bruder unterhält? Das ist er.«

Morgan war Stephens Blick gefolgt und nickte. »Ich habe ihn schon gesehen. Wer ist es?«

»Adam St. Clair. Ein Engländer. Ist vor einigen Jahren in die USA gekommen und hiergeblieben. Besitzt ein ansehnliches Haus an der Küste, Bella Vista. Außerdem gehört ihm ein ebenso ansehnliches Stück Land auf der anderen Seite des Flusses. Ist ein ziemlich netter junger Mann. Seine Schwester wohnte eine Weile bei ihm, doch als ihr Kind geboren wurde, ein Junge, ist sie zu ihrem

Mann gezogen. Letztes Jahr, glaube ich.« An dieser Stelle unterbrach er sich und schlug sich an die Stirn. »Mein Gott, jetzt kommt es mir erst! Catherine, Adams Schwester, ist ja mit deinem Freund Jason verheiratet!«

Morgan starrte sein Gegenüber mit offenem Mund an. »Jason ist verheiratet? Und hat einen Sohn?« brachte er ungläubig heraus.

Stephen nickte. »Aber ja – und wenn ihr beide euch öfter mal schreiben würdet, hättest du's auch gewußt. Der junge St. Clair ist also Jasons Schwager.«

»Und Dominic kennt Adam?«

»Ja. Soviel ich weiß, sind sie sogar ziemlich gut befreundet.« Er seufzte. »Du mußt mich entschuldigen, Morgan. Aber als guter Gastgeber sollte ich mich wohl wieder unter meine Gäste mischen. Ich freue mich jedenfalls, daß wir unsere Bekanntschaft erneuern konnten. Hoffentlich sieht man dich jetzt wieder öfter.«

Morgan lächelte höflich und sah Stephen nachdenklich nach. So sicher war er sich durchaus nicht! Für heute abend zumindest war sein Bedarf an gesellschaftlichem Leben gedeckt. In der Hoffnung, Leonie in dem Gedränge zu finden, schlenderte er zurück in den Ballsaal.

Leonie atmete erleichtert auf, als sie ihn kommen sah. Der ungewohnte Trubel, aber auch der ungewohnte Champagner hatten ihr arg zugesetzt, und als Morgan aufbrechen wollte, stimmte sie dankbar zu. Sie hatte sich glänzend amüsiert, mehr, als sie erwartet hatte, doch im Augenblick sehnte sie sich nur nach ihrem Bett.

Zufrieden lehnte sie sich in dem gepolsterten Wagensitz zurück und atmete die laue, frische Nachtluft tief ein, während Morgan die Pferde in der Dunkelheit heimwärts lenkte. Sie waren noch nicht weit gefahren, als der Schlaf sie übermannt hatte.

In Le Petit angekommen, übergab Morgan die Pferde Abraham, der ihn schläfrig begrüßte, dann hob er Leonie mühelos vom Sitz und trug sie ins Haus. Ihr Kopf ruhte sanft und vertrauensvoll an seiner Schulter. Warum konnte sie nicht immer so unbefangen und gefügig sein wie heute abend, dachte er zärtlich, als er sie nach oben trug, um sie der wartenden Mercy zu überlassen. Sicherlich wäre sie mehr als ungehalten, wenn er Mercy fortschicken und sie selbst zu

Bett bringen würde. Er lächelte bei der Vorstellung, doch dann widerstand er der Versuchung und begab sich in sein Schlafgemach, wo er zu seinem Erstaunen Litchfield vorfand.

»Sir«, vermeldete der Diener, »ich darf Euch mitteilen, daß der dringend erwartete Brief Eures Freundes Jason Savage eingetroffen ist.«

»Bei Gott, Litchfield!« Morgan vergaß augenblicklich seine Müdigkeit. »Wo ist er?«

Litchfield verneigte sich hochmütig, drehte sich mit einem eleganten Schwung um und präsentierte Morgan den Brief auf einem kleinen silbernen Tablett. Morgan riß ihn ungeduldig an sich.

Jason ließ ihn in wenigen Worten von seiner Heirat mit Catherine Tremayne und der Geburt seines Sohnes Nicholas wissen, und daß er nach Terre du Cœur, einem Landsitz der Familie nördlich von New Orleans übergesiedelt war. Es sei ein purer Zufall gewesen, schrieb er, daß der Brief ihn in New Orleans überhaupt erreichte.

»Mein Großvater erlitt vor einigen Wochen einen schweren Herzanfall, und nur deshalb hielt ich mich in New Orleans auf. Catherine erwartet Ende August nämlich unser zweites Kind. Ich werde deshalb sobald als möglich nach Hause zurückkehren, um wenigstens diesmal bei der Geburt dabeizusein.

Ich bin deiner Bitte nachgekommen und habe Erkundigungen über Leonie Saint-André eingeholt. Morgan, mein lieber Freund, was ich herausfinden konnte, wird dir nicht gefallen.

Ich gehe davon aus, daß deine und meine Leonie Saint-André ein und dieselbe Person sind. Es gibt wirklich eine Frau dieses Namens. Claude Saint-André war in der Tat ihr Großvater und starb, wie sie dir erzählte, im Herbst des Jahres 1799. Leonie führte daraufhin die Plantage, Château Saint-André, unweit von New Orleans, allein weiter.

Ich habe den Priester aufgesucht, der die Trauung vollzogen hat, konnte aber nichts Neues in Erfahrung bringen. Des weiteren konnte ich Einblick in das Kirchenbuch nehmen, wo ein gewisser Morgan Slade, ledig, aus Natchez, Mississippi, tatsächlich besagte Dame am 26. Juli 1799 geheiratet hat.

Claude Saint-André war zeit seines Lebens ein Ehrenmann. Erst als seine Frau, sein Sohn und dessen Frau, Leonies Eltern also, bei einem Unglück ums Leben kamen, begann er, sein beachtliches Vermögen zu verspielen. Leonie hatte keinen leichten Stand, als sie das verschuldete Château nach seinem Tod übernahm. Mit ein paar Familiensklaven hat sie die Plantage scheinbar selbst jahrelang bewirtschaftet und ein kärgliches, sehr zurückgezogenes Leben geführt. Als der alte Etienne de la Fontaine, ihr Nachbar, starb und dessen Sohn Maurice die Rückzahlung einer beträchtlichen Summe forderte, die Leonie nicht aufbringen konnte, hat sie das Château verlassen.

Vielleicht sollte ich noch erwähnen, daß besagter Maurice nicht unbedingt auf die Rückzahlung der Schulden gepocht hätte, wenn Leonie Saint-André ihm gegenüber etwas »entgegenkommender« gewesen wäre, ein ausgesprochen unehrenhaftes Ansinnen, angesichts der Tatsache, daß Leonie verheiratet ist.

Du siehst, alles was ich herausfinden konnte, deckt sich mit dem, was du mir geschildert hast. Und ob es einen Mann in ihrem Leben gibt, wußte niemand zu sagen. Sicher nicht Maurice de la Fontaine. Sie scheint ein ausgesprochen zurückgezogenes Leben geführt zu haben, und obwohl ein paar Leute von ihrer Heirat wußten, hat doch niemand die Eheleute je zusammen gesehen. Das muß natürlich nicht heißen, daß es nicht doch einen Liebhaber in ihrem Leben gibt, aber wenn es so ist, so konnte ich keinerlei Hinweise auf ihn finden.«

Der Brief enthielt keine weiteren Details über Leonie, nur noch die interessante Neuigkeit, daß sich seit Gayosos plötzlichem Tod die Stimmen mehrten, die behaupteten, er sei keines natürlichen Todes gestorben. Zwar fehle es an Beweisen, aber ein paar von Gayosos Dienern behaupteten, sie hätten ihren Herrn und Wilkinson miteinander streiten hören. Die Vermutung, daß Wilkinson möglicherweise ein doppeltes Spiel trieb und Gayoso ihm auf die Schliche gekommen war, lag nahe.

Morgan legte den Brief nachdenklich beiseite. Die Spekulationen darüber, daß Wilkinson Gayoso möglicherweise umgebracht hatte, wollten ihm nicht so recht einleuchten, aber sicherlich durfte man nicht den Fehler machen und den General unterschätzen. Überhaupt hatte er im Augenblick andere Sorgen! Jasons Nachforschungen beruhigten und beunruhigten ihn gleichermaßen. Vielleicht war Leonie doch keine Hochstaplerin, aber es mußte einen Mann in ihrem Leben geben, und sei es nur aufgrund der Tatsache, daß Justin einen Vater haben mußte! Aber wo steckte er? Warum gab es so gar keine Hinweise auf ihn?

Erst jetzt bemerkte Morgan, daß Litchfield noch immer wartend vor ihm stand. »Jasons Nachforschungen bestätigen Leonies Behauptungen«, murmelte er düster. »Ich habe keine Ahnung, wie es jetzt weitergehen soll.« Er reckte sich. »Doch erfahrungsgemäß sieht morgen alles ganz anders aus. Ich denke, daß ich Eure treuen Dienste im Augenblick nicht mehr brauche, Litchfield. Eine angenehme Nachtruhe!«

Als die Tür hinter seinem Diener ins Schloß fiel, starrte er finster auf den Brief. Er war keinen Schritt vorangekommen. Trotzdem weiß ich, daß ich sie nicht geheiratet habe, überlegte er immer wieder, ich hätte mich an sie erinnert! Irgend etwas wäre mir in Erinnerung geblieben! Und warum hätte ich ihr Geld gebraucht? Ich hatte zu jeder Zeit mehr als genug! Und dann gab es ja anscheinend noch ein weiteres Dokument, an das er sich ebenfalls erinnerte und das er noch nie gesehen hatte. Es war höchste Zeit, mehr darüber zu erfahren, beschloß er grimmig. Kurz entschlossen öffnete er die Tür zu Leonies Räumen.

Mercy hatte zwar versucht, ihre Herrin zu entkleiden, ohne sie dabei zu wecken, doch Leonies Schlaf war nur leicht gewesen. Hellwach saß sie vor dem Frisiertisch. Mercy hatte ihre hochgesteckten Locken gelöst und sich darangemacht, die Haare gründlich zu kämmen, als Leonie ihr gelbes Leinenkleid auf einem Stapel von Kleidern erblickte, die achtlos auf dem Boden lagen.

»Was hat das zu bedeuten?« fragte sie Mercy ungnädig und deutete mit der Hand auf das Kleiderbündel.

Mercy ließ sich nicht aus der Ruhe bringen. »Sie werden verbrannt. Die Feldsklaven von Monsieur sind besser gekleidet als Ihr, Missy. Jetzt, wo Ihr all die feinen, neuen Sachen habt, braucht Ihr diese hier nicht mehr.«

Leonie überlegte kurz, dann nickte sie zustimmend. »Ich denke, du hast recht, Mercy. Sind das alle Kleider?«

»Nein, Missy. Das fliederfarbene und das Hochzeitskleid von Missy habe ich zu den neuen gehängt, sehen noch gut aus.«

Leonie war jedoch von einer tief verwurzelten Abneigung gegen ihr Hochzeitskleid erfüllt. Nie wieder wollte sie an diesen Tag erinnert werden! »Nein!« rief sie so unwirsch, daß Mercy erschrokken mit dem Kämmen innehielt. »Ich will das Hochzeitskleid nicht behalten. Es wird ebenfalls verbrannt, hörst du?« Mit diesen Worten sprang sie auf, stürmte zum Kleiderschrank und wühlte solange darin, bis sie es gefunden hatte. Verächtlich schleuderte sie es zu den anderen Kleidern in die Ecke. »Ich will es nie wieder sehen!« rief sie leidenschaftlich.

In diesem Augenblick betrat Morgan das Zimmer. Er hatte nur die letzten Worte gehört und fragte neugierig: »Was willst du nie wieder sehen? Und warum nicht?«

Leonie wirbelte herum und starrte ihn feindselig an. Sie riß das roséfarbene Satinkleid vom Kleiderstapel und schwenkte es vor seiner Nase. »Ihr erkennt dieses Kleid nicht, Monsieur?« Und als Morgan sie verständnislos anstarrte, schnaubte sie verächtlich. »Aber natürlich nicht! Ihr vergeßt ja bisweilen sogar unsere Trauung. Wie komme ich nur darauf, daß Ihr Euch an mein Hochzeitskleid erinnert?«

Morgans Augen funkelten sie warnend an, dann wandte er sich beherrscht an Mercy. »Du kannst dich zurückziehen, Mercy. Gute Nacht.« Doch Leonie fauchte ihn böse an.

»Du bleibst, Mercy!« befahl sie eisig. »Ich brauche dich noch.«

Mercy blickte verwirrt von einem zum anderen, dann entschied sie, es sei wohl besser, sich am nächsten Tag von der jungen Mistress einen Rüffel zu holen. Bei Monsieur wußte man ja nie, woran man war. Mit einem eiligen Knicks verbeugte sie sich, und ehe Leonie noch etwas hinzufügen konnte, war sie bereits verschwunden.

»Wie könnt Ihr es wagen, meine Bediensteten herumzukommandieren?« empörte sich Leonie.

»Hättest du es lieber, daß sie Zeuge einer häßlichen Szene wird?« hielt Morgan ihr hitzköpfig entgegen.

Leonie errötete. »Was wollt Ihr?« fragte sie mißtrauisch, und Morgan seufzte.

»Ich kam, um mir jenes mysteriöse Papier zeigen zu lassen, in dem ich auf meine Rechte als Ehemann verzichte.«

Leonie warf das Satinkleid achtlos zu Boden und eilte an Morgan vorbei zu ihrem Nachttischchen, wo sie das wertvolle Dokument aufbewahrte. Triumphierend hielt sie es Morgan hin. Wollte er sich etwa plötzlich daran halten? Die Frage kam ihr jählings in den Sinn und löste ein Gefühl der Enttäuschung in ihr aus.

Morgan las die Vereinbarung schweigend. Klipp und klar hieß es darin, daß die Ehe zwischen Leonie Saint-André und Morgan Slade eine reine Vernunftehe sei und daß er auf die Ausübung seiner Rechte als Ehemann verzichtete. Unterzeichnet war die Erklärung mit seiner eigenwilligen, steilen Unterschrift, wie auch die Heiratsurkunde.

»Ihr könnt mir vielleicht mit viel Phantasie gerade noch einreden, daß ich bei unserer Trauung vollkommen betrunken war, aber niemand kann mir einreden, daß ich eine solche Erklärung aufgesetzt und unterzeichnet habe.« Ohne eine Erwiderung Leonies abzuwarten, packte er das Hochzeitskleid und warf es ihr hin. »Zieh es an«, befahl er barsch. »Vielleicht tut sich in meiner Erinnerung etwas, wenn ich dich so sehe, wie du bei unserer angeblichen Trauung ausgesehen hast!«

»Monsieur, Ihr macht Euch lächerlich!« protestierte Leonie hitzig. »Was meint Ihr mit angeblich? Ich habe Euch die Heiratsurkunde gezeigt!«

»Das hast du, Wildkatze, aber die Sache hat einen Haken! Ich habe dich nicht geheiratet! Und ich habe die Komödie satt, die wir uns seit Wochen vorspielen. Jetzt zieh endlich das verdammte Kleid an, sonst sehe ich mich gezwungen, dir behilflich zu sein!«

Leonie wußte, daß sie den kürzeren ziehen würde, wenn sie versuchte, es ihm abzuschlagen, aber sie warf ihm einen vernichtenden Blick zu. »Hättet Ihr wenigstens die Güte hinauszugehen, damit ich mich ungestört umziehen kann?« knirschte sie mit zusammengebissenen Zähnen.

Morgan lächelte zynisch. »Wenn du dich nicht beeilst, wirst du gleich merken, wie höflich ich sein kann.«

Leonie war sprachlos ob solcher Unverfrorenheit, aber da sie ihn nicht weiter provozieren wollte, stieg sie samt Negligé in das verhaßte Kleid. »Seid ihr jetzt zufrieden?« fauchte sie gehässig.

Morgan starrte sie hingerissen an. Das Kleid schmiegte sich wie eine zweite Haut an ihren Körper und betonte, trotz des streng klassischen Schnitts, die Reize ihrer zierlichen Figur. Ich hätte mich an sie erinnert, dachte Morgan verzweifelt. Nie im Leben hätte ich sie einfach vergessen können! Noch einmal warf er einen Blick auf das Dokument in seinen Händen. »Wenn es stimmt, daß ich diesen Wisch hier unterzeichnet habe«, begann er bedächtig, »dann erkläre mir bitte, wie es kommt, daß ich Justin gezeugt haben soll?«

Seine simple Frage traf Leonie wie ein Blitz aus heiterem Himmel. Sie hatte keine plausible Antwort parat, denn dieses eine Problem hatte sie bis jetzt immer wieder verdrängt. Sie wurde bleich und hob, wie um Verzeihung bittend, die Hände. Morgan war mit einem Satz bei ihr und packte sie grob bei den Schultern.

»Er ist nicht mein Sohn, gib es doch endlich zu«, herrschte er sie an, Enttäuschung und Eifersucht in der Stimme, als wäre er tatsächlich der gehörnte Ehemann.

Leonies Lippen bebten vor Entsetzen. Was sollte nun aus Justin werden? Er durfte ihm nichts tun, Justin konnte doch nichts dafür! »Monsieur«, flehte sie, »Ihr müßt mich anhören! Ich hatte nie die Absicht...«

Morgan schüttelte sie unbeherrscht. »Nie die Absicht, was zu tun? Mir einen Bastard ins Bett zu legen?«

Leonie vergaß ihre Furcht, als sie hörte, daß er Justin beschimpfte. Ihrerseits blind vor Wut holte sie aus und versetzte ihm einen so derben Schlag ins Gesicht, daß ihre Hand schmerzte. »Ihr habt kein Recht, Justin so zu nennen«, schrie sie. Das Blut war aus ihrem Gesicht gewichen. »Wagt es noch einmal, und ich bringe Euch um, so wahr ich hier stehe!«

Morgan schüttelte sich wie ein begossener Pudel und befühlte seine Wange. Er mußte sich eingestehen, daß er sich vergessen hatte und daß er vor allem kein Recht hatte, den betrogenen Ehemann oder Liebhaber zu spielen.

»Ich hätte den Jungen nicht so nennen dürfen«, gab er zähneknirschend zu, »dafür entschuldige ich mich. Das Problem ist unseres, nicht seines.«

Leonie starrte ihn ungläubig an. Hatte er sich eben tatsächlich entschuldigt? Er warf sie und Justin nicht einfach hinaus? Mühsam schluckend, begann sie von neuem. »Und ich hätte nicht verbreiten dürfen, daß er Euer Sohn ist, Monsieur, aber ich konnte doch nicht zulassen, daß die Leute über ihn lachen und mit den Fingern auf ihn zeigen. Das konnte ich einfach nicht... Versteht Ihr das? Nicht meinetwegen, sondern um Justins willen habe ich das erzählt!«

Morgan begriff nur allzugut. »Lassen wir den Jungen also vorläufig aus dem Spiel«, erwiderte er kühl. »Dennoch interessiert es mich, wer sein wirklicher Vater ist. Wenn ich die Verantwortung für ihn übernehmen soll, halte ich es nur für recht und billig, etwas mehr über ihn, beziehungsweise über seinen Vater zu erfahren.«

Leonie wandte beschämt den Blick ab. Wie konnte sie ihm erklären, daß sie es nicht wußte? Daß Justins Vater irgendein Fremder war, der sie vergewaltigt hatte? Die Worte blieben ihr im Halse stecken. »Monsieur«, stotterte sie, »ich kann nicht darüber sprechen... bitte fragt nicht weiter!«

Morgan spürte den immensen Druck, unter dem sie zu stehen schien, und seltsamerweise hatte er diesmal nicht den Eindruck, daß sie Theater spielte. »Gut, lassen wir das für den Augenblick also auch«, lenkte er ein. »Aber ich verlasse das Zimmer nicht eher, bis ein paar Dinge zwischen uns geklärt sind.«

»Was meint Ihr?« fragte Leonie, dankbar dafür, daß er das Thema nicht weiterverfolgte.

»Nur soviel, Wildkatze. Ich habe dich nicht geheiratet, daran besteht kein Zweifel. Des weiteren habe ich weder ein Dokument unterzeichnet, das mich zur Rückzahlung einer Mitgift verpflichtet, da ich dich ja nicht geheiratet habe, noch diesen Wisch hier! Wenn ich dich wirklich geheiratet hätte, hätte ich dich nicht in New Orleans sitzen lassen, sondern mit nach Bonheur genommen! Und ganz sicher hätte ich es nicht zugelassen, daß du mir das Kind eines anderen Mannes anhängst.«

»Aber ich verstehe Euch nicht«, flüsterte Leonie. »Wollt Ihr nun wieder behaupten, daß wir doch nicht geheiratet haben? Glaubt Ihr, auf diese Weise um die Rückzahlung der Mitgift herumzukommen – indem Ihr behauptet, daß ich lüge?«

Morgan unterdrückte einen Fluch. Erneut packte er sie bei den Schultern und schüttelte sie frustriert und zärtlich zugleich. »Du bist ein zäher Kämpfer, das räume ich dir gerne ein. Aber der Kampf ist vorüber, Leonie. Und jetzt will ich die Wahrheit hören!«

»Aber ich spreche die Wahrheit!« rief Leonie, verzweifelt die Hände ringend.

Morgan zog Leonie ungestüm an sich, hob ihr Kinn und sah sie durchdringend an. »Ich will jetzt endlich die Wahrheit hören! Gib zu, daß du die ganze Zeit über lügst! Ich verspreche, ich werde weder dir noch Justin etwas tun, aber hör um Himmels willen mit dieser Farce auf! Meine Geduld ist am Ende, Leonie, und du solltest wissen, daß ich ein gefährlicher Gegner bin, wenn man mich zu lange provoziert! Und das hast du, bei Gott!«

»Monsieur, Ihr seid ja verrückt!« schäumte Leonie vor Wut. »Alles, was ich sage, kann bewiesen werden! Fragt, wen Ihr wollt in New Orleans, man wird Euch bestätigen, daß ich nicht lüge. Warum nehmt Ihr nicht Einsicht in das Eheregister von St. Louis, wo wir getraut wurden? Ihr seid es, der lügt, Monsieur, Ihr, nicht ich!«

Morgan bewunderte ihr Standvermögen, aber ihr Starrsinn brachte ihn noch mehr in Rage. »Wie du willst, Wildkatze«, schnaubte er. »Fahren wir also nach New Orleans! Dort hat die ganze verdammte Geschichte angefangen, dort wird sie auch enden!«

VIERTER TEIL

Die Schatten der Vergangenheit

25

Nachdem Morgan den Entschluß gefaßt hatte, das Rätsel seiner Ehe zu lösen, verlor er keine Zeit mehr. Innerhalb von zwei Tagen traf er die nötigen Reisevorkehrungen, dann waren sie auch schon flußabwärts unterwegs nach New Orleans.

Morgan hatte darauf bestanden, Justin diesmal zurückzulassen, und Leonie stimmte ihm, wenn auch widerwillig, zu, sah sie doch ein, daß er in Le Petit bei Yvette und den anderen besser aufgehoben war. Nur Mercy, Saul und Litchfield sollten sie begleiten.

Seit ihrer letzten Auseinandersetzung behandelte Morgan Leonie mit eisiger Kälte. Er war höflich, sogar ausgesprochen höflich, stellte Leonie unglücklich fest, aber damit nahm er ihr vollkommen den Wind aus den Segeln. Wut und Haß flauten allmählich ab, an ihre Stelle trat wieder einmal eine Art hilfloser Verwirrung über seinen abrupten Sinneswandel, aber auch über die häßlichen Anschuldigungen, die er ihr entgegengeschleudert hatte. Er schien ja tatsächlich zu glauben, daß sie versuchte, ihn hereinzulegen. Es war einfach zum Verrücktwerden.

Vor kurzem war ihr der Gedanke gekommen, Morgan könne an Gedächtnisschwund leiden. Wie sonst sollte man sein schizophrenes Verhalten erklären? Einmal schien er willens, ihre Ehe anzuerkennen, dann wieder behauptete er, sie sei eine Hochstaplerin und Erpresserin. Leonie hoffte inständig, daß es irgendeine vernünftige, glaubwürdige Erklärung für sein unberechenbares Verhalten geben möge, doch dann schalt sie sich einen verliebten Dummkopf, der nicht einsehen wollte, daß Monsieur sich schlicht und ergreifend um seine Zahlungsverpflichtung drücken wollte und nichts anderes tat, als ihr Theater vorzuspielen! Ja, sie würden nach New Orleans reisen. Sie hatte jedenfalls nichts zu verbergen!

Schon kurz nach ihrer Ankunft fand Morgan eine angenehme Unterkunft im südlichen Teil der Stadt, doch er ließ Leonie kaum genügend Zeit, um sich zu erfrischen und ein weniger mitgenommenes Kleid anzuziehen, da er ihrer ersten Erkundungsfahrt entgegenfieberte. Litchfield hatte sich um den Zweispänner und die Pferde gekümmert, die sie bei ihrer Abreise auf dem Raddampfer eingeschifft hatten, um in der Stadt so unabhängig wie möglich zu sein. Und schon wenige Minuten nach ihrer Ankunft in der Pension half Morgan Leonie ungeduldig in den Gig. Ihr erstes Ziel war die St. Louis Kathedrale.

Morgan befand sich in einem Zustand äußerster Anspannung. Keiner sprach ein Wort. Leonie ließ ihre Blicke gedankenverloren über die schlammigen Fluten des Mississippi gleiten, während der Wagen über die Uferstraße rollte. Sie sehnte sich fürchterlich nach Justin, der sie immer ablenkte, wenn ihre Gedanken in eine Sackgasse gerieten.

Warum war ihr berechtigter Zorn auf Morgan schon wieder verflogen? Zorn und Wut waren starke Verbündete, dachte sie wehmütig, denn solange man wütend war, erlaubte die Wut es einem nicht, andere Gefühle zu empfinden. Aber ihre Wut über Morgan verrauchte immer viel zu schnell und ließ eine verletzliche, verliebte Leonie zurück, die seinen Launen hilflos augeliefert war. Warum hat er nur eine solch starke Wirkung auf mich? fragte sie sich wohl zum tausendsten Mal und warf ihm einen verstohlenen Blick zu. Dann seufzte sie. Sie mußte stark sein. Am besten wäre es, sie könnte ihn einfach vergessen. Warum sollte sie sich aus lauter Liebe und gegen jede Vernunft an einen Mann binden, der mehr als einmal bewiesen hatte, wie ehrlos er im Grunde seines Herzens war!

Morgan verfluchte indes den Starrsinn, der ihn zu dieser Reise veranlaßt hatte. Idiot, dröhnte es immer wieder in seinem Schädel. Es hieß nicht umsonst, daß man keine schlafenden Hunde wecken soll. Aber nein, er mußte es ja unbedingt ganz genau wissen! Er mußte die ganze Sache sogar noch auf die Spitze treiben! Warum konnte er sich nicht einfach damit bescheiden, daß das Schicksal Leonie in sein Leben hatte treten lassen. Waren die Umstände denn wirklich so wichtig?

Morgan stöhnte innerlich. Ja, er mußte die Wahrheit wissen, auch wenn sie unangenehm ausfiel. Sein Seelenfriede hing davon ab, nicht mehr und nicht weniger!

Endlich erreichten sie die St. Louis Kathedrale. Ein seltsames Gefühl beschlich Leonie, als sie an Morgans Arm das Kirchenschiff betrat. Hier hatte sie vor nur sechs Jahren diesem Mann ihr Jawort gegeben, und hier war Justin getauft worden. Wie einsam hatte sie sich damals gefühlt! Wie trübe war ihr die Zukunft erschienen. Nun kam es ihr vor, als hätte sich alles in einer anderen Zeit zugetragen.

Leonie fröstelte leicht bei der Flut düsterer Erinnerungen, die dieser Ort in ihr wachrief, und Morgan, der es für ein Zeichen von Nervosität hielt, flüsterte: »Nur Mut, Wildkatze. Ich werde dir schon nichts tun, egal, was wir herausfinden.«

Leonie hub gerade zu einer höchst undamenhaften Entgegnung an, als sie die hagere Gestalt eines Priesters erkannte, der hinter dem Altar hervor auf sie zukam. »Bitte, Monsieur«, flüsterte sie eindringlich, »beleidigt mich nicht vor Père Antoine. Er hat keine Ahnung, wie es um uns steht.«

»Ich hatte nicht die Absicht, unsere Differenzen an die Öffentlichkeit zu tragen«, erwiderte Morgan leise, dann war der Priester herangekommen.

Père Antoine riß erstaunt die Augen auf, als er Leonie erkannte, und begrüßte sie aufrichtig erfreut. »Leonie, mein liebes Kind! Welche Überraschung, Euch hier zu sehen!« Er faßte ihre Hand und fuhr mit einem warmen Lächeln fort: »Doch ich habe gehört, daß Ihr das Château verlassen hättet, um in Natchez bei Eurem Gemahl zu leben. Was führt Euch also zu mir?«

Leonie deutete schüchtern auf Morgan. »M . . . mein M . . . Mann, Père Antoine«, stotterte sie nervös. »Er wünscht, Einsicht in das Eheregister zu nehmen.«

Père Antoine zog erstaunt seine Augenbrauen in die Höhe. »Na so etwas«, rief er, an Morgan gewendet, aus, »erst vor kurzem war ein gewisser Jason Savage mit demselben Anliegen hier. Habt Ihr Grund zu der Annahme, daß die Eintragung nicht korrekt ist? Ich versichere Euch, daß alles seine Richtigkeit hat, denn wie Ihr Euch erinnern werdet, habe ich selbst die Trauung vollzogen.«

»Und Ihr seid sicher, daß ich es war, dem Ihr Leonie zur Frau gabt?« fragte Morgan rundheraus, ohne den Priester auch nur eine Sekunde aus den Augen zu lassen.

Père Antoine stutzte: »Aber selbstverständlich! Ich kenne Leonie zeit ihres Lebens, und obwohl ich Euch nur ein einziges Mal gesehen habe, nämlich bei der Trauung, kann ich mich gut an Euch erinnern. Ihr wart ein sehr schönes Paar.«

Trotz eines flauen Gefühls im Magen beharrte Morgan auf seiner Frage. »Seid Ihr Euch absolut sicher, daß ich es war? Ihr habt nicht die Spur eines Zweifels?«

Verständnislos betrachtete der Priester Morgans grimmig entschlossenes Gesicht. »Ja, ich glaube sagen zu können, daß ich keinen Zweifel daran habe, daß Ihr es wart ... es sei denn, Ihr habt einen Zwillingsbruder, der ebenfalls Morgan Slade heißt.«

Morgan wurde kreidebleich, als die Wahrheit ihm mit der Wucht einer Explosion klar wurde. Das beunruhigende Gefühl, daß er sich im Zusammenhang mit seiner Reise nach New Orleans vor sechs Jahren unbedingt an etwas erinnern müßte, das fehlende Puzzleteil, seine Überzeugung, daß ein anderer Mann seine Hände im Spiel hatte, all das führte zu einer einzigen Schlußfolgerung.

»Ashley!« Aus Morgans Mund klang es wie ein Todesurteil, und Père Antoine trat entsetzt einen Schritt zurück, während Leonie ihn einfach nur entgeistert anstarrte. Doch Morgan war sich der beiden in diesem Augenblick der Erkenntnis nicht bewußt. Unwillkürlich ballte er seine Hände zu Fäusten, als er das Ausmaß von Ashleys Schandtat begriff und sich daran erinnerte, wie oft Ashley schon aus ihrer verblüffenden Ähnlichkeit Profit geschlagen und wie oft er schon seine Unterschrift gefälscht hatte! Ich hätte es wissen müssen, als ich die Dokumente sah! »Wie konnte ich nur so blind sein, so gottverdammt blind?« rief er in hilfloser Wut aus. Seine Stimme zerschnitt die Stille dieses heiligen Ortes und hallte im ganzen Kirchenschff wider.

»Junger Mann, Ihr vergeßt Euch! Ich verbiete Euch, Gott in seinem Haus zu lästern!« wies der Priester ihn scharf zurecht. Morgan schaute ihn mit leerem Blick an, dann schüttelte er seinen Kopf und versuchte, sich zu fassen.

»Vergebt mir, Vater. Eure Worte waren wie ein Schock für mich!« Den zweifelnden Gesichtern der beiden war unschwer anzumerken, daß weitere Erklärungen für sein eben gezeigtes Verhalten vonnöten waren, daher fuhr er, ruhiger werdend, fort: »Ihr habt mich an etwas erinnert, das ich nie hätte vergessen dürfen ... doch das ist keine Entschuldigung für meine profanen Worte, die ich sehr bedaure. Ich kann Euch nur um Vergebung bitten.«

»Aber natürlich, mein Sohn«, erwiderte Père Antoine in versöhnlicherem Ton. »Ich bin glücklich, wenn ich Euch von Nutzen sein konnte, und nehme an, daß ich alle Eure Fragen beantwortet habe?«

Morgans Gedanken überstürzten sich. Der Priester konnte ihm tatsächlich nicht mehr weiterhelfen. Leonie hatte also nicht gelogen, als sie darauf bestand, mit ihm verheiratet zu sein! Aber hatte sie gewußt, was Ashley bezweckte? War sie vielleicht sogar seine Verbündete? Der Gedanke widerstrebte ihm, aber er durfte diese Möglichkeit nicht ohne weiteres ausschließen. »Ja, das habt Ihr, Vater ...«, erklärte er geistesabwesend. »Und ich kann Euch nicht sagen, wie wichtig diese Unterhaltung für mich war. Doch nun werden wir Hochwürden nicht mehr länger belästigen, nicht wahr, meine Liebe?«

Leonie nickte verständnislos, als er sie sanft am Arm faßte und sich mit einer knappen Verbeugung von Père Antoine verabschiedete. Schon wieder schlüpfte er mühelos in eine andere Rolle. Es konnte einem angst und bange werden!

Père Antoine betrachtete Morgan nachdenklich, dann fragte er unvermittelt: »Monsieur Slade, ich weiß nicht, welches Problem Euch belastet, aber könnte es sein, daß Ihr an Gedächtnisstörungen leidet? Ist das der Grund für Eure eigentümlichen Fragen und für den Besuch von Monsieur Savage?«

Morgan ergriff dankbar den Strohhalm, den der Priester ihm sicher ungewollt reichte. »Ja, das ist der Grund«, versicherte er eilig. »Die Folgen einer alten Duellverletzung. Manchmal stoße ich auf Lücken in meinem Gedächtnis. Doch nach unserer aufschlußreichen Unterhaltung wird sich manches ändern. Wir danken Euch noch einmal.«

Morgan zerrte Leonie zum Ausgang. Er wollte weiteren Fragen

des Priesters entgehen, brauchte Zeit, um über das volle Ausmaß von Ashleys Betrug nachzudenken. Wie hatte ihm die Amerikareise seines Vetters nur entfallen können! Und während er im Geiste alle Fakten im Licht der neuen Erkenntnis betrachtete, kam er zu der Überzeugung, daß Leonie nicht Ashleys Verbündete, sondern ebenfalls sein Opfer war.

Leonies Stimme drang wie aus weiter Ferne an sein Ohr. »Stimmt das wirklich, Monsieur? Diese Verletzung ist der Grund für Euer seltsames Verhalten?«

Ihre unschuldige Frage riß Morgan aus seinen Gedanken und überrumpelte ihn. Zwar war er noch nicht völlig von ihrer Unschuld überzeugt, aber wenn sie es war, sollte er ihr Verhältnis mit dieser monströsen Lüge noch mehr belasten? Andrerseits würde sie ihm wohl noch weniger Glauben schenken, wenn er sie jetzt bereits in seine vorläufigen Vermutungen einweihte. »Ja«, antwortete er daher zögernd, »nur habe ich es vor meiner Familie geheimgehalten. Es würde meine Eltern zu sehr belasten. Dir hätte ich allerdings davon erzählen müssen, nehme ich an.«

Leonie war von der Wahrheit seiner Geschichte nicht im geringsten überzeugt. »Ihr lügt nicht? Es verhält sich wirklich so, wie Ihr sagt? Oder wollt Ihr Euch auf diese Weise um die Rückzahlung meiner Mitgift drücken?«

Allzugern hätte Morgan ihr hier und auf der Stelle die Wahrheit anvertraut, aber er mußte noch darüber schweigen. Gleichzeitig wollte er die Mär von der Verletzung nicht noch mehr ausbauen, und so antwortete er halb ausweichend, halb wahrheitsgetreu: »Du wirst deine Mitgift zurückerhalten, Leonie. Sobald ich mit meinem Agenten gesprochen habe, werde ich alles Nötige veranlassen. Bis zum Ende der Woche hast du dein Geld.«

Leonie erstarrte. Anstatt Freude über ihren Sieg zu empfinden, überkam sie eine plötzliche Leere und ein Gefühl tiefer Niedergeschlagenheit. Sie hatte ihr Ziel also erreicht, und wenn Morgan ihr das Geld zurückgezahlt hatte, konnte sie nach Hause zurückkehren. Dann gab es keinen Grund mehr, ihre Ehe noch länger fortzusetzen. Wie mußte er sich gefühlt haben, als sie plötzlich auftauchte und ihm ihre Anschuldigungen entgegenschleuderte, wenn er sich an nichts erinnern konnte? dachte sie schmerzerfüllt. Kein Wunder, daß er sie manchmal in grausamer Weise behandelt hatte! In seinen Augen war sie tatsächlich eine Hochstaplerin gewesen! Voller Mitgefühl und ohne auf sein Versprechen näher einzugehen, fragte sie: »Eure Verletzung, macht sie Euch viel zu schaffen, Monsieur? Ich meine, ist Euer Gedächtnis seither sehr unzuverlässig?«

»Nein, das kann ich eigentlich nicht sagen«, antwortete Morgan unangenehm berührt. »Unsere Ehe ist bisher das bedeutendste Ereignis, das mir komplett entfallen ist.« Er räusperte sich verlegen.

Leonie zog die Stirn in krause Falten. »Aber ... aber jetzt erinnert Ihr Euch doch daran?«

Innerlich verfluchte Morgan die Zwickmühle, in die ihre Fragen ihn hineinmanövrierten. Einesteils wollte er sich nicht noch tiefer in irgendwelche Lügen verstricken, andererseits klang die Geschichte mit Ashley so unglaubwürdig, daß sie ihm vermutlich ohnehin nicht glauben würde ... noch nicht. Aber er zögerte auch, so zu tun, als erinnerte er sich. »Äh, hm, um ehrlich zu sein, nein, nicht wirklich«, gab er gedehnt zur Antwort. Leonie bedachte ihn mit einem mißtrauischen Seitenblick.

»Aber vorhin, als Ihr mit Père Antoine gesprochen habt, habt Ihr angedeutet, daß Ihr Euch an alles erinnert«, beharrte sie vorsichtig.

»Ich weiß jetzt wieder, daß die Trauung vollzogen wurde«, seufzte Morgan ungeduldig, »aber ich erinnere mich nicht an die Ereignisse, die dazu führten.« Er überlegte kurz, dann entschloß er sich, einen direkten Vorstoß zu wagen. »Würde es dir etwas ausmachen, mir noch einmal alle Einzelheiten zu erzählen? Ich fürchte, ich habe in den vergangenen Wochen nie zugehört, wenn du davon gesprochen hast.« Und mit einem verlegenen Grinsen bekannte er reumütig: »Ich war zu sehr damit beschäftigt, mich davon zu überzeugen, daß du eine gerissene Betrügerin bist.«

Seine Offenheit verunsicherte Leonie. Aber wenn er sich wirklich nicht an Einzelheiten erinnerte, was konnte es schaden, wenn sie sie ihm noch einmal erzählte? Er hatte ein Recht darauf zu wissen, was geschehen war. Also erzählte sie ihm, wie ihr Großvater ihr eines Tages eröffnet hatte, daß es an der Zeit sei, sie zu verheiraten. »Erst nach seinem Tod erfuhr ich von unserem Hausarzt, daß Großvater zum damaligen Zeitpunkt nicht mehr lange zu leben hatte«, berichtete sie mit einem Anflug von Trauer in der Stimme, »und verstand die Eile, mich unter die Haube zu bringen.« Sie lächelte Morgan fast schüchtern an. »Ich war außer mir, als er mir seinen Entschluß mitteilte, konnte ihn aber durch nichts umstimmen. Auf Euch war ich natürlich ebenfalls wütend! *Grand-Père* gab zu, daß er Euch am Spieltisch im Haus des Gouverneurs kennengelernt hatte, und erklärte, daß bis auf die Mitgift bereits alles abgesprochen sei.« Die Erinnerung daran, wie hilflos sie sich damals gefühlt hatte, und an den Fremden, dem sie in jener Nacht in die Hände gefallen war, ließ Leonie erzittern. Morgan, der wußte, wie roh und rücksichtslos Ashley sein konnte, fragte teilnehmend: »War ich solch ein Unhold, meine Liebe? Ich versichere dir, es lag nicht in meiner Absicht!«

Leonie sah ihn ungläubig an. »Ich habe Euch gehaßt, Monsieur«, fuhr sie mit gequälter Stimme fort. »Ich fand, daß es äußerst unfair sei, daß Ihr die Mitgift behalten solltet, wo sie doch alles für Saint-André bedeutet hätte! Und sogar in unsrer Hochzeitsnacht habt Ihr Euch als unehrenhaft erwiesen!« erregte sie sich plötzlich und sah ihn anklagend an. »Ihr versuchtet, mir nahezutreten!«

Morgan spürte einen ungeheuren Haß gegen Ashley in sich aufsteigen – und eine quälende Eifersucht. »Bin ... bin ich dir zu nahe getreten?« fragte er mit kalkweißem Gesicht.

»Nein!« rief Leonie. Ihre Augen funkelten vor Stolz. »Ich hielt Euch mit *Grand-Pères* Duellierpistole in Schach! Ihr konntet Euch kaum beruhigen vor Wut! Ihr könnt Euch wirklich nicht daran erinnern?«

Morgan schüttelte erleichtert den Kopf, unsicher ob er seinetwegen oder Leonies wegen froh war, daß Ashley den kürzeren gezogen hatte. »Ich fürchte, nein«, entgegnete er wahrheitsgetreu.

Den Rest der Fahrt legten sie schweigend, jeder in seine eigenen Gedanken versunken, zurück. Sie hatten beide unter dem überwältigenden Eindruck einer schlau eingefädelten Täuschung gehandelt und sich gegenseitig schwer verletzt. Ob der Schaden jemals wiedergutzumachen war?

26

Wenige Minuten später erreichten sie ihre Pension. Morgan war während der Fahrt nicht entgangen, daß Leonie seltsam in sich gekehrt schien, aber er konnte ja nicht ahnen, daß ihre betrüblichen Gedanken dem bevorstehenden Abschied von ihm galten.

»Vermißt du Justin sehr?« fragte er besorgt, ihre eigentlichen Gründe verkennend. »Du siehst so... unglücklich aus.«

Leonie zwang sich zu einem kleinen Lächeln, beschämt darüber, daß sie ihre Verzweiflung anscheinend so offen zur Schau trug. »Ja, ich sehne mich wirklich sehr nach ihm«, antwortete sie ausweichend. »Werden wir uns länger in New Orleans aufhalten?«

Morgan konnte diese Frage beim besten Willen nicht mit ja oder nein beantworten, denn es gab noch zu viele ungeklärte Faktoren, mit denen er sich beschäftigen mußte. Die Entdeckung, daß Ashley sich mit derartig komplizierten Folgen wieder einmal als Morgan Slade ausgegeben hatte, war nicht leicht zu verdauen. »Ehrlich gesagt, ich weiß es nicht«, gab er daher mißmutig zu. »Es könnte schon ein paar Wochen dauern. Würdest du lieber in einem anderen Etablissement wohnen?« fragte er, einer plötzlichen Eingebung folgend.

Wie eilig er es hat, mich loszuwerden, dachte Leonie traurig. Er will nicht einmal bis zum Ende der Woche warten, am liebsten würde er mich gleich jetzt fortschicken! Ihr Herz verkrampfte sich, aber sie ignorierte ihren Schmerz tapfer. »Ich wollte nie an einem anderen Ort als dem Château leben«, erwiderte sie gequält. Nein, er machte nicht den Eindruck, als läge ihm doch etwas an ihrer Ehe. Wie man sich täuschen konnte!

Das Château? überlegte Morgan. Bisher hatte er nichts Ermutigendes über den Zustand von Saint-André erfahren, aber immerhin war es früher einmal eine lukrative Plantage gewesen, die nur aufgrund der Mißwirtschaft von Leonies Großvater so heruntergekommen war. Wenn er etwas Geld in sie investierte und das verlorene Land zurückkaufte, konnte man sie sicher wieder auf Vordermann bringen, ein Gedanke, der ihm sogar ausgesprochen gut gefiel. »Wenn das dein sehnlichster Wunsch ist...«, gab er, äußerlich gelassen, zur Antwort.

»Es ist in der Tat mein Wunsch«, erwiderte Leonie beleidigt. »Falls Ihr es vergessen habt, Monsieur, war das der Grund, warum ich Euch aufsuchte!«

»Da hast du natürlich recht«, meinte Morgan gutgelaunt, »und da die Entscheidung gefallen ist, gibt es keinen Grund, Justin und die anderen nicht schon nachkommen zu lassen. Sie werden ohnehin eine Weile brauchen, bis alles gepackt ist. In der Zwischenzeit können wir alles weitere regeln.«

Leonie nickte nur. Sie war unfähig zu sprechen. Ob es wirklich Menschen gab, die an Liebeskummer starben? Jedes seiner gleichgültigen Worte traf sie mitten ins Herz! Wie leicht es ihm fällt, sich von uns zu trennen, dachte sie schmerzerfüllt. Als wären wir lästige Gepäckstücke, die er nun endlich loswird. Aber was hast du eigentlich erwartet, du dumme Gans, schalt sie sich wütend. Du wußtest doch, daß er nie Wert auf diese Ehe legte. Warum sollte er seine Meinung geändert haben? Weil... sie kämpfte mühsam gegen die aufsteigenden Tränen an, weil er mich manchmal auf eine Weise ansah oder in die Arme nahm, daß ich dachte... und weil ich ihn so wahnsinnig liebe!

An Morgan gewandt, murmelte sie lediglich: »Werdet Ihr eine Nachricht nach Le Petit senden, oder soll ich mich darum kümmern?«

»Ist es dir recht, wenn ich mich darum kümmere? Es müßten auch noch einige andere Dinge erledigt werden, und wenn es dir nichts ausmacht, würde ich gern Saul losschicken, anstatt die Nachricht der Post anzuvertrauen.«

»Ich habe nichts dagegen.« Leonie schluckte. Das Herzeleid schnürte ihr die Kehle zu.

Morgan wunderte sich über ihr seltsam widerspruchsloses Benehmen. Er fand, daß sie unverständlicherweise ratlos, sogar eine Spur vorwurfsvoll zu sein schien, aber schließlich hatte er sie nicht eben wie eine Dame behandelt, und es würde ihm sicherlich nicht leicht fallen, sie von seiner Unschuld zu überzeugen, geschweige denn ihr Vertrauen zu gewinnen. Ein Gefühl der Ohnmacht erfaßte ihn, und für einen Augenblick glaubte er, die Fassung zu verlieren, so sehr schnitt Leonies kummervolle Miene ihm ins Herz.

»Ich werde sofort alles Nötige veranlassen«, brachte er mit mühsam gespielter Leichtigkeit heraus, »und schon bald wird Justin hier sein. Jetzt werde ich dich für eine Weile allein lassen, wenn es dir recht ist, da ich in der Stadt einige Dinge zu erledigen habe.« Verlegen starrte er dabei auf seine Uhr.

Wieder nickte Leonie stumm. Sie war erleichtert, daß er fortgehen wollte. So würde sie sich wenigstens keine Blöße vor ihm geben. Der Gedanke an eine Zukunft ohne Morgan wurde mit jeder Sekunde, die verging, unerträglicher!

Morgan zog sich bedrückt zurück, um an Dominic zu schreiben, doch da er weder Papier noch Tinte finden konnte, rief er ungeduldig nach Litchfield. Litchfield war mit dem Auspacken der Koffer beschäftigt und hörte Morgan mit unbeweglicher Miene zu, als dieser ihm in wenigen Worten von der dramatischen Wende der Dinge erzählte. »Aber natürlich«, bemerkte er trocken, in einer der Ledertaschen nach dem Schreibzeug kramend, »wie ausgesprochen dumm von uns, *nicht* an Ashley zu denken!«

Morgan setzte sich an den Schreibtisch und begann seinen Brief an Dominic, während Litchfield schweigend die Koffer ausräumte.

»Sir«, unterbrach er ihn nach einer Weile, »wenn Ashley Mademoiselle Saint-André unter Eurem Namem geheiratet und Eure Unterschrift gefälscht hat, ist sie dann Eure Frau oder seine?«

»Meine natürlich!« rief Morgan impulsiv, dann hielt er verdutzt im Schreiben inne. »Das hoffe ich wenigstens«, murmelte er. Litchfields Frage rückte die Situation plötzlich in ein neues Licht. Der Gedanke beunruhigte ihn, und als der Brief erledigt und Saul damit nach Le Petit unterwegs war, machte Morgan sich auf den Weg in die Stadt. Ehe er weitere Schritte unternahm, bedurfte die von Litchfield aufgeworfene Frage der Klärung.

Auf dem Weg zu Ramey, Ramey und Jardin, dem Anwaltsbüro der Slades, das schon seit Jahrzehnten die rechtlichen Belange der Familie vertrat, machte Morgan an Jasons Stadthaus halt, in der Hoffnung, ein paar Worte mit dem alten Freund wechseln zu können. Doch Jason war vor zwei Tagen nach Terre de Cœur abgereist, und Monsieur Armand, so erfuhr er zu seiner Beruhigung, befand sich auf dem Wege der Besserung, verbrachte den Sommer jedoch auf Beauvais, um wieder zu Kräften zu kommen.

Kurz darauf saß Morgan Leon Ramey gegenüber und legte dem Anwalt den komplizierten Sachverhalt seiner Ehe und Ashleys hinterlistiger Tat auseinander. Als er geendet hatte, starrte er schweigend in seinen Cognacschwenker, dann stellte er ruhig die alles entscheidende Frage. »Nachdem Ihr nun die Details wißt, soweit ich sie rekonstruieren kann ... ist Leonie meine Frau oder nicht?«

Der alte Mann lehnte sich nachdenklich zurück und starrte zur Decke. Sein Schweigen spannte Morgan auf die Folter, doch schließlich sah der Anwalt seinem Gegenüber fest in die Augen. »Obwohl Euer Vetter Mademoiselle Saint-André getäuscht, sie unter falschem Namen sogar geheiratet und ihre Mitgift erhalten hat, so ist sie vom juristischen Standpunkt aus betrachtet doch seine Frau.« Die sachlichen Worte des Anwalts trafen Morgan wie ein Faustschlag. Er fühlte sich einer Ohnmacht nahe, doch es gelang ihm, seinen Schmerz zu unterdrücken. »Kann die Ehe annulliert werden?« fragte er tonlos. »Meines Wissens wurde sie nur auf dem Papier vollzogen. Und seither«, fuhr er lauter werdend fort, »hat sie den Schurken nicht mehr zu Gesicht bekommen. Er hat sie einfach sitzen lassen!«

Monsieur Ramey zog diese neuen Aspekte ungerührt durch Morgans emotionsgeladene Reaktion in Erwägung. »Wie sicher seid Ihr, daß die Ehe nicht wirklich vollzogen wurde? Wie steht es mit dem Kind?«

»Absolut sicher«, knirschte Morgan, »sie hat es mir versichert. Über den Vater des Kindes will sie nicht sprechen, aber wenn es Ashley wäre, gäbe es keinen Grund, es zu verheimlichen.«

Wieder lehnte Monsieur Ramey sich nachdenklich in seinem schweren Ledersessel zurück. »Die Existenz des Kindes verkompliziert den Sachverhalt«, erklärte er ruhig, »aber irgendwie werden wir diesen Umstand schon klären. Was Eure Frage nach der Gültigkeit dieser Ehe angeht – ich halte unter den gegebenen Umständen eine Annullierung durchaus für möglich. Aber die

Sache kann sich ziehen, und«, er hob mahnend den Zeigefinger, »im Interesse Eurer Familie und von Mademoiselle Saint-André müssen wir diskret vorgehen, um zu vermeiden, daß diese delikate Angelegenheit an die Öffentlichkeit gelangt.«

»Was schlagt Ihr also vor?« fragte Morgan nervös. Monsieur Ramey schürzte die Lippen. »Vorläufig unternehmt Ihr nichts. Wenn Ihr es für nötig haltet, sie über die Täuschung aufzuklären, tut es, ansonsten bewahrt absolutes Stillschweigen! Je weniger Personen davon wissen, um so größer ist unsere Chance, diese unerquickliche Situation zu beheben, ohne Aufsehen zu erregen. Mit Eurer Erlaubnis werde ich mit Père Antoine sprechen. Ich muß wissen, ob er kirchlicherseits etwas unternehmen kann, um die Scheidung einzuleiten.«

Morgan nickte nur, dankbar für Monsieur Rameys ruhige, vernünftige Vorgehensweise, doch in seinem Inneren tobte es. Ah, wenn Ashley ihm jetzt begegnete, er würde ihn langsam und qualvoll umbringen! Er erhob sich. »Ich lasse die Angelegenheit also in Euren Händen. Wenn Ihr mich braucht, ich bin bei Madame Brosse zu finden oder im Château Saint-André.«

Als nächstes suchte Morgan Monsieur Le Fort auf, den Agenten der Slades, der sich, ähnlich wie die Anwaltskanzlei Ramey, Ramey und Jardin, schon seit vielen Jahren um die ausgedehnten Geschäftsbeziehungen der Slades kümmerte.

Le Fort war ein durch und durch pragmatisch veranlagter Mensch, der Morgans Anliegen, ein Konto mit einer ziemlich hohen Geldsumme einzurichten, über das nur seine Frau verfügen durfte, für übertrieben hielt.

»Aber Monsieur...«, begann er vorsichtig, »ich will Euch ganz sicher nicht vorschreiben, wie Ihr Euer Geld auszugeben habt, aber meint Ihr nicht, daß eine Frau...« Morgan unterbrach ihn höflich, aber bestimmt. Er dachte an die Jahre, in denen Leonie mit weniger als dem Nötigsten überlebt hatte!

»Monsieur Le Fort, Ihr dürft mir vertrauen und glauben, daß die Dame sehr wohl imstande ist, sich um alle Angelegenheiten selbst und effizient zu kümmern.«

»Wie Ihr wünscht«, näselte Monsieur Le Fort achselzuckend.

Was konnte man schon von einem Mann erwarten, der freiwillig jahrelang unter den Wilden gelebt hatte. »Steht sonst noch etwas an?« fragte er leicht verstimmt.

Morgan saß seinem Agenten nachdenklich gegenüber. Er fühlte sich verpflichtet, Leonie zu beweisen, daß nicht alle Männer so skrupellos wie Ashley oder Maurice waren, dennoch wollte der nächste Schritt wohl erwogen sein.

»In der Tat. Es geht um das Château Saint-André. Ein Herr namens Maurice de la Fontaine ist im Besitz eines Schuldscheines meiner Frau. Ich wünsche, daß die Schuld sofort in voller Höhe bezahlt wird.«

Monsieur Le Fort starrte Morgan mit offenem Mund an und dachte an das viele Geld, das auf so nutzlose Weise seinem klugen Management entzogen werden sollte. Erregt spielte er mit den Stiften auf seinem Schreibtisch. »Es ... es handelt sich hierbei um eine zusätzliche Ausgabe, Sir,« fragte er zweifelnd, »die unabhängig von der Eröffnung des Kontos für Eure Frau Gemahlin anfällt?«

»Aber ja«, rief Morgan fröhlich aus. »Ich verfüge doch über die nötigen Geldmittel?« Seine Augen sprühten vor Spott, und Le Fort warf ihm einen bitteren Blick zu.

»Wie Ihr sicher wißt, fehlt es ganz bestimmt nicht an den nötigen Geldmitteln«, gab er schnippisch zurück. »Innerhalb weniger Stunden werden beide Angelegenheiten erledigt sein.«

»So schnell?« fragte Morgan skeptisch.

Le Fort lächelte selbstbewußt. »Claude Saint-André war mein Kunde, ebenso wie Monsieur de la Fontaine. Anfang des Monats setzte Monsieur de la Fontaine mich von der Existenz des Schuldscheines in Kenntnis. Er wollte so schnell wie möglich verkaufen, aber bis jetzt hat sich noch kein Käufer gefunden. Er wird hoch erfreut sein, zu erfahren, daß die Angelegenheit sich erledigt hat.«

»Aha«, bemerkte Morgan. »Er hatte also keineswegs die Absicht zu warten, bis er sein Geld zurückbekommt.«

»Pardon, Monsieur? Ich fürchte, ich kann Euch nicht folgen.«

»De la Fontaine hatte meiner Gemahlin eine Frist von dreißig Tagen eingeräumt, um die Schuld zu begleichen. Sie war in dem

Glauben, daß sie noch bis zum 1. Juli Zeit hätte, um die Summe aufzubringen.«

Le Fort rückte unruhig auf seinem Stuhl hin und her, dann bemerkte er widerwillig: »Maurice de la Fontaine ist nicht ganz der Gentleman, der sein seliger Vater war, aber Ihr werdet schon morgen im Besitz des Schuldscheines sein. Ich weiß zufällig, daß er sich in der Stadt aufhält, und werde einen Laufburschen zu ihm schicken.« Dann schloß er mit einem hoffnungsvollen Lächeln. »Ich nehme an, das wäre alles für heute?«

Morgan zerstörte diese Hoffnung gründlich und setzte ihn von einer weiteren Transaktion in Kenntnis, die unverzüglich in die Wege zu leiten sei. Wenige Minuten später verließ er strahlender Laune einen völlig entnervten Le Fort.

Seine Freude währte jedoch nur kurz, denn trotz der Schritte, die er unternommen hatte, hatte sich an der Gesamtsituation ja nichts geändert. Leonie war im Augenblick rechtlich gesehen Ashleys Frau, und er verfluchte nicht nur Ashleys Tat, sondern auch seine eigene Vergeßlichkeit. Leonies reserviertes Benehmen ihm gegenüber schmerzte ihn unsäglich, aber er brachte es nicht über sich, das brisante Thema Ashley anzuschneiden, wohl wissend, daß sie ihm kein Wort glauben würde.

Leonie verbrachte eine unruhige Nacht. Sie fühlte sich müde und zerschlagen von Morgans ständig wechselnden Stimmungen. Bei Tisch hatte er sie überaus liebenswürdig behandelt, aber um sich vor weiterem Schmerz zu schützen, hatte sie seine Annäherungsversuche ignoriert. Sie wollte endlich den längst überfälligen Schlußstrich ziehen! Wenn er sie verlassen wollte, dann sollte er sie doch in Ruhe lassen. Warum mußte er den Abschied noch verschlimmern? Ich will endlich wieder in Ruhe mein eigenes Leben leben, dachte sie traurig, ehe sie in einen schweren Schlaf fiel, aus dem sie am Morgen deprimiert erwachte. Am liebsten wäre sie liegengeblieben und hätte sich ihren angestauten Kummer einfach von der Seele geweint, aber sie wollte nicht, daß er oder Mercy sie möglicherweise in Tränen aufgelöst finden könnten. Ohne auf Mercy zu warten, kleidete sie sich an und ging hinunter auf die Gartenterrasse, um mit Morgan zu frühstücken.

Strahlender Sonnenschein empfing sie. Leonie zwang sich zu einem unverbindlichen Lächeln, als sie ihm gegenüber an dem hübsch gedeckten, schmiedeeisernen Tischchen Platz nahm. Weder die angenehme Morgenluft noch die von einem Meer blühender Bougainvilleen, Kamelien und Begonien eingefaßte Pergola vermochten, ihre trübe Stimmung aufzuheitern.

»Monsieur«, begann sie schweren Herzens, aber mit seltsam gefaßter Stimme, »da Ihr nun wißt, daß ich keine Lügnerin bin und Ihr mir die Mitgift tatsächlich schuldet, also, sobald ... sobald Ihr also die Rückzahlung in die Wege geleitet habt, gibt es keinen Grund mehr, uns länger gegenseitig zu belästigen.«

Morgan sah sie verdattert an. Eben noch hatte ihr Erscheinen sein Herz höher schlagen lassen, und nun sprach sie mit unerwarteter Kühle von einer möglichst schnellen Trennung!

»Gibt es einen Grund, der Euch zur Eile drängt?« fragte er ungläubig.

»Aber ... aber gestern habt Ihr mir doch selbst deutlich zu verstehen gegeben, daß Ihr wünscht, mich so schnell wie möglich loszuwerden«, antwortete sie, nun ihrerseits bestürzt.

»Habe ich das?« Er konnte sich beim besten Willen nicht vorstellen, ihr dergleichen tatsächlich gesagt zu haben und legte sanft seine Hand auf ihren Arm. »Das muß ein Mißverständnis sein, Leonie. Ich möchte sogar das Gegenteil. Ich möchte, daß wir einen neuen Anfang machen.« Er senkte seine Stimme, und der Ausdruck seiner blauen Augen ließ Leonie erzittern. »Könnten wir unsere Feindseligkeiten nicht begraben, Wildkatze?« fragte er zärtlich. »Ich weiß, daß ich es dir nicht leicht gemacht habe, aber ich bitte um einen Waffenstillstand. Gibst du mir eine Chance?«

Leonie war von ihren widerstreitenden Gefühlen hin und her gerissen. Doch wenn es um Morgan ging, hatte ihre Vernunft keine Chance. Schüchtern lächelnd sah sie ihn an und flüsterte: *»Oui, Monsieur.* Versuchen wir also diesen Waffenstillstand.«

27

Der erste wichtige Schritt war getan, und Leonie fand plötzlich, daß es ein wunderschöner Tag war. Der Gedanke an eine Trennung von Morgan war ihr wie ein schwerer Stein vom Herzen gefallen. Wenn er den Waffenstillstand wirklich ernst meinte, vielleicht bedeutete das, daß er ihre Ehe gar nicht beenden wollte?

Sie verbrachten einen wundervoll unbeschwerten Tag, spazierten ziellos durch New Orleans, besichtigten Geschäfte und besuchten die berühmten Straßencafés. Die schwülen Mittagsstunden verbrachten sie unter einer riesigen Eiche nahe am Fluß, wo sie sich frittierte Austern und frisches, knuspriges Weißbrot schmecken ließen. Leonie schwebte wie im siebten Himmel. Zum ersten Mal in ihrem Leben dachte sie daran, daß die Zukunft vielleicht doch nicht so trübe aussah, wie sie sie sich immer vorgestellt hatte.

Morgan genoß jeden Augenblick mit Leonie, doch die Ungewißheit, ob sie überhaupt etwas für ihn übrig hatte, nagte an ihm. Vielleicht legte sie ja gar keinen Wert darauf, daß er ihr den Hof machte! Und natürlich hing die Tatsache, daß sie eigentlich Ashleys rechtmäßige Frau war, wie ein drohendes Unheil über ihm. Doch als er ihr am Abend einen fast keuschen Kuß auf ihren überraschten Mund drückte, erfüllte ihn der ihm innewohnende, unerschütterliche Optimismus von neuem.

Am nächsten Morgen begrüßte Leonie ihn mit einem strahlenden »*Bon jour*, Monsieur. Was haben wir heute vor?«

Morgan lächelte. Wenn alles so gelaufen war, wie Monsieur Le Fort es sich vorgestellt hatte, würde er schon in wenigen Stunden im Besitz des Schuldscheins sein. »Ich habe später einen Termin, doch danach stehe ich ganz zu Eurer Verfügung, Madame«, antwortete er mit Bedacht. »Hast du einen speziellen Wunsch?«

Leonie nickte eifrig. »*Oui,* Monsieur. Ich möchte gerne nach Château Saint-André fahren. Die Fahrt dauert allerdings fast vier Stunden, wir müßten daher relativ früh aufbrechen.«

»Kein Problem. Ich fahre gleich nach dem Frühstück zu meiner Verabredung. Wenn du dich in der Zwischenzeit um den Picknickkorb kümmerst, können wir schon in etwa einer Stunde aufbrechen.«

Kurz darauf saß Morgan Monsieur Le Fort gegenüber und entschuldigte sich für sein frühes Erscheinen. »Konntet Ihr mit de la Fontaine sprechen? Hat er unterschrieben?« fragte er gespannt.

Le Fort lächelte süßlich. »*Oui*, Monsieur. Eure Frau Gemahlin wird zufrieden sein.«

Morgan überflog den Schuldschein mit einem zufriedenen Lächeln. »Ich gratuliere Euch. Vielleicht haben wir mit unseren anderen Geschäften ebensoviel Glück.«

»Die vereinbarte Summe wird im Laufe des Vormittags auf das Konto Eurer Gemahlin überwiesen«, erklärte Le Fort, »und was die andere Sache angeht ... ich habe mit dem betreffenden Herrn noch gestern gesprochen. Er ist bereit, zu dem von Euch genannten Preis zu verkaufen.«

Alles weitere war schnell geklärt, und wenig später machte Morgan sich zufrieden auf den Rückweg, um Leonie abzuholen, die bereits auf ihn wartete.

»Konntet Ihr Euer Geschäft abschließen?« fragte sie schüchtern, als der Wagen über die staubige Landstraße holperte.

Morgan nickte. »Ja, das konnte ich. Und du wirst dich darüber freuen, denn schon morgen wirst du deine Mitgift erhalten.«

Leonie schwieg, von ihren Gefühlen hin und her gerissen. Einerseits war sie überglücklich, konnte sie doch endlich Maurice das Geld zurückzahlen. Damit wäre sie ihre größte Sorge, nämlich die Sicherung von Justins Zukunft, los! Doch was, wenn Justin gar keinen Wert auf die Plantage legte? War es überhaupt klug, das Geld in das heruntergekommene Haus zu stecken? Am Ende hatten sie wieder keinen Pfennig zum Leben übrig.

Und schließlich – wer garantierte, daß Morgan nicht schon bald wieder einen seiner Stimmungsumschwünge erlebte? Unsicher schielte sie zu ihm hinüber, und ihr Herz verkrampfte sich vor Sehnsucht nach ihm. Vielleicht würde ihr Waffenstillstand ja gar nicht allzu lange dauern!

Morgan war über Leonies zurückhaltende Reaktion auf seine gute Nachricht enttäuscht. »Glaubst du mir etwa nicht?« fragte er leicht verärgert. »Gott weiß, daß ich dir nicht viel Grund gegeben habe, mir zu vertrauen, aber ich schwöre dir, Leonie, ich spreche die Wahrheit. Morgen hast du dein Geld!«

»Aber ja, ich glaube Euch«, beeilte sie sich zu versichern, und mit einem spitzbübischen Lächeln fügte sie hinzu: »Ehrlich gesagt, habe ich die Möglichkeit, daß Ihr lügen könntet, noch gar nicht in Betracht gezogen.«

»Ich lüge wirklich nicht, Wildkatze«, grinste Morgan. »Und wenn du mir glaubst, warum siehst du dann so unglücklich aus? Ich dachte, daß die Mitgift das Allerwichtigste für dich wäre!«

»Das war sie ja auch! Ich meine, das ist sie«, rief Leonie impulsiv, dann unterbrach sie sich verwirrt. »Ehe ich nach Natchez kam, schien alles so klar vor mir zu liegen. Ich brauchte die Mitgift, um Monsieur de la Fontaine die Schulden zurückzuzahlen, und dann hätten Justin, ich und die anderen unser Leben gelebt, so gut wir es eben konnten. Aber alles kam anders.«

»Und das ist so überaus furchtbar?« fragte Morgan leise.

»Ich weiß es nicht«, gab sie unumwunden zu.

»Nehmen wir an, daß heute nachmittag keine Entscheidung darüber gefällt werden muß, hm?« schlug Morgan vor und sah sie dabei beruhigend an. »Wir wollen die Stunden so nehmen, wie sie kommen und uns freuen, daß wir uns begegnet sind, einverstanden?«

Leonie nickte kaum merklich. Er hatte recht, sie brauchte weder heute noch morgen eine Entscheidung zu treffen. Sie war auf dem Weg nach Château Saint-André, und zwar mit einem Mann, den sie zu lieben begonnen hatte. Sie wollte sich nicht um das sorgen, was sich vielleicht ändern konnte oder auch nicht, sondern den Augenblick genießen. Nur das Jetzt zählte, denn aus ihm entstand die Zukunft.

Gegen zwei Uhr nachmittags erreichten sie ihr Ziel. Leonie hatte ihn unterwegs aufgeregt auf ergiebige Fischfanggründe aufmerksam gemacht, auf besonders schöne Stellen am Fluß und schließlich auf den Anlegeplatz der Saint-Andrés. Morgan hatte ihr amüsiert zugehört, während sie ihm in kindlichem Stolz die vergangene Pracht der Plantage beschrieb. Morgen, so beschloß er, während sie über die völlig verwilderte Zufahrt zum Haus holperten, werde ich Arbeiter bestellen. Leonie riß ihn aus seinen Überlegungen.

»Wenn Ihr das Haus seht, denkt bitte daran, daß seit vielen Jahren keine Schönheitsreparaturen vorgenommen wurden«, erklärte sie halb entschuldigend, halb herausfordernd, doch Morgan hätte sich ohnehin jegliche Kritik verkniffen. Er genoß Leonies Freude daran, endlich wieder zu Hause zu sein, viel zu sehr, als daß er ihr Glück durch eine taktlose Bemerkung gestört hätte!

Unvermittelt endete die Zufahrt, und vor ihnen lag in der flimmernden Mittagshitze Château Saint-André. Leonies Herz schlug schneller vor Freude. Wie hatte sie nur daran denken können nicht alles zu tun, um es zu retten!

Morgan brachte die Pferde vor dem Haus zum Stehen. Als erstes bemerkte er die abgeblätterte Farbe, die eingefallene Treppe, die schadhafte Balustrade, die schäbigen Fensterläden vor der großen Verandatür. Das ganze Anwesen befand sich in einem Zustand fortgeschrittenen Verfalls, und am liebsten wäre er auf der Stelle umgekehrt. Doch das durfte er Leonie nicht antun, wollte er nicht das Wenige zerstören, was vielleicht zwischen ihm und dem stolzen, rätselhaften Wesen an seiner Seite zu wachsen begann. Morgan zwang sich daher zu einem zweiten, gründlicheren Blick, und als lüfte sich ein Schleier, der die Reize des Châteaus verborgen hatte, begann er, es mit anderen Augen zu sehen. Er ließ seinen Blick über die mächtigen Eichen und Zedern schweifen, über die in voller Blüte stehenden Magnolienbäume und die kleineren Nebengebäude, die dem Château architektonisch nachempfunden worden waren.

Leonie schaute ihn gespannt an. »Nun?« Ihre Frage klang fast wie ein Befehl, doch Morgan war zu sehr in seine Gedanken versunken, um es zu bemerken.

»Es ist wunderschön«, murmelte er wahrheitsgetreu, »das heißt, das wird es bald sein.«

»Meint Ihr das wirklich, Monsieur?« fragte Leonie glücklich.

Morgan warf ihr einen belustigten Blick zu. »Ich dachte, wir hätten uns darauf geeinigt, daß ich Morgan heiße?«

Leonie errötete, ließ sich aber nicht ablenken. »Kommt, ich will Euch herumführen.«

Morgan folgte ihr hierhin und dorthin, glücklich über ihre unbeschwerte, ungezwungene Art. Leonie konnte ihr Glück kaum fassen. Welch seltsames Schicksal hatte sie zusammengeführt! Vor nicht ganz sechs Wochen hatte sein Name noch ihren Unwillen erregt, und nun liebte sie ihn, was bar jeder Vernunft war!

Sie waren mittlerweile bei der verbarrikadierten Eingangstür angelangt, doch Morgan brauchte nicht lange, um die wackligen Bretter zu entfernen.

»Ich hoffe, du bezichtigst mich nicht des Hausfriedensbruchs«.

Leonie schüttelte lachend ihren Lockenkopf und tänzelte vor ihm ins Innere. Viel gab es dort nicht zu sehen. Durch die Fensterläden fiel nur hier und da ein Lichtstrahl, die Luft war stickig und staubig, doch die Anordnung der Fenster und Räume vermittelte Morgan ein ungefähres Bild vom Grundriß des Hauses.

»Welche Räume befinden sich im Erdgeschoß?« fragte Morgan, als sie wieder auf die Veranda hinaustraten. »Die Lagerräume und ein Büro, vermute ich.«

»*Oui, Monsieur.* Und ein paar größere Möbelstücke, die wir nicht mitnehmen konnten. Monsieur de la Fontaine erlaubte uns, sie hier unterzustellen.«

»Das war wirklich großmütig von ihm«, bemerkte Morgan sarkastisch, doch Leonie winkte beruhigend ab.

»Das ist unwichtig geworden. Ich habe meine Mitgift und kann endlich die Schulden bezahlen.«

Morgan machte einen Schritt auf sie zu, tippte mit seinem Finger an ihr Kinn und sah ihr fest in die Augen. »Das brauchst du nicht, mein Liebling. Ich werde mit ihm abrechnen.«

»Oh, aber...«, protestierte Leonie, doch Morgan legte ihr sanft die Hand auf den Mund und sah sie zärtlich an. »Du bist nicht mehr allein, Wildkatze«, murmelte er mit belegter Stimme, »und du brauchst nicht mehr jede Schwierigkeit allein zu meistern. Laß mich mit de la Fontaine abrechnen. Ich will dein Verhandlungsgeschick keineswegs schmälern, aber ich nehme doch nicht an, daß er versuchen würde, mich zu verführen.«

Leonie riß sich von ihm los. »Woher wißt Ihr, daß er mich verführen wollte?« rief sie aufbrausend.

»Monsieur Le Fort erwähnte gestern, daß Maurice nicht eben ein Gentleman sei«, gab Morgan bedächtig zur Antwort.

»*Bah!* Mir scheint, Ihr habt herumspioniert. Wie konntet Ihr so etwas tun, Morgan Slade!«

»Vielleicht erinnerst du dich, daß ich bis gestern selbst nicht die Wahrheit über unsere Ehe wußte!« hielt er ihr aufgebracht entgegen. »Du wirst mir wohl zugestehen, daß ich zunächst annehmen mußte, daß ich es mit einer Hochstaplerin zu tun hatte, die nur eine Menge Geld aus mir herauspressen wollte. Es war nur logisch, Erkundigungen über dich einzuholen!«

Leonie beruhigte sich auf der Stelle, schaute ihn aber mißtrauisch an. Der Gedanke, daß jemand in ihrem Privatleben herumgeschnüffelt hatte, erfüllte sie mit Unwillen, aber sie war ehrlich genug, sich einzugestehen, daß sie im umgekehrten Fall ähnlich gehandelt hätte. Widerwillig einlenkend murmelte sie: »Ihr habt ja recht. Trotzdem ist es kein gutes Gefühl zu wissen, daß jemand in meinem Privatleben herumschnüffelt.«

Morgan betrachtete sie aufmerksam. »Gibt es denn etwas, das einer Prüfung nicht standhalten würde?«

»Das verstehe ich nicht.« Leonie sah ihn fragend an. »Was meint Ihr damit?«

»Wenn ich vor sechs Jahren unsere Ehe nicht vollzogen habe, dann erkläre mir doch liebenswürdigerweise, wie es kommt, daß du mit einem Kind in Natchez aufgetaucht bist, von dem du zunächst sogar behauptet hast, es sei meines?«

28

Leonie erstarrte. »Ich will nicht darüber reden«, erklärte sie eigensinnig.

Morgan hätte das Thema am liebsten fallengelassen, aber diesmal konnte er es ihr nicht ersparen, darüber zu sprechen. Je mehr er darüber wußte, um so besser konnte er vielleicht verhindern, daß sich die Sache zu einem Skandal auswuchs.

»Das hast du mir schon beim letzten Mal erklärt. Damals nahm ich jedoch an, daß du mir sowieso eine Lügengeschichte auftischen würdest, während ich heute weiß, daß ich dir Unrecht getan habe. Nur kann ich die Sache jetzt nicht länger auf sich beruhen lassen. Du trägst meinen Namen, und ich bin daher für Justin mitverantwortlich. Meinst du nicht auch, daß ich etwas mehr über seine Herkunft erfahren sollte?«

Leonie fühlte sich wieder einmal in die Enge getrieben, doch sie mußte sich eingestehen, daß er nichts Unrechtes verlangte. Er hatte Justin ja wirklich anerkannt, und wenn er ihr Spiel zumindest nach außen weiter mitspielte, mußte sie ihn über Justin aufklären. Sie umklammerte nervös das Geländer und schloß die Augen. Noch nie hatte sie über den Vorfall gesprochen – wie sollte sie nun über die Scham und die entwürdigende Erfahrung jener Nacht sprechen? Sie konnte sich ja noch nicht einmal sicher sein, daß er ihr gegenüber eine wirkliche Zuneigung empfand. Und ausgerechnet ihm sollte sie sich nun anvertrauen?

Leonies Gesicht spiegelte ihre Seelenqual überdeutlich wider, und Morgan begriff, daß es sich um eine ausgesprochen häßliche Episode in ihrem Leben handeln mußte. »War es Maurice?« fragte er rauh, als könne er ihr die Qual dadurch erleichtern, daß er das Schreckliche aussprach. »Hat er dich vergewaltigt?«

Leonie riß die Augen auf und sah ihn völlig entgeistert an. »Maurice? Maurice de la Fontaine?«

»Ja, eben jener. Wie es scheint, war er der einzige Mann in deinem Leben. Und da du ganz den Eindruck machst, als handele es sich um eine qualvolle Begebenheit, dachte ich natürlich an eine Vergewaltigung ... und Maurice.«

Leonie lachte hysterisch, ihre smaragdgrünen Augen schimmerten feucht. »Wie scharfsinnig von Euch, Monsieur«, rief sie spöttisch. »Ja, Ihr habt richtig geraten. Es war eine Vergewaltigung, aber nicht Maurice!« Sie schluckte, und als hätte das Geständnis den Bann des Schweigens gebrochen, den sie sich selbst auferlegt hatte, brach es nun aus ihr hervor. »Ich war an einem Ort, wo ich mich nicht hätte aufhalten dürfen ... und ... ein Fremder ver- ...wechselte mich mit jemandem, der ich nicht war.« Ihre Stimme versagte, doch sie faßte sich und schleuderte ihm das erniedrigende Geständnis entgegen. »Er hat mich vergewaltigt. Er war zu groß und stark für mich – es nutzte nichts, daß ich mich wehrte! Als... als es vorüber war, floh ich. Nun wißt Ihr es also ganz genau... Justins Vater könnte jeder sein!« endete sie bitter. »Und wenn Ihr Euch nun unsrer schämt und Justin und mich nicht mehr bei Euch dulden wollt, nun, ich kann nichts daran ändern.«

Morgan starrte sie mit einem rätselhaften Blick an, dann zog er sie fest in seine Arme und strich ihr zärtlich übers Haar. »Beruhige dich, Wildkatze«, flüsterte er. »Dachtest du wirklich, ich könnte mich deiner schämen? Bitte, sieh mich an.« Er faßte sie sanft am Kinn und zwang sie, ihm in die Augen zu schauen. »Das alles geschah vor langer Zeit, Leonie...«, er unterbrach sich, unsicher, was er ihr Tröstliches sagen konnte. »Warum bestrafst du dich für etwas, das du nicht verhindern konntest? Du hast einen wunderbaren Sohn, egal, wer sein Vater ist. Und wenn du damit einverstanden bist, möchte ich die Stelle seines unbekannten Vaters einnehmen – ich wäre stolz auf Justin wie auf meinen eigenen Sohn.« Dann schwieg er. Vielleicht hatte er wieder einmal zu viel geredet?

Leonie stand bewegungslos in seinen Armen und versuchte zu begreifen, was seine Worte bedeuteten. Er hatte sie weder verurteilt noch wollte er sie fortjagen! Ein unbändiges Glücksgefühl wollte in ihr aufsteigen, doch sie wollte ihm noch nicht so recht trauen.

»Es... es macht Euch nichts aus?« fragte sie und blickte ihm forschend in die Augen. Morgan verzog den Mund, der plötzlich hart und unnachgiebig aussah.

»Oh doch, es macht mir sogar sehr viel aus, und wenn ich den Kerl erwische, werde ich ihn eigenhändig umbringen!« antwortete er mit kalter Stimme.

Leonie fühlte sich mit einem Mal so leicht und frei wie ein Vogel. Sie stellte sich auf die Zehenspitzen und fuhr mit den Fingern zärtlich über seine Lippen. »Ihr seid so gütig«, murmelte sie mit bebender Stimme, »viel gütiger, als ich mir je hätte träumen lassen. Dafür danke ich Euch, Monsieur.«

Morgan schnellte wie von der Tarantel gestochen zurück. »Ich will deinen Dank aber nicht, verdammt noch mal!« rief er unbeherrscht und enttäuscht aus.

Verwundert über seine eigenartige Reaktion starrte sie ihn an. »Aber ich bin Euch dankbar! Ihr hättet unfreundlich zu Justin sein können. Statt dessen habt Ihr Euch mit ihm angefreundet. Und mir gegenüber habt Ihr Euch ebenfalls als sehr großzügig erwiesen. Warum soll ich nicht meine Dankbarkeit ausdrücken?«

»Gut, gut, du hast sie also ausgedrückt«, rief Morgan unwirsch. »Reden wir nicht mehr davon.« Bei ihren Worten war ihm erstmals der Gedanke gekommen, daß sie vielleicht aus purer Dankbarkeit – und aus Dankbarkeit allein – sein Friedensangebot angenommen hatte. Aber er wollte nicht ihre Dankbarkeit, sondern ihr Zutrauen, ihre Zuneigung, ihre Liebe. Vielleicht hatte er einen Fehler gemacht, als er de la Fontaine ausbezahlt hatte. Leonie würde es nur zum Anlaß dafür nehmen, sich noch tiefer in seiner Schuld zu fühlen.

Seine plötzliche Kühle brachte Leonie völlig aus der Fassung. Die unbändige Freude von vorher verflog, und in gedämpfter Stimmung führte sie ihn zu den Grenzmarkierungen der Plantage. Erst als sie am Rand eines träge dahinfließenden Bayous Halt machten, unterbrach Morgan das bedrückte Schweigen. Er warf einen Blick zurück, wo der Mississippi am Horizont wie ein dünnes, silbernes Band in der Mittagshitze flimmerte.

»Das Land von hier bis zum Fluß gehört noch zur Plantage?« wollte er wissen.

Leonie nickte, den Blick auf das fruchtbare Land jenseits des Bayous werfend. »Früher gehörte uns auch das Land dort drüben«, erzählte sie, »doch als Grand-Père starb, mußte ich es verkaufen. Was uns geblieben ist, reicht allerdings kaum aus, um uns zu ernähren.«

»Mmhh, da hast du sicher recht«, murmelte Morgan vage. Der Schuldschein brannte ihm in der Tasche. Er spürte, er durfte Leonie in diesem Punkt nicht länger im unklaren lassen. »Ich habe übrigens etwas für dich«, begann er unvermittelt und zog den Schein aus der Tasche. »Ich möchte, daß du es als Zeichen meiner Wertschätzung betrachtest.«

Leonie griff zögernd nach dem dargebotenen Papier, dann riß sie die Augen weit auf. »Monsieur, wo habt Ihr das her?« flüsterte sie mit bleichem Gesicht.

»Aber das ist doch ganz einfach.« Morgan bemühte sich, so unbeteiligt wie möglich zu klingen. »Ich habe Monsieur Le Fort veranlaßt, ihn einzulösen.«

Mit eisigem Gesicht nahm Leonie seine Erklärung entgegen. »Heißt das, daß Ihr, anstatt mir die Mitgift auszubezahlen, die Schulden beglichen habt?« verlangte sie schließlich zu wissen.

Morgan ahnte, daß er sich auf gefährlichem Territorium bewegte. Seine Worte vorsichtig wählend, antwortete er daher: »Nein, so meine ich es eben nicht. Der Schuldschein gehört dir, die Schulden sind bezahlt, und die Mitgift gehört dir ebenfalls.«

Abwägend schaute Leonie von Morgan auf den Schein in ihren Händen und zurück zu ihm. Ihre Freude wurde überschattet von der Eigenmächtigkeit seines Tuns, das ihr reichlich arrogant vorkam. Sie hatte nie damit gerechnet, daß er ihre Schulden übernehmen würde, und obgleich sie sich einerseits darüber freute, weil es so vieles vereinfachen würde, fühlte sie sich doch andererseits in ihrem Stolz gekränkt. »Monsieur«, begann sie daher und straffte die Schultern, »da die Schulden nunmehr bezahlt sind, brauche ich die Mitgift selbstverständlich nicht, außer dem wenigen, was noch davon übrig ist.«

»Dummes Zeug!« polterte Morgan, der langsam die Geduld verlor. »Ich schulde dir das Château! Hätte ich dir die Mitgift gleich zurückgezahlt, wäre es gar nicht soweit gekommen. Nimm es als ein Zeichen meines geläuterten Charakters oder als Beweis dafür, daß ich nicht ganz der Schurke bin, für den du mich halten mußtest.«

Doch Leonies gekränkter Stolz und nicht zuletzt ihr Mißtrauen waren noch längst nicht besänftigt. »Monsieur, ich will nicht unhöflich erscheinen, und ich freue mich sehr über Eure Fürsorge, aber ich kann ein so großzügiges Geschenk trotzdem nicht annehmen. Bitte versucht doch, mich zu verstehen... Es schickt sich nicht.«

Am liebsten hätte er diese widerspenstige, kleine Wildkatze gepackt und solange geschüttelt, bis sie zur Besinnung kam, doch zugleich berührte ihn ihre beharrliche Weigerung, sein Geschenk anzunehmen. »Wenn du unbedingt darauf bestehst, brauchst du es natürlich nicht anzunehmen«, lenkte er unvermittelt ein. »Aber es ist wirklich jammerschade!«

»Und warum ist es so schade, wenn ich fragen darf?« wollte sie neugierig wissen.

Morgan rang sich einen dramatischen Seufzer ab. »Tja, also zufällig kaufe ich gerade das Land, das früher zur Plantage gehörte, und ich hoffte, wir könnten eine ... eine Partnerschaft miteinander eingehen. Es wäre geradezu ideal, beide Teile wieder zusammenzufügen«, fügte er gleichgültig klingend hinzu, »aber scheinbar soll es nicht sein.«

Leonie glaubte, sich verhört zu haben, oder doch nicht? Ihren verletzten Stolz und ihre Zurückhaltung vergessend, packte sie Morgan am Jackenaufschlag. »Das ganze Land?« rief sie ungläubig. »Ihr habt alles zurückgekauft?«

Morgan nickte. »Alles«, erklärte er feierlich.

Sprachlos ließ Leonie von ihm ab. In ihren kühnsten Träumen hatte sie sich manchmal vorgestellt, wie wundervoll es wäre, die alten Ländereien eines Tages wieder zurückkaufen zu können, aber natürlich war es nur ein unerreichbarer Wunschtraum gewesen. Und nun sollte er wahr werden! Leonie schluckte und blickte zu Boden.

»Wildkatze, was ist los?« Undeutlich drang Morgans Stimme in ihr Bewußtsein. »Ich dachte, du würdest dich freuen!«

»Aber ich freue mich ja«, versicherte sie mit belegter Stimme und wischte sich schnell eine verräterische Träne aus dem Auge. »Es ist nur ... ich dachte ... ich hätte nie geglaubt, daß so etwas Wunderbares geschehen könnte!«

Morgan zog sie liebevoll in seine Arme. »Wir werden noch eine Menge wunderbarer Dinge miteinander erleben«, flüsterte er gerührt und streichelte über ihre heiße Wange. Als er sich zögernd über ihren Mund neigte und Leonie ihm nicht auswich, gab er seinem Verlangen nach. Ihre Lippen begegneten sich und verschmolzen zu einem langen, leidenschaftlichen Kuß, aus dem Morgan sich nur widerwillig löste. Mit vor verhaltener Erregung zitternder Stimme flüsterte er: »Wenn ich dich noch länger so küsse, Wildkatze, kann ich für meine weiteren Taten nicht mehr garantieren.«

»Wäre das schlimm? Ich bin doch deine Frau«, gab sie leise, fast herausfordernd zurück, doch zu ihrer Verwunderung wandte Morgan sich abrupt ab.

»Es wird Zeit, nach New Orleans zurückzufahren«, bemerkte er kurz. »Wir haben noch einen weiten Weg vor uns.«

Auf dem Rückweg zum Château sprachen sie wenig. Leonie spürte, daß Morgan unter einem unerklärlichen Druck zu stehen schien, aber sie war zu müde, um sich Gedanken darüber zu machen.

Ein langer, anstrengender Tag lag hinter ihnen, als sie gegen zehn Uhr endlich wieder in ihrer Pension ankamen. In dieser Nacht träumte Leonie von Morgan und dem wundervollen Leben, das sie gemeinsam führen würden, wenn er erst einmal gelernt hatte, gewisse Dinge nicht mehr so eigenmächtig zu handhaben!

Morgans Gedanken an die Zukunft waren anders geartet, denn er dachte an Ashley und daran, wie ahnungslos Leonie war. Aber noch mußte er sich in Geduld üben, noch war sie nicht bereit, ihm zu vertrauen. Aber würde sie ihm jemals ihr Vertrauen schenken?

29

Die folgenden zwei Wochen vergingen wie im Flug. Morgan hatte, einer plötzlichen Eingebung folgend, eine kleine Pistole sowie ein langes Messer erstanden, das er, im Stiefelschaft versteckt, stets bei sich trug. Immerhin hatte er es mit Ashley zu tun, bei dem man nie vor unangenehmen Überraschungen sicher war. Wenigstens wollte er gewappnet sein – man konnte ja nie wissen.

Was Leonie anging, so schwebte er im siebenten Himmel. Schritt für Schritt kamen sie sich näher, und nur die Tatsache, daß sie eigentlich Ashleys Frau war, trübte sein Glück und hinderte ihn daran, ihr zu nahe zu treten. Keinesfalls wollte er ihre Ahnungslosigkeit ausnützen, zuerst mußte sie die Wahrheit erfahren. Aber jedesmal, wenn er sich dazu anschickte, mit ihr zu sprechen, kam irgend etwas dazwischen.

Der Ankauf des Landes, das ursprünglich zur Plantage der Saint-Andrés gehört hatte, war abgeschlossen worden. Morgan hatte Handwerker und Gärtner bestellt, und die Restauration des Châteaus war in vollem Gange. Morgan und Leonie behielten ihre Zimmer bei Madame Brosse zunächst noch, da es ungleich praktischer und zeitsparender war, die nötigen Einkäufe von hier aus zu tätigen, als jedesmal den Weg vom Château in die Stadt zurückzulegen. Erst als die Hauptarbeiten im Haus selbst und in den Wohnräumen erledigt waren, zogen sie ins Château.

Leonie lebte wie im Traum. Jeder Tage brachte neue Überraschungen, die sie in vollen Zügen genoß. Das Leben war wunderbar, bis auf die Tatsache, daß sie Justin vermißte und aus Morgans Benehmen nicht schlau wurde. Er war großzügig und zuvorkommend, wie man es sich nur wünschen konnte, er las ihr jeden Wunsch von den Augen ab – und doch gab es so gut wie keine Vertraulichkeiten zwischen ihnen. Sie wußte, daß er sie begehrte – zu oft hatte er sie in den vergangenen Tagen mit verlangenden Blicken angesehen – aber warum hielt er dann solchen Abstand zu ihr?

Errötend gestand sie sich ein, daß sie ihm nichts verweigern würde, wenn er diesmal zu ihr käme. Die Nächte, in denen sie wach in ihrem Bett lag und sich nach seinem starken, muskulösen Körper sehnte, machten ihr mehr als deutlich, daß sie ihn heftiger begehrte, als sie zugeben wollte!

Leonie hoffte inständig, daß ihr Gefühl sie nicht täuschte und daß er vielleicht wirklich begonnen hatte, sie zu lieben. Warum wäre er sonst so großzügig, aufmerksam und rücksichtsvoll, wenn nicht, weil er sie, wenigstens ein bißchen, liebte?

Am zwölften Juli trafen Justin, Dominic, Robert, Yvette und der Rest der kleinen Familie ein. Beim Anblick der nicht enden wollenden Karawane aus Karren und Planwagen fürchtete Morgan, daß seine gesamte Familie über ihn hereinbrechen würde.

Nach einer überschwenglichen Begrüßung nahm Morgan Dominic beiseite. »Korrigiere mich, falls ich mich irre, aber wenn ich mich recht erinnere, bat ich dich, nur mit dem Allernötigsten hierherzukommen?«

Dominic grinste verlegen. »Glaub mir, Morgan, ich hab's versucht, aber du kennst Maman...«

»Natürlich!« lachte Morgan, halb verärgert, halb belustigt. »Maman und ihre Vorliebe dafür, hier noch etwas dazuzupacken und dort... Aber was zum Teufel ist denn nun in den unzähligen Kisten?«

»Tja, wie war das noch? Maman sagte etwas von Leonies vollständiger Garderobe. Dann sind da Justins Sachen... ach ja, und natürlich Wäsche, Bettzeug, Geschirr und so weiter.« Dann wechselte er das Thema. »Gibt es etwas Neues? Ich hab' mit niemandem darüber gesprochen, aber es ist mir verdammt schwergefallen, das kann ich dir versichern. Wie konnten wir nur Ashleys Besuch vergessen! Es hätte alles erklärt!« Er warf seinem Bruder einen fragenden Blick zu. »Hast du schon mit Leonie gesprochen?«

»Nein.« Morgan machte ein bekümmertes Gesicht. »Ich dachte bislang immer, Feigheit sei nicht mein Problem, aber vor dieser Aussprache drücke ich mich nun schon seit zwei Wochen. Ich weiß einfach nicht, wie ich ihr *das* erklären soll!«

Dominic grinste mitfühlend, ging aber nicht weiter auf das Thema ein, sondern ließ sich von Morgan die Plantage zeigen.

Das Haus glich einem Bienenstock. Die wenigen Zimmer waren alle im Nu belegt, Diener und Handwerker stolperten förmlich übereinander. Morgan zweifelte daran, daß er unter solchen Umständen ungestört mit Leonie würde sprechen können.

Den ganzen Vormittag des nächsten Tages über lauerte er auf eine günstige Gelegenheit, aber Leonie wurde ständig irgendwo von irgendwem gebraucht. Am Nachmittag endlich gelang es ihm, sie unter einem Vorwand vom Haus wegzulocken.

Die Minuten verstrichen, während sie schweigend nebeneinander hergingen. Leonie warf ihm beunruhigte Seitenblicke zu, denn aus seiner düsteren Miene schloß sie, daß es um etwas Unangenehmes gehen mußte. Schließlich ertrug sie die Spannung nicht länger.

»Stimmt etwas nicht? Du willst gar nicht über die Ausbesserungsarbeiten am Zufahrtsweg sprechen, nicht wahr?«

Morgan preßte die Lippen zu einem dünnen Strich zusammen. »Nein«, gab er angespannt zu, »das war nur ein Vorwand. Ich muß mit dir unter vier Augen reden.«

Leonie blieb stehen und sah ihm fest in die Augen. »Ja?«

Morgan ergriff ihre Hand und führte sie abseits der Straße in Richtung des Saint-André-Familiengrabes. Vor dem weißen Zaun blieb er stehen und straffte unwillkürlich die Schultern. »Ich muß dir etwas sagen, was ich schon an jenem Nachmittag, als wir mit Père Antoine sprachen, hätte sagen müssen.«

Leonie spürte eine eisige Kälte, die nach ihrem Herzen griff. Morgan sah sie mit flehendem Blick an, dann zog er sie plötzlich heftig in die Arme.

»Leonie, ich ...«, doch die Worte wollten einfach nicht über seine Lippen. Wütend über seine Feigheit, preßte er sie noch enger an sich und verbarg sein Gesicht in ihrem duftend weichen Haar. »Vielleicht wird alles verständlicher, wenn ich ein paar Dinge über meine Familie erkläre, beziehungsweise über den englischen Zweig meiner Familie. Darüber und über die Tatsache, daß die meisten männlichen Mitglieder unserer Familie sich erstaunlich ähnlich sehen. In manchen Fällen könnte man sogar meinen, daß die Betreffenden Zwillinge seien.«

Leonie lehnte ihre Wange an seine Schulter. »Ich weiß, was du meinst«, entgegnete sie. »Man braucht euch nicht zu kennen, um sofort zu wissen, daß Dominic und Robert deine Brüder sind. Auch Alexander und Cassandra sind typische Slades.« Von einer plötzlichen Welle tiefer Zuneigung erfüllt, schlang sie ihre Arme um ihn.

Sie boten einen zärtlich hingebungsvollen Anblick, doch der Reiter, der sich ihnen unbemerkt näherte, fluchte leise, als er Leonie in Morgans Armen sah. Unsanft zügelte er sein Pferd. Offensichtlich gab es eine unerwartete Überraschung, und er hielt es für ratsam, die Gunst des Augenblicks zu nutzen, um ein paar Informationen aus erster Hand zu erfahren. Entschlossen pirschte er sich näher an das junge Paar heran. Was er hörte, ließ ihn schadenfroh lächeln.

Morgan fuhr mit etwas festerer Stimme fort: »Richtig, genau das meine ich. Aber ich habe einen englischen Vetter, Ashley, der mir fast bis aufs Haar gleicht. Wir sind sogar schon des öfteren verwechselt worden, jedesmal von Leuten, die uns nicht besonders gut kannten.« Nach einer kurzen Pause fuhr er fort. »Ashley ist wohl der gemeinste, skrupelloseste Schurke, der auf diesem Planeten sein Unwesen treibt – und ich sage das, ohne zu übertreiben. Er hat sich unter anderem einige Male für mich ausgegeben, natürlich jedesmal auf meine Kosten.«

Leonie sah ihn besorgt an. »Und er hat etwas getan, das uns beide betrifft?«

Morgan nickte. »O ja, so könnte man es auch nennen. Er hat etwas getan, das uns beide sogar sehr intim betrifft!« Er holte tief Luft. »Leonie, als du in Natchez eintrafst und ich behauptete, daß ich dich nicht kenne, sprach ich die Wahrheit. Ich hatte dich nie zuvor gesehen!«

Leonie stockte der Atem. Was meinte er? War dies ein neuer Trick? Aber warum? Er hatte die Mitgift doch zurückgezahlt! Oder sprach er am Ende die Wahrheit? Hatte ... War es möglich, daß ... Ihre Gedanken überschlugen sich plötzlich, doch in diesem Augenblick trieb der Beobachter sein Pferd hämisch grinsend aus dem Gebüsch.

»Welch allerliebster Anblick!« rief er. »Ich komme heute morgen aus Frankreich an, weil ich meine Gemahlin zu mir holen will, und was finde ich vor? Mein geschätzter Vetter ist eifrig damit beschäftigt, mich bei ihr in Verruf zu bringen. Aber nicht nur das. Er nimmt sich sogar unverzeihliche Freiheiten heraus!«

Morgans Gesichtsausdruck verriet keinerlei Erregung, als er Ashleys Stimme hörte. Mit unerhörter Gelassenheit drehte er sich um. »Hallo, Ash«, bemerkte er kühl. »Ich hätte mir denken können, daß du irgendwann hier auftauchen würdest.«

»Ich habe allerdings nicht mit dir gerechnet«, zischte Ashley unfreundlich.

Morgan erwiderte nichts, sondern starrte Ashley nur unverwandt an. Etwas in dem undurchdringlichen Blick seiner blauen Augen veranlaßte Ashley, samt Pferd einige Schritte zurückzuweichen.

»Das war klug von dir.« Morgans Stimme klang gefährlich ruhig. »Ich hätte nicht übel Lust, dich auf der Stelle zu töten.«

Auch Leonie starrte Ashley unverwandt an, und beim Klang seiner verhaßten Stimme sickerte die Wahrheit darüber, was vor sechs Jahren geschehen war, langsam in ihr Bewußtsein.

Wie konnte ich nur so blind sein? fragte sie sich ein ums andere Mal und erkannte schlagartig den Grund für die vielen kleinen Ungereimtheiten, die sie immer wieder verunsichert hatten. Blind für die tödlichen Schwingungen zwischen den beiden Männern, ging sie langsam auf Ashley zu, ohne ihn aus den Augen zu lassen. Dann erkannte sie das schwach ausgeprägte Kinn, die dünnen Lippen, die so sehr im Gegensatz zu Morgans markanten Gesichtszügen standen. »Ich erinnere mich an Euch«, brachte sie mühsam heraus. »Ihr seid es, dem ich vorgestellt wurde und der behauptete, Morgan Slade zu sein.«

Ashley verzog sein Gesicht zu einem verschlagenen Grinsen. »Ganz so war es nun auch wieder nicht, meine Liebe. Ich habe nie behauptet, Morgan Slade zu sein, Euer Großvater hat es immer angenommen. Und immerhin war ich es, den Ihr geheiratet habt, Ihr seid also meine Frau!«

Leonie warf Morgan einen flehenden Blick zu. »Aber wenn er mich unter falschem Namen geheiratet und uns bewußt irregeführt hat... ist diese Ehe dann gültig?«

Ashley kam Morgan mit der Antwort zuvor. »Ich weiß nicht, ob Morgan sich um diese technische Feinheit schon gekümmert hat, ich habe es jedenfalls, ehe ich Frankreich verließ. Es klingt zwar unlogisch, aber es ist so. Unsere Ehe ist gültig. Und als meine Gemahlin untersteht Ihr und Euer gesamtes Vermögen meiner Obhut.«

Angewidert trat Leonie einen Schritt zurück. »Niemals!« rief sie empört. »Ihr gehört zum Abschaum der Menschheit!«

Ashley warf ihr einen haßerfüllten Blick zu. »Wir werden ja sehen, wie tapfer Ihr seid, wenn wir erst in Frankreich sind!« fauchte er drohend.

»Frankreich? Wie kommt Ihr darauf, daß ich Euch nach Frankreich begleite?«

In Ashleys Augen trat ein gieriger Glanz. »Weil Ihr sicherlich nicht so dumm seid, das Vermögen, das Ihr dort besitzt, auszuschlagen. Wie gefällt Euch der Titel *Comtesse*? In Frankreich wird es Euer rechtmäßiger Titel sein.«

Leonie starrte Ashley mit offenem Mund an. Glaubte er tatsächlich, daß sie freiwillig mit ihm irgendwohin gehen würde?

»Ja, da gafft Ihr!« rief Ashley triumphierend, der ihr Staunen in seinem Sinne interpretierte. »Ein Vermögen wartet auf Euch! Sobald wir in Frankreich sind, wird es Euch gehören.«

»Ihr seid ein abscheulicher Lump!« schrie Leonie. Sie war absolut am Ende ihrer Geduld. »Ihr habt meinen Großvater und mich getäuscht, Euch zu Unrecht bereichert und glaubt wirklich, ich wäre noch einmal so dumm, Euch zu einem Vermögen zu verhelfen? Bah, schminkt Euch das ab, Monsieur! Mein Zuhause ist hier, und Euer Schloß in Frankreich interessiert mich nicht!«

Ashley machte ein über alle Maßen verdutztes Gesicht, doch dann geriet er völlig außer sich. Ja, das sähe ihr ähnlich! Sie war noch immer derselbe Querkopf wie vor sechs Jahren, aber diesmal irrte sie sich. So leicht war er nicht von seinem Plan abzubringen. »Das werden wir ja sehen!« schrie er wutentbrannt. »Ihr kommt mit. Ihr sollt mich schon noch kennenlernen!« Bei diesen Worten lenkte er sein Pferd auf Leonie zu und packte sie unsanft am Arm, doch im selben Augenblick zog Morgan seine Pistole aus der Jackentasche und richtete die Mündung auf Ashley.

»Laß sie los, Ash«, befahl er ruhig, »sofort, oder du bist ein toter Mann.«

Ashley zögerte und schaute gehässig von Leonie zu Morgan, ohne sich zu rühren.

»Ich würde es nicht darauf ankommen lassen«, fuhr Morgan mit unerschütterlicher Ruhe fort. »Oder solltest du vergessen haben, daß ich ein unfehlbarer Schütze bin? Ich würde dich liebend gern beseitigen, Ashley, es würde eine Menge Probleme lösen.«

Mit einem Fluch ließ Ashley Leonies Arm los, doch seine Augen flackerten gefährlich auf. »Diesmal gewinnst du, Morgan ... aber ich komme zurück. Vergiß nicht, sie ist meine Frau, und das Recht ist auf meiner Seite.«

»Das werden wir ja sehen«, antwortete Morgan eisig. »An deiner Stelle würde ich nicht so laut auf das Gesetz pochen. Du wirst dich wegen schweren Betrugs und wegen Unterschriftenfälschung zu verantworten haben. Ich fürchte, daß das Hohe Gericht in New Orleans wenig Sympathien für dein Geschrei wegen deiner Rechte als Ehemann übrig hat.«

»Du meinst wohl, damit sei die Sache nun erledigt?« fauchte Ashley, weiß vor Wut. »Aber du irrst dich! Das wirst du schon bald merken!« Damit riß er sein Pferd herum und galoppierte den Weg zurück, den er gekommen war.

30

Leonie stand wie angewurzelt, als sei alles Leben aus ihr gewichen. Ihr Blick folgte wie gebannt der immer kleiner werdenden Staubwolke, die Ashleys Pferd aufwirbelte, dann drehte sie sich mit einem plötzlichen Ruck zu Morgan um und fuhr ihn mit böse funkelnden Augen an. »Ich nehme an, du hast dich glänzend amüsiert.« Ganz offensichtlich war diese Begegnung nicht zufälliger Natur, und der Schmerz über Morgans Verrat drohte, sie zu ersticken. Sie war Ashleys Frau, und Morgan hatte davon gewußt! Er hatte sie zwei quälende Monate lang im dunkeln tappen lassen, hatte sie glauben lassen, er sei ihr Gemahl!

In ihr Entsetzen mischte sich Angst vor Ashley und dem Abgrund, der sich urplötzlich zwischen ihr und Morgan auftat, unüberwindbar wie nie zuvor. »Antworte mir«, schrie sie ihn verzweifelt an, »oder bist du ein ebensolcher Feigling wie dein Vetter? Wie müßt ihr über mich gelacht haben, als ich in Natchez auftauchte und meine Mitgift zurückverlangte! Und als ihr euch alle miteinander genug an meinem Irrtum ergötzt hattet, fiel euch nichts besseres ein, als meinen ... wirklichen Gemahl zurückzubeordern, damit ...«, die Worte wollten ihr vor lauter Qual kaum über die Lippen, »damit er mich fortbringt!«

Morgan steckte die Pistole mit unbeweglichem Gesicht wieder

ein. »Glaubst du das wirklich, Leonie?« fragte er behutsam. »Glaubst du wirklich, daß ich oder meine Familie hinter deinem Rücken über dich lachen würden? Daß wir von Ashleys Schandtat wußten und sie nicht nur deckten, sondern sogar mitspielten?«

»Ich weiß überhaupt nicht mehr, was ich glauben kann und was nicht«, schluchzte Leonie, verbissen gegen die aufsteigenden Tränen ankämpfend. »Alles ist plötzlich so ... so ...« Hilflos drehte sie den Kopf zur Seite.

Morgan ertrug ihre Qual nicht länger. Mit einem einzigen Schritt war er bei ihr und zog sie fest in seine Arme. »Mein Liebes«, flüsterte er, »hör mir bitte zu. Ich hätte alles darum gegeben, dir diesen Augenblick zu ersparen! Ich war gerade dabei, dir von Ashley zu erzählen, als er uns unterbrach, aber ich schwöre dir, ich hatte keine Ahnung davon, daß er im Lande weilt. Wenn ich es gewußt oder auch nur geahnt hätte, hätte ich dich gewarnt! Glaubst du wirklich, ich würde es zulassen, daß er Hand an dich legt, geschweige denn, dich mir fortnimmt?«

Leonie wischte sich über die tränennassen Augen, wütend über ihre Schwäche und Verletzlichkeit. »Warum nicht?« schluchzte sie. »Ich habe dir und deiner Familie genug Scherereien bereitet. Warum sollte es dich interessieren, was aus mir wird?«

Morgan sah sie mit einem zärtlichen Blick an. »Soll ich mich nicht für das Wichtigste in meinem Leben interessieren? Für das bezauberndste Geschöpf, das mir je begegnet ist und mir den Kopf so gründlich verdreht hat, daß ich an nichts anderes mehr denken kann?«

Leonies Tränen versiegten augenblicklich. Was hatte er da eben gesagt? Mit ungläubigen Augen starrte sie ihn an, aber sie konnte in seinen Augen weder Spott noch Arglist entdecken. »Wie ... wie m ... meinst du das?« fragte sie staunend, obwohl sie die Wahrheit zu ahnen begann.

Sein Blick glitt liebevoll über ihr Gesicht, während ihm das Blut heiß in die Adern schoß. Täuschte er sich, oder sah er in ihren Augen etwas aufblitzen, etwas, das er sich sehnlichst wünschte? Sie noch fester an sich pressend, flüsterte er: »Ich liebe dich, Leonie, von der ersten Sekunde an, als ich dich im Haus der Marshalls sah! Darum habe ich dich, wider meine feste Überzeugung, daß du eine gemeine Hochstaplerin bist, gebeten, in Le Petit zu bleiben.«

Um Leonie herum versank die ganze Welt in einem überwältigenden Glücksgefühl, das die tödliche Kälte aus ihrem Herzen vertrieb. Sie hielt still, ganz still, während Morgan ihr immer wieder sanft über die Haare streichelte. Er liebte sie also doch, sie hatte es sich nicht nur eingebildet! »Du hast mich nicht gebeten, in Le Petit zu bleiben – du hast es mir befohlen!« widersprach sie. Ihre Augen schimmerten feucht, doch diesmal vor Glück.

Morgan sah sie lachend an. »Willst du mir verzeihen, Wildkatze? Und mir das sagen, wonach ich mich am allermeisten sehne? Daß meine Gefühle erwidert werden?« Ohne ihre Antwort abzuwarten, beugte er sich verlangend über ihren Mund. Leonie erwiderte seinen fragend-fordernden Kuß mit einer Leidenschaft, als fürchte sie, ihn im nächsten Augenblick doch wieder zu verlieren. Die Zeit schien stillzustehen, als beide erkannten, daß ein Wunder geschehen war, das Wunder ihrer Liebe.

»Ich habe mich nicht geirrt? Ich habe mir nicht nur eingebildet, daß du mich liebst?« fragte Morgan schließlich glücklich.

Leonie schlang ihre Arme um seinen Hals und strahlte ihn an. »Du hast es dir nicht eingebildet, Morgan. Ja, ich liebe dich. Und die vergangenen Wochen waren eine einzige Qual, weil ich nicht verstand, wie ich so dumm sein konnte, einen skrupellosen Schurken zu lieben. Aber tief in meinem Herzen wußte ich, daß du kein Halunke bist. Mein Herz hat sich nicht täuschen lassen!«

Es war ein köstlicher Augenblick für beide. Das Mißtrauen und die Mißverständnisse, die ihr Verhältnis von Anfang an belastet hatten, lösten sich in Wohlgefallen auf, und sie waren endlich fähig, sich ihre wahren Gefühle füreinander einzugestehen.

»Wirst du mich heiraten, wenn die Situation mit Ashley endlich aus der Welt geschafft ist?« fragte Morgan sie schließlich.

Der Ausdruck des Glücks erstarb in Leonies Augen, als seine Worte sie in die Wirklichkeit zurückriefen. Aber sie stand Ashley ja nicht allein gegenüber. Zaghaft lächelte sie ihn an. »Als ob du die Antwort nicht wüßtest, Morgan...« Dann senkte sie plötzlich beschämt den Blick. »Wissen viele Leute davon?«

Morgan schüttelte verneinend den Kopf. »Außer dir und mir wissen nur Dominic Bescheid, Monsieur Ramey, der Anwalt, und mittlerweile wohl auch Père Antoine. Keiner von ihnen wird darüber sprechen.«

Sie redeten noch lange über ihre gemeinsame Zukunft und über Ashley, ihr gemeinsames Problem. Erst als die Dunkelheit anbrach, wanderten sie Arm in Arm zurück.

Morgan machte sich sogleich auf die Suche nach Dominic und informierte ihn mit wenigen Worten über Ashleys Auftauchen. »Wir dürfen Leonie und Justin in den nächsten Tagen nicht aus den Augen lassen«, schloß er besorgt. »Es sollte mich nicht wundern, wenn Ashley versuchen würde, sie zu entführen.«

An diesem Abend zogen Leonie und Morgan sich in stillem Einvernehmen gemeinsam zurück, keiner sprach mehr von getrennten Schlafzimmern. Immer wieder schworen sie sich gegenseitig ihre Liebe, und ihre Körper, hungrig nach der Ekstase, die sie sich gegenseitig zu geben fähig waren, fanden immer wieder in neuem Liebesrausch zueinander.

Der Morgen dämmerte bereits, als Morgan sie wohlig erschöpft an sich zog. »Was wirst du wegen dem Vermögen in Frankreich unternehmen?« fragte er unvermittelt. »Wirst du es beanspruchen?«

Leonie räkelte sich genießerisch in seinen Armen. »Nein«, murmelte sie nach einer Weile schläfrig. »Frankreich ist eine andere Welt, in der es nichts gibt, was ich will. Alles, was ich brauche, habe ich hier – mein Zuhause, meinen Sohn ... und dich.«

31

Kurz vor Sonnenaufgang verließ Ashley die zwielichtige Pension, in der er abgestiegen war. Nach einer schlaflosen Nacht war er zu dem Entschluß gekommen, daß er noch einmal mit Leonie sprechen mußte – unter vier Augen. Zugegebenermaßen war er nicht sehr feinfühlig vorgegangen – er hätte sich entschuldigen müssen, eine herzerweichende Geschichte zum besten geben sollen, anstatt sie so plump zu überrumpeln. Aber er war zuversichtlich, diesen Fehler wieder ausbügeln zu können, und wenn sie erst einmal verstanden hatte, um wieviel Geld es für sie ging...

Gegen elf Uhr vormittags hatte er sich der Plantage auf Sichtweite genähert, aber anstatt direkt auf das Château zuzuhalten, zog er sein Pferd ins dichte Unterholz und arbeitete sich unbemerkt bis in die Nähe des Hauses vor. An einer günstigen Stelle legte er sich auf die Lauer. Von hier aus konnte er ungestört beobachten, wer das Haus verließ oder betrat.

Außer Leonie interessierte ihn nur eine weitere Person, und als er gegen ein Uhr beobachtete, daß Morgan das Haus verließ und davonritt, lächelte er siegesgewiß. Das war der Augenblick, auf den er gewartet hatte, um Leonie allein zu erwischen!

Vorsichtshalber wartete er noch einige Minuten, um sicherzugehen, daß sein Vetter nicht zufällig zurückkehrte, dann ritt er ungeniert bis vor die Treppe. Ebenso ungeniert betrat er das Haus.

Die hin und her eilenden Diener und Handwerker störten ihn wenig, da er annehmen konnte, daß sie ihn für Morgan halten würden. Ohne sich aufzuhalten, eilte er mit geschäftiger Miene durch das Haus. Das Glück schien ihm hold, denn er fand Leonie allein in einem kleinen Zimmer im rückwärtigen Teil des Hauses über eine Auswahl von Tapeten gebeugt. Bei seinem Eintritt blickte sie kurz auf, doch ihre Aufmerksamkeit galt den Stoffproben auf dem Tisch vor ihr. »Was meinst du, sollen wir für das Eßzimmer altrosa oder moosgrüne Tapeten auswählen?« fragte sie unbekümmert. »Ich kann mich nicht entscheiden!« Liebevoll lächelnd drehte sie sich zu ihm herum und erkannte im selben Augenblick ihren Irrtum. »Ihr! Was wollt Ihr hier?« fragte sie aufgebracht. »Morgan bringt Euch um, wenn er Euch hier antrifft!«

Leonie verspürte einen abgrundtiefen Haß in sich aufsteigen, und da sie sich sicher wußte, weil Diener und Handwerker in Rufweite arbeiteten, begegnete sie ihm furchtlos. »Was wollt Ihr? Ihr habt hier nichts zu suchen!«

»Täuscht Ihr Euch da nicht?« lächelte Ashley süffisant. »Immerhin wohnt hier mein Eheweib.« Besänftigend fügte er jedoch sofort hinzu. »Ich weiß, daß ich Euch nicht auf die feinste Art und Weise behandelt habe, aber damals blieb mir nichts anderes übrig. Ich bin jedoch gekommen, um mich mit Euch auszusöhnen und hoffe, daß Ihr mir die Chance nicht verwehrt, Euch zu beweisen, daß ich kein so übler Kerl bin.«

»Ach«, erwiderte Leonie spöttisch. »Seid Ihr in Euch gegangen? Wollt Ihr mir etwa die Mitgift zurückzahlen?«

Es kostete Ashley nicht geringe Mühe, seine gewinnende Miene beizubehalten. »Nein, nicht unbedingt. Die Mitgift ist nur ein verschwindend kleiner Teil des Vermögens, das Euch in Frankreich zusteht.«

»Wieso zusteht? Ich dachte, es gehört mir!»

»Es gehört Euch«, fuhr er sie, ungeduldig werdend, an, »aber Ihr braucht mich, um es zurückzuerhalten. Ich habe mächtige Verbündete in Frankreich. Wenn wir erst dort sind, wird es ein leichtes sein, Napoleon dazu zu bewegen, Euch den gesamten Besitz Eurer Vorfahren zurückzugeben.«

»Verstehe. Nur kommt Ihr ohne mich nicht an das Vermögen heran, nicht wahr? Und da habt Ihr Euch meiner erinnert.«

Ihre spöttische Überlegenheit reizte Ashley bis zur Weißglut, und seinen Vorsatz vergessend, herrschte er sie an: »Bildet Euch nur nicht zuviel ein! Als meine Frau habt Ihr mir Gehorsam zu leisten, und ich sage Euch, Ihr kommt mit nach Frankreich!«

»Ihr seid ein Betrüger und ein Erpresser!« konterte Leonie ungerührt. »Von mir habt Ihr nichts zu erwarten!«

Ashley schwieg, aber nur einen Augenblick, dann setzte er seine gewinnendste Miene auf. »Kommt mit mir nach Frankreich«, bat er in schmeichelndem Ton. »Wenn Ihr wieder im Besitz Eures Vermögens seid, lassen wir uns scheiden. Ihr seid dann frei und könnt hierher zurückkehren, während mir das Schloß in Frankreich bleibt. Niemand braucht etwas davon zu erfahren!«

Leonie war sprachlos über soviel Unverfrorenheit, doch als sie zu einer scharfen Entgegnung ansetzte, flog die Tür auf und Justin kam ins Zimmer gesprungen. Der Junge merkte nichts von der Spannung, die zwischen den beiden Erwachsenen herrschte. Fröhlich rannte er auf seine Mutter zu. »Maman, ich hab' dich überall gesucht. Komm mit und schau dir den neuen Sattel an, den Papa mir gekauft hat. Er ist ganz rot! Bitte, bitte, komm mit!«

»Später, *mon cœur*. Jetzt habe ich keine Zeit«, antwortete Leonie beklommen.

Ashley stand wie vom Donner gerührt beim Anblick des Kindes. Als Justin sich umdrehte und er in dieselben smaragdgrünen Augen wie Leonies blickte, pfiff er durch die Zähne. Justin kam auf ihn zu, ehe er sprechen konnte. »Papa, wie hast du's geschafft, vor mir hier zu sein?« fragte er unschuldig.

»Papa?« wiederholte Ashley verdutzt, bevor er den Sachverhalt begriff. Dann aber brach sein ganzer Haß unverhüllt aus ihm heraus: »Ah, deshalb drang der alte Saint-André auf eine möglichst schnelle Eheschließung! Ich glaube, ich bin auf den ältesten Trick der Menschheit hereingefallen!«

Justin starrte Ashley verwirrt an, dann wich er einen Schritt zurück. »Du bist gar nicht mein Papa«, rief er entgeistert aus. »Du siehst so aus wie er, aber du bist es nicht! Wer bist du?«

»Halt den Mund, du Balg!« fuhr Ashley ihn an, ohne den Blick von Leonie zu wenden. »Und Ihr wagt es, mich einen Hochstapler zu nennen! Wie steht es denn um Euch selbst, meine Liebe? Ihr wolltet wohl einen Bastard mit in die Ehe bringen, was? Nicht sehr ehrenvoll, Euer Benehmen! Eine nette Falle, die Ihr und Euer Großvater Morgan da gestellt habt!«

Justin umklammerte angstvoll Leonies Rock. »Geh weg!« rief er, »du bist ein böser Mann!«

»Ashley«, begann Leonie in bestimmtem Ton, »ich werde Euch nur einmal bitten, zu gehen. Und ich verbiete Euch, meinen Sohn zu beschimpfen!«

»Ihr werdet mir nichts verbieten, gar nichts!« schoß Ashley wutschnaubend zurück. »Gut, daß ich nun einiges mehr über Euch weiß. Und was den kleinen Bastard angeht, ich werde schweigen, wenn Ihr mich nach Frankreich begleitet!«

»Das werde ich nicht! Und jetzt verlaßt endlich mein Haus!«

Ashley grinste verächtlich und kam langsam näher. Dicht vor Leonie blieb er stehen. »Wer ist sein Vater?« fragte er gefährlich ruhig, doch anstelle einer Antwort starrte Leonie ihn nur feindselig an. Ihre trotzige Reaktion provozierte Ashley in einem solchen Maß, daß er sich endgültig vergaß. »Hure!« schrie er, und im selben Augenblick sauste seine Hand mit voller Wucht in ihr Gesicht. Leonie taumelte.

In einem Punkt hatte Ashley sich jedoch getäuscht. Es war Dominic, der zuvor das Haus verlassen hatte, und Morgan war Justin auf der Suche nach Leonie gefolgt. Er öffnete eben die Tür, als Ashley Leonie wegen Justins Herkunft bedrängte und mit der Hand zum Schlag ausholte. Blind vor Zorn stürzte er sich auf Ashley, der sich plötzlich am Kragen gepackt und herumgewirbelt fühlte, bevor Morgans Faust ihn niederstreckte.

Alles geschah im Bruchteil von Sekunden. Erst als Ashley am Boden lag, begriff Leonie, daß Morgan aufgetaucht war.

»Leonie, du und Justin, ihr geht jetzt besser«, befahl dieser in ruhigem Ton. »Ich habe mit meinem Vetter ein Hühnchen zu rupfen.«

Leonie packte Justin wortlos bei der Hand und rannte an Morgan vorbei aus dem Zimmer. Krachend flog die Tür hinter ihnen ins Schloß.

Noch ehe Ashley sich von Morgans Schlag erholen konnte, kniete dieser an seiner Seite. Mit einer blitzschnellen Bewegung zog Morgan das Messer aus seinem Stiefel und hielt es seinem Vetter an die Kehle. »Keine Bewegung, Ash«, erklärte er drohend. »Du bringst mich wirklich in Versuchung, weißt du das?« fuhr er sarkastisch fort und ließ die scharfe Klinge über Ashleys Haut gleiten. Eine feine Blutspur bildete sich auf der geritzten Haut, doch Ashley wagte es nicht, sich zu rühren. »Weißt du übrigens, daß ich zwei Jahre unter den Komantschen gelebt habe?« erzählte Morgan in beiläufigem Ton. »Nein? Nun, sie haben mir eine Menge beigebracht. Ich könnte dir zum Beispiel die Haut abziehen, ohne dich dabei zu töten – aber das will ich nicht. Ich würde nur den Fußboden meines zukünftigen Arbeitszimmers ruinieren.«

Ashley hielt den Atem an, und Morgan lächelte grausam. Den Druck der Klinge auf Ashleys Kehle verstärkend, musterte er den hilflos am Boden Liegenden, dann sprang er plötzlich auf. »Steh auf!« befahl er knapp. Ashley gehorchte. Zögernd strich er sich die Kleider glatt, dann faßte er seinen ganzen Mut zusammen.

»Das ändert alles nichts an der Tatsache, daß sie meine Frau ist«, schnaubte er wütend.

»Du hast zwar recht«, gab Morgan liebenswürdig zu, »aber du wirst der Annullierung zustimmen, ohne Schwierigkeiten zu machen. Des weiteren wirst du auf der Stelle nach New Orleans reiten, um mit dem nächsten Schiff, das ausläuft, nach England zurückzukehren. Ich bin bereit, eine ansehnliche Geldsumme auf dein Konto zu überweisen. Habe ich mich klar genug ausgedrückt?«

»Und wenn ich nicht mitspiele?«

»Werde ich dich töten.«

Ashley wurde bleich, aber er schwieg. Mit wutverzerrtem Gesicht und hilflos geballten Fäusten drehte er sich um, riß die Tür auf und stieß fast mit Leonie und Robert zusammen. Wortlos eilte er an ihnen vorbei die Treppe hinab.

Robert riß Mund und Augen auf. »War das nicht... Was tut er denn hier?« Dann schlug er sich verstehend an die Stirn. »Also das ist damals passiert!«

Morgan hatte versucht, zu verhindern, daß andere Mitglieder seiner Familie davon erfuhren, doch Robert würde wohl, ebenso wie Dominic, zu schweigen wissen. Im Augenblick galt seine größte Sorge der Sicherheit seiner Familie. Nach gründlichen Überlegungen beschloß er, die Dienerschaft so weit wie nötig zu instruieren. Leonie und Justin durften in den nächsten Tagen nie allein gelassen werden. Nun konnte er nur noch hoffen, daß Ashley seine Drohung ernstnahm.

Ashley kehrte aufgewühlt und voller Rachegedanken in seine Pension zurück. Es mußte einen Weg geben, das Blatt zu wenden, dachte er immer wieder. Er müßte Druck auf sie ausüben können. Aber wie? Sie selbst fühlte sich sicher und fürchtete sich nicht; wenn er jedoch das Kind...

Mit einem Schlag war die Idee geboren. Natürlich, das Kind. Wenn er Justin in seine Gewalt bringen konnte, würde sie ihm nichts verweigern!

Am nächsten Morgen buchte er eine Schiffspassage nach Frankreich; Justin würde kein sonderlich großes Problem darstellen. Dann mußte er dafür sorgen, daß Leonie ein Brief zugestellt wurde, nachdem das Schiff ausgelaufen war, und in dem er ihr genau klarlegte, was sie zu tun hatte, wenn sie den Knaben lebend wiedersehen wollte. Das Schiff sollte in drei Tagen, am Donnerstag abend, auslaufen, also mußte er Justin am Donnerstag nachmittag entführen, früh genug, um rechtzeitig zur Abfahrt wieder in New Orleans einzutreffen. Er durfte nichts dem Zufall überlassen!

In den folgenden zwei Tagen richtete Ashley sich in der Nähe des Hauses einen Beobachtungsposten ein, auf dem er Tag und Nacht ausharrte. Zu diesem Zweck hatte er sich mit Lebensmitteln, Wasser und einer Decke versorgt. Er beobachtete, daß Justin nach dem Mittagessen für gewöhnlich auf einer kleinen Lichtung unweit des Hauses spielte. Folglich richtete er sich am fraglichen Donnerstag im Gebüsch nahe der Lichtung ein. Sein Pferd graste friedlich zwischen den Bäumen, die Flucht war vorbereitet.

Noch einmal überflog er die Einzelheiten seines Plans. In den vergangenen Tagen hatten einer der Slade-Brüder sowie ein farbiges Kindermädchen Justin auf Schritt und Tritt begleitet, aber das bereitete ihm kein Kopfzerbrechen. Er würde sich zuerst den Slade vornehmen – ein gut gezielter Hieb auf den Schädel sollte wohl ausreichen, um ihn für eine Weile außer Gefecht zu setzen, und das Mädchen würde ohnehin davonlaufen.

Justins helles Lachen schreckte ihn aus seinen Überlegungen. Ashley holte tief Luft. Er war bereit. Vorsichtig spähte er durch das Gebüsch. Der Junge war allein ...!

An diesem Tag war Justin früher als gewöhnlich aus seinem Schlaf erwacht. Das Mädchen, das an seinem Bett wachte, hatte ihn nur kurz aus den Augen gelassen, um sich einen Schluck Wasser zu holen, sicher, daß ihr Schützling in der kurzen Zeit nicht wach werden würde.

Ashley wartete noch einen Augenblick, aber niemand schien dem Knaben zu folgen. Er hatte beobachtet, daß zwei der Slade-Brüder das Haus verlassen hatten und sich zumindest nicht in unmittelbarer Nähe aufhielten. Demzufolge waren nur der dritte Bruder, Leonie und die Diener im Haus.

Ashley erhob sich, klopfte sich die Erde aus den Kleidern und sprang auf sein Pferd. In dieser Situation brauchte er keine übermäßige Vorsicht mehr walten zu lassen. Er lenkte sein Pferd auf die Lichtung, wo Justin selbstvergessen in einem Fuchsbau herumstocherte. Als er den herannahenden Reiter hörte, blickte er kurz auf und machte den Fehler, Ashley für Morgan zu halten.

Doch nur kurz, dann erinnerte er sich. Mit einem Satz sprang er auf und rannte in Richtung des Hauses, so schnell seine Füße ihn trugen, als Julie am Rande der Lichtung erschien.

Sie sah Justin auf sich zurennen und atmete erleichtert auf, ohne zunächst auf Ashley zu achten. Zu spät erkannte sie, daß der Reiter den Jungen verfolgte.

Ashley gab seinem Pferd die Sporen und erreichte Justin mühelos. Ein Griff und sein Opfer lag über dem Sattel. Sofort riß er sein Pferd herum, näherte sich dem erschreckten Mädchen und trat ihr im Vorbeireiten gegen den Schädel. Julie sank mit einem leisen Aufschrei zu Boden, während Pferd, Reiter und Opfer davongaloppierten.

Julie rappelte sich schneller als erwartet wieder auf und rannte benommen, aber laut schreiend zum Haus zurück. Als Robert und Leonie herbeirannten, schluchzte das Mädchen laut auf. »Es war der schlechte Herr! Er hat mich geschlagen und den kleinen Herrn gestohlen!«

Robert und Leonie wurden bleich. Das konnte nur bedeuten, daß Ashley Justin entführt hatte!

»Bring mir mein Pferd!« befahl Leonie einem der ratlos herumstehenden Stalljungen, und an Saul gewandt, fügte sie mit äußerster Anspannung hinzu: »Du mußt Morgan finden. Er ist an den Docks. Sage ihm, daß Ashley den Jungen entführt hat und daß ich die Verfolgung aufnehme. Beeil dich! Julie, erzähle mir noch einmal ganz genau, was passiert ist. In welcher Richtung ritt der Mann mit Justin davon?«

Unter lautem Schluchzen wiederholte das Mädchen, was sich ereignet hatte. »Und dann ritt er durch den Wald in Richtung Sumpf.«

Leonie sprang mit einem Satz auf ihr Pferd, als auch schon Morgan auf Tempête herangedonnert kam und sein Pferd knapp vor ihr zügelte.

»Was ist los? Ich traf Saul vorne am Wald, und er erzählte mir eine unzusammenhängende Geschichte von einem verrückten Massa. Geht es um Ashley?«

Leonies Pferd tänzelte unruhig unter seiner ungeduldigen Reiterin. »Er hat Justin entführt!« rief sie verzweifelt. »Wir müssen ihm nach!«

Ein stechender Schmerz ließ Morgans Herz fast stillstehen, dann trat ein Ausdruck tödlichen Hasses in sein Gesicht. »Welche Richtung hat er eingeschlagen?« fragte er knapp.

»Julie sagt, er sei durch den Wald zum Sumpf hin verschwunden.«

Innerlich verfluchte Morgan sich dafür, daß er die Wirkung seiner Drohung auf Ashley offensichtlich maßlos überschätzt hatte. »Rob, du suchst Dominic, er wollte am Black Bayou Enten jagen«, befahl er mit stählerner Stimme. »Dann kommt ihr mir so schnell wie möglich nach. Ich werde meine Spur kennzeichnen.«

»Ich begleite dich!« Leonies Miene ließ keinen Zweifel an ihrer Entschlossenheit aufkommen. Morgan warf ihr einen irritierten Blick zu, aber die Zeit drängte – er durfte nicht weitere kostbare Minuten verlieren, indem er versuchte, sie von ihrem Vorsatz abzubringen.

»Gut«, stimmte er unfreundlich zu und riß sein Pferd herum. Dann preschte er, hart gefolgt von Leonie, davon.

Der Weg, den Ashley im dichten Unterholz genommen hatte, war leicht auszumachen. Er hatte überdeutliche Spuren hinterlassen – abgebrochene Zweige und Äste, die Hufabdrücke seines Pferdes, die immer tiefer in den tropenähnlichen Wald hineinführten.

Leonies Herz war von panischer Angst um das Leben ihres Sohnes erfüllt, doch Morgan kämpfte mit einer zweifachen Schrekkensvision. Er hatte Justin wie einen eigenen Sohn liebgewonnen und wagte nicht, daran zu denken, was Ashley dem Jungen antun könnte; zugleich wurde er von der Erinnerung an Philippes schrecklichen Tod heimgesucht. Der verzweifelte Ritt um Justins Leben ließ seinen Alptraum in grausamer Weise Wirklichkeit werden, und das starke Gefühl eines Déjà-vu-Erlebnisses erdrückte ihn fast.

Je tiefer sie in den Wald eindrangen, um so unwegsamer wurde das Gelände. Schließlich blieb Morgan stehen und schaute sich ratlos um. »Er muß sich verirrt haben«, meinte er, »die Spur ist viel zu ziellos. Wenn er so weiterreitet, landet er bald am Rande des Sumpfes. Dann steckt er fest!« Bei diesen Worten riß er einen dünnen Stoffstreifen von seiner Krawatte und befestigte ihn an einem der herabhängenden Zweige über seinem Kopf. »Zur Orientierung für Dominic und Robert«, erklärte er mit einem unsicheren Seitenblick auf Leonie, die ihre Angst krampfhaft unterdrückte. »Leonie«, begann er zögernd und hielt doch wieder inne. Wie sollte er ihr erklären, daß sie besser hierbliebe? Daß er und Ashley gnadenlos aufeinanderprallen würden? Er wollte nicht, daß sie Zeuge einer brutalen, blutigen Auseinandersetzung wurde. Und vielleicht lebte Justin ja bereits nicht mehr ... Unfähig, ihr in die Augen zu schauen, sagte er mit fester Stimme: »Ich bitte dich, hier auf Dominic und Robert zu warten.«

»Auf keinen Fall!« rief Leonie und funkelte ihn böse an. »Er ist mein Sohn, vergiß das nicht, Morgan Slade!«

Morgan warf ihr einen undefinierbaren kalten Blick zu und fluchte leise. »Verdammt, Leonie, Ashley ist bewaffnet. Er ist ein gefährlicher Gegner, und ... und ...«

Leonie verstand plötzlich, wovor er sie bewahren wollte, und legte sanft ihre Hand auf seinen Arm. »Ich weiß, was du denkst, Morgan«, ihre Stimme bebte ein wenig, »aber laß uns ihm gemeinsam gegenübertreten, egal, was uns erwartet«, und Morgan nickte stumm.

32

Zwanzig Minuten später stießen sie auf Ashleys abgekämpftes Pferd. Es lahmte, daher hatte Ashley es zurückgelassen und versucht, zu Fuß weiterzukommen. Doch schon nach wenigen hundert Metern war er auf eine schmale, spitz zulaufende Landzunge geraten, die durch den Zusammenfluß zweier versumpfter Flußarme entstanden war.

Ashley hatte tatsächlich die Orientierung verloren, denn bei seinen gründlichen Vorbereitungen hatte er seine Ortsunkenntnis außer acht gelassen. Jeden Augenblick, so nahm er wenigstens an, mußte dieser endlose Dschungel aufhören. Doch statt dessen wurde er immer undurchdringlicher und sumpfiger, und Ashley begann, sich ernsthaft zu beunruhigen.

Justin erleichterte ihm die Flucht keineswegs. Strampelnd und wild um sich schlagend, machte er es Ashley ausgesprochen schwer, ihn unter Kontrolle zu halten und gleichzeitig auf den Weg zu achten. »Laß mich los! Du bist ein böser Mensch!« rief er immer wieder. »Ich hasse dich! Laß mich los.«

Allzugern hätte Ashley dem Jungen einfach die Kehle aufgeschlitzt, aber er hoffte noch immer, den Wald jeden Augenblick hinter sich zu lassen. So begnügte er sich damit, Justin eine mächtige Ohrfeige zu verpassen, die das Kind vorübergehend ruhigstellte. Doch die Wirkung verrauchte schneller, als sie vorankamen, und zu allem Übel begann das Pferd auch noch zu lahmen. Als Morgan und Leonie die beiden entdeckten, waren sie noch nicht weit gekommen.

Ashley starrte wütend auf das sumpfig modrige Gewässer, das ihnen den Weg abschnitt, als Justin plötzlich triumphierend ausrief: »Papa, Maman! Ich habe ihm gesagt, daß ihr uns finden werdet!«

Ashley wirbelte herum und wurde bleich, als er die zwei Reiter erkannte, die abwartend am Anfang der Landzunge verharrten.

Der Ort der Begegnung wirkte beklemmend unwirklich. Hinter Ashley erstreckte sich der Sumpf, gesäumt von dichtem Schilf, vor ihm die dichte Vegetation des Flußwaldes. Im brackigen Wasser des Bayous wucherten wilde Zypressen und Scheinakazien, über und über mit graugrünen Flechten und Moosen bewachsen, die nur vereinzelte Sonnenstrahlen durch ihr dichtes, grünes Dach hereinließen. In einiger Entfernung döste eine Schildkröte auf einem halbverfaulten Baumstamm, der sich im trägen Wasser kaum bewegte, und ein riesiger Alligator, der selbst wie ein knorriger Stamm aussah, lauerte am Rande des Rieds auf Beute.

Leonie stieß einen kleinen Freudenschrei aus, als sie die Stimme ihres Sohnes vernahm. Doch als sie impulsiv auf Justin zureiten wollte, hielt Morgan sie zurück. »Bist du wahnsinnig?« rief er entsetzt. »Er ist sicher bewaffnet.«

»Ganz richtig!« ertönte Ashleys haßerfüllte Stimme vom anderen Ende der Landzunge. Ein einziger Sprung brachte ihn an Justins Seite, und mit einer schnellen Bewegung zog er eine kleine Pistole, ähnlich der Morgans, aus seiner Jackentasche. Unbarmherzig preßte er den kalten Lauf gegen die Schläfe des Kindes. »Steigt ab und bringt mir die Pferde«, befahl er, hämisch grinsend. »Wir haben es eilig.«

Morgans Gedanken überschlugen sich. Daß Justin lebte, erfüllte ihn mit einem ungeheuren Glücksgefühl, trotzdem lagen die gefährlichsten Augenblicke noch vor ihnen. Wenn es Ashley gelang, die Pferde an sich zu reißen, hatte er alle Trümpfe in der Hand, es sei denn ... es sei denn, er konnte ihm die Pistole irgendwie entwenden.

»Hast du nicht verstanden?« rief Ashley ungeduldig. »Absteigen oder ich erschieße den Bastard!«

Morgan stöhnte innerlich auf. Kalter Schweiß trat ihm auf die Stirn, und er wußte, daß er handeln mußte, bevor Ashley es tat. Tempêtes Zügel umklammernd, preßte er seine Fersen wild in die Flanken des Pferdes, das sich wiehernd aufbäumte und mit einem mächtigen Satz nach vorn schoß.

Morgans Angriff überraschte Ashley, der plötzlich einen Koloß mit tödlichen Hufen auf sich zurasen sah. Unwillkürlich ließ er Justin fahren, der wie ein Blitz aus seiner Reichweite kroch, richtete den Lauf seiner Pistole auf das Pferd und feuerte. Sein Schuß verfehlte Tempête, streifte Morgan jedoch an der Schläfe, der sich mit einem wütenden Schrei vom Pferd herab auf Ashley stürzte.

Die beiden Männer schlugen unbarmherzig aufeinander ein, beide wissend, daß sie auf Leben und Tod kämpften. Doch Ashley war unverletzt, während Morgan stark blutete. Schon spürte er, wie seine Kräfte nachließen und seine Reaktionen ungenau wurden, doch er durfte nicht aufgeben, sonst würde er Justin und Leonie auf dieselbe grausame Weise verlieren wie Philippe und Stephanie.

Leonie verfolgte den Kampf in hilfloser Wut. Sie hatte einen dicken Ast gepackt, aber die Kämpfenden bewegten sich zu schnell, als daß sie einen gezielten Schlag gegen Ashley hätte führen können.

Noch einmal raffte Morgan seine schwindenden Kräfte zusammen und versetzte Ashley einen mächtigen Kinnhaken. Ashley taumelte und stürzte rücklings ins faulige Wasser. Aufgeschreckt von dem Lärm setzte sich der alte Alligator in Bewegung.

Die Abkühlung erfrischte Ashley etwas, dem das Wasser bis zur Hüfte reichte. Morgan folgte ihm, um den Kampf zu Ende zu bringen und stand bereits knöcheltief im Wasser, doch er schwankte. Die Kräfte drohten ihn zu verlassen, das konnte selbst Ashley sehen.

»So wirst du kaum mit mir fertig werden«, rief er hämisch. »Wenn du noch ein Weilchen wartest, ist es ohnehin aus mit dir! Also, was stehst du herum? Komm her!«

Morgan machte ein paar stolpernde Schritte vorwärts, doch das Blut rann unaufhörlich aus seiner Wunde und lief ihm in die Augen. Er blieb stehen und blinzelte heftig, als er hinter Ashley undeutlich das breite Maul des Alligators auftauchen sah. Im nächsten Augenblick schnappte das Reptil zu.

Ashleys Angstschrei zerriß die plötzlich eingetretene Stille. Der Alligator hatte ihn am Oberarm gepackt, und noch ehe sein Opfer wußte, wie ihm geschah, tauchte das mächtige Tier mit ihm in die Tiefen des Flusses hinab.

Der ganze Spuk dauerte nicht länger als ein paar Sekunden, dann erinnerte nichts mehr an das grausame Schauspiel, dessen Zeugen Morgan, Leonie und Justin eben geworden waren. Morgan drehte sich langsam um und stolperte an Land zurück. Nicht einmal Ashley hätte ich einen solchen Tod gewünscht, dachte er schwach, dann sank er bewußtlos zu Boden.

Robert und Dominic trafen eineinhalb Stunden später ein. Morgan war nicht wieder zu Bewußtsein gekommen, und so kehrten sie bedrückt nach dem Château zurück, wo seine Wunden versorgt wurden. Erst Stunden später, als er gewaschen und verbunden in seinem Bett lag, kam er langsam wieder zu Bewußtsein. Leonie beugte sich zärtlich über ihn.

»Gott sei Dank, du bist da«, flüsterte er und lächelte schwach. »Ich habe das glückliche Ende also nicht geträumt!«

Leonie schüttelte den Kopf. »Nein, Morgan, du hast nicht geträumt. Es ist alles gut.«

Sie sahen sich nur an, keiner verlor ein Wort über Ashleys schreckliches Ende. Er hatte sich selbst grausam gerichtet, dennoch fiel es ihnen schwer, ihn deswegen zu betrauern.

Zehn Tage später, an Leonies sechstem Hochzeitstag, ließen sie sich im Rahmen einer kleinen, privaten Feier trauen. Den wenigen geladenen Gästen erklärten sie, daß sie den Wunsch verspürt hätten, ihr Ehegelübde zu erneuern.

Das Schicksal meinte es wirklich gut mit ihm, dachte Morgan, überschäumend vor Lebensfreude, als er einige Tage später Leonie suchte, um sie wegen des geplanten Anbaus am Haus nach ihrer Meinung zu fragen. Er fand sie schließlich in einem der Lagerräume, wo sie in einem Berg von Gerümpel herumstöberte. Ihre offenen Haare fielen ihr unordentlich ins Gesicht, Nase und Kleid waren staubig, doch er fand, daß sie nie reizender ausgesehen hatte und küßte sie zärtlich auf den Mund.

»Willst du ein paar Dinge aufheben?« fragte er liebevoll.

Statt einer Antwort seufzte Leonie nur. »Viel ist nicht mehr übrig, und das meiste ist es gar nicht wert, aufgehoben zu werden. Außerdem hat die Feuchtigkeit überall ihre Spuren hinterlassen.«

»Was ist das?« Morgan deutete auf einen zerschlissenen Sessel, auf dem unter einer staubigen Decke ein paar Leinwände hervorlugten. »Etwa die illustren Vorfahren?«

Leonie schnitt eine Grimasse und entfernte neugierig die Decke. »Tatsächlich«, rief sie erstaunt. »Sieh nur, das ist meine Mutter.«

Morgan betrachtete das Porträt aufmerksam. Er blickte in Leonies lebendige, tiefgründige, grüne Augen, in dieselben feinen Gesichtszüge, auf das gleiche lockige Haar. »Sollen wir es restaurieren und rahmen lassen? Wir könnten es in einem der Salonzimmer aufhängen«, schlug er vor.

»Das ist eine wunderbare Idee, Morgan«, rief Leonie begeistert. »Ich kann mich nicht besonders gut an sie erinnern, aber auf diese Weise hätte ich wenigstens ein kleines Andenken an sie.« Vorsichtig fuhr sie mit den Fingern über das goldene Kreuz, das ihre Mutter am Hals trug. »Man hat mir erzählt, daß Vater es für sie hat anfertigen lassen, als ich geboren wurde. Es war alles, was mir von ihr geblieben war.«

Morgan warf einen flüchtigen Blick auf den besagten Gegenstand, der ihm irgendwie bekannt vorkam. Dann traf ihn die Erkenntnis wie ein Blitz. »Wieso war? Hast du es verloren?« fragte er mit einem so eigentümlichen Ton in der Stimme, daß Leonie ihn erstaunt ansah.

»Ja, das stimmt, aber es ist schon eine ganze Weile her, und ich denke nicht mehr daran.« Morgan starrte sie unverwandt an, während er versuchte, sich die Einzelheiten einer Nacht vor vielen Jahren in Erinnerung zurückzurufen, der Nacht, als ihn im Hause Gayosos eine junge, unerfahrene Dirne besucht hatte. »Was ist los, *mon cœur*?« fragte Leonie besorgt. »Geht es dir nicht gut?«

»Wann und wo hast du es verloren?« wollte Morgan wissen, ohne auf ihre Frage einzugehen, während seine Gedanken sich überschlugen. Er begann die Wahrheit zu ahnen, aber er mußte sie aus Leonies Mund hören!

Leonie spürte den Druck, der auf ihm lastete, und begriff, daß ihre Antwort aus irgendeinem ihr unerklärlichen Grund sehr wichtig für ihn war.

»Ich verlor es im Haus des Gouverneurs, in jener Nacht, als Gayoso starb«, antwortete sie widerwillig.

Morgan holte tief Luft. »Und wie hast du es verloren?«

»Ich wußte, daß *Grand-Père* in Gayosos Haus spielen würde und auch, daß er wieder Schuldscheine ausstellen würde. Ich mußte sie irgendwie in meine Hände bekommen, daher beschloß ich, sie zu stehlen. Ich wartete, bis alle gegangen waren, schlich mich ins Haus und stahl sie. Dann fand ich den Rückweg nicht mehr. Ich verlief mich und geriet in das Zimmer eines...« Überwältigt von den Erinnerungen unterbrach sie sich. »Ich habe dir einmal erzählt, daß ich mich in der Nacht, in der ich vergewaltigt wurde, an einem Ort aufhielt, wo ich nichts zu suchen hatte. Ich will nicht mehr darüber sprechen«, rief sie gequält, »es ist lange her und hat nichts mit uns zu tun!«

Morgan glaubte, vor Glück zu zerspringen. »Aber ich wußte ja nicht, daß wir immer von derselben Nacht sprachen...«, begann er und blickte Leonie unendlich liebevoll an, »die Nacht, in der du vergewaltigt wurdest und in der Justin gezeugt wurde...«

»*Bah*, was macht das schon!« entgegnete sie barsch und irritiert zugleich.

Von draußen drang Justins fröhliches Gelächter herein, und in Morgans Ohr war es das schönste Lachen der Welt... das Lachen seines Sohnes.

»Ich war in jener Nacht auch im Haus des Gouverneurs, wußtest du das?« fragte er zärtlich.

Leonie warf ihm einen argwöhnischen Blick zu. »Nein, das wußte ich nicht.«

Morgan streichelte ihr übers Haar. »Gayoso hatte versprochen, mir eine Dirne zu schicken, und als ein Mädchen zu mir kam, dachte ich, es sei der angekündigte Besuch«, flüsterte er.

Leonie stand starr. Morgan erzählte leise weiter. »Ich erinnere mich, daß sie blonde Haare hatte und sehr jung war. Als sie fort war, entdeckte ich außerdem, daß ich ihr erster Liebhaber war. Ach ja, und sie warf mir mein Geld ins Gesicht.«

Leonie wurde leichenblaß. Sie zitterte am ganzen Körper, als sie begriff, was Morgan ihr eben anvertraut hatte. »*Mon Dieu,* du warst es!« brachte sie ungläubig heraus.

Statt einer Antwort griff Morgan in seine Westentasche und zog die goldene Taschenuhr hervor. Mit zitternden Fingern löste er das goldene Kruzifix von der Uhrkette und hielt es Leonie hin. »Ich glaube, es gehört dir«, murmelte er.

Die Nachmittagssonne fiel hell und strahlend in das Zimmer und ließ das Kreuz in Leonies Händen aufblitzen. Das Leben war strahlend und kostbar, wie dieses Andenken – und wie ihre gemeinsame Zukunft.

JUNGE AUTORINNEN BEI GOLDMANN

Freche, turbulente und umwerfend komische Einblicke in die Macken der Männer und die Tricks der Frauen.

44687

43584

43619

54135

GOLDMANN

SCHMÖKERSTUNDEN BEI GOLDMANN

43187

43256

43740

44717

GOLDMANN

GOLDMANN

Das Gesamtverzeichnis aller lieferbaren Titel erhalten Sie im Buchhandel oder direkt beim Verlag.
Nähere Informationen über unser Programm erhalten Sie auch im Internet unter:
www.goldmann-verlag.de

★

Taschenbuch-Bestseller zu Taschenbuchpreisen
– Monat für Monat interessante und fesselnde Titel –

★

Literatur deutschsprachiger und internationaler Autoren

★

Unterhaltung, Kriminalromane, Thriller
und Historische Romane

★

Aktuelle Sachbücher, Ratgeber, Handbücher und Nachschlagewerke

★

Bücher zu Politik, Gesellschaft, Naturwissenschaft und Umwelt

★

Das Neueste aus den Bereichen
Esoterik, Persönliches Wachstum und Ganzheitliches Heilen

★

Klassiker mit Anmerkungen, Anthologien und Lesebücher

★

Kalender und Popbiographien

★

Die ganze Welt des Taschenbuchs

★

Goldmann Verlag • Neumarkter Str. 18 • 81673 München

Bitte senden Sie mir das neue kostenlose Gesamtverzeichnis

Name: ____________________

Straße: ____________________

PLZ / Ort: ____________________